元人雜劇注

世界書局

元代演劇圖

攝自山西省趙城縣廣勝寺明應王殿元泰定壁畫，上題「大行散樂忠都秀在此作場」。

目次

插圖目次

據明崇禎刻本酹江集影印

感天動地竇娥冤雜劇

元　關漢卿(一)撰

楔　子(二)

（卜兒(三)蔡婆上，詩云：）花有重開日，人無再少年。不須長富貴，安樂是神仙。老身蔡婆婆是也，楚州人氏，嫡親三口兒家屬。不幸夫主亡逝已過，止有一箇孩兒，年長八歲，俺娘兒兩箇，過其日月。家中頗有些錢財，這裏一箇竇秀才，從去年問我借了二十兩銀子，如今本利該銀四十兩。我數次索取，那竇秀才只說貧難，沒得還我。他有一箇女兒，今年七歲，生得可喜，長得可愛，我有心看上他，與我家做箇媳婦，就准(四)了這四十兩銀子，豈不兩得其便。他說今日好日辰，親送女兒到我家來。老身且不索錢去，專在家中等候，這早晚竇秀才敢待來也。（沖末(五)扮竇天章引正旦(六)扮端雲上，詩云：）讀盡縹緗(七)萬卷書，可憐貧殺馬相如(八)；漢庭一日承恩召，不說當壚說子虛。小生姓竇，名天章，祖貫長安京兆人也。幼習儒業，飽有文章；爭〔九〕奈時運不通，功名未遂。不幸渾家〔一〇〕亡化已過，撇下這個女孩兒，小字端雲，從三歲上亡了他母親，如今孩兒七歲了也。小生一貧如洗，流落在這楚州居住。此間一箇蔡婆婆，他家廣有錢物；小生因無盤纏，曾借了他二十兩銀子，到今本利該對還他四十兩。他數次問小生索取，教我把甚麼還他；誰想蔡婆婆常常着人來說，要小生女孩兒做他兒媳婦。況如今春榜動，選場開〔一一〕，正待上朝取應〔一二〕，又苦盤纏缺少。小生出於無奈，只得將女孩兒端雲送與蔡婆婆做兒媳婦去。（做歎科〔一三〕，云：）嗨！這箇那裏是做媳婦？分明是賣與他一般。就准了他那先借的四十兩銀子，分外但得些少東西，勾小生應舉之費，便也過望了。說話之間，早來到他家門首。婆婆在家麼？（卜兒上，云：）秀才，請家裏坐，老身等候多時也。（做相見科，竇天章云：）小生今日一徑的將女孩兒送來與婆婆，怎敢說做媳婦，只與婆婆早晚使用。小生目下就要上朝進取功名去，留下女孩兒在此，只望婆婆看覷則箇〔一四〕。（卜兒云：）這等，你是我親家了。你本利少我四十兩銀子，兀的〔一五〕是借錢的文書，還了你；再送與你十兩銀子做盤纏。親家，你休嫌輕少。（竇天章做謝科，云：）多謝了婆婆。先少你許多銀子，都不要我還了；今又送我盤纏，此恩異日必當重報。婆婆，女孩兒早晚呆癡，看小生薄面，看覷女孩兒咱〔一六〕。（卜兒云：）親家，這不消你囑付，令愛到我家就做親女兒一般看承他，你只管放心的去。（竇天章云：）婆婆，端雲孩兒該打呵，看小生面則〔一七〕

罵幾句；當罵呵，則處分〔一八〕幾句。孩兒，你也不比在我跟前，我是你親爺，將就的你；你如今在這裏，早晚若頑劣呵，你只討那打罵喫。兒嚛！我也是出於無奈。（做悲科）（唱：）

【仙呂賞花時】我也只爲無計營生四壁貧，因此上割捨得親兒在兩處分。從今日遠踐洛陽塵，又不知歸期定准，則落的無語闇消魂〔一九〕。（下）

（卜兒云：）竇秀才留下他這女孩兒與我做媳婦兒，他一徑上朝應舉去了。（正旦做悲科，云：）爹爹，你直下的〔二〇〕撇了我孩兒去也。（卜兒云：）媳婦兒，你在我家，我是親婆，你是親媳婦，只當自家骨肉一般。你不要啼哭，跟着老身前後執料〔二一〕去來〔二二〕。（同下）

〔一〕關漢卿——號已齋叟，大都（今北京）人。作過太醫院尹。由金入元，到大德年間還活着，是一位享高齡，負盛名的戲劇作家。他的劇作有六十幾種，現存詐妮子、哭存孝、蝴蝶夢、單刀會、救風塵、拜月亭、金線池、西蜀夢、切鱠旦、玉鏡臺、緋（非）衣夢、竇娥冤、謝天香、魯齋郎及陳母教子等十餘劇。

〔二〕楔子——本是木匠用來塞緊器具、木作的榫頭的木片。後來戲劇、小說借用了這個名稱。元雜劇裏，一般分爲四折；或在四折之外，加上一個或兩個楔子。它的作用，在於介紹人物、情節、和加緊前後劇情的聯繫。位置不固定，或在劇首，或在折與折之間。所唱曲子，只用一二支小令，不用長套。

〔三〕卜兒——劇中扮演老婦人的人。宋元人把『娘』省寫爲『𡚸』，又省爲『卜』；『卜兒』就是老娘、老婦的意思。

〔四〕准——這裏是折償，抵充的意思。

〔五〕沖末——末，角色名；劇中的男角，猶如近代的京劇中的『生』。正末，男主角；此外，又有副末、沖末、外末、小末等名目。

〔六〕正旦——旦，角色名；劇中的女角。正旦，女主角；此外，又有副旦、貼旦、外旦、小旦、大旦、老旦、花旦、色旦、搽旦等名目。

〔七〕縹（ㄆㄧㄠ）緗（ㄒㄧㄤ）——縹，青白色的綢子；緗，淺黃色的綢子。古人用它包書，或作書囊；因此，後來就成爲珍貴書籍的代稱。

〔八〕馬相如——即司馬相如；字長卿，成都人，漢代的文學家。曾在臨邛作客；他很會彈琴，蜀中豪富卓王孫的女兒卓文君愛他，背着父母，跟他一起到了成都。他家裏很窮，一無所有，只剩四堵牆壁。夫婦兩人開着小酒店過活，卓文君當罏沽酒，他自己打雜。後來漢武帝讀到他所著的子虛賦，大爲稱贊，召他到朝中作官。

〔九〕爭——這裏同怎。

〔一〇〕渾家——本是『全家』的意思，一般用來專指妻子，和『老婆』相當。

〔一一〕春榜動，選場開——科舉時代，進士考試和發榜，多在春季；這兩句就是說，春季將要舉行考試了。

〔一二〕上朝取應——到京城去應考。

〔一三〕科——戲劇術語，表示劇中人物的動作或情態，一般叫做『科』，或『介』。

〔一四〕則箇——加重語氣、表示希望的語助詞，略近『着』或『者』。

〔一五〕兀（ㄨ）的——或作兀底、兀得、阿的。指示詞，猶如說『這個』、『那個』；有時也兼表驚異或鄭重的口氣。

〔一六〕咱——或作者。用在一句話的末尾，表示應當、命令、或希望的意思。

〔一七〕則——或作子。元劇中用法同只。

〔一八〕處分——這裏是分付、囑咐的意思。

〔一九〕闇（ㄢ）消魂——即黯然銷魂。闇，通黯；消，通銷。江淹別賦：『黯然銷魂者，惟別而已矣。』黯然銷魂，形容分別的時候，心裏難過，心神沮喪的情狀。

〔二〇〕下的——或作下得。就是捨得的音轉。

〔二一〕執料——照料。

〔二二〕去來——就是去；來，語尾助詞，無義。

第一折

（淨〔一〕扮賽盧醫〔二〕上，詩云：）行醫有斟酌，下藥依本草〔三〕；死的醫不活，活的醫死了。自家姓盧，人道我一手好醫，都叫做賽盧醫，在這山陽縣南門開着生藥局。在城〔四〕有箇蔡婆婆，我問他借了十兩銀子，本利該還他二十兩；數次來討這銀子，我又無的還他。若不來便罷，若來呵，我自有箇主意。我且在這藥舖中坐下，看有甚麼人來？（卜兒上，云：）老身蔡婆婆。我一向搬在山陽縣居住，儘也靜辦(五)。自十三年前竇天章秀才留下端雲孩兒與我做兒媳婦，改了他小名，喚做竇娥。自成親之後，不上二年，不想我這孩兒害弱症死了。媳婦兒守寡，又早三箇年頭，服孝將除了也。我和媳婦兒說知，我往城外賽盧醫家索錢去也。（做行科，云：）驀(六)過隅頭，轉過屋角，早來到他家門首。賽盧醫在家麼？（盧醫云：）婆婆，家裏來。（卜兒云：）我這兩箇銀子長遠了，你還了我罷。（盧醫云：）婆婆，我家裏無銀子，你跟我莊上去取銀子還你。（卜兒云：）我跟你去。（做行科）（盧醫云：）來到此處，東也無人，西也無人，這裏不下手等甚麼？我隨身帶的有繩子。兀那婆婆，誰喚你哩？（卜兒云：）在那裏？（做勒卜兒科。孛老(七)同副淨張驢兒衝上，賽盧醫慌走下，孛老救卜兒科。張驢兒云：）爹，是箇婆婆，爭些(八)勒殺了。（孛老云：）兀那婆婆，你是那裏人氏？姓甚名誰？因甚着這箇人將你勒死？（卜兒云：）老身姓蔡，在城人氏，止有箇寡媳婦兒，相守過日。因爲賽盧醫少我二十兩銀子，今日與他取討。誰想他賺我到無人去處，要勒死我，賴這銀子。若不是遇着老的和哥哥呵，那得老身性命來？（張驢兒云：）爹，你聽的他說麼？他家還有箇媳婦哩。救了他性命，他少不得要謝我；不若你要這婆子，我要他媳婦兒，何等兩便，你和他說去。（孛老云：）兀那婆婆，你無丈夫，我無渾家，你肯與我做箇老婆，意下如何？（卜兒云：）是何言語！待我回家，多備些錢鈔相謝。（張驢兒云：）你敢〔九〕是不肯，故意將錢鈔哄我？賽盧醫的繩子還在，我仍舊勒死了你罷。（做拿繩科）（卜兒云：）哥哥，待我慢慢地尋思咱。（張驢兒云：）你尋思些甚麼？你隨我老子，我便要你媳婦兒。（卜兒背云〔一〇〕：）我不依他，他又勒殺我。罷罷罷，你爺兒兩箇隨我到家中去來。（同下）（正旦上，云：）妾身姓竇，小字端雲，祖居楚州人氏。我三歲上亡了母親，七歲上離了父親；俺父親將我嫁與蔡婆婆爲兒媳婦，改名竇娥。至十七歲與夫成親，不幸丈夫亡化，可早三年光景，我今二十歲也。這南門外有箇賽盧醫，他少俺婆婆銀子，本利該二十兩，數次索取不還，今日俺婆婆親自索取去了。竇娥也，你這命好苦也呵！（唱：）

【仙呂點絳唇】滿腹閒愁，數年禁受〔一一〕，天知否？天若是知我情由，怕不待和天瘦。

【混江龍】則問那黃昏白晝，兩般兒忘湌廢寢幾時休？大都來〔一二〕昨宵夢裏，和着這今日心頭。催人淚的是錦爛熳花枝橫繡闥，斷人腸的是剔團圞〔一三〕月色掛粧樓。長則是急煎煎〔一四〕按不住意中焦，悶沉沉展不徹眉尖皺，越覺的情懷冗冗〔一五〕，心緒悠悠。

（云：）似這等憂愁，不知幾時是了也呵！（唱：）

【油葫蘆】莫不是八字兒該載着一世憂，誰似我無盡頭！須知道人心不似水長流。我從三歲母親身亡後，到七歲與父分離久，嫁的箇同住人，他可又拔着短籌〔一六〕；撇的俺婆婦每〔一七〕都把空房守，端的〔一八〕箇有誰問，有誰偢？

【天下樂】莫不是前世裏燒香不到頭〔一九〕，今也波〔二〇〕生招禍尤，勸今人早將來世修。我將這婆侍養，我將這服孝守，我言詞須應口。

（云：）婆婆索錢去了，怎生這早晚不見回來？（卜兒同孛老、張驢兒上）（卜兒云：）你爺兒兩箇且在門首等，我先進去。（張驢兒云：）妳妳，你先進去，就說女壻在門首哩。（卜兒見正旦科）（正旦云：）妳妳回來了，你喫飯麼？（卜兒做哭科，云：）孩兒也，你教我怎生說波！（正旦唱：）

【一半兒】爲甚麼淚漫漫不住點兒流？莫不是爲索債與人家惹爭鬥？我這裏連忙迎接慌問候，他那裏要說緣由。（卜兒云：）羞人荅荅的〔二一〕，教我怎生說波！（正旦唱：）則見他一半兒徘徊一半兒醜。

（云：）婆婆，你爲甚麼煩惱啼哭那？（卜兒云：）我問賽盧醫討銀子去，他賺我到無人去處，行起兇來，要勒死我。虧了一箇張老幷他兒子張驢兒，救得我性命。那張老就要我招他做丈夫，因這等煩惱。（正旦云：）婆婆，這箇怕不中〔三二〕麼？你再尋思咱：俺家裏又不是沒有飯吃，沒有衣穿，又不是少欠錢債，被人催逼不過；況你年紀高大，六十以外的人，怎生又招丈夫那？（卜兒云：）孩兒也，你說的豈不是？但是我的性命全虧他這爺兒兩箇救的，我也曾說道，待我到家，多將些錢物，酬謝你救命之恩。不知他怎生知道我家裏有箇媳婦兒，道我婆媳婦又沒老公，他爺兒兩箇又沒老婆，正是天緣天對。若不隨順，他依舊要勒死我。那時節我就慌張了，莫說自己許了他，連你也許了他。兒也，這也是出於無奈。（正旦云：）婆婆，你聽我說波。（唱：）

【後庭花】避凶神要擇好日頭，拜家堂要將香火修；梳着箇霜雪般白鬏髻〔三三〕，怎將這雲霞般錦帕兜。怪不的女大不中留〔三四〕，你如今六旬左右，可不道到中年萬事休，舊恩愛一筆勾，新夫妻兩意投，枉教人笑破口。

（卜兒云：）我的性命都是他爺兒兩箇救的，事到如今，也顧不得別人笑話了。（正旦唱：）

【青哥兒】你雖然是得他得他營救，須不是筍條〔三五〕筍條年幼，剗的〔三六〕便巧畫蛾眉〔三七〕成配偶。想當初你夫主遺留，替你圖謀，置下田疇，蚤晚羹粥，寒暑衣裘；滿望你鰥寡孤獨，無捱無靠，母子每到白頭。公公也，則落得乾生受(二八)。

（卜兒云：）孩兒也，他如今只待過門，喜事匆匆的，教我怎生回得他去？（正旦唱：）

【寄生草】你道他匆匆喜，我替你倒細細愁；愁則愁興闌刪(二九)嚥不下交歡酒，愁則愁眼昏騰扭不上同心扣，愁則愁意朦朧睡不穩芙蓉褥。你待要笙歌引至畫堂前，我道這姻緣敢落在他人後。

（卜兒云：）孩兒也，再不要說我了，他爺兒兩箇都在門首等候，事已至此，不若連你也招了女婿罷。（正旦云：）婆婆，你要招你自招，我並然不要女婿。（卜兒云：）那箇是要女婿的。爭奈他爺兒兩箇自家捱過門來，教我如何是好？（張驢兒云：）我們今日招過門去也。帽兒光光(三〇)，今日做箇新郎；袖兒窄窄，今日做箇嬌客。好女婿，好女婿，不枉了，不枉了。（同孛老入拜科）（正旦做不禮(三一)科，云：）兀那廝(三二)，靠後！（唱：）

【賺煞】我想這婦人每休信那男兒口，婆婆也，怕沒的貞心兒自守，到今日招着箇村老子〔三三〕，領着箇半死囚。（張驢兒做嘴臉科，云：）你看我爺兒兩箇這等身段，儘也選得女壻過，你不要錯過了好時辰，我和你早些兒拜堂罷。（正旦不禮科，唱：）則被你坑殺人〔三四〕燕侶鶯儔。婆婆也，你豈不知羞！俺公公撞府沖州，闘𨶛〔三五〕的銅斗兒家緣〔三六〕百事有，想着俺公公置就，怎忍教張驢兒情受〔三七〕？（張驢兒做扯正旦拜科，正旦推跌科，唱：）兀的不是俺沒丈夫的婦女下場頭。（下）

（卜兒云：）你老人家不要惱懆〔三八〕，難道你有活命之恩，我豈不思量報你；只是我那媳婦兒氣性最不好惹的，既是他不肯招你兒子，教我怎好招你老人家？我如今拚的好酒好飯養你爺兒兩箇在家，待我慢慢的勸化俺媳婦兒；待他有箇回心轉意，再作區處〔三九〕。（張驢兒云：）這歪剌骨〔四〇〕，便是黃花女兒〔四一〕，剛剛扯的一把，也不消這等使性，平空的推了我一交，我肯乾罷！就當面賭箇誓與你：我今生今世不要他做老婆，我也不算好男子。（詞云：）美婦人我見過萬千向外，不似這小妮子〔四二〕生得十分憊賴〔四三〕；我救了你老性命死裏重生，怎割捨得不肯把肉身陪待？（同下）

〔一〕淨——角色名；元劇中，一般扮演男角，有時也扮演女角。又有副淨、二淨等名目。

〔二〕賽盧醫——賽，是趕得上，比得過的意思。盧醫，指古代良醫扁鵲；盧是他住的地方，因稱爲盧醫。元劇中常稱庸醫爲『賽盧醫』，是用反語打諢，譏笑這個醫生不行的意思。

〔三〕本草——中國研究藥物最古的一部書。

〔四〕在城——本城。

〔五〕靜辦——清靜，安靜。

〔六〕驀——這裏同邁，跨過。

〔七〕孛老——劇中扮演老頭的人。

〔八〕爭些——差一點兒。

〔九〕敢——莫非，大約。

〔一〇〕背云——戲劇術語。在舞台上背着別的角色，假定人家聽不見，自己講自己心裏的話。現在叫做『打背躬』、『旁白』。

〔一一〕禁受——禁當，承當，忍受。

〔一二〕大都來——大抵，不過，算來。

〔一三〕剔團圞（ㄌㄨㄢ）——剔，形容極圓的副詞，猶如說『滴溜兒』。團圞，或作禿圞、突欒。剔團圞，就是非常團、圓的意思。

〔一四〕急煎煎——焦急的樣子。

〔一五〕冗（ㄖㄨㄥ）冗——雜亂，煩多。

〔一六〕拔短籌——籌，古代計算數目的工具，每根籌上都刻明數目。賭博，飲酒的時候，也都用籌。拔短籌，這裏比喻短命的意思。現在有些地方還有『拔短』的說法：賭博贏了錢，不等終局就走，這種人稱爲『拔短鬼』。引申起來，凡事半途而廢，都可叫做『拔短』，或『拔短籌』。

〔一七〕每——元代語言中，人稱代詞下的『每』字，用法同『們』，表示多數。

〔一八〕端的——眞的。

〔一九〕前世裏燒香不到頭——迷信的說法：前世燒了斷頭香，今生就得折斷、分離的果報，夫妻不能一齊到老。

〔二〇〕也波——語句中間的助詞，無義；猶如現代歌曲中的『呀呼嘿』一類的詞。

〔二一〕羞人荅荅的——或作羞荅荅的。害羞，難爲情的樣子。荅荅，語助詞。

〔二二〕不中——不行；使不得。

〔二三〕䯼（ㄉㄧˊ）髻（ㄐㄧˋ）——或作髢髻，鬄髻。古時婦女頭上套網的假髮，帶有裝飾性的一種假髻。

〔二四〕女大不中留——女子到了相當年齡，必須出嫁，是勉强留不住的。

〔二五〕筍條——竹根所生的幼芽；比喻人的年青。

〔二六〕剗（ㄔㄢˇ）的——或作剗地。無緣無故地，平白地；一味地；倒，還，反而。這裏用的是前一義。

〔二七〕巧畫蛾眉——漢代張敞（曾作過京兆尹的官，曲中也稱他爲『張京兆』。）和他的妻子愛情很濃厚，曾替他的妻子描畫眉毛；後來常用這個故事表示夫婦感情好。

〔二八〕乾生受——生受，用於自己方面，是受苦、受罪的意思；對人家而言，是難爲、辛苦、有勞的意思。乾生受，就是白辛苦。

〔二九〕闌刪——或作闌珊。懶散，打不起勁兒。

〔三〇〕帽兒光光四句——形容結婚時，新郎衣帽整潔；是贊賀新郎的話。

〔三一〕不禮——這裏是不理的意思。
〔三二〕廝——元劇中有兩種用法：一、對男子的賤稱，如這廝，那廝；就是這（那）個傢伙的意思。二、作相互的相字解，如廝似，廝見；就是相似，相見。
〔三三〕村老子——村，粗野、質樸、鄙俗；老子，老頭子。
〔三四〕坑殺人——坑，這裏同傾，就是陷害的意思。坑殺人，猶如說：害死人。
〔三五〕䦛（ㄓㄥ）閫（ㄓㄞ）——或作掙閫，掙揣，掙側。有兩義：一、同掙，用力謀取、取得。二、同掙扎，勉强支持。這裏用的是第一義。
〔三六〕銅斗兒家緣——用銅斗比喻家產殷實、牢固。
〔三七〕情受——承受。
〔三八〕惱懆（ㄘㄠ）——煩惱不安。
〔三九〕區處——分別處置、處理的意思。
〔四〇〕歪剌骨——或省作歪剌，歪臘。侮辱婦女的話；含有潑辣，臭肉，不正派等義。
〔四一〕黃花女兒——閨女，處女。
〔四二〕小妮子——宋元以來稱未婚的女奴爲小妮子；就是小丫頭。
〔四三〕憊（ㄅㄟ）賴——潑賴，調皮。

第二折

（賽盧醫上，詩云：）小子太醫出身，也不知道醫死多人，何嘗怕人告發，關了一日店門？在城有箇蔡家婆子，剛少的他廿兩花銀，屢屢親來索取，爭些撚斷脊筋。也是我一時智短，將他賺到荒村，撞見兩箇不識姓名男子，一聲嚷道：『浪蕩乾坤，怎敢行兇撒潑，擅自勒死平民！』唬得我丟了繩索，放開脚步飛奔。雖然一夜無事，終覺失精落魂；方知人命關天關地，如何看做壁上灰塵。從今改過行業，要得滅罪修因，將以前醫死的性命，一箇箇都與他一卷超度的經文。小子賽盧醫的便是。只爲要賴蔡婆婆二十兩銀子，賺他到荒僻去處，正待勒死他，誰想遇見兩箇漢子，救了他去。若是再來討債時節，教我怎生見他？常言道的好：三十六計，走爲上計。喜得我是孤身，又無家小連累；不若收拾了細軟行李，打箇包兒，悄悄的躲到別處，另做營生，豈不乾淨？（張驢兒上，云：）自家張驢兒，可奈那竇娥百般的不肯隨順我；如今那老婆子害病，我討服毒藥，與他喫了，藥死那老婆子，這小妮子好歹做我的老婆。（做行科，云：）且住，城裏人耳目廣，口舌多，倘見我討毒藥，可不嚷出事來？我前日看見南門外有箇藥鋪，此處冷靜，正好討藥。（做到科，叫云：）太醫哥哥，我來討藥的。（賽盧醫云：）你討甚麼藥？（張驢兒云：）我討服毒藥。（賽盧醫云：）誰敢合毒藥與你？這廝好大膽也。（張驢兒云：）你眞箇不肯與我藥麼？（賽盧醫云：）我不與你，你就怎地我？（張驢兒做拖盧云：）好呀，前日謀死蔡婆婆的，不是你來？你說我不認的你哩？我拖你見官去。（賽盧醫做慌科，云：）大哥，你放我，有藥有藥。（做與藥科，張驢兒云：）既然有了藥，且饒你罷。正是：得放手時須放手，得饒人處且饒人。（下）（賽盧醫云：）可不悔氣〔一〕！剛剛討藥的這人，就是救那婆子的。我今日與了他這服毒藥去了，以後事發，越越要連累我；趁早兒關上藥舖，到涿州賣老鼠藥去也。（下）（卜兒上，做病伏几科）（孛老同張驢兒上，云：）老漢自到蔡婆婆家來，本望做箇接脚〔二〕，却被他媳婦堅執不從。那婆婆一向收留俺爺兒兩箇在家同住，只說好事不在忙，等慢慢裏勸轉他媳婦，誰想那婆婆又害起病來。孩兒，你可曾算我兩箇的八字，紅鸞〔三〕天喜〔四〕幾時到命哩？（張驢兒云：）要看什麼天喜到命，只賭本事做得去自去做。（孛老云：）孩兒也，蔡婆婆害病好幾日了，我與你去問病波。（做見卜兒問科，云：）婆婆，你今日病體如何？（卜兒云：）我身子十分不快哩。（孛老云：）你可想些甚麼吃？（卜兒云：）我思量些羊肚〔五〕兒湯吃。（孛老云：）孩兒，你對竇娥說，做些羊肚兒湯與婆婆吃。（張驢兒向古門〔六〕云：）竇娥，婆婆想羊肚兒湯吃，快安排將〔七〕來。（正旦持湯上，云：）妾身竇娥是也。有俺婆婆不快，想羊肚湯吃，我親自安排了與婆婆吃去。婆婆也，我這寡婦人家，凡事也要避些嫌疑，怎好收留那張驢兒父子兩箇？非親非眷的，一家兒同住，豈不惹外人談議？婆婆也，你莫要背地裏許了他親事，連我也累做不淸不潔的。我想這婦人心好難保也呵。（唱：）

【南呂一枝花】他則待一生鴛帳眠，那裏肯半夜空房睡；他本是張郎婦，又做了李郎妻。有一等婦女每相隨，並不說家克計，則打聽些閒是非；說一會不明白打鳳〔八〕的機關，使了些調虛囂〔九〕撈龍的見識。

【梁州第七】這一箇似卓氏般當罏滌器，這一箇似孟光般舉案齊眉〔一〇〕；說的來藏頭蓋脚多伶俐〔一一〕，道着難曉，做出纔知。舊恩忘却，新愛偏宜；墳頭上土脉猶濕，架兒上又換新衣。那裏有奔喪處哭倒長城〔一二〕，那裏有浣紗時甘投大水〔一三〕，那裏有上山來便化頑石〔一四〕。可悲可恥，婦人家直恁的無仁義；多淫奔，少志氣，虧殺前人在那裏，更休說本性難移。

（云：）婆婆，羊肚兒湯做成了，你吃些兒波。（張驢兒云：）等我拿去。（做接嘗科，云：）這裏面少些鹽醋，你去取來。（正旦下）（張驢兒放藥科）（正旦上，云：）這不是鹽醋？（張驢兒云：）你傾下些。（正旦唱：）

【隔尾】你說道少鹽欠醋無滋味，加料添椒纔脆美。但願娘親蚤痊濟，飲羹湯一杯，勝甘露(一五)灌體，得一個身子平安倒大來喜。

（孛老云：）孩兒，羊肚湯有了不曾？（張驢兒云：）湯有了，你拿過去。（孛老將湯云：）婆婆，你吃些湯兒。（卜兒云：）有累你。（做嘔科，云：）我如今打嘔，不要這湯吃了，你老人家吃罷。（孛老云：）這湯特做來與你吃的，便不要吃，也吃一口兒。（卜兒云：）我不吃了，你老人家請吃。（孛老吃科）（正旦唱：）

【賀新郎】一箇道你請喫，一箇道婆先喫，這言語聽也難聽，我可是氣也不氣！想他家與咱家有甚的親和戚？怎不記舊日夫妻情意，也曾有百縱千隨。婆婆也，你莫不爲黃金浮世寶，白髮故人稀；因此上把舊恩情，全不比新知契。則待要百年同墓穴，那裏肯千里送寒衣。

（孛老云：）我吃下這湯去，怎覺昏昏沉沉的起來？（做倒科）（卜兒慌科，云：）你老人家放精神着，你扎挣着些兒。（做哭科，云：）兀的不是死了也！（正旦唱：）

【鬥蝦蟆】空悲戚，沒理會，人生死，是輪迴。感着這般病疾，値着這般時勢，可是風寒暑濕，或是饑飽勞役，各人證候〔六〕自知。人命關天關地，別人怎生替得？壽數非干今世，相守三朝五夕，說甚一家一計。又無羊酒段匹，又無花紅財禮；把手爲活過日，撒手如同休棄；不是竇娥忤逆，生怕傍人論議。不如聽咱勸你，認箇自家悔氣，割捨的一具棺材，停置幾件布帛，收拾出了咱家門裏，送入他家墳地。這不是你那從小兒年紀指脚的夫妻；我其實不關親，無半點恓惶淚。休得要心如醉，意似癡，便這等嗟嗟怨怨，哭哭啼啼。

（張驢兒云：）好也囉！你把我老子藥死了，更待乾罷！（卜兒云：）孩兒，這事怎了也？（正旦云：）我有什麼藥在那裏，都是他要鹽醋時，自家傾在湯兒裏的。（唱：）

【隔尾】這厮搬調〔七〕咱老母收留你，自藥死親爺待要謊嚇誰？（張驢兒云：）我家的老子，倒說是我做兒子的藥死了，人也不信。（做叫科，云：）四鄰八舍聽着：竇娥藥殺我家老子哩。（卜兒云：）罷麼，你不要大驚小怪的，嚇殺我也。（張驢兒云：）你可怕麼？（卜兒云：）可知〔一八〕怕哩。（張驢兒云：）你要饒麼？（卜兒云：）可知要饒哩。（張驢兒云：）你教竇娥隨順了我，叫我三聲的的親親的丈夫，我便饒了他。（卜兒云：）孩兒也，你隨順了他罷。（正旦云：）婆婆，你怎說這般言語？（唱：）我一馬難將兩鞍鞴。想男兒在日曾兩年匹配，却教我改嫁別人，其實做不得。

（張驢兒云：）竇娥，你藥殺了俺老子，你要官休？要私休？（正旦云：）怎生是官休？怎生是私休？（張驢兒云：）你要官休呵，拖你到官司，把你三推六問〔一九〕，你這等瘦弱身子，當不過拷打，怕你不招認藥死我老子的罪犯！你要私休呵，你早些與我做了老婆，倒也便宜了你。（正旦云：）我又不曾藥死你老子，情願和你見官去來。（張驢兒拖正旦卜兒下）（淨扮孤〔二〇〕引祗候〔二一〕上，詩云：）我做官人勝別人，告狀來的要金銀；若是上司當刷卷〔二二〕，在家推病不出門。下官楚州太守桃杌是也。今早升廳坐衙，左右，喝攛廂〔二三〕。（祗候么喝科）（張驢兒拖正旦卜兒上，云：）告狀告狀。（祗候云：）拿過來。（做跪見，孤亦跪科，云：）請起。（祗候云：）相公，他是告狀的，怎生跪着他？（孤云：）你不知道，但來告狀的，就是我衣食父母〔二四〕。（祗候么喝科，孤云：）那箇是原告？那箇是被告？從實說來。（張驢兒云：）小人是原告張驢兒，告這媳婦兒，喚做竇娥，合毒藥下在羊賭湯兒裏，藥死了俺的老子。這個喚做蔡婆婆，就是俺的後母。望大人與小人做主咱。（孤云：）是那一箇下的毒藥？（正旦云：）不干小婦人事。（卜兒云：）也不干老婦人事。（張驢兒云：）也不干我事。（孤云：）都不是，敢是我下的毒藥來？（正旦云：）我婆婆也不是他後母，他自姓張，我家姓蔡。我婆婆因為與賽盧醫索錢，被他賺到郊外勒死；我婆婆却得他爺兒兩箇救了性命，因此我婆婆收留他爺兒兩箇在家，養膳終身，報他的恩德。誰知他兩箇倒起不良之心，冒認婆婆做了接脚，要逼勒小婦人做他媳婦。小婦人元是有丈夫的，服孝未滿，堅執不從。適值我婆婆患病，着小婦人安排羊肚湯兒喫。不知張驢兒那裏討得毒藥在身，接過湯來，只說少些鹽醋，支轉小婦人，闇地傾下毒藥。也是天幸，我婆婆忽然嘔吐，不要湯吃，讓與他老子吃，纔吃的幾口，便死了。與小婦人並無干涉，只望大人高擡明鏡(三五)，替小婦人做主咱。（唱：）

【牧羊關】大人你明如鏡，清似水，照妾身肝膽虛實。那羹本五味俱全，除了外百事不知。他推道嘗滋味，喫下去便昏迷。不是妾訟庭上胡支對(三六)，大人也，却教我平白地說甚的。

（張驢兒云：）大人詳情：他自姓蔡，我自姓張，他婆婆不招俺父親接脚，他養我父子兩箇在家做甚麼？這媳婦年紀兒雖小，極是箇賴骨頑皮，不怕打的。（孤云：）人是賤蟲，不打不招。左右，與我選大棍子打着。（祗候打正旦，三次噴水科）（正旦唱：）

【罵玉郎】這無情棍棒教我捱不的。婆婆也，須是你自做下，怨他誰！勸普天下前婚後嫁婆娘每，都看取我這般傍州例（二七）。

【感皇恩】呀！是誰人唱叫揚疾（二八），不由我不魄散魂飛。恰消停，纔蘇醒，又昏迷。捱千般打拷，萬種凌逼，一杖下，一道血，一層皮。

【採茶歌】打的我肉都飛，血淋漓，腹中寃枉有誰知！則我這小婦人毒藥來從何處也，天那！怎麼的覆盆不照太陽暉（二九）！

（孤云：）你招也不招？（正旦云：）委的（三〇）不是小婦人下毒藥來。（孤云：）既然不是，你與我打那婆子。（正旦忙云：）住住住，休打我婆婆，情願我招了罷。是我藥死公公來。（孤云：）既然招了，着他畫了伏狀（三一），將枷來枷上，下在死囚牢裏去。到來日判箇斬字，押付市曹典刑。（卜兒哭科，云：）竇娥孩兒，這都是我送了你性命，兀的不痛殺我也！（正旦唱：）

【黃鍾尾】我做了箇銜寃負屈沒頭鬼，怎肯便放了你好色荒淫漏面賊？想人心不可欺，

寃枉事天地知，爭到頭，競到底，到如今待怎的；情願認藥殺公公，與了招罪。婆婆也，我若是不死呵，如何救得你？（隨祗候押下）

（張驢兒做叩頭科，云：）謝青天老爺做主！明日殺了竇娥，纔與小人的老子報的寃。（卜兒哭科，云：）明日市曹中殺竇娥孩兒也，兀的不痛殺我也！（孤云：）張驢兒，蔡婆婆，都取保狀，着隨衙聽候。左右，打散堂鼓，將馬來回私宅去也。（同下）

〔一〕悔氣——即晦氣；遇事不順利，倒霉。

〔二〕接脚——丈夫死了，再招一個丈夫，這個被招的人叫做『接脚壻』，省稱爲『接脚』。

〔三〕紅鸞——星命家迷信的說法：命裏有紅鸞星照限，主婚姻成就，有喜事。

〔四〕天喜——星命家迷信的說法：日支與月建相合，如寅月逢戌日，卯月逢亥日，都叫做『天喜』，這一天就是吉日。

〔五〕賭——同肚。

〔六〕古門——即古門道，亦作鬼門道：就是戲台上上場下場的門。

〔七〕將——拿、帶。

〔八〕打鳳、撈龍——就是安排圈套，使人中計，墮入其中的意思。

〔九〕虛囂——虛浮，僞詐。

〔一〇〕似孟光般舉案齊眉——孟光，東漢人，梁鴻的妻子。他倆平常相敬如賓；喫飯的時候，孟光把案（托盤一類的用具）高舉齊眉，表示對丈夫的敬禮。

〔一一〕伶俐——乾淨，沒有牽累的意思。

〔一二〕奔喪處哭倒長城——民間傳說故事：秦始皇時，范杞梁被差去築長城，死在那裏。他的妻子孟姜女去尋找他，在城下慟哭，城牆倒了一大片，杞梁的屍骨也發現出來了。

〔一三〕浣紗時甘投大水——春秋時，伍子胥從楚國逃難到吳國去，走到江邊，一個浣紗的女子看見他是逃難的人，就給飯他喫。臨走，伍子胥囑咐她不要告訴後面的追兵；她就投江而死，以表明自己誠意救他的心志。

〔一四〕上山來便化頑石——古代神話傳說：一個人出外未歸，他的妻子天天登山遠望，盼他回來，日子久了，她就變成了山上的一塊石頭。後來稱這塊石頭爲「望夫石」。

〔一五〕甘露——古人認爲：天下太平，天就降一種甘甜的露水，人喝了可以長生。佛教的說法：甘露，是諸天不死之藥，人喫了就可命長身安，力大體光。

〔一六〕證候——即症候，病狀。

〔一七〕撥調——撥弄、調唆。

〔一八〕可知——當然。有時作難怪解。

〔一九〕三推六問——推，推求，勘察；問，審訊。三推六問，就是多次審訊的意思。

〔二〇〕孤——戲劇名詞。劇中扮演官員的人。

〔二一〕祗（ㄓ）候——本宋代武官名。元代，各路、縣，都設有祗候若干名，就是較高級的衙役。後來，富貴人家的僕役頭，也稱爲『祗候』，或『祗候人』。

〔二二〕刷卷——元代，由肅政廉訪使（見本劇第四折註）稽查所屬各衙門處理獄訟案件的情形，不使拖延，枉屈，叫做『照刷』，『磨刷』，或『刷卷』。

〔二三〕攛（ㄘㄨㄢ）廂——廂，或作箱。封建時代，官員開庭審案的時候，衙役分列兩廂，大聲么喝壯威，叫做『喝攛箱』。一說：一面么喝，一面把投在箱中的狀詞取出，叫做『喝攛箱』。

〔二四〕衣食父母——舊社會裏，仰靠某人生活，就稱那個人是自己的衣食父母。這裏，是借演員打諢的話，以諷刺官吏們趁老百姓打官司的時機，進行敲詐貪汚的行爲；所以稱打官司的人是他的『衣食父母』。

〔二五〕明鏡——比喻人能分辨是非，無所掩蔽，像一面明鏡一樣。古代，官吏斷案，斷得明白公正，沒有寃屈，被稱爲『明鏡高懸』或『高擡明鏡』。

〔二六〕支對——支吾答對。

〔二七〕傍州例——例子，榜樣。

〔二八〕唱叫揚疾——或作暢叫揚疾，炒鬧揚疾；快快疾疾，義並同。就是吵鬧嚷唧的意思。

〔二九〕覆盆不照太陽暉——翻蓋着的盆，太陽光照射不進去；就是黑暗，見不着光明的意思；用以比喻官吏和衙門的暗無天日。

〔三〇〕委的——亦作委實的。眞的，確實的。

〔三一〕伏狀——供詞，承認罪狀的狀詞。

第三折

（外⑴扮監斬官上，云：）下官監斬官是也。今日處决犯人，着做公的把住巷口，休放往來人閒走。（淨扮公人，皷三通，鑼三下科。劊子磨旗、提刀、押正旦帶枷上，劊子云：）行動些，行動些；監斬官去法場上多時了。（正旦唱：）

【正宮端正好】沒來由犯王法，不隄防遭刑憲，叫聲屈動地驚天。頃刻間遊魂先赴森羅殿，怎不將天地也生埋怨。

【滾繡球】有日月朝暮懸，有鬼神掌著生死權，天地也，只合把淸濁分辨，可怎生糊突了盜跖顏淵⑵：爲善的受貧窮更命短，造惡的享富貴又壽延。天地也，做得箇怕硬欺軟，却元來也這般順水推船。地也，你不分好歹何爲地？天也，你錯勘賢愚枉做天！哎，只落得兩淚漣漣。

（劊子云：）快行動些，悞了時辰也。（正旦唱：）

【倘秀才】則被這枷紐的我左側右偏，人擁的我前合後偃，我竇娥向哥哥行(三)有句言。（劊子云：）你有甚麽話說？（正旦唱：）前街裏去心懷恨，後街裏去死無寃，休推辭路遠。

（劊子云：）你如今到法場上面，有甚麽親眷要見的，可敎他過來，見你一面也好。（正旦唱：）

【叨叨令】可憐我孤身隻影無親眷，則落的呑聲忍氣空嗟怨。（劊子云：）難道你爺娘家也沒的？（正旦云：）止有箇爹爹，十三年前上朝取應去了，至今杳無音信。（唱：）蚤已是十年多不覩爹爹面。（劊子云：）你適纔要我往後街裏去，是什麽主意？（正旦唱：）怕則怕前街裏被我婆婆見。（劊子云：）你的性命也顧不得，怕他見怎的？（正旦云：）俺婆婆若見我披枷帶鎖赴法場飡刀去呵，（唱：）枉將他氣殺也麽哥(四)，枉將他氣殺也麽哥。告哥哥，臨危好與人行方便。

（卜兒哭上科，云：）天那，兀的不是我媳婦兒！（劊子云：）婆子靠後。（正旦云：）旣是俺婆婆來了，叫他來，待我囑付他幾句話咱。（劊子云：）那婆子，近前來，你媳婦要囑付你話哩。（卜兒云：）孩兒，痛殺我也！（正旦云：）婆婆，那張驢兒把毒藥放在羊肚兒湯裏，實指望藥死了你，要覇佔我爲妻。不想婆婆讓與他老子吃，倒把他老子藥死了。我怕連累婆婆，屈招了藥死公公，今日赴法場典刑。婆婆，此後遇着冬時年節，月一十五，有瀽(五)不了的漿水飯，瀽半碗兒與我吃，燒不了的紙錢，與竇娥燒一陌兒(六)，則是看你死的孩兒面上。(唱：)

【快活三】念竇娥葫蘆提(七)當罪愆，念竇娥身首不完全，念竇娥從前已往幹家緣，婆婆也，你只看竇娥少爺無娘面。

【鮑老兒】念竇娥伏侍婆婆這幾年，遇時節將碗涼漿奠；你去那受刑法屍骸上烈些紙錢，只當把你亡化的孩兒薦。(卜兒哭科，云：)孩兒放心，這箇老身都記得。天那，兀的不痛殺我也！(正旦唱：)婆婆也，再也不要啼啼哭哭，煩煩惱惱，怨氣衝天。這都是我做竇娥的沒時沒運，不明不闇，負屈銜寃。

(劊子做喝科，云：)兀那婆子靠後，時辰到了也。(正旦跪科)(劊子開枷科)(正旦云：)竇娥告監斬大人，有一事肯依竇娥，便死而無怨。(監斬官云：)你有什麼事？你說。(正旦云：)要一領淨席，等我竇娥站立；又要丈二白練，挂在旗鎗上，若是我竇娥委實寃枉，刀過處頭落，一腔熱血休半點兒沾在地下，都飛在白練上者。(監斬官云：)這箇就依你，打甚麼不緊(八)。(劊子做取席站科，又取白練挂旗上科)(正旦唱：)

【耍孩兒】不是我竇娥罰下這等無頭願，委實的冤情不淺；若沒些兒靈聖與世人傳，也不見得湛湛青天。我不要半星熱血紅塵灑，都只在八尺旗鎗素練懸。等他四下裏皆瞧見，這就是咱萇弘化碧〔九〕，望帝啼鵑〔一〇〕。

（劊子云：）你還有甚的說話，此時不對監斬大人說，幾時說那？（正旦再跪科，云：）大人，如今是三伏天道，若竇娥委實冤枉，身死之後，天降三尺瑞雪，遮掩了竇娥屍首。（監斬官云：）這等三伏天道，你便有衝天的怨氣，也召不得一片雪來，可不胡說！（正旦唱：）

【二煞】你道是暑氣暄，不是那下雪天，豈不聞飛霜六月因鄒衍〔一一〕。若果有一腔怨氣噴如火，定要感的六出冰花〔一二〕滾似綿，免着我屍骸現；要什麼素車白馬〔一三〕，斷送〔一四〕出古陌荒阡？

（正旦再跪科，云：）大人，我竇娥死的委實冤枉，從今以後，着這楚州亢旱三年。（監斬官云：）打嘴！那有這等說話！（正旦唱：）

【一煞】你道是天公不可期，人心不可憐，不知皇天也肯從人願。做甚麼三年不見甘霖降，也只爲東海曾經孝婦冤〔一五〕。如今輪到你山陽縣，這都是官吏每無心正法，使百姓有口難言。

（正旦唱：）

（劊子做磨旗科，云：）怎麽這一會兒天色陰了也？（內做風科，劊子云：）好冷風也！

【煞尾】浮雲爲我陰，悲風爲我旋，三樁兒誓願明題徧。（做哭科，云：）婆婆也，直等待雪飛六月，亢旱三年呵，（唱：）那其間纔把你個屈死的冤魂這竇娥顯。

（劊子做開刀，正旦倒科）（監斬官驚云：）呀，眞箇下雪了，有這等異事！（劊子云：）我也道平日殺人，滿地都是鮮血，這個竇娥的血都飛在那丈二白練上，並無半點落地，委實奇恠。（監斬官云：）這死罪必有冤枉。早兩樁兒應驗了，不知亢旱三年的說話，准也不准？且看後來如何。左右，也不必等待雪晴，便與我擡他屍首，還了那蔡婆婆去罷。（衆應科，擡屍下）

〔一〕外——元劇裏『外末』，『外旦』，或『外淨』的省稱。

〔二〕盜跖（ㄓ）顏淵——都是春秋時代的人。盜跖是一個當時所謂的『大盜』。顏淵是一個當時所謂的『賢者』，家裏很窮，年歲不大就短命死了。後來常用他們作爲壞人和好人的典型。

〔三〕行——宋元語言裏，在人稱、自稱之後用『行』字，如哥哥行，他行，我行等，都是用以指示方位的；就是哥哥那邊，他那邊，我這邊的意思。

〔四〕也麼哥——語尾助詞，有聲無義。

〔五〕瀽（ㄐㄧㄢ）——潑，倒。

〔六〕一陌兒——陌通百；一陌兒，就是一百張，或一串。

〔七〕葫蘆提——或作胡盧題，胡盧提。含胡籠統，糊裏糊塗，馬馬虎虎。

〔八〕打甚麼不緊——或作打甚不緊，打甚麼緊，不打緊，義均同。就是有什麼要緊，即不要緊的意思。

〔九〕萇弘化碧——萇弘，周朝的大夫。碧，青綠色的美石。古代神話：萇弘被殺以後，蜀人把他的血藏起來，三年，血變成碧。

〔一〇〕望帝啼鵑——古代神話：蜀王杜宇，號望帝，死後，魂化爲杜鵑鳥，日夜悲鳴，聲音非常淒厲。

〔一一〕飛霜六月因鄒衍——鄒衍，戰國時人。相傳：他對燕惠王很忠心，被人誣害下獄；他仰天大哭，夏天五月裏，天竟下霜。後來常用這個故事代表寃獄。

〔一二〕六出冰花——即雪花。它的結晶體多爲六瓣，所以又叫做『六出花』。

〔一三〕素車白馬——東漢時，范式和張劭友好，張劭死了，范式從很遠的地方乘着白車白馬去弔喪。後來常用這四個字，代表弔喪、送葬的意思。

〔一四〕斷送——有送，葬送，度過；妝奩等義。這裏是送的意思。

〔一五〕東海曾經孝婦寃——漢代傳說：東海有一寡婦周青，對婆婆很孝順。婆婆因事自縊死了，周青被誣告，臨刑時，她指着車上的長竹竿對人說：我若眞是有罪，被斬後，血往下流；否則，血就沿着竹竿逆流上去。行刑之後，血果然逆流而上。於是東海一帶，三年枯旱不雨。後來于公替她雪冤，才又下雨。

第四折

（竇天章冠帶引丑(一)張千祗從上，詩云：）獨立空堂思黯然，高峯月出滿林煙；非關有事人難睡，自是驚魂夜不眠。老夫竇天章是也。自離了我那端雲孩兒，可蚤十六年光景。老夫自到京師，一舉及第，官拜參知政事。只因老夫廉能淸正，節操堅剛，謝聖恩可憐，加老夫兩淮提刑肅政廉訪使(二)之職，隨處審囚刷卷，體察濫官汚吏，容老夫先斬後奏。老夫一喜一悲：喜呵，老夫身居臺省，職掌刑名，勢劍金牌(三)，威權萬里；悲呵，有端雲孩兒，七歲上與了蔡婆婆爲兒媳婦，老夫自得官之後，使人往楚州問蔡婆婆家，他隣里街坊道，自當年蔡婆婆不知搬在那裏去了，至今音信皆無。老夫爲端雲孩兒，啼哭的眼目昏花，憂愁的鬢髮斑白。今日來到這淮南地面，不知這楚州爲何三年不雨？老夫今在這州廳安歇。張千，說與那州中大小屬官，今日免參，明日蚤見。（張千向古門云：）一應大小屬官，今日免參，明日蚤見。

（竇天章云：）張千，說與那六房吏典，但有合刷照文卷，都將來，待老夫燈下看幾宗波。（張千送文卷科，竇天章云：）張千，你與我掌上燈，你每都辛苦了，自去歇息罷。我喚你便來，不喚你休來。（張千點燈同祗從下，竇天章云：）我將這文卷看幾宗咱。一起犯人竇娥，將毒藥致死公公。我纔看頭一宗文卷，就與老夫同姓；這藥死公公的罪名，犯在十惡不赦〔四〕，俺同姓之人也有不畏法度的。這是問結了的文書，不看他罷；我將這文卷壓在底下，別看一宗咱。（做打呵欠科，云：）不覺的一陣昏沉上來，皆因老夫年紀高大，鞍馬勞困之故。待我搭伏定書案，歇息些兒咱。（做睡科，魂旦上，唱：）

【雙調新水令】我每日哭啼啼守住望鄉臺〔五〕，急煎煎把讐人等待，慢騰騰昏地裏走，足律律〔六〕旋風中來，則被這霧鎖雲埋，攛掇〔七〕的鬼魂快。

（魂旦望科，云：）門神戶尉〔八〕不放我進去。我是廉訪使竇天章女孩兒，因我屈死，父親不知，特來託一夢與他咱。（唱：）

【沉醉東風】我是那提刑的女孩，須不比現世的妖恠，怎不容我到燈影前，却攔截在門桯〔九〕外？（做叫科，云：）我那爺爺呵，（唱：）枉自有勢劍金牌，把俺這屈死三年的腐骨餧，怎脫離無邊苦海！

（做入見哭科，竇天章亦哭科，云：）端雲孩兒，你在那裏來？（魂旦虛下）（竇天章做醒科，云：）好是奇怪也！老夫纔合眼去，夢見端雲孩兒，恰便似來我跟前一般，如今在那裏？我且再看這文卷咱。（魂旦上做弄燈科）（竇天章云：）奇怪，我正要看文卷，怎生這燈忽明忽滅的！張千也睡着了，我自己剔燈咱。（做剔燈，魂旦翻文卷科，竇天章云：）我剔的這燈明了也，再看幾宗文卷。一起犯人竇娥藥死公公。（做疑怪科，云：）這一宗文卷，我爲頭看過，壓在文卷底下，怎生又在這上頭？這幾時問結了的，還壓在底下，我別看一宗文卷波。（魂旦再弄燈科，竇天章云：）怎麼這燈又是半明半闇的，我再剔這燈咱。（做剔燈，魂旦再翻文卷科，竇天章云：）我剔的這燈明了，我另拿一宗文卷看咱。一起犯人竇娥藥死公公。呸！好是奇怪！我纔將這文書分明壓在底下，剛剔了這燈，怎生又翻在面上？莫不是楚州後廳裏有鬼麼？便無鬼呵，這樁事必有冤枉。將這文卷再壓在底下，待我另看一宗，如何？（魂旦又弄燈科，竇天章云：）怎生這燈又不明了？敢有鬼弄這燈？我再剔一剔去。（做剔燈科，魂旦上，做撞見科，竇天章舉劍擊桌科，云：）呸！我說有鬼！兀那鬼魂，老夫是朝廷欽差帶牌走馬肅政廉訪使，你向前來，一劍揮之兩段。張千，虧你也睡的着，快起來，有鬼有鬼。兀的不嚇殺老夫也。（魂旦唱：）

【喬牌兒】則見他疑心兒胡亂猜，聽了我這哭聲兒轉驚駭。哎，你個竇天章直恁的威風大，且受我竇娥這一拜。

（竇天章云：）兀那鬼魂，你道竇天章是你父親，受你孩兒竇娥拜，你敢錯認了也？我的女兒叫做端雲，七歲上與了蔡婆婆爲兒媳婦。你是竇娥，名字差了，怎生是我女孩兒？（魂旦云：）父親，你將我與了蔡婆婆家，改名做竇娥了也。（竇天章云：）你便是端雲孩兒？我不問你別的，這藥死公公是你不是？（魂旦云：）是你孩兒來。（竇天章云：）噤聲！你這小妮子，老夫爲你啼哭的眼也花了，憂愁的頭也白了，你剗地犯下十惡大罪，受了典刑。我今日官居臺省，職掌刑名，來此兩淮審囚刷卷，體察濫官汚吏；你是我親生之女，老夫將你治不的，怎治他人？我當初將你嫁與他家呵，要你三從四德：三從者，在家從父，出嫁從夫，夫死從子；四德者，事公姑，敬夫主，和妯娌，睦街坊。今三從四德全無，剗地犯了十惡大罪。我竇家三輩無犯法之男，五世無再婚之女；到今日被你辱沒祖宗世德，又連累我的淸名。你快與我細吐眞情，不要虛言支對；若說的有半釐差錯，牒發你城隍祠內，着你永世不得人身，罰在陰山永爲餓鬼。（魂旦云：）父親停嗔息怒，暫罷狼虎之威，聽你孩兒慢慢的說一徧咱。我三歲上亡了母親，七歲上離了父親，你將我送與蔡婆婆做兒媳婦。至十七歲與夫配合，纔得兩年，不幸兒夫亡化，和俺婆婆守寡。這山陽縣南門外有箇賽盧醫，他少俺婆婆二十兩銀子。俺婆婆去取討，被他賺到郊外，要將婆婆勒死；不想撞見張驢兒父子兩箇，救了俺婆婆性命。那張驢兒知道我家有個守寡的寡婦，便道：『你婆兒媳婦既無丈夫，不若招我父子兩個。』俺婆婆初也不肯，那張驢兒道：『你若不肯，我依舊勒死你。』俺婆婆懼怕，不得已含糊許了。只得將他父子兩個領到家中，養他過世。有張驢兒數次調戲你女孩兒，我堅執不從。那一日俺婆婆身子不快，想羊肚兒湯喫，你孩兒安排了湯。適值張驢兒父子兩個問病，道：『將湯來我嘗一嘗。』說：『湯便好，只少些鹽醋。』賺的我去取鹽醋，他就闇地裏下了毒藥，實指望藥殺俺婆婆，要強逼我成親。不想俺婆婆偶然發嘔，不要湯吃，却讓與老張吃，隨即七竅流血藥死了。張驢兒便道：『竇娥藥死了俺老子，你要官休要私休？』我便道：『怎生是官休？怎生是私休？』他道：『要官休，告到官司，你與俺老子償命；若私休，你便與我做老婆。』你孩兒便道：『好馬不鞴雙鞍，烈女不更二夫；我至死不與你做媳婦，我情願和你見官去。』他將你孩兒拖到官中，受盡三推六問，吊拷綳扒〔一〇〕，便打死孩兒，也不肯認。怎當州官見你孩兒不認，便要拷打俺婆婆；我怕婆婆年老，受刑不起，只得屈認了。因此押赴法場，將我典刑。你孩兒對天發下三樁誓願：第一樁，要丈二白練掛在旗鎗上，若係冤枉，刀過頭落，一腔熱血休滴在地下，都飛在白練上；第二椿，現今三伏天道，下三尺瑞雪，遮掩你孩兒屍首；第三椿，着他楚州大旱三年。果然血飛上白練，六月下雪，三年不雨，都是爲你孩兒來。（詩云：）不告官司只告天，心中怨氣口難言；防他老母遭刑憲，情願無辭認罪愆。三尺瓊花骸骨掩，一腔鮮血練旗懸；豈獨霜飛鄒衍屈，今朝方表竇娥冤。（唱：）

【鴈兒落】你看這文卷曾道來不道來，則我這冤枉要忍耐如何耐？我不肯順他人，倒着我赴法場；我不肯辱祖上，倒把我殘生壞。

【得勝令】呀，今日箇搭伏定攝魂臺，一靈兒怨哀哀。父親也，你現掌着刑名事，親蒙聖主差，端詳這文册，那廝亂綱常當合敗，便萬剮了喬才(二)，還道報冤讐不暢懷。

（竇天章做泣科，云：）哎！我那屈死的兒，則被你痛殺我也！我且問你：這楚州三年不雨，可眞個是爲你來？（魂旦云：）是爲你孩兒來。（竇天章云：）有這等事！到來朝我與你做主。（詩云：）白頭親苦痛哀哉，屈殺了你箇青春女孩；只恐怕天明了你且回去，到來日我將文卷改正明白。（魂旦暫下）（竇天章云：）呀，天色明了也。張千，我昨日看幾宗文卷，中間有一鬼魂來訴冤枉。我喚你好幾次，你再也不應，直恁的好睡那。（張千云：）我小人兩個鼻子孔一夜不曾閉，並不聽見女鬼訴什麼冤狀，也不曾聽見相公呼喚。（竇天章做叱科，云：）噤！

今丞升廳坐衙，張千，喝攛廂者。（張千做么喝科，云：）在衙人馬平安，擡書案。（稟云：）州官見。（外扮州官入參科）（張千云：）該房吏典見。（丑扮吏入參見科）（竇天章問云：）你這楚州一郡，三年不雨，是爲着何來？（州官云：）這個是天道亢旱，楚州百姓之災，小官等不知其罪。（竇天章做怒云：）你等不知罪麼！那山陽縣有用毒藥謀死公公犯婦竇娥，他問斬之時，曾發願道：『若是果有冤枉，着你楚州三年不雨，寸草不生。』可有這件事來？（州官云：）這罪是前陞任桃州守問成的，現有文卷。（竇天章云：）這等糊突的官，也着他陞去！你是繼他任的，三年之中，可曾祭這冤婦麼？（州官云：）此犯係十惡大罪，元不曾有祠，所以不曾祭得。（竇天章云：）昔日漢朝有一孝婦守寡，其姑自縊身死，其姑女告孝婦殺姑。東海太守將孝婦斬了，只爲一婦含冤，致令三年不雨。後于公治獄，彷彿見孝婦抱卷哭於廳前，于公將文卷改正，親祭孝婦之墓，天乃大雨。今日你楚州大旱，豈不正與此事相類。張千，分付該房僉牌下山陽縣，着拘張驢兒、賽盧醫、蔡婆婆一起人犯，火速解審，毋得違悞片刻者。（張千云：）理會得。（下）（丑扮解子押張驢兒、蔡婆婆、同張千上，稟云：）山陽縣解到審犯聽點。（竇天章云：）張驢兒。（張驢兒云：）有。（竇天章云：）蔡婆婆。（蔡婆婆云：）有。（竇天章云：）怎麼賽盧醫是緊要人犯不到？（解子云：）賽盧醫三年前在逃，一面着廣捕批緝拿去了，待獲日解審。（竇天章云：）張驢兒，那蔡婆婆是你的後母麼？（張驢兒云：）

母親好冒認的？委實是。（竇天章云：）這藥死你父親的毒藥，卷上不見有合藥的人，是那個的毒藥？（張驢兒云：）是竇娥自合就的毒藥。（竇天章云：）這毒藥必有一個賣藥的醫舖，想竇娥是個少年寡婦，那裏討這藥來；張驢兒，敢是你合的毒藥麼？（張驢兒云：）若是小人合的毒藥，不藥別人，倒藥死自家老子？（竇天章云：）我那屈死的兒嚛，這一節是緊要公案，你不自來折辯，怎得一個明白，你如今冤魂却在那裏？（魂旦上，云：）張驢兒，這藥不是你合的，是那個合的？（張驢兒做怕科，云：）有鬼有鬼，撮鹽入水，太上老君，急急如律令（二），勅。（魂旦云：）張驢兒，你當日下毒藥在羊肚兒湯裏，本意藥死俺婆婆，要逼勒我做渾家。不想俺婆婆不吃，讓與你父親吃，被藥死了，你今日還敢賴哩！（唱：）

【川撥棹】猛見了你這喫敲材，我只問你這毒藥從何處來？你本意待闇裏栽排，要逼勒我和諧，倒把你親爺毒害，怎教咱替你躭罪責！

（魂旦做打張驢兒科）（張驢兒做避科，云：）太上老君，急急如律令，勅。大人說這毒藥必有箇賣藥的醫舖，若尋得這賣藥的人，來和小人折對（三），死也無詞。（丑扮解子解賽盧醫上，云：）山陽縣續解到犯人一名賽盧醫。（張千喝云：）當面。（竇天章云：）你三年前要勒死蔡婆婆，賴他銀子，這事怎麼說？（賽盧醫叩頭科，云：）小的要賴蔡婆婆銀子的情是有的，當被兩個漢子救了，那婆婆並不曾死。（竇天章云：）這兩個漢子，你認的他叫做什麽名姓？（賽盧醫云：）小的認便認得，慌忙之際，可不曾問的他名姓。（竇天章云：）現有一個在階下，你去認來。（賽盧醫做下認科，云：）這個是蔡婆婆。（指張驢兒云：）想必這毒藥事發了。（上云：）是這一個，容小的訴禀：當日要勒死蔡婆婆時，正遇見他爺兒兩個，救了那婆婆去。過得幾日，他到小的舖中，討服毒藥。小的是念佛吃齋人，不敢做昧心的事，說道：『舖中只有官料藥，並無什麽毒藥。』他就睜着眼道：『你昨日在郊外要勒死蔡婆婆，我拖你見官去。』小的一生最怕的是見官，只得將一服毒藥與了他去。小的見他生相（四）是個惡的，一定拿這藥去藥死了人，久後敗露，必然連累，小的一向逃在涿州地方，賣些老鼠藥。剛剛是老鼠被藥殺了好幾個，藥死人的藥，其實再也不曾合。（魂旦唱：）

【七弟兄】你只爲賴財放乖要當災，（帶云：）這毒藥呵，（唱：）原來是你賽盧醫出賣張驢兒買，沒來由塡做我犯由牌，到今日官去衙門在。

（竇天章云：）帶那蔡婆婆上來。我看你也六十外人了，家中又是有錢鈔的，如何又嫁了老張，做出這等事來？（蔡婆婆云：）老婦人因爲他爺兒兩個救了我的性命，收留他在家養膳過世。那張驢兒常說要將他老子接脚進來，老婦人並不曾許他。（竇天章云：）這等說，你那媳婦就不該認做藥死公公了。（魂旦云：）當日問官要打俺婆婆，我怕他年老受刑不起，因此喒認做藥死公公，委實是屈招箇。（唱：）

【梅花酒】你道是咱不該這招狀供寫的明白，本一點孝順的心懷，倒做了惹禍的胚胎。我只道官吏每還覆勘，怎將咱屈斬首在長街。第一要素旗鎗鮮血灑，第二要三尺雪將死屍埋，第三要三年旱示天災，咱誓願委實大。

【收江南】呀，這的是衙門從古向南開，就中無個不冤哉。痛殺我嬌姿弱體閉泉臺，蚤三年以外，則落的悠悠流恨似長淮。

（竇天章云：）端雲兒也，你這冤枉，我已盡知，你且回去。待我將這一起人犯并原問官吏，另行定罪，改日做個水陸道場（一五），超度你生天便了。（魂旦拜科，唱：）

【鴛鴦煞尾】從今後把金牌勢劍從頭擺，將濫官汚吏都殺壞，與天子分憂，萬民除害。（云：）我可忘了一件，爹爹，俺婆婆年紀高大，無人侍養，你可收恤家中，替你孩兒盡養生送死之禮，我便九泉之下，可也瞑目。（竇天章云：）好孝順的兒也。（魂旦唱：）囑付你爹爹，收養我妳妳，可憐他無婦無兒，誰管顧年衰邁。再將那文卷舒開，（帶云：）爹爹，也把我竇

娥名下，（唱：）屈死的於伏罪名兒改。（下）

（竇天章云：）喚那蔡婆婆上來。你可認的我麼？（蔡婆婆云：）老婦人眼花了，不認的。（竇天章云：）我便是竇天章。適纔的鬼魂，便是我屈死的女孩兒端雲。你這一行人，聽我下斷：張驢兒毒殺親爺，姦佔寡婦，合擬凌遲〔一六〕，押付市曹中，釘上木驢〔一七〕，剮一百二十刀處死。陞任州守桃杌，幷該房吏典，刑名違錯，各杖一百，永不敘用。賽盧醫不合賴錢，勒死平民；又不合修合毒藥，致傷人命，發烟障地面〔一八〕，永遠充軍。蔡婆婆我家收養，竇娥罪改正明白。（詞云：）莫道我念亡女與他滅罪消愆，也只可憐見楚州郡大旱三年。昔于公曾表白東海孝婦，果然是感召得靈雨如泉。豈可便推諉道天災代有，竟不想人之意感應通天。今日個將文卷重行改正，方顯的王家法不使民冤。

題目　秉鑑持衡廉訪法

正名〔一九〕　感天動地竇娥冤

〔一〕丑——角色名。

〔二〕提刑肅政廉訪使——官名。元代於全國各道設提刑按察使，後改爲肅政廉訪使（正三品），掌管糾察該道的官吏善惡，政治得失和獄刑等事。

〔三〕勢劍金牌——勢劍，猶如尙方劍，皇帝所賜的劍。金牌，見後『虎頭牌』劇第一折註。

〔四〕十惡不赦——十惡，封建時代刑律裏所規定的十樁大罪，即：謀反，謀大逆，謀叛，惡逆，不道，大不敬，不孝，不睦，不義，內亂。如若犯了其中任何一條，按律治罪，得不到赦免。

〔五〕望鄉臺——佛教的說法：望鄉臺高四十九丈，犯鬼登此臺照鏡見聞之後，押入叫喚大地獄內。因此，民間也有一種迷信的說法：陰司裏有望鄉臺，人死之後，魂登在臺上面，就可以望見陽世間家裏的情形。

〔六〕足（ㄑㄩ）律律——形容疾速的樣子。

〔七〕攛（ㄘㄨㄢ）掇（ㄉㄨㄛ）——一般，是慫恿，促成，勸誘的意思；在講到戲劇，音樂的時候，是演奏的意思（如『梧桐雨』第二折『衆樂攛掇科』）。

〔八〕門神戶尉——舊時習俗，過年的時候，大門上貼着神像，左邊是『門丞』，右邊是『戶尉』，統名曰『門神』。迷信的說法，他們可以擋住鬼魂，不讓進門。

〔九〕門桯（ㄊㄧㄥ）——門檻（ㄎㄢ），門限。

〔一〇〕吊拷綳扒——吊拷，把人吊起來拷打。綳扒，或作絣扒；剝去衣服，用繩子綳縛起來。

〔一一〕喬才——壞傢伙，壞蛋。

〔一二〕急急如律令——急急，速急，趕快。『如律令』，是漢代公文末尾的例行用語，要對方按照律令辦事的意思。後來道教模仿，畫符念咒的時候，用『太上老君，急急如律令，勅』作爲結尾，表示請求『太上老君』速急按照符咒所要求的去辦的意思。一說：『律令』是雷鬼中走得最快的一個。

〔一三〕折對——折辯，對證。

〔一四〕生相——長相，相貌。

〔一五〕水陸道場——佛教設齋供奉仙鬼水陸衆生的法會，叫做『水陸道場』，或『水陸齋』。

〔一六〕凌遲——即剮刑，古代的一種酷刑：先砍斷罪犯的肢體，然後再穿斷咽喉；讓他多受痛苦，慢慢死掉。

〔一七〕木驢——古代執行剮刑的時候，先把受刑的人放在有鐵刺的木樁上，遊街示衆，叫做『上木驢』。元代有所謂『刺馬』，就是木驢一類的刑具。

〔一八〕烟障地面——烟障，即烟瘴。烟障地面，就是瘴霧很多的荒僻地方，古代當作罪犯充軍的處所。

〔一九〕題目正名——元雜劇每本末尾用兩句或四句對子，把全劇內容總結起來，並以末句作爲題名，這種一定的格式叫做『題目正名』。

據明刻本元曲選影印

趙盼兒風月救風塵雜劇

元　關漢卿撰

第一折

（冲末扮周舍上）（詩云：）酒肉場中三十載，花星整照二十年；一生不識柴米價，只少花錢共酒錢。自家鄭州人氏，周同知的孩兒周舍是也。自小上花臺做子弟（一）。這汴梁城中，有一歌者，乃是宋引章。他一心待嫁我，我一心待娶他，爭奈他媽兒不肯。我今做買賣回來，今日特到他家去，一來去望媽兒，二來就題這門親事，多少是好。（下）（卜兒同外旦上，云：）老身汴梁人氏，自身姓李，夫主姓宋，早年亡化已過。止有這箇女孩兒，叫做宋引章。俺孩兒拆白道字（二），頂眞續麻（三），無般不曉，無般不會。有鄭州周舍，與孩兒作伴多年，一箇要娶，一箇要嫁，只是老身謊徹梢虛（四），怎麼便肯。引章，那周舍親事，不是我百般板障（五），只怕你久後自家受苦。（外旦云：）妳妳，不妨事，我一心則待要嫁他。（卜兒云：）隨你隨你。（周舍上，云：）自家周舍，來此正是他門首，只索進去。（做見科）（外旦云：）周舍，你來了也。（周舍云：）我一徑的來問親事，母親如何？（外旦云：）母親許了親事也。（周舍云：）我見母親去。（卜兒做見科）（周舍云：）母親，我一徑的來問這親事哩。（卜兒云：）今日好日辰，我許了你，則休欺負俺孩兒。（周舍云：）我並不敢欺負大姐。母親，把你那姊妹弟兄，都請下者，我便收拾來也。（卜兒云：）大姐，你在家執料，我去請那一輩兒老姊妹去來。（周舍詩云：）數載間費盡精神，到今朝纔許成親。（外旦云：）這都是天緣注定，（卜兒云：）也還有不測風雲。（同下）（外扮安秀實上，詩云：）劉蕡下第〔六〕千年恨，范丹〔七〕守志一生貧；料得蒼天如有意，斷然不負讀書人。小生姓安，名秀實，洛陽人氏。自幼頗習儒業，學成滿腹文章，只是一生不能忘情花酒。到此汴梁，有一歌者宋引章，和小生作伴。當初他要嫁我來，如今却嫁了周舍。他有個八拜交的姐姐，是趙盼兒，我去央他勸一勸，有何不可？趙大姐在家麼？（正旦扮趙盼兒上，云：）妾身趙盼兒是也。聽的有人叫門，我開門看咱。（見科，云：）我道是誰，原來是妹夫。你那裏來？（安秀實云：）我一徑的來相煩你。當初姨姨引章要嫁我來，如今却要嫁周舍，我央及你勸他一勸。（正旦云：）當初這親事不許你來？如今又要嫁別人，端的姻緣事非同容易也呵。（唱：）

【仙呂點絳唇】妓女追陪，覓錢一世，臨收計，怎做的百縱千隨，知重咱風流壻。

【混江龍】我想這姻緣匹配，少一時一刻强難爲。如何可意？怎的相知？怕不便脚搭着腦杓〔八〕成事早，怎知他手拍着胸脯悔後遲！尋前程，覓下稍，恰便是黑海也似難尋覓。料的來，人心不問，天理難欺。

【油葫蘆】姻緣簿全憑我共你，誰不待揀個稱意的？他每都揀來揀去百千回，待嫁一個老實的，又怕盡世兒難成對；待嫁一個聰俊的，又怕半路裏輕拋棄。遮莫〔九〕向狗溺處藏，遮莫向牛屎裏堆，忽地便喫了一箇合撲地〔一〇〕，那時節睜着眼怨他誰！

【天下樂】我想這先嫁的還不曾過幾日，早折的容也波儀瘦似鬼。只教你難分說，難告訴，空淚垂。我看了些覓前程俏女娘，見了些鐵心腸男子輩，便一生裏孤眠，我也直甚頹〔一一〕。

（云：）妹夫，我可也待嫁個客人，有個比喻。（安秀實云：）喻將何比？（正旦唱：）

【那吒令】待粧個老實學三從四德，爭奈是匪妓都三心二意，端的是那裏是三梢末尾？俺雖居在柳陌中花街內，可是那件兒便宜？

【鵲踏枝】俺不是賣查梨〔一二〕，他可也逞刀錐；一個個敗壞人倫，喬做胡爲。（云：）但來兩三遭，不問那廝要錢，他便道：『這弟子〔一三〕敲鏝兒〔一四〕哩。』（唱：）但見俺有些兒不伶俐，便說是女娘家要哄騙東西。

【寄生草】他每有人愛爲娼妓，有人愛作次妻。幹家的乾落得淘閑氣，買虛的看取些羊羔利〔一五〕，嫁人的早中了拖刀計。他正是：南頭做了北頭開，東行不見西行例〔一六〕。

（云：）妹夫，你且坐一坐，我去勸他。勸的省時，你休歡喜，勸不省時，休煩惱。（安秀實云：）我不坐了，且回家去等信罷。大姐留心者。（下）（正旦做行科，見外旦云：）妹子，你那裏人情〔一七〕去？（外旦云：）我不人情去，我待嫁人哩。（正旦云：）我正來與你保親。（外旦云：）你保誰？（正旦云：）我保安秀才。（外旦云：）我嫁了安秀才呵，一對兒好打蓮花落。（正旦云：）你待嫁誰？（外旦云：）我嫁周舍。（正旦云：）你如今嫁人，莫不還早哩？（外旦云：）有甚麼早不早？今日也大姐，明日也大姐，出了一包兒膿；我嫁了，做一個張郎家婦，李郎家妻，立個婦名，我做鬼也風流的。（正旦唱：）

【村里迓鼓】你也合三思而行，再思可矣。你如今年紀小哩，我與你慢慢的別尋個姻配。你可便宜，只守着銅斗兒家緣家計，也是你歹姐姐把衷腸話勸妹妹，我怕你受不過男兒氣息。

（云：）妹子，那做丈夫的做的子弟，做子弟的做不的丈夫。（外旦云：）你說我聽咱。（正旦唱：）

【元和令】做丈夫的便做不的子弟，那做子弟的他影兒裏會虛脾〔一八〕，那做丈夫的忒老實。（外旦云：）那周舍，穿着一架子衣服，可也堪愛哩。（正旦唱：）那廝雖穿着幾件虼蜋皮〔一九〕，人倫事曉得甚的？

（云：）妹子，你爲甚麽就要嫁他？（外旦云：）則爲他知重您妹子，因此要嫁他。（正旦云：）他怎麽知重你？（外旦云：）一年四季，夏天我好的一覺晌睡，他替你妹子打着扇；冬天替你妹子温的鋪蓋兒煖了，着你妹子歇息；但你妹子那裏人情去，穿的那一套衣服，戴的那一副頭面，替你妹子提領系，整釵鐶。只爲他這等知重你妹子，因此上一心要嫁他。（正旦云：）你原來爲這般呵。（唱：）

【上馬嬌】我聽的說就裏，你原來爲這的，倒引的我忍不住笑微微。你道是暑月間扇子搧着你睡，冬月間着炭火煨，那愁他寒色透重衣。

【游四門】喫飯處，把匙頭挑了筋共皮；出門去，提領系，整衣袂，戴插頭面整梳篦。衠〔二〇〕一味是虛脾，女娘每不省越着迷。

【勝葫蘆】你道這子弟情腸甜似蜜，但娶到他家裏，多無半載週年相棄擲。早努牙突嘴，拳椎脚踢，打的你哭啼啼。

【么篇】恁時節船到江心補漏遲，煩惱怨他誰，事要前思免後悔。我也勸你不得，有朝一日，准備着搭救你塊望夫石。

（云：）妹子，久以後你受苦呵，休來告我。（外旦云：）我便有那該死的罪，我也不來央告你。（周舍上，云：）小的每，把這禮物擺的好看些。（正旦云：）來的敢是周舍？那厮不言語便罷，他若但言，着他吃我幾嘴好的。（周舍云：）那壁姨姨，敢是趙盼兒麼？（正旦云：）然也。（周舍云：）請姨姨吃些茶飯波。（正旦云：）你請我，家裏餓皮臉也揭了鍋兒底，窨子裏秋月〔二一〕，不曾見這等食。（周舍云：）央及姨姨，保門親事。（正旦云：）你着我保誰？（周舍云：）保宋引章。（正旦云：）你着我保宋引章那些兒？保他那針指油麪，刺綉鋪房，大裁小剪，生兒長女？（周舍云：）這歪剌骨好歹嘴也。我已成了事，不索央你。（正旦云：）我去罷。（做出門科）

（安秀實上，云：）姨姨，勸的引章如何？（正旦云：）不濟事了也。（安秀實云：）這等呵，我上朝求官應舉去罷。（正旦云：）你且休去，我有用你處哩。（安秀實云：）依着姨姨說，我且在客店中安下，看你怎麼發付我。（下）（正旦唱：）

【賺煞】這妮子是狐魅人女妖精，纏郎君天魔祟。則他那褲兒裏休猜做有腿，吐下鮮紅血則當做蘇木水〔二〕。耳邊休採那等閒食，那的是最容易剜眼睛嫌的，則除是親近着他便歡喜。（帶云：）着他疾省呵，（唱：）哎，你個雙郎〔三〕子弟安排下金冠霞帔。（帶云：）一個夫人來到手兒裏了，（唱：）却則爲三千張茶引〔四〕，嫁了馮魁〔五〕。（下）

（周舍云：）辭了母親，着大姐上轎，回喒鄭州去來。（詩云：）纔出娼家門，便作良家婦；（外旦詩云：）只怕吃了良家虧，還想娼家做。（同下）

〔一〕子弟——元劇裏這兩字指嫖客。

〔二〕拆白道字——宋元時代帶游戲性的一種文字體製：把一個字拆開，變成一句話。例如黃山谷『兩同心詞』：『你共人女邊着子，爭知我門裏挑心』。『女邊着子』是拆『好』字，『門裏挑心』，是拆『悶』字。

〔三〕頂眞續麻——宋元時代帶游戲性的一種文字體製：上句的末一字，就是下句的頭一字。例如：『斷腸人寄斷腸詞，詞寫心間事，事到頭來不自由……。』

〔四〕謊徹梢虛——扯謊，說假，虛與委蛇，表面敷衍。

〔五〕板障——用木板作成的屏障；引申爲間阻，阻礙，從中作梗。

〔六〕劉蕡下第——劉蕡，唐代進士。他舉賢良對策的時候，在文章裏勸皇帝誅殺權奸；考官怕得罪宦官，不敢錄取，他因而落第。後來把這四個字作爲考試落第的代詞。

〔七〕范丹——東漢時人。辭官不就，在梁、沛等地賣卜爲生，窮居終老。

〔八〕脚搭着腦杓——人疾行時，脚跟向後掀起，腦袋也向後顚仰，就像脚搭着後腦一樣；戲劇中用來形容迅速、快。

〔九〕遮莫——或作折麽，者莫，者麽，義均同。就是儘管，不論，不問的意思。

〔一〇〕合撲地——或作阿撲。就是俯面仆地。

〔一一〕顙——屌，駡人的話。

〔一二〕賣查梨——查梨，或作楂梨，樝梨；似梨而味道酸澀的一種果子。賣查梨，就是將壞作好，冒充，欺騙的意思。

〔一三〕弟子——元劇裏這兩字指妓女。

〔一四〕敲鏝兒——敲，敲詐；鏝兒，錢的背面，因以指錢；敲鏝兒，就是敲詐錢財，猶如現在說『敲竹槓』。

〔一五〕羊羔利——元代統治階級放高利貸的利息名稱：借人家的錢，到一定的時期，就應加倍償還；這種利息，稱爲『羊羔兒利』。

〔一六〕南頭做了北頭開，東行不見西行例——不接受前人敎訓而重蹈覆轍。

〔一七〕人情——應酬交往，或餽贈禮物，稱爲『人情』，或『送人情』。

〔一八〕虛脾——虛情假意。

〔一九〕虼（ㄍㄜ）蜋（ㄌㄤ）皮——虼蜋，即蜣蜋，俗名屎蚵蜋；鞘翅類昆蟲。鞘翅烏黑有光，喜吃動物的屍體及糞便。虼蜋皮，比喻壞人的漂亮外衣。

〔二〇〕衠（ㄓㄨㄣ）——有眞，儘，全等義。

〔二一〕窨（ㄧㄣ）子裏秋月——窨，地窨。這句話是比喩不可能有的事。

〔二二〕吐下鮮紅血則當做蘇木水——蘇木，木名，莖和皮可以煎熬成爲紅色的染料。這句話是說：人家眞心對待他，他却把人家的話不當一回事。

〔二三〕雙郎——指雙漸；參閱下文『馮魁』條註。

〔二四〕茶引——引，是古代繳納茶、鹽等稅時的重量單位。茶引，繳納茶稅後，官廳發給憑照，就可行銷；這種憑照叫做『茶引』。

〔二五〕馮魁——宋元民間傳說故事中的茶商。蘇小卿是廬州的娼妓，和書生雙漸（元曲中的雙郎、雙生、雙同叔、雙縣令，都是指他。）相愛，雙漸出外求官，茶商馮魁，乘機把她買回家去，她不願意，題詩於金山寺。被雙漸看見了，後來兩人仍舊結成夫婦。

第二折

（周舍同外旦上，云：）自家周舍是也。我騎馬一世，驢背上失了一脚。我爲娶這婦人呵，整整磨了半截舌頭，纔成得事。如今着這婦人上了轎，我騎了馬，離了汴京，來到鄭州。讓他轎子在頭裏走，怕那一般的舍人(一)說：『周舍娶了宋引章。』被人笑話。則見那轎子一晃一晃的，我向前打那擡轎的小厮，道：『你這等欺我！』舉起鞭子就打。問他道：『你走便走，晃怎麼？』那小厮道：『不干我事，妳妳在裏邊，不知做甚麼？』我揭起轎簾一看，則見他精赤條條的，在裏面打筋斗。來到家中，我說：『你套一牀被我蓋。』我到房裏，只見被子倒高似牀。我便叫：『那婦人在那裏？』則聽的被子裏答應道：『周舍，我在被子裏面哩。』我道：『在被子裏面做甚麼？』他道：『我套綿子，把我翻在裏頭了。』我拿起棍來，恰待要打，他道：『周舍，打我不打緊，休打了隔壁王婆婆。』我道：『好也，把隣舍都翻在被裏面。』(外旦云：)我那裏有這等事？(周舍云：)我也說不得這許多。兀那賤人，我手裏有打殺的，無有買休賣休的。且等我吃酒去回來，慢慢的打你。(下)(外旦云：)不信好人言，必有恓惶事。當初趙家姐姐勸我不聽，果然進的門來，打了我五十殺威棒，朝打暮罵，怕不死在他手裏。我這隔壁有個王貨郎，他如今去汴梁做買賣，我寫一封書稍(二)將去，着俺母親和趙家姐姐來救我。若來遲了，我無那活的人也。天那，只被你打殺我也。(下)(卜兒哭上，云：)自家宋引章的母親便是。有我女孩兒從嫁了周舍，昨日王貨郎寄信來，上寫着道：『從到他家，進門打了五十殺威棒。如今朝打暮罵，看看至死，可急急央趙家姐姐來救我。』我拿着書去與趙家姐姐說知，怎生救他去？引章孩兒，則被你痛殺我也。(下)(正旦上，云：)自家趙盼兒。我想這門衣飯，幾時是了也呵。（唱：）

【商調集賢賓】咱這幾年來待嫁人心事有，聽的道誰揭債，誰買休。他每待强巴劫〔三〕深宅大院，怎知道摧折了舞榭歌樓？一個個眼張狂似漏了網的游魚，一個個嘴盧都〔四〕似跌了彈的斑鳩〔五〕。御園中可不道是栽路柳，好人家怎容這等娼優。他每初時間有些實意，臨老也沒回頭。

【逍遙樂】那一個不因循成就，那一個不頃刻前程，那一個不等閒間罷手。他每一做一個水上浮漚。和爺娘結下不廝見的寃讐，恰便似日月參辰和卯酉〔六〕，正中那男兒機彀。他使那千般貞烈，萬種恩情，到如今一筆都勾。

（卜兒上，云：）這是他門首，我索過去。（做見科，云：）大姐，煩惱殺我也。（正旦云：）妳妳，你爲甚麼這般啼哭？（卜兒云：）好教大姐知道，引章不聽你勸，嫁了周舍。進門去打了五十殺威棒，如今打的看看至死，不久身亡，姐姐，怎生是好？（正旦云：）呀，引章吃打了也。（唱：）

【金菊香】想當日他暗成公事，只怕不相投。我作念〔七〕你的言詞，今日都應口。則你那去時，恰便似去秋。他本是薄倖的班頭，還說道有恩愛結綢繆。

【醋葫蘆】你鋪排着鴛衾和鳳幬，指望效天長共地久；驀入門知滋味便合休。幾番家眼睜睜，打乾淨待離了我這手；（帶云：）趙盼兒，（唱：）你做的個見死不救，可不羞殺這桃園中殺白馬，宰烏牛？

（云：）既然是這般呵，誰着你嫁他來？（卜兒云：）大姐，周舍說誓來。（正旦唱：）

【么篇】那一個不嗲可可〔八〕道橫死亡，那一個不實丕丕〔九〕拔了短籌，則你這亞仙〔一〇〕子母老實頭，普天下愛女娘的子弟口，（帶云：）妳妳，不則周舍說謊也。（唱：）那一個不指皇天各般說咒？恰似秋風過耳早休休！

（卜兒云：）姐姐，怎生搭救引章孩兒？（正旦云：）妳妳，我有兩個壓被的銀子，咱兩個拿着買休去來。（卜兒云：）他說來：『則有打死的，無有買休賣休的。』（正旦尋思科，做與卜耳語科，云：）則除是這般。（卜兒云：）可是中也不中？（正旦云：）不妨事，將書來我看。（卜遞書科，正旦念云：）『引章拜上姐姐並妳妳：當初不信好人之言，果有恓惶之事。進得他門，便打我五十殺威棒。如今朝打暮罵，禁持〔一一〕不過。你來的早，還得見我；來得遲呵，不能勾見我面了。只此拜上。』妹子也，當初誰教你做這事來！（唱：）

【么篇】想當初有憂呵同共憂，有愁呵一處愁。他道是殘生早晚喪荒坵，做了個游街野巷村務酒；你道是百年之後，（云：）妹子也，你不道來？『這個也大姐，那個也大姐，出了一包膿；不如嫁個張郎婦，李郎妻，（唱）立一個婦名兒，做鬼也風流。』

（云：）妳妳，那寄書的人去了不曾？（卜兒云：）還不曾去哩。（正旦云：）我寫一封書寄與引章去。（做寫科）（唱：）

【後庭花】我將這情書親自修，教他把天機休泄漏。傳示與休莽戇收心的女，拜上你渾身疼的歹事頭。（帶云：）引章，我怎的勸你來？（唱：）你好沒來由，遭他毒手，無情的棍棒抽，赤津津鮮血流，逐朝家如暴囚，怕不將性命丟！況家鄉隔鄭州，有誰人相睬瞅，空這般出盡醜。

（卜兒哭科，云：）我那女孩兒那裏打熬得過！大姐，你可怎生的救他一救？（正旦云：）妳妳，放心。（唱：）

【柳葉兒】則教你怎生消受，我索合再做個機謀。把這雲鬢蟬鬢粧梳就，（帶云：）還再穿上些錦繡衣服，（唱：）珊瑚鈎，芙蓉扣，扭捏的身子兒別樣嬌柔。

【雙鴈兒】我着這粉臉兒搭救你女骷髏，割捨的一不做二不休，拚了個由他咒也波咒。不是我說大口，怎出得我這烟月手！

（卜兒云：）姐姐，到那裏子細着。（哭科，云：）孩兒，則被你煩惱殺了我也！（正旦唱：）

【浪裏來煞】你收拾了心上憂，你展放了眉間皺，我直着花葉不損覓歸秋。那廝愛女娘的心，見的便似驢共狗，賣弄他玲瓏剔透。（云：）我到那裏，三言兩句，肯寫休書，萬事俱休。若是不肯寫休書，我將他招一招，拈一拈，摟一摟，抱一抱，着那廝通身酥，遍體麻。將他鼻凹兒抹上一塊砂糖，着那廝㖭又㖭不着，吃又吃不着。賺得那廝寫了休書，引章將的休書來淹的撇了。我這裏出了門兒。（唱：）可不是一場風月，我着那漢一時休？（下）

〔一〕舍人——本來是官名，宮內人的意思；宋元以來，俗稱達官顯宦家的子弟爲『舍人』，猶如稱『公子』一樣。

〔二〕稍——一般寫作捎（ㄕㄠ）；就是順便捎帶的意思。

〔三〕巴劫——即巴結。趨附、奉承，攀高接貴。

〔四〕 噘盧都——噘着嘴，鼓着嘴。

〔五〕 似跌了彈的斑鳩——像中了彈的斑鳩一樣，咭嚕咭嚕直叫喚。比喻喫了虧的人，口裏直埋怨。

〔六〕 參（ㄕㄣ）辰卯酉——參，辰，指參、商二星。傳說這兩個星不同時出現，永遠不相見。卯，酉，是十二地支中的兩個；星相家迷信的說法，卯和酉對立，互相沖尅。因此，用這四個字比喻衝突，對立。有時只用『參商』，或『卯酉』兩字，義同。

〔七〕 作念——念叨；念記。

〔八〕 㥾（ㄕㄣ）可可——或作磣可可，磣磕磕。悽慘，令人可怕的樣子。

〔九〕 實丕丕——丕丕，形容實字的，是很，大的意思。實丕丕，就是實在得很，十分眞實的意思。還有作死丕丕（如『東堂老』第一折），氣丕丕（如『虎頭牌』第二折）的，就是死呆得很，氣大得很的意思。

〔一〇〕 亞仙——指妓女李亞仙，一個戀愛故事中的女主角。

〔一一〕 禁持——有擺佈，牽纏，虐害等義。

第三折

（周舍同店小二上，詩云：）萬事分已定，浮生空自忙；無非花共酒，惱亂我心腸。店小二，我着你開着這個客店，我那裏希罕你那房錢養家；不問官妓私科子〔一〕，只等有好的來你客店裏，你便來叫我。（小二云：）我知道，只是你腳頭亂，一時間那裏尋你去？（周舍云：）你來粉房裏尋我。（小二云：）粉房裏沒有呵？（周舍云：）賭房裏來尋。（小二云：）賭房裏沒有呵。（周舍云：）牢房裏來尋。（下）（丑扮小閑挑籠上）（詩云：）釘靴雨傘爲活計，偷寒送煖作營生；不是閑人閑不得，及至得了閑時又閑不成。自家張小閑的便是。平生做不的買賣，止是與歇者姐姐每叫些人，兩頭往來，傳消寄信都是我。這裏有個大姐趙盼兒，着我收拾兩箱子衣服行李，往鄭州去。都收拾停當了，請姐姐上馬。（正旦上，云：）小閑，我這等打扮，可衝動得那廝麼？（小閑做倒科）（正旦云：）你做甚麼哩？（小閑云：）休道衝動那廝，這一會兒連小閑也酥倒了。（正旦唱：）

【正宮端正好】則爲他滿懷愁心間悶，做的個進退無門。那婆娘家一湧性無思忖，我可也强打入迷魂陣。

【滾繡毬】我這裏微微的把氣噴，輸個姓因，怎不敎那廝背槽抛糞㈢。更做道普天下無他這等郎君，想着容易情忒獻勤，幾番家待要不問，第一來我則是可憐見無主娘親；第二來是我慣曾爲旅偏憐客，第三來也是我自己貪杯惜醉人。到那裏呵也索費些精神。

（云：）說話之間，早來到鄭州地方了。小閑，接了馬者。且在柳陰下歇一歇咱。（小閑云：）我知道。（正旦云：）小閑，喒閑口論閑話：這好人家好舉止，惡人家惡家法。（小閑云：）姐姐，你說我聽。（正旦唱：）

【倘秀才】縣君的則是縣君，妓人的則是妓人。怕不扭捏着身子驀入他門；怎禁他使數的到支分，背地裏暗忍。

【滾繡毬】那好人家將粉撲兒淺淡勻，那裏像咱乾茨臘(三)手搶着粉；好人家將那篦梳兒慢慢地鋪鬢，那裏像咱解了那襻胸帶下頦上勒一道深痕。好人家知個遠近，覷個向順，衠一味良人家風韻；那裏像咱們恰便似空房中鎖定個猢猻：有那千般不實喬軀老(四)，有萬種虛囂歹議論，斷不了風塵。

（小閒云：）這裏一個客店，姐姐好住下罷。（正旦云：）叫店家來。（店小二見科）（正旦云：）小二哥，你打掃一間乾淨房兒，放下行李。你與我請將周舍來，說我在這裏久等多時也。（小二云：）我知道。（做行叫科，云：）小哥在那裏？（周舍上，云：）店小二，有甚麼事？（小二云：）店裏有個好女子請你哩。（周舍云：）咱和你就去來。（做見科，云：）是好一個科子也。（正旦云：）周舍，你來了也。（唱：）

【么篇】俺那妹子兒有見聞，可有福分，抬舉的個丈夫俊上添俊，年紀兒恰正青春。（周舍云：）我那裏曾見你來？我在客火裏，你彈着一架箏，我不與了你個褐色紬段兒？（正旦云：）小的，你可見來？（小閑云：）不曾見他有甚麼褐色紬段兒。（周舍云：）哦，早起杭州散了，趕到陝西，客火裏吃酒，我不與了大姐一分飯來？（正旦云：）小的每，你可見來？（小閑云：）我不曾見。（正旦唱：）你則是忒現新，忒忘昏，更做道你眼鈍。那唱詞話的有兩句留文：『咱也曾武陵溪㈤畔曾相識，今日佯推不認人。』我爲你斷夢勞魂。

（周舍云：）我想起來了，你敢是趙盼兒麼？（正旦云：）然也。（周舍云：）你是趙盼兒，好好，當初破親也是你來。小二，關了店門，則打這小閑。（小閑云：）你休要打我，俺姐姐將着錦綉衣服，一房一臥來嫁你，你倒打我？（正旦云：）周舍，你坐下，你聽我說。你在南京時，人說你周舍名字，說的我耳滿鼻滿的，則是不曾見你。後得見你呵，害的我不茶不飯，只是思想着你。聽的你娶了宋引章，敎我如何不惱？周舍，我待嫁你，你却着我保親！（唱：）

【倘秀才】我當初倚大呵粧儇㈥主婚，怎知我嫉妒呵特故裏破親？你這厮外相兒通疎就裏村。你今日結婚姻，咱就肯罷論。

（云：）我好意將着車輛鞍馬奩房來尋你，你剗地將我打罵。小閑，攔回車兒，咱家去來。（周舍云：）早知姐姐來嫁我，我怎肯打舅舅？（正旦云：）你眞個不知道？你既不知，你休出店門，只守着我坐下。（周舍云：）休說一兩日，就是一兩年，您兒也坐的將去。（外旦上，云：）周舍兩三日不家去，我尋到這店門首，我試看咱。原來是趙盼兒和周舍坐哩。兀那老弟子不識羞，直趕到這裏來。周舍，你再不要來家，等你來時，我拿一把刀子，你拿一把刀子，和你一遞一刀子截哩。（下）（周舍取棍科，云：）我和你搶生吃（七）哩。不是妳妳在這裏，我打殺你。（正旦唱：）

【脫布衫】我更是的不待饒人，我爲甚不敢明聞；肋底下插柴自穩（八），怎見你便打他一頓？

【小梁州】可不道一夜夫妻百夜恩，你可便息怒停嗔，你村時節背地裏使些村，對着我合思忖：那一個雙同叔打殺俏紅裙？

【么篇】則見他惡哏哏，摸按着無情棍，便有火性的不似你個郎君。（云：）你拿着偌粗的棍棒，倘或打殺他呵，可怎了？（周舍云：）丈夫打殺老婆，不該償命。（正旦云：）這等說，誰敢嫁你？（背唱：）我假意兒瞞，虛科兒噴，着這廝有家難奔。妹子也，你試看咱風月救風塵。

（云：）周舍，你好道兒〔九〕。你這裏坐着，點的你媳婦來罵我這一場。小閑，攔回車兒，咱回去來。（周舍云：）好妳妳，請坐。我不知道他來；我若知道他來，我就該死。（正旦云：）你眞個不曾使他來？這妮子不賢惠。打一棒快毬子〔一〇〕，你捨的宋引章，我一發嫁你。（周舍云：）我到家裏就休了他。（背云：）且慢着，那個婦人是我平日間打怕的，若與了一紙休書，那婦人就一道烟去了。這婆娘他若是不嫁我呵，可不弄的尖擔兩頭脫？休的造次，把這婆娘搖撼的實着。（向旦云：）妳妳，您孩兒肚腸是驢馬的見識，我今家去把媳婦休了呵，妳妳你把肉弔窗兒放下來〔一一〕可不嫁我，做的個尖擔兩頭脫。妳妳，你說下個誓着。（正旦云：）周舍，你眞個要我賭咒？你若休了媳婦，我不嫁你呵，我着堂子裏馬踏殺，燈草打折臁兒骨。你逼的我賭這般重咒哩。（周舍云：）小二，將酒來。（正旦云：）休買酒，我車兒上有十瓶酒哩。（周舍云：）還要買羊。（正旦云：）休買羊，我車上有個熟羊哩。（周舍云：）好好好，待我買紅去。（正旦云：）休買紅，我箱子裏有一對大紅羅。周舍，你爭甚麼那？你的便是我的，我的就是你的。（唱：）

【二煞】則這緊的到頭終是緊，親的原來只是親。憑着我花朵兒身軀，筭條兒年紀，爲這錦片兒前程，倒賠了幾錠兒花銀。拚着個十米九糠，問甚麼兩婦三妻，受了些萬苦千辛，我着人頭上氣忍，不枉了一世做郎君。

【黃鍾尾】你窮殺呵甘心守分捱貧困，你富呵休笑我飽煖生淫惹議論。您心中覷個意順，但休了你這眼下人，不要你錢財使半文，早是我走將來自上門。家業家私，待你六親；肥馬輕裘，待你一身；倒貼了奩房和你爲眷姻。（云：）我若還嫁了你，我不比那宋引章，針指油麪，刺綉鋪房，大裁小剪，都不曉得一些兒的。（唱：）我將你寫了的休書正了本〔一三〕。（同下）

〔一〕私科子——或作私窠子。私娼。

〔二〕背槽拋糞——牲畜在槽裏喫飼料，也在附近糞便，弄髒那個地方；比喻人反臉無情，忘恩負義。

〔三〕乾茨臘——或作乾支剌。茨臘，語助詞；乾茨臘，就是乾枯的意思；有時作空解。

〔四〕軀老——指身段。老，語尾助詞；如眼爲『睩老』，鼻爲『嗅老』，『老』字均無義。

〔五〕武陵溪——本指晉陶潛『桃花源記』裏所說的，武陵漁夫遇見『世外桃源』的事；後來元曲中多與劉晨、阮肇誤入桃源遇見仙女的故事混用，當作男女戀愛的典故。

〔六〕粧儇（ㄒㄩㄢ）——儇，或作懁，慧黠的意思。粧儇，猶如說『粧么』；就是裝假的意思。

〔七〕搶生吃——不等食物熟就搶着吃；性急的意思。這裏是反話，就是說：我不同你性急，慢慢等着瞧吧。

〔八〕肋底下揷柴自穩——元劇習用語。或作『肋底下揷柴自忍不忍』，『肋底揷柴怎不自隱』，『肋底下揷柴內忍』；隱、穩，與忍字音相近，古時多通用。肋底下揷柴自穩，歇後語，就是有痛苦，有心事，自己隱忍着、忍耐着的意思。

〔九〕道兒——機詐，計策。下文第四折『着他道兒』，就是中了他的計，上了他的當。

〔一〇〕打一棒快毬子——宋元時代毬戲，有棒打、騎在馬上用棒打、及足踢等方式。打一棒快毬子，是當時打毬的術語；比喻用迅速的手段解決問題。

〔一一〕把肉弔窗兒放下來——肉弔窗兒，指眼皮；把肉弔窗兒放下來，就是閉着眼睛不理的意思。

〔一二〕正了本——本，指本錢；正了本，就是够了本。

第四折

（外旦上，云：）這些時周舍敢待來也。（周舍上，見科）（外旦云：）周舍，你要吃甚麼茶飯？（周舍做怒科，云：）好也，將紙筆來，寫與你一紙休書，你快走。（外旦接休書不走科，云：）我有甚麼不是，你休了我？（周舍云：）你還在這裏？你快走。（外旦云：）你眞個休了我？你當初要我時怎麼樣說來？你這負心漢，害天災的，你要去，我偏不去。（周舍推出門科）（外旦云：）我出的這門來。周舍，你好痴也。趙盼兒姐姐，你好强也。我將着這休書，直至店中尋姐姐去來。（下）（周舍云：）這賤人去了，我到店中娶那婦人去。（做到店科，叫，云：）店小二，恰纔來的那婦人在那裏？（小二云：）你剛出門，他也上馬去了。（周舍云：）倒着他道兒了。將馬來，我趕將他去。（小二云：）馬攧㈠駒了。（周舍云：）鞁騾子。（小二云：）騾子漏蹄㈡。（周舍云：）這等，我步行趕將他去。（小二云：）我也趕他去。（同下）（旦同外旦上）（外旦云：）若不是姐姐，我怎能勾出的這門也！（正旦云：）走走走。（唱：）

【雙調新水令】笑吟吟案板似寫着休書，則俺這脫空㈢的故人何處？賣弄他能愛女有權術，怎禁那得勝葫蘆說到有九千句。

（云：）引章，你將那休書來與我看咱。（外旦付休書）（正旦換科，云：）引章，你再要嫁人時，全憑這一張紙是個照證，你收好者。（外旦接科）（周舍趕上，喝云：）賤人，那裏去？宋引章，你是我的老婆，如何逃走？（外旦云：）周舍，你與了我休書，趕出我來了。（周舍云：）休書上手模印五個指頭，那裏四個指頭的是休書？（外旦展看，周奪咬碎科）（外旦云：）姐姐，周舍咬了我的休書也。（旦上救科）（周舍云：）你也是我的老婆。（正旦云：）我怎麼是你的老婆？（周舍云：）你吃了我的酒來。（正旦云：）我車上有十瓶好酒，怎麼是你的？（周舍云：）你可受我的羊來。（正旦云：）我自有一隻熟羊，怎麼是你的？（周舍云：）你受我的紅定來。（正旦云：）我自有大紅羅，怎麼是你的？（唱：）

【喬牌兒】酒和羊，車上物，大紅羅，自將去，你一心淫濫無是處，要將人白賴取。

（周舍云：）你曾說過誓嫁我來。（正旦唱：）

【慶東原】俺須是賣空虛，憑着那說來的言咒誓爲活路。（帶云：）怕你不信呵。（唱：）徧花街請到娼家女，那一箇不對着明香寶燭，那一箇不指着皇天后土，那一箇不賭着鬼戮神誅？若信這咒盟言，早死的絕門戶。

（云：）引章妹子，你跟將他去。（外旦怕科，云：）姐姐，跟了他去，就是死。（正旦唱：）

【落梅風】則爲你無思慮忒糢糊，（周舍云：）休書已毀了，你不跟我去待怎麼？（外旦怕科）（正旦云：）妹子，休慌，莫怕，咬碎的是假休書。（唱：）我特故抄與你個休書題目，我跟前見放着這親模。（周舍奪科）（正旦唱：）便有九頭牛也拽不出去。

（周扯二旦科，云：）明有王法，我和你告官去來。（同下）（外扮孤引張千上）（詩云：）聲名德化九重聞，良夜家家不閉門；雨後有人耕綠野，月明無犬吠花村。小官鄭州守李公弼是也。今日升起早衙，斷理些公事。張千，喝攛箱。（張千云：）理會的。（周舍同二旦、卜兒上）（周叫云：）寃屈也！（孤云：）告甚麽事？（周舍云：）大人可憐見，混賴我媳婦。（孤云：）誰混賴你的媳婦？（周舍云：）是趙盼兒設計混賴我媳婦宋引章。（孤云：）那婦人怎麽說？（正旦云：）宋引章是有丈夫的，被周舍强佔爲妻。昨日又與了休書，怎麽是小婦人混賴他的？（唱：）

【鴈兒落】這厮心狠毒，這厮家豪富，衠一味虛肚腸，不踏着實途路。

【得勝令】宋引章有親夫，他强占作家屬。淫亂心情歹，兇頑膽氣粗，無徒（四），到處裏胡爲做。現放着休書，望恩官明鑒取。

（安秀實上，云：）適纔趙盼兒使人來說：『宋引章已有休書了，你快告官去，便好取他。』這裏是衙門首，不免高叫道：寃屈也！（孤云：）衙門外誰鬧？拿過來。（張千拏入科，云：）告人當面。（孤云：）你告誰來？（安秀實云：）我安秀實，聘下宋引章，被鄭州周舍强奪爲妻，乞大人做主咱。（孤云：）誰是保親？（安秀實云：）是趙盼兒。（孤云：）趙盼兒，你說宋引章原有丈夫，是誰？（正旦云：）正是這安秀才。（唱：）

【沽美酒】他幼年間便習儒，腹隱着九經書；又是俺共里同村一處居，接受了釵環財物，明是個良人婦。

（孤云：）趙盼兒，我問你，這保親的委是你麼？（正旦云：）是小婦人。（唱：）

【太平令】現放着保親的堪爲憑據，怎當他搶親的百計虧圖（五）；那裏是明婚正娶，公然的傷風敗俗。今日個訴與太府做主，可憐見斷他夫妻完聚。

（孤云：）周舍，那宋引章明明有丈夫的，你怎生還賴是你的妻子？若不看你父親面上，送你有司問罪。您一行人聽我下斷：周舍杖六十，與民一體當差；宋引章仍歸安秀才爲妻；趙盼兒等寧家（六）住坐。（詞云：）只爲老虔婆（七）愛賄貪錢，趙盼兒細說根原；呆周舍不安本業，安秀才夫婦團圓。（衆叩謝科）（正旦唱：）

【收尾】對恩官一一說緣故，分剖開貪夫怨女；麪糊盆再休說死生交，風月所重諧燕鶯侶。

題目　安秀才花柳成花燭
正名　趙盼兒風月救風塵

〔一〕揣——藏；這裏是懷了孕的意思。
〔二〕漏蹄——騾馬之類的蹄子，釘上鐵掌，才可以走得快，走得穩；鐵掌磨穿，就不便於走路。漏蹄，這裏是鐵掌磨穿了的意思。
〔三〕脫空——或作托空。說謊，不踏實，掉弄玄虛。
〔四〕無徒——指潑皮無賴的人。
〔五〕虧圖——暗算，陷害。
〔六〕寧家——回家。
〔七〕虔婆——即賊婆，含有輕蔑，辱駡的意思；通常指鴇母或妓女的母親。

唐明皇秋夜梧桐雨

據明萬曆顧曲齋刻本元人雜劇選影印

唐明皇秋夜梧桐雨雜劇

元　白仁甫〔一〕撰

楔子

（冲末扮張守珪引卒子上，詩云：）坐擁貔貅〔二〕鎮朔方，每臨塞下受降王；太平時世轅門靜，自把雕弓數鴈行。某姓張，名守珪，見任幽州節度使。幼讀儒書，兼通韜略，爲藩鎮之名臣，受心膂〔三〕之重寄。且喜近年以來，邊烽息警，軍士休閑。昨日奚契丹部擅殺公主，某差捉生使安祿山率兵征討，不見來回話。左右，轅門前覷者，等來時報復我知道。（卒云：）理會的。（淨扮安祿山上，詩云：）軀幹魁梧膽力雄，六蕃文字頗皆通。男兒若遂平生志，柱地撐天建大功。自家安祿山是也。積祖〔四〕以來，爲營州雜胡。本姓康氏，母阿史德，爲突厥覡者，禱于軋犖山戰鬭之神而生某。生時有光照穹廬〔五〕，野獸皆鳴，遂名爲軋犖山。後母改嫁安延偃，乃隨安姓，改名安祿山。開元年間，延偃攜某歸國，遂蒙聖恩，分隸張守珪部下。爲某通曉六蕃言語，膂力過人，現任捉生討擊使。昨因奚契丹反叛，差我征討，自恃勇力深入，不料衆寡不敵，遂致喪師。今日不免回見主帥，別作道理。早來到府門首也。左右，報復去，道有捉生使安祿山來見。（卒報科）（張守珪云：）着他進來。（安祿山做見科）（張守珪云：）安祿山征討勝敗如何？（安祿山云：）賊衆我寡，軍士畏怯，遂至敗北。（張守珪云：）損軍失機，明例不宥。左右推出去，斬首報來。（卒推出科）（安祿山大叫云：）主帥不欲滅奚契丹耶？奈何殺壯士。（張守珪云：）放他回來。（安祿山回科）（張守珪云：）某也惜你驍勇，但國有定法，某不敢賣法市恩；送你上京，取聖斷，如何？（安祿山云：）謝主帥不殺之恩。（押下）（張守珪云：）安祿山去了也。（詩云：）須知生殺有旗牌，只爲軍中惜將才；不然斬一胡兒首，何用親煩聖斷來。（下）（正末扮唐玄宗駕，旦扮楊貴妃，引高力士、楊國忠、宮娥上）（詩云：）高祖乘時起晉陽，太宗神武定封疆。守成繼統當兢業，萬里河山拱大唐。寡人唐玄宗是也。自高祖神堯皇帝，起兵晉陽，全仗我太宗皇帝，滅了六十四處煙塵，一十八家擅改年號，立起大唐天下。傳高宗中宗，不幸有宮闈之變；寡人以臨淄郡王，領兵靖難，大哥哥寧王讓位於寡人。即位以來，二十餘年，喜的太平無事，賴有賢相姚元之、宋璟、韓休、張九齡同心致治，寡人得遂安逸。六宮嬪御雖多，自武惠妃死後，無當意者。去年八月中秋，夢遊月宮，見嫦娥之貌，人間少有；昨壽邸楊妃〔六〕，絕類嫦娥，已命爲女道士，既而取入宮中，策爲貴妃，居太眞院。寡人自從太眞入宮，朝歌暮宴，無有虛日。高力士，你快傳旨排宴，梨園子弟〔七〕奏樂，寡人消遣咱。（高力士云：）理會的。（外扮張九齡押安祿山上）（詩云：）調和鼎鼐理陰陽，位列鵷班〔八〕坐省堂；四海承平無一事，朝朝曳履侍君王。老夫張九齡是也，南海人氏，早登甲第，荷聖恩直做到丞相之職。近日邊帥張守珪解送失機蕃將一人名安祿山，我見其身軀肥矮，語言利便，有許多異相。若留此人，必亂天下。我今見聖人，面奏此事，早來到宮門前也。（入見科）（云：）臣張九齡見駕。（正末云：）卿來有何事？（張九齡云：）近日邊臣張守珪解送失機蕃將安祿山，例該斬首，未敢擅便，押來請旨。（正末云：）你引那蕃將來我看。（張九齡引安祿山見科，云：）這就是失機蕃將安祿山。（正末云：）一員好將官也。你武藝如何？（安祿山云：）臣左右開弓，一十八般武藝，無有不會，能通六蕃言語。（正末云：）你這等肥胖，此胡腹中何所有？（安祿山云：）惟有赤心耳。（正末云：）丞相不可殺此人，留他做箇白衣將領。（張九齡云：）陛下，此人有異相，留他必有後患。（正末云：）卿勿以王夷甫識石勒〔九〕，留着怕做甚麼？兀那左右，放了他者。（做放科）（安祿山起謝云：）謝主公不殺之恩。（做跳舞科）（正末云：）這是甚麼？（安祿山云：）這是胡旋舞。（旦云：）陛下，這人又矬矮〔一〇〕，又會舞旋，留着解悶倒好。（正末云：）貴妃，就與你做義子，你領去。（旦云：）多謝聖恩。（同安祿山下）（張九齡云：）國舅，此人有異相，他日必亂唐室，衣冠受禍不小。老夫老矣，國舅恐或見之，奈何？（楊國忠云：）待下官明日再奏，務要屏除爲妙。(正末云:)不知後宮中爲什麼這般喧笑?左右,可去看來回話。(宮娥云:)是貴妃娘娘與安祿山做洗兒會〔一〕哩。(正末云:)既做洗兒會,取金錢百文,賜他做賀禮。就與我宣祿山來,封他官職。(宮娥拿金錢下)(安祿山上見駕科,云:)謝陛下賞賜。宣臣那廂使用?(正末云:)宣卿來不爲別,卿既爲貴妃之子,即是朕之子,白衣不好出入宮掖,就加你爲平章政事者。(安祿山云:)謝了聖恩。(楊國忠云:)陛下,不可,不可!安祿山乃失律邊將,例當處斬;陛下免其死足矣,今給事宮庭,已爲非宜,有何功勳,加爲平章政事?況胡人狼子野心,不可留居左右,望陛下聖鑒。(張九齡云:)楊國忠之言,陛下不可不聽。(正末云:)你可也說的是。安祿山,且加你爲漁陽節度使,統領蕃漢兵馬,鎮守邊庭,早立軍功,不次陞擢。(安祿山云:)感謝聖恩。(正末云:)卿休要怨寡人,這是國家典制,非輕可也呵。(唱:)

【仙呂端正好】則爲你不曾建甚奇功,便教你做元輔,滿朝中都指斥鑾輿。眼見的平章政事難停住,寡人待定奪些別官祿。

【么篇】且着你做節度漁陽去,破强寇,永鎮幽都。休得待國家危急纔防護,常先事設權謀,收猛將,保皇圖,分鐵劵,賜丹書,怎肯便辜負了你這功勞簿。(同下)

(安祿山云:)聖人回宮去了也。我出的宮門來。叵奈楊國忠這廝,好生無禮,在聖人前奏准,着我做漁陽節度使，明陞暗貶。別的都罷，只是我與貴妃有些私事，一旦遠離，怎生放的下心？罷罷罷，我這一去，到的漁陽，練兵秣馬，別作箇道理。正是：畫虎不成君莫笑，安排牙爪好驚人。（下）

〔一〕白仁甫——名樸，字仁甫，一字太素，號蘭谷先生。眞定人。錄鬼簿載其劇作十五種，現存梧桐雨、牆頭馬上、東牆記。

〔二〕貔（ㄆㄧˊ）貅（ㄒㄧㄡ）——猛獸；相傳：上古曾有人驅貔貅等猛獸作戰，因而作爲勇猛的軍隊的代稱。

〔三〕心膂（ㄌㄩˇ）——膂，脊骨。心和膂，都是身體上重要部分；比喻親信的程度。

〔四〕積祖——歷代祖先；很久的意思。

〔五〕穹廬——北方民族用的氈帳，就是帳篷。

〔六〕壽邸（ㄉㄧˇ）楊妃——壽邸，指壽王李瑁的府邸。壽王是唐玄宗的第十八個兒子，楊貴妃本是他的妃子，所以這裏說是『壽邸楊妃』。

〔七〕梨園子弟——唐玄宗挑選了三百人，在梨園裏演習音樂，他親自教他們演奏；那些人被稱爲『皇帝梨園子弟』；後來『梨園子弟』成爲戲劇演員的通稱。

〔八〕鵷班——鵷，是鳳凰一類的鳥。鵷班，或稱鵷行，指朝臣的行列。

〔九〕王夷甫識石勒——王衍，字夷甫，晉朝的司徒。石勒，羯族，年幼時，跟人到洛陽作買賣，被王衍看見了，王衍對左右的人說：這個孩子有奇志，將來會成爲天下的大患。後來，石勒果然作了後趙的皇帝。

〔一〇〕矬（ㄘㄨㄛ）矮（ㄞ）——肥胖而短小。

〔一一〕洗兒會——亦稱洗三；小孩生下的第三天，大人替他洗澡，親朋會集慶賀，叫做『洗兒會』。唐宋時代，已有這種風俗。

第一折

（旦扮貴妃引宮娥上，云：）妾身楊氏，弘農人也。父親楊玄琰，爲蜀州司戶。開元二十二年，蒙恩選爲壽王妃。開元二十八年八月十五日，乃主上聖節，妾身朝賀，聖上見妾貌類嫦娥，令高力士傳旨度爲女道士，住內太眞宮，賜號太眞。天寶四年，册封爲貴妃，半后服用，寵幸殊甚。將我哥哥楊國忠，加爲丞相，姊妹三人封做夫人，一門榮顯極矣。近日邊庭送一蕃將來，名安祿山，此人猾黠，能奉承人意，又能胡旋舞。聖人賜與妾爲義子，出入宮掖。不期我哥哥楊國忠，看出破綻，奏准天子，封他爲漁陽節度使，送上邊庭。妾心中懷想，不能再見，好是煩惱人也。今日是七月七夕，牛女相會，人間乞巧令節；已曾分付宮娥排設乞巧筵在長生殿，妾身乞巧一番。宮娥，乞巧筵設定不曾？（宮娥云：）已完備多時了。（旦云：）咱乞巧則箇。（正末引宮娥挑燈拿砌末㈠上，云：）寡人今日朝回無事，一心只想着貴妃；已令在長生殿設宴，慶賞七夕。內使，引駕去來。（唱：）

【仙呂八聲甘州】朝綱倦整，寡人待痛飲昭陽，爛醉華淸。却是吾當㈡有幸，一箇太眞妃傾國傾城。珊瑚枕上兩意足，翡翠簾前百媚生；夜同寢，晝同行，恰似鸞鳳和鳴。

（帶云：）寡人自從得了楊妃，眞所謂朝朝寒食，夜夜元宵也。（唱：）

【混江龍】晚來乘興，一襟爽氣酒初醒，鬆開了龍袍羅扣，偏斜了鳳帶紅鞓㈢。侍女齊扶碧玉輦，宮娥雙挑絳紗燈。順風聽，一派簫韶令。（內作吹打喧笑科）（正末云：）是那裏這等喧笑？（宮娥云：）是太眞娘娘在長生殿乞巧排宴哩。（正末云：）衆宮娥，不要走的響，待寡人自看去。（唱：）多咱是胭嬌簇擁，粉黛施呈。

【油葫蘆】報接駕的宮娥且慢行，親自聽，上瑤堦那步近前楹，悄悄躄躄款把紗牕映，撲撲簌簌風颭珠簾影。我恰待行打個嚶掙㈣，恠玉籠中鸚鵡知人性，不住的語偏明。

（內作鸚鵡叫云：）萬歲來了，接駕。（旦驚云：）聖上來了！（做接駕科）（正末唱：）

【天下樂】則見展翅忙呼萬歲聲，驚的那娉婷將鑾駕迎。一箇暈龐兒畫不就，描不成。行的一步步嬌，生的一件件撑㈤，一聲聲似柳外鶯。

（云：）卿在此做甚麼？（旦云：）今逢七夕，妾身設瓜果之會，問天孫乞巧哩。（正末看科，云：）排設的是好也。（唱：）

【醉中天】龍麝焚金鼎，花萼插銀缾，小小金盆種五生㈥，供養着鵲橋會丹青幀㈦，把一箇米來大蜘蛛兒抱定㈧；攙奪盡六宮寵幸，更待怎生般智巧心靈。

（正末與旦砌末科，云：）這金釵一對，鈿盒一枚，賜與卿者。（旦接科，云：）謝了聖恩也。（正末唱：）

【金盞兒】我着絳紗蒙，翠盤盛，兩般禮物堪人敬；趁着這新秋節令，賜卿卿，七寶金釵盟厚意，百花鈿盒表深情。這金釵兒教你高聳聳頭上頂，這鈿盒兒把你另巍巍㈨手中擎。

（旦云：）陛下，這秋光可人，妾待與聖駕亭下閒步一番。（正末做同行科）（唱：）

【憶王孫】瑤堦月色晃疎櫺，銀燭秋光冷畫屏，消遣此時此夜景；和月步閒庭，苔浸的凌波羅襪冷。

（云：）這秋景與四時不同。（旦云：）怎見的與四時不同？（正末云：）你聽我說。（唱：）

【勝葫蘆】露下天高夜氣清，風掠得羽衣輕，香惹丁東環佩聲，碧天澄淨，銀河光瑩，只疑是身在玉蓬瀛。

（旦云：）今夕牛郎織女相會之期，一年只是得見一遭，怎生便又分離也？（正末唱：）

【金盞兒】他此夕把雲路鳳車乘，銀漢鵲橋平。不甫能〔一〇〕今夜成歡慶，枕邊忽聽曉雞鳴，却早離愁情脉脉，別淚雨泠泠。五更長嘆息，則是一夜短恩情。

（旦云：）他是天宮星宿，經年不見，不知也曾相憶否？（正末云：）他可怎生不想來？（唱：）

【醉扶歸】暗想那織女分，牛郎命，雖不老，是長生；他阻隔銀河信杳冥，經年度歲成孤另，你試向天宮打聽，他決害了些相思病。

（旦云：）妾身得侍陛下，寵幸極矣；但恐容貌日衰，不得似織女長久也。（正末唱：）

【後庭花】偏不是上列着星宿名，下臨着塵世生。把天上姻緣重，將人間恩愛輕，各辦着眞誠，天心必應，量他每何足稱？

（旦云：）妾想牛郎織女，年年相見，天長地久；只是如此，世人怎得似他情長也？（正末唱：）

【金盞兒】咱日日醉霞觥，夜夜宿銀屏；他一年一日見把佳期等。若論着多多爲勝，咱也合贏。我爲君王猶妄想，你做皇后尙嫌輕；可知道斗牛星畔客，回首問前程。

（旦云：）妾蒙主上恩寵無比，但恐春老花殘，主上恩移寵衰，使妾有龍陽泣魚（一一）之悲，班姬題扇（一二）之怨，奈何？（正末云：）妃子，你說那裏話？（旦云：）陛下，請示私約，以堅終始。（正末云：）咱和你去那處說話去。（做行科）（唱：）

【醉中天】我把你半嚲（一三）的肩兒凭，他把箇百媚臉兒擎。正是金闕西廂叩玉扃，悄悄迴廊靜，靠着這招綵鳳，舞靑鸞，金井梧桐樹影；雖無人竊聽，也索（一四）悄聲兒海誓山盟。

（云：）妃子，朕與卿儘今生偕老，百年以後，世世永爲夫婦，神明鑒護者。（旦云：）誰是盟證？（正末唱：）

【賺煞尾】長如一雙鈿盒盛，休似兩股金釵另；願世世姻緣注定。在天呵做鴛鴦常比並，在地呵做連理枝生。月澄澄，銀漢無聲，說盡千秋萬古情。咱各辦着志誠，你道誰爲顯證？有今夜度天河相見女牛星。（同下）

〔一〕砌末——或作切末。劇中人物所拿的，用以表演情節的小件頭東西。相當於現代話劇中的小道具。

〔二〕吾當——劇中用作皇帝自稱之詞，與吾同；當，是語助詞。

〔三〕鞓（ㄊㄧㄥ）——皮帶。

〔四〕囈（ㄧˋ）掙——或作寱掙，意掙。就是打寒噤，猛然喫驚，發怔。

〔五〕撐（ㄔㄥ）——或作撐達。美。

〔六〕種五生——古代的一種風俗：在七月七夕的前幾天，把菉豆、小豆、小麥等浸在磁器裏，生芽後，用紅藍綵線束起來，七夕那天，用以供奉牽牛星；稱爲『種生』，或『種五生』。

〔七〕丹青㡧（ㄓㄥ）——丹青，繪畫所用的顏料。㡧，同幀，畫幅。丹青㡧，就是用紅綠等顏色畫的畫幅。

〔八〕蜘蛛兒句——也是古代乞巧的一種風俗：把蜘蛛放在小盒裏，到第二天打開看，以蛛絲的稀密來判斷得『巧』的多少。

〔九〕另巍巍——高高地，孤獨高聳的樣子。

〔一〇〕不甫能——或作不付能；或作甫能，付能，副能，義均同。剛剛，剛才的意思。

〔一一〕龍陽泣魚——戰國時，魏王的寵臣龍陽君，釣魚時忽然哭泣起來；對王說：開始釣起魚來很高興，以後，釣的多了，就把開始釣的魚丟掉。天下具有美色的人很多，都想得到王的寵幸；我恐怕也會像被丟的魚一樣，被王丟棄，所以很傷心。

〔一二〕班姬題扇——班姬，指班倢（ㄐㄧㄝ）伃（ㄩ），她擅長詩歌，爲漢成帝所寵幸；後被讒失寵，作『怨歌行』，用秋扇比喻自己被遺棄的遭遇。

〔一三〕嚲（ㄉㄨㄛˇ）——下垂。

〔一四〕索——須，要，應。

第二折

（安祿山引衆將上，云：）某安祿山是也。自到漁陽，操練蕃漢人馬，精兵見有四十萬，戰將千員。如今明皇年已昏眊，楊國忠李林甫播弄朝政；我今只以討賊爲名，起兵到長安，搶了貴妃，奪了唐朝天下，纔是我平生願足。左右，軍馬齊備了麽？（衆將云：）都齊備了。（安祿山云：）着軍政司先發檄一道，說某奉密旨討楊國忠等。隨後令史思明領兵三萬，先取潼關，直抵京師，成大事如反掌耳。（衆將云：）得令。（安祿山云：）今日天晚，明日起兵。（詩云：）統精兵直指潼關，料唐家無計遮攔；單要搶貴妃一個，非專爲錦綉江山。（同下）（正末引高力士，鄭觀音抱琵琶，寧王吹笛，花奴打羯鼓，黃翻綽執板，搽旦上）（正末云：）今日新秋天氣，寡人朝回無事，妃子學得霓裳羽衣舞，同往御園中沉香亭下，閒耍一番。早來到也。你看這秋來風物，好是動人也呵。（唱：）

【中呂粉蝶兒】天淡雲閒，列長空數行征鴈；御園中夏景初殘，柳添黃，荷減翠，秋蓮脫瓣；坐近幽闌，噴清香玉簪花綻。

（帶云：）早到御園中也。雖是小宴，倒也整齊。（唱：）

【叫聲】共妃子喜開顏，等閒等閒，御園中列餚饌；酒注嫩鵝黃（一），茶點鷓鴣斑（二）。

【醉春風】酒光泛紫金鍾，茶香浮碧玉盞；沉香亭畔晚凉多，把一搭兒（三）親自揀揀；粉黛濃粧，管絃齊列，綺羅相間。

（外扮使臣上，詩云：）長安回望繡成堆，山頂千門次第開；一騎紅塵妃子笑，無人知是荔枝來。小官四川道差來使臣，因貴妃娘娘好啖鮮荔枝，遵奉詔旨，特來進鮮。早到朝門外了。宮官，通報一聲，說四川使臣來進荔枝。（做報科）（正末云：）引他進來。（使臣見駕科，云：）四川道使臣進貢荔枝。（正末看科，云：）妃子，你好食此果，朕特令他及時進來。（旦云：）是好荔枝也。（正末唱：）

【迎仙客】香噴噴味正甘，嬌滴滴色初綻；只疑是九重天謫來人世間。取時難，得後慳；可惜不近長安，因此上教驛使把紅塵踐。

（旦云：）這荔枝顏色嬌嫩，端的可愛也。（正末唱：）

【紅繡鞋】不則向金盤中好看，便宜將玉手擎餐；端的個絳紗籠罩水晶寒。爲甚教寡人醒醉眼，妃子暈嬌顏，物稀也人見罕。

（高力士云：）陛下，酒進三爵，請娘娘登盤演一回霓裳之舞。（正末云：）依卿奏者。（正旦做舞）（衆樂攛掇科）（正末唱：）

【快活三】囑付你仙音院莫怠慢，道與你教坊司(四)要迭辦(五)，把箇太眞妃扶在翠盤間，快結束宜粧扮。

【鮑老兒】雙撮得泥金衫袖挽，把月殿裏霓裳按；鄭觀音琵琶准備彈，早搭上鮫綃襻；賢王玉笛，花奴羯鼓，韻美聲繁；壽寧錦瑟，梅妃玉簫，嘹喨循環。

【古鮑老】屹刺刺(六)撒開紫檀，黃翻綽向前手拈板，低低的叫聲玉環，太眞妃笑時花近眼；紅牙筋趂五音擊着梧桐按，嫩枝柯猶未乾，更帶着瑤琴音泛。卿呵，你則索出幾點瓊珠汗。

（旦舞科）（正末唱：）

【紅芍藥】腰鼓聲乾，羅襪弓彎，玉佩丁東響珊珊；即漸裏舞嚲雲鬟，施呈你蜂腰細，燕體翻，作兩袖香風拂散。（帶云：）卿倦也，飲一盃酒者。（唱：）寡人親捧盃玉露甘寒，你可也莫得留殘，拚着個醉醺醺直吃到夜靜更闌。

（旦飲酒科）（淨扮李林甫上，云：）小官李林甫是也，見爲左丞相之職。今早飛報將來，說安祿山反叛，軍馬浩大，不敢抵敵，只得見駕。（做見駕科）（正末云：）丞相有何事這等慌促？（李林甫云：）邊關飛報，安祿山造反，大勢軍馬殺將來了。陛下，承平日久，人不知兵，怎生是好？（正末云：）你慌做甚麼？（唱：）

【剔銀燈】止不過奏說邊庭上造反，也合看空便，覷遲疾緊慢；等不的俺筵上笙歌散，可不氣丕丕冒突天顏？那些個齊管仲鄭子產(七)，敢待做假忠孝龍逢比干(八)？

（李林甫云：）陛下，如今賊兵已破潼關，哥舒翰失守逃回，目下就到長安了。京城空虛，决不能守，怎生是好？（正末唱：）

【蔓菁菜】險些兒慌殺你箇周公旦〔九〕。（李林甫云：）陛下，只因女寵盛，讒夫昌，惹起這刀兵來了。（正末唱：）你道我因歌舞壞江山，你常好〔一〇〕是占姦〔一一〕，早難道羽扇綸巾，笑談間破强虜三十萬。

（云：）既賊兵壓境，你衆官計議，選將統兵，出征便了。（李林甫云：）如今京營兵不滿萬，將官衰老，如哥舒翰名將尚且支持不住，那一箇是去得的？（正末唱：）

【滿庭芳】你文武兩班，空列些烏靴象簡，金紫羅襴〔一二〕，內中沒箇英雄漢，掃蕩塵寰。慣縱的箇無徒祿山，沒揣的〔一三〕撞過潼關，先敗了哥舒翰。疑怪昨宵向晚，不見烽火報平安。

（云：）卿等有何計策，可退賊兵？（李林甫云：）安祿山部下蕃漢兵馬四十餘萬，皆是一以當百，怎與他拒敵？莫若陛下幸蜀，以避其鋒，待天下兵至，再作計較。（正末云：）依卿所奏。便傳旨，收拾六宮嬪御，諸王百官，明日早起，幸蜀去來。（旦作悲科，云：）妾身怎生是好也！（正末唱：）

【普天樂】恨無窮，愁無限，爭奈倉卒之際，避不得驀嶺登山。鑾駕遷，成都盼，更那堪滻水〔四〕西飛鴈，一聲聲送上雕鞍；傷心故園，西風渭水，落日長安。

（旦云：）陛下怎受的途路之苦？（正末云：）寡人也沒奈何哩！（唱：）

【啄木兒尾】端詳了你上馬嬌，怎支吾蜀道難！替你愁那嵯峨峻嶺連雲棧；自來驅馳可慣，幾程兒捱得過劍門關？（同下）

〔一〕嫩鵝黃——一種淡黃色的酒。

〔二〕鷓鴣斑——福建特製的一種茶碗，上面有鷓鴣斑點的花紋。

〔三〕一搭兒——一塊兒，一帶；指方位。

〔四〕仙音院、敎坊司——仙音院，元代中統元年設立的音樂机關，後改称玉宸院。敎坊司，唐代所設立的音樂机關。

〔五〕迭辦——辦到，準備。

〔六〕屹刺刺——或作各刺刺，扢刺刺。形容響的聲音。

〔七〕齊管仲、鄭子產——管仲，名夷吾，字仲，春秋時齊國的政治家。子產，即公孫僑，字子產，春秋時鄭國的賢臣。

〔八〕龍逢、比干——龍逢，即關龍逢，夏朝的忠臣。比干，商朝的忠臣。均因諫諍皇帝被殺。

〔九〕周公旦——就是姬旦，周武王的弟弟。

〔一〇〕常好——或作暢好，或省作暢，義同。就是正，正好的意思。

〔一一〕占姦——或作占奸。奸佞的意思。

〔一二〕羅襴（ㄌㄢ）——官員穿的公服。古代，按官員品級的高下，有紫襴，緋襴，綠襴等區別。

〔一三〕沒揣的——沒料到的，猛然的。

〔一四〕滻水——水名，源出陝西藍田縣，流經長安縣境。

第三折

（外扮陳玄禮上，詩云：）世受君恩統禁軍，天顏喜怒得先聞；太平武備皆無用，誰料狂胡起戰塵。某右龍武將軍陳玄禮是也。昨因逆胡安祿山倡亂，潼關失守，昨日宰臣會議，大駕暫幸蜀川，以避其鋒。今早飛報說，賊兵離京城不遠。聖主令某統領禁軍護駕，軍馬點就多時，專候大駕起行。（正末引旦及楊國忠、高力士，幷太子、扈駕郭子儀、李光弼上）（正末云：）寡人眼不識人，致令狂胡作亂；事出急迫，只得西行避兵，好傷感人也呵！（唱：）

【雙調新水令】五方旗招颭〔一〕日邊霞，冷淸淸半張鑾駕；鞭倦裊，鐙慵踏，回首京華，一步步放不下。

（帶云：）寡人深居九重，怎知閭閻貧苦也！（唱：）

【駐馬聽】隱隱天涯，剩水殘山五六搭；蕭蕭林下，壞垣破屋兩三家；秦川遠樹霧昏花，灞橋衰柳風瀟灑；煞不如碧牕紗，晨光閃爍鴛鴦瓦。

（衆扮父老上，云：）聖上，鄉里百姓叩頭。（正末云：）父老有何話說？（衆云：）宮闕，陛下家居；陵寢，陛下祖墓；今捨此欲何之？（正末云：）寡人不得已，暫避兵耳。（衆云：）陛下既不肯留，臣等願率子弟，從殿下(三)東破賊，取長安。若殿下與至尊皆入蜀，使中原百姓，誰爲之主？（正末云：）父老說的是。左右，宣我兒近前來者。（太子做見科）（正末云：）衆父老說，中原無主，留你東還，統兵殺賊。就令郭子儀、李光弼爲元帥，後軍分撥三千人，跟你回去。你聽我說，（唱：）

【沉醉東風】父老每忠言聽納，敎小儲君專任征伐。你也合分取些社稷憂，怎肯敎別人把江山霸，將這顆傳國寶你行留下。（太子云：）兒子只統兵殺賊，豈敢便登天位？（正末唱：）勦除了賊徒，救了國家，更避甚稱孤道寡？

(太子云：)既爲國家重事，兒子領詔旨，率領郭子儀、李光弼回去也。(做辭駕科)(衆軍不行科)(正末唱：)

【慶東原】前軍疾行動，因甚不進發？(衆軍納喊科：)一行人覷了皆驚怕，嗔忿忿停鞭立馬，惡噷噷〔三〕披袍貫甲，明颩颩〔四〕掣劍離匣，齊臻臻〔五〕鴈行班排，密匝匝〔六〕魚鱗似亞〔七〕。

(陳玄禮云：)衆軍士說，國有姦邪，以致乘輿播遷〔八〕；君側之禍不除，不能歛戢衆志。(正末云：)這是怎麼說？(唱：)

【步步嬌】寡人呵萬里烟塵，你也合嗟訝；就勢兒把吾當謊，國家又不曾虧你半掐〔九〕；因甚軍心有爭差，問卿咱，爲甚不說半句兒知心話？

(陳玄禮云：)楊國忠專權誤國，今又與吐蕃使者交通，似有反情，請誅之以謝天下。(正末唱：)

【沉醉東風】據着楊國忠合該萬剮，鬭〔一〇〕的個祿山賊亂了中華；是非寡人股肱難棄捨，更兼與妃子骨肉相牽掛；斷遣盡枉展汚〔一一〕了五條刑法〔一二〕。把他剝了官職，貶做窮民，也是陣殺。允不允，陳玄禮將軍鑒察。

（衆軍怒喊科）（陳玄禮云：）陛下，軍心已變，臣不能禁止，如之奈何？（正末云：）隨你罷。

（衆殺楊國忠科）（正末唱：）

【鴈兒落】數層鎗，密匝匝，一聲喊，山摧塌；元來是陳將軍號令明，把楊國忠施行罷。

（衆軍仗劍擁上科）（正末唱：）

【撥不斷】語喧譁，鬧交雜，六軍不進屯戈甲，把箇馬嵬坡〔一三〕簇合沙〔一四〕，又待做甚麽？諕的我戰欽欽〔一五〕遍體寒毛乍〔一六〕。吃緊的〔一七〕軍隨印轉，將令威嚴，兵權在手，主弱臣强。卿呵，則你道波，寡人是怕也那不怕？

（云：）楊國忠已殺了，您衆軍不進，却爲甚的？（陳玄禮云：）國忠謀反，貴妃不宜供奉，願陛下割恩正法。（正末唱：）

【攪箏琶】高力士道與陳玄禮，休沒高下，豈可教妃子受刑罰？他見請受〔一八〕着皇后中宮，兼踏着寡人御榻。他又無罪過，頗賢達；須不似周褒姒舉火取笑〔一九〕，紂妲己敲脛覷人〔二〇〕。早間把他個哥哥壞了，總便有萬千不是，看寡人也合饒過他，一地胡拿〔二一〕。

（高力士云：）貴妃誠無罪，然將士已殺國忠，貴妃在陛下左右，豈敢自安，願陛下審思之。將士安，則陛下安矣。（正末唱：）

【風入松】止不過鳳簫羯鼓間琵琶，忽剌剌板撒紅牙；假若更添箇么花十八〔二二〕，那些兒是敗國亡家。可知道陳後主〔二三〕遭着殺伐，皆因唱後庭花。

（旦云：）妾死不足惜，但主上之恩，不曾報得，數年恩愛，教妾怎生割捨？（正末云：）妃子，不濟事了，六軍心變，寡人自不能保。（唱：）

【胡十八】似恁地對咱，多應來變了卦。見俺留戀着他，龍泉三尺手中拿，便不將他刺殺，也將他嚇殺。更問甚陛下，大古〔二四〕是知重俺帝王家？

（陳玄禮云：）願陛下早割恩正法。（旦云：）陛下，怎生救妾身一救？（正末云：）寡人怎生是好！（唱：）

【落梅風】眼兒前不肯能栽起合歡樹，恨不得手掌裏奇擎〔三五〕着解語花，盡今生翠鸞同跨；怎生般愛他看待他，忍下的教橫拖在馬嵬坡下！

（陳玄禮云：）祿山反逆，皆因楊氏兄妹；若不正法，以謝天下，禍變何時得消？望陛下乞與楊氏，使六軍馬踏其尸，方得憑信。（正末云：）他如何受的？高力士，引妃子去佛堂中，令其自盡，然後教軍士驗看。（高力士云：）有白練在此。（正末唱：）

【殿前歡】他是朵嬌滴滴海棠花，怎做得鬧荒荒亡國禍根芽？再不將曲彎彎遠山眉兒畫，亂鬆鬆雲鬢堆鴉，怎下的磣磕磕馬蹄兒臉上踏！則將細裊裊咽喉掐，早把條長攙攙素白練安排下。他那裏一身受死，我痛煞煞獨力難加。

（高力士云：）娘娘去罷，悞了軍行。（旦回望科，云：）陛下好下的也！（正末云：）卿休怨寡人！（唱：）

【沽美酒】沒亂殺，怎救拔？沒奈何，怎留他？把死限俄延了多半霎，生各支〔三六〕勒殺，陳玄禮鬧交加。

（高力士引旦下）（正末唱：）

【太平令】怎的教酩子裏(三七)題名單罵，腦背後着武士金瓜。教幾箇鹵莽的宮娥監押，休將那軟款(三八)的娘娘驚諕。你呀，見他問咱，可憐見唐朝天下。

（高力士持旦衣上，云：）娘娘已賜死了，六軍進來看視。（陳玄禮率衆馬踐科）（正末做哭科，云：）妃子，閃(三九)殺寡人也呵！（唱：）

【三煞】不想你馬嵬坡下今朝化，沒指望長生殿裏當時話。

【太清歌】恨無情捲地狂風刮，可怎生偏吹落我御苑名花。想他魂斷天涯，作幾縷兒綵霞。天那，一箇漢明妃遠把單于嫁，止不過泣西風淚濕胡笳；幾曾見六軍厮踐踏，將一箇尸首臥黃沙？

（正末做拿汗巾哭科，云：）妃子不知那裏去了？止留下這箇汗巾兒，好傷感人也！（唱：）

【二煞】誰收了錦纏聯窄面吳綾襪，空感嘆這淚斑斕擁項鮫綃帕。

【川撥棹】痛憐他不能勾水銀灌玉匣〔三〇〕，又沒甚綵嬪宮娃，拽布拖麻，奠酒澆茶；只索淺土兒權時葬下，又不及選山陵，將墓打。

【鴛鴦煞】黃埃散漫悲風颯，碧雲黯淡斜陽下；一程程水綠山青，一步步劍嶺巴峽；唱道〔三一〕感嘆情多，恓惶淚灑，早得升遐〔三二〕，休休却是今生罷。這箇不得已的官家，哭上逍遙玉驄馬。（同下）

〔一〕招颭（ㄓㄢ）——同招展；風吹飄蕩的樣子。

〔二〕殿下——封建時代，對王，諸侯，皇太子的尊稱。這裏指唐玄宗的太子李亨（唐肅宗）。

〔三〕惡噷（ㄧㄣ）噷——惡狠狠。

〔四〕明颩（ㄉㄧㄠ）颩——或作明丢丢。明亮的樣子。

〔五〕齊臻（ㄓㄣ）臻——整整齊齊。

〔六〕密匝匝——嚴實，周圍嚴密。

〔七〕亞——同壓，這裏是挨擠的意思。

〔八〕乘輿播遷——乘輿，皇帝的車乘；因作皇帝的代稱。播遷，流離遷徙。乘輿播遷，就是說皇帝逃難。

〔九〕半招（ㄑㄧㄚ）——半點兒；很細微的意思。

〔一〇〕鬬——這裏同逗；挑引，引起。

〔一一〕展污——沾污，玷辱，弄髒。

〔一二〕五條刑法——即五刑；一般指封建時代的笞，杖，徒，流，死五種刑法。

〔一三〕馬嵬（ㄨㄟ）坡——地名，在陝西省興平縣西。

〔一四〕簇合沙——緊緊包圍着的意思。沙，語尾，無義。

〔一五〕戰欽欽——即戰兢兢。驚懼，害怕的樣子。

〔一六〕乍——這裏是受驚時寒毛豎立的意思。

〔一七〕吃緊的——一般寫作赤緊的。當眞，眞正，實在。

〔一八〕請受——領受；有時逕作糧餉、薪俸解。

〔一九〕周褒姒舉火取笑——褒姒，周幽王的寵妃。她平常不愛笑，幽王派人燒起烽火（古代作戰時，用以告急的一種信號），各路救兵都到了，可是並沒有一個敵人。褒姒看見這種情形，大笑不止。後來，眞的有敵人來攻，再燒烽火，誰也不來援救了。

〔二〇〕紂妲己敲脛（ㄐㄧㄥ）覷人——妲己，商紂王的寵妃。冬天，她看見一個人光着脚過河，覺得很奇怪，就派人抓他，把他的小腿敲開，看看裏面骨髓，以驗血氣盛衰。

〔二一〕胡拿——猶如說胡做，亂捉摸；現在北方話叫做『胡抓沙』。

〔二二〕么花十八——『六么』曲中的一疊，名花十八，前後十八拍，又四花拍，共二十二拍。

〔二三〕陳後主二句——陳後主，名叔寶，陳朝最後的一個皇帝。隋軍圍攻他們，他還在城裏飲酒賦詩，結果當了俘虜。『後庭花』是他所作的歌曲名。

〔二四〕大古——或作大古裏，特古裏。大概算，總算；有時作特意，特別解。

〔二五〕奇擎（ㄑ一ㄥ）——就是擎；高舉。

〔二六〕生各支——或作生各札，生扢支，生扢扎，生圪支，生跁支，生各查，生可擦，生磕擦，義均同。含有勉强作成的意思，猶如說：硬，愣，或活活地。

〔二七〕酩子裏——或作冥子裏，瞑子裏。就是暗地裏、背地裏。有時作忽然解。

〔二八〕軟款——腼腆，温柔，柔緩的樣子。

〔二九〕閃——或作抛閃。捨棄，抛棄。

〔三〇〕水銀灌玉匣——玉匣，指棺材。把水銀灌注在棺材裏，可以防止屍首腐爛。

〔三一〕唱道——或作暢道。眞正是，端的是，簡直是的意思。元曲雙調鴛鴦煞的定格，第五句開頭一定要用這兩個字。

〔三二〕升遐——或作登遐。帝王死了叫做『升遐』。

第四折

（高力士上云：）自家高力士是也。自幼供奉內宮，蒙主上擡舉，加爲六宮提督太監。往年主上悅楊氏容貌，命某取入宮中，寵愛無比，封爲貴妃，賜號太眞。後來逆胡稱兵，僞誅楊國忠爲名，逼的主上幸蜀。行至中途，六軍不進，右龍武將軍陳玄禮奏過，殺了國忠，禍連貴妃。主上無可奈何，只得從之，縊死馬嵬驛中。今日賊平無事，主上還國，太子做了皇帝。

主上養老退居西宮，晝夜只是想貴妃娘娘。今日教某掛起眞容，朝夕哭奠；不免收拾停當，在此伺候咱。（正末上，云：）寡人自幸蜀還京，太子破了逆賊，即了帝位。寡人退居西宮養老，每日只是思量妃子。教畫工畫了一軸眞容供養着，每日相對，越增煩惱也呵。（做哭科）（唱：）

【正宮端正好】自從幸西川還京兆，甚的是月夜花朝；這半年來白髮添多少？怎打疊㈠愁容貌！

【么篇】瘦岩岩㈡不避羣臣笑，玉叉兒將畫軸高挑，荔枝花果香檀卓，目覷了傷懷抱。

（做看眞容科）（唱：）

【滾繡毬】險些把我氣冲倒，身謾靠，把太眞妃放聲高叫。叫不應，雨淚嚎咷。這待詔㈢手段高，畫的來沒半星兒差錯；雖然是快染能描，畫不出沉香亭畔迴鸞舞，花萼樓前上馬嬌，一段兒妖嬈。

【倘秀才】妃子呵，常記得千秋節，華淸宮宴樂；七夕會，長生殿乞巧：誓願學連理枝比翼鳥；誰想你乘綵鳳，返丹霄，命夭。

（帶云：）寡人越看越添傷感，怎生是好？（唱：）

【呆骨朵】寡人有心待蓋一座楊妃廟，爭奈無權柄，謝位辭朝。則俺這孤辰限難熬，更打着離恨天（四）最高。在生時同衾枕，不能勾死後也同棺槨。誰承望馬嵬坡塵土中，可惜把一朶海棠花零落了。

（帶云：）一會兒身子困乏，且下這亭子去閒行一會咱。（唱：）

【白鶴子】那身離殿宇，信步下亭皐，見楊柳裊翠藍絲，芙蓉拆胭脂蕚。

【么】見芙蓉懷媚臉，遇楊柳憶纖腰；依舊的兩般兒點綴上陽宮，他管一靈兒瀟灑長安道。

【么】常記得碧梧桐陰下立，紅牙筯手中敲；他笑整縷金衣，舞按霓裳樂。

【么】到如今翠盤中荒草滿，芳樹下暗香消；空對井梧陰，不見傾城貌。

（做歎科，云：）寡人也怕閒行，不如回去來。（唱：）

【倘秀才】本待閒散心，追歡取樂，倒惹的感舊恨，天荒地老。怏怏歸來鳳幃悄，甚法兒推今宵、懊惱？

（帶云：）回到這寢殿中，一弄兒(五)助人愁也。（唱：）

【芙蓉花】淡氤氳串烟裊，昏慘刺銀燈照；玉漏迢迢，纔是初更報。暗覷清霄，盼夢裏他來到。却不道口是心苗，不住的頻頻叫。

（帶云：）不覺一陣昏迷上來，寡人試睡些兒。（唱：）

【伴讀書】一會家心焦燥，四壁廂(六)秋蟲鬧，忽見掀簾西風惡，遙觀滿地陰雲罩；俺這裏披衣悶把幃屏靠，業(七)眼難交。

【笑和尚】原來是滴溜溜遶閑堦敗葉飄，疎刺刺刷落葉被西風掃，忽魯魯風閃得銀燈爆，廝琅琅鳴殿鐸，撲簌簌動朱箔，吉丁當玉馬兒(八)向檐間鬧。

（做睡科，唱：）

【倘秀才】悶打頦(九)和衣臥倒，軟兀刺(一〇)方纔睡着。（旦上云：）妾身貴妃是也。今日殿中設宴，宮娥，請主上赴席咱。（正末唱：）忽見青衣走來報，道太眞妃將寡人邀、宴樂。

（正末見旦科，云：）妃子，你在那裏來？（旦云：）今日長生殿排宴，請主上赴席。（正末云：）分付梨園子弟齊備着。（旦下）（正末做驚醒科，云：）呀，元來是一夢。分明夢見妃子，却又不見了。（唱：）

【雙鴛鴦】斜嚲翠鸞翹，渾一似出浴的舊風標，映着雲屏一半兒嬌。好夢將成還驚覺，半襟情淚濕鮫綃。

【蠻姑兒】懊惱窨約〔一一〕，驚我來的又不是樓頭過鴈，砌下寒蛩，簷前玉馬，架上金鷄；是兀那〔一二〕窗兒外梧桐上雨瀟瀟。一聲聲灑殘葉，一點點滴寒梢，會把愁人定虐〔一三〕。

【滾繡毬】這雨呵，又不是救旱苗，潤枯草，洒開花蕚；誰望道秋雨如膏，向青翠條，碧玉梢，碎聲兒必剝〔一四〕增百十倍歇和芭蕉。子管裏珠連玉散飄千顆，平白地瀽甕番盆下一宵，惹的人心焦。

【叨叨令】一會價緊呵，似玉盤中萬顆珍珠落；一會價響呵，似玳筵前幾簇笙歌鬧；一會價清呵，似翠岩頭一派寒泉瀑；一會價猛呵，似綉旗下數面征鼙操；兀的不惱殺人也麼哥！兀的不惱殺人也麼哥！則被他諸般兒雨聲相聒噪。

【倘秀才】這雨一陣陣打梧桐葉凋，一點點滴人心碎了。枉着金井銀牀緊圍遶，只好把潑〔二五〕枝葉做柴燒，鋸倒。

（帶云：）當初妃子舞翠盤時，在此樹下；寡人與妃子盟誓時，亦對此樹；今日夢境相尋，又被他驚覺了。（唱：）

【滾繡毬】長生殿那一宵，轉迴廊，說誓約，不合對梧桐並肩斜靠。盡言詞絮絮叨叨，沉香亭那一朝，按霓裳舞六么〔二六〕，紅牙筯擊成腔調，亂宮商鬧鬧炒炒。是兀那當時歡會，栽排下今日凄涼，廝輳着暗地量度。

（高力士云：）主上，這諸樣草木，皆有雨聲，豈獨梧桐？（正末云：）你那裏知道，我說與你聽者。（唱：）

【三煞】潤濛濛楊柳雨，凄凄院宇侵簾幕；細絲絲梅子雨，粧點江干滿樓閣；杏花雨紅濕闌干，梨花雨玉容寂寞；荷花雨翠蓋翩翻，豆花雨綠葉瀟條：都不似你驚魂破夢，助恨添愁，徹夜連宵。莫不是水仙弄嬌，蘸楊柳洒風飄。

【二煞】咪咪〔二七〕似噴泉瑞獸臨雙沼，刷刷〔二八〕似食葉春蠶散滿箔；亂灑瓊堦，水傳宮漏，飛上雕簷，酒滴新槽。直下的更殘漏斷，枕冷衾寒，燭滅香消。可知道夏天不覺，把高鳳麥〔一九〕來漂。

【黃鍾煞】順西風低把紗窗哨，送寒氣頻將繡戶敲，莫不是天故將人愁悶攪！度鈴聲響棧道，似花奴羯鼓調，如伯牙水仙操〔二〇〕；洗黃花，潤籬落，漬蒼苔，倒牆角，渲湖山，漱石竅，浸枯荷，溢池沼；沾殘蝶粉漸消，灑流螢焰不着，綠窗前促織叫，聲相近鴈影高，催鄰砧處處搗，助新涼分外早。斟量來這一宵雨和人緊廝熬，伴銅壺點點敲；雨更多，淚不少。雨濕寒梢，淚染龍袍，不肯相饒，共隔着一樹梧桐直滴到曉。

題目　安祿山反叛兵戈舉
　　　陳玄禮拆散鸞鳳侶
正名　楊貴妃曉日荔枝香
　　　唐明皇秋夜梧桐雨

〔一〕打疊——與打當，打點義同；就是安排，準備。

〔二〕瘦岩（ㄧㄢ）岩——或作瘦懨（ㄧㄢ）懨，瘦弱無力的樣子。

〔三〕待詔——漢代，被政府徵辟到京師去作官的人，稱爲『待詔公車』。唐代設翰林院，內有待詔之所，凡善於文詞、經術、及僧道、卜祝、術藝、書奕的人，都養在裏面，隨時等待皇帝的詔命，所以這些人被稱爲『待詔』。這裏指的是畫待詔。

〔四〕離恨天——佛教神話傳說：須彌山頂正中有一天，四方各有八天，共有三十三個天。民間傳說，三十三天中，以『離恨天』爲最高。

〔五〕一弄兒——一派，一古腦，一塊兒。

〔六〕壁廂——邊，旁。四壁廂，就是四邊，四圍；一壁廂，就是一邊，一面。壁廂，亦有分開單用『壁』或『廂』的，義同。

〔七〕業（ㄋㄧㄝ）——與孽通；就是佛教所說的寃業，業障的意思。元劇中當作詈駡的話，多用於自怨自詈的場合，如稱『業眼』，『業身軀』，『業骨頭』等。

〔八〕玉馬兒——古代建築，在房簷下懸挂玉片，風吹過，互相撞擊發聲，這種東西叫做『玉馬兒』。後來用鐵片代替，叫做『鐵馬』。

〔九〕悶打頦——打頦，或作答孩，打孩，語助詞。悶打頦，悶悶地，無聊。

〔一〇〕軟兀剌——兀剌，語助詞。軟兀剌，癱軟，沒有勁兒。

〔一一〕窨（ㄧㄣ）約——窨，本是地窖，與陰、隱、暗等義相近；約，有隱約的意思。窨約，就是暗中謀度，心裏思忖的意思。

〔一二〕兀那——指點詞，就是那。

〔一三〕定虐——與定害義同；打攪，攪害的意思。

〔一四〕 剡剡——形容雨打在樹葉上的聲音。

〔一五〕 潑——輕蔑、厭惡、詈駡的意思；略近於現在北方話裏『破頑意兒』的『破』字。

〔一六〕 六么——唐代大曲名。

〔一七〕 哧哧——形容泉水噴流的聲音。

〔一八〕 刷刷——形容蠶喫桑葉的聲音。

〔一九〕 高鳳麥——高鳳，東漢時人。他專心讀書，日夜不息。一天，他看守晒的麥子，忽然下大雨，把麥子都漂走了，他手裏還拿着竹竿，口裏還念書，一點兒也不知道。倩女離魂中『一場雨淹了中庭麥』，也是指的這個故事。

〔二〇〕 伯牙水仙操——伯牙，春秋時的一個善鼓琴的人。水仙操，曲名，相傳是他作的。

破幽夢孤鴈漢宮秋

據明萬曆顧曲齋刻本元人雜劇選影印

破幽夢孤鴈漢宮秋雜劇

元　馬致遠(一)撰

楔子

(冲末扮番王引部落上，詩云：)氈帳秋風迷宿草，穹廬夜月聽悲笳。控弦(二)百萬爲君長，款塞(三)稱藩屬漢家。某乃呼韓耶單于是也。若論俺家世：久居朔漠，獨霸北方。以射獵爲生，攻伐爲事。文王(四)曾避俺東徙，魏絳(五)曾怕俺講和。獯鬻玁狁(六)，逐代易名；單于可汗(七)，隨時稱號。當秦漢交兵之時，中原有事；俺國强盛，有控弦甲士百萬。俺祖公公冒頓單于，圍漢高帝于白登七日。用婁敬之謀，兩國講和，以公主嫁俺國中。至惠帝、呂后以來，每代必循故事，以宗女歸俺番家。宣帝之世，我衆兄弟爭立不定，國勢稍弱。今衆部落立我爲呼韓耶單于，實是漢朝外甥。我有甲士十萬，南移近塞，稱藩漢室。昨曾遣使進貢，欲請公主，未知漢帝肯尋盟約否？今日天高氣爽，衆頭目每向沙堤射獵一番，多少是好。正是：番家無產業，弓矢是生涯。（下）（淨扮毛延壽上，詩云：）爲人鵰心鴈爪〔八〕，做事欺大壓小；全憑諂佞姦貪，一生受用不了。某非別人，毛延壽的便是。見在漢朝駕下，爲中大夫之職。因我百般巧詐，一味諂諛，哄的皇帝老頭兒十分歡喜，言聽計從。朝裏朝外，那一個不敬我，那一個不怕我。我又學的一個法兒，只是教皇帝少見儒臣，多昵女色，我這寵幸，纔得牢固。道猶未了，聖駕早上。（正末扮漢元帝引內官宮女上，詩云：）嗣傳十葉繼炎劉，獨掌乾坤四百州；邊塞久盟和議策，從今高枕已無憂。某，漢元帝是也。俺祖高皇帝奮布衣，起豐沛，滅秦屠項，掙下這等基業，傳到朕躬，已是十代。自朕嗣位以來，四海晏然，八方寧靜。非朕躬有德，皆賴衆文武扶持。自先帝晏駕〔九〕之後，宮女盡放出宮去了。今後宮寂寞，如何是好？（毛延壽云：）陛下，田舍翁多收十斛麥，尚欲易婦；況陛下貴爲天子，富有四海，合無〔一〇〕遣官徧行天下，選擇室女，不分王侯宰相軍民人家，但要十五以上，二十以下者，容貌端正，盡選將來，以充後宮，有何不可？（駕云：）卿說的是，就加卿爲選擇使，賫領詔書一通，徧行天下刷選〔一一〕。將選中者各圖形一軸送來，朕按圖臨幸。待卿成功回時，別有區處。（唱：）

【仙呂賞花時】四海平安絕士馬，五穀豐登沒戰伐，寡人待刷室女選宮娃〔一二〕。你避不

的驅馳困乏，看那一個合屬俺帝王家。（下）

〔一〕馬致遠——號東籬老，大都人。作過江浙省務提舉。作劇十餘種，多以「神仙道化」爲題材。現存陳搏高臥、馬丹陽、漢宮秋、青衫淚、岳陽樓、薦福碑及黃粱夢（與李時中、花李郎、紅字李二合撰）。

〔二〕控弦——本是拉弓的意思，一般用作弓手的代稱。

〔三〕款塞——款，叩。塞，邊塞，關塞。

〔四〕文王——應作大（ㄊㄞ）王。大王是周代的祖先，住在邠，受到狄人的侵擾，他就率領他的部落，遷徙到岐山之下居住。

〔五〕魏絳——春秋時晉國的大夫；住在晉國邊境的戎人，曾通過他想與晉國講和，他就勸晉悼公答應了這個請求。

〔六〕獯（ㄒㄩㄣ）鬻、玁（ㄒㄧㄢ）狁（ㄩㄣ）——古代北方民族的名稱，就是漢代所稱的匈奴。獯鬻，玁狁，匈奴，都是一音之轉。

〔七〕單（ㄔㄢ）于、可（ㄎㄜ）汗——匈奴，突厥對他們的君長的稱呼；猶如中國稱皇帝。

〔八〕雕心鴈爪——或作鷹心雁爪。比喻心狠手緊，做事毒辣的人。

〔九〕晏駕——皇帝死了的代語。

〔一〇〕合無——盍不，何不。

〔一一〕刷選——搜尋，挑選。

〔一二〕宮娃——娃，美女；宮娃，指宮女。

第一折

（毛延壽上，詩云：）大塊黃金任意撾，血海王條(一)全不怕；生前只要有錢財，死後那管人唾罵。某毛延壽，領着大漢皇帝聖旨，徧行天下，刷選室女，已選勾九十九名；各家儘肯餽送，所得金銀，却也不少。昨日來到成都秭歸縣，選得一人，乃是王長者之女，名喚王嬙，字昭君。生得光彩射人，十分豔麗，眞乃天下絕色。爭奈他本是莊農人家，無大錢財；我問他要百兩黃金，選爲第一。他一則說家道貧窮，二則倚着他容貌出衆，全然不肯。我本待退了他，（做忖科，云：）不要，倒好了他。眉頭一縱，計上心來。只把美人圖點上些破綻，到京師，必定發入冷宮，敎他受苦一世。正是：恨小非君子，無毒不丈夫。（下）（正旦扮王嬙引二宮女上，詩云：）一日承宣入上陽，十年未得見君王；良宵寂寂誰來伴，惟有琵琶引興長。妾身王嬙，小字昭君，成都秭歸人也。父親王長者，平生務農爲業。母親生妾時，夢月光入懷，復墜于地，後來生下妾身。年長一十八歲，蒙恩選充後宮。不想使臣毛延壽，問妾身索要金銀，不曾與他，將妾影圖點破，不曾得見君王，現今退居永巷(二)。妾身在家頗通絲竹，彈得幾曲琵琶；當此夜深孤悶之時，我試理一曲消遣咱。（做彈科）（駕引內官提燈上，云：）某漢元帝，自從刷選室女入宮，多有不曾寵幸，煞是怨望咱。今日萬幾〔三〕稍暇，不免巡宮走一遭，看那個有緣的得遇朕躬也呵。（唱：）

【仙呂點絳唇】車碾殘花，玉人月下吹簫罷；未遇宮娃，是幾度添白髮！

【混江龍】料必他珠簾不掛，望昭陽〔四〕一步一天涯；疑了些無風竹影，恨了些有月窗紗。他每見絃管聲中巡玉輦，恰便似斗牛星畔盼浮槎〔五〕。（旦做彈科）（駕云：）是那裏彈的琵琶響？（內官云：）是。（正末唱：）是誰人偷彈一曲，寫出嗟呀？（內官云：）快報去接駕。（駕云：）不要。（唱：）莫便要忙傳聖旨，報與他家。我則怕乍蒙恩，把不定心兒怕，驚起宮槐宿鳥，庭樹栖鴉。

（云：）小黃門，你看是那一宮的宮女彈琵琶，傳旨去教他來接駕，不要驚諕着他。（內官報科，云：）兀那彈琵琶的，是那位娘娘？聖駕到來，急忙迎接者！（旦趨接科）（駕唱：）

【油葫蘆】恕無罪，吾當親問咱。這裏屬那位下？休怪我不曾來往乍行踏。我特來塡還〔六〕你這淚搵濕鮫綃帕，溫和你露冷透凌波襪。天生下這艷姿，合是我寵幸他。今宵畫燭銀臺下，剝地管喜信爆燈花。

（云：）小黃門，你看那紗籠內燭光越亮了，你與我挑起來看咱。（唱：）

【天下樂】和他也弄着精神射絳紗，卿家，你覷咱，則他那瘦岩岩影兒可喜殺。（旦云：）妾身早知陛下駕臨，只合遠接；接駕不早，妾該萬死。（駕唱：）迎頭兒稱妾身，滿口兒呼陛下，必不是尋常百姓家。

（云：）看了他容貌端正，是好女子也呵。（唱：）

【醉中天】將兩葉賽宮樣眉兒畫，把一個宜梳裹臉兒搽，額角香鈿貼翠花，一笑有傾城價。若是越勾踐姑蘇臺上見他，那西施半籌也不納(七)，更敢早十年敗國亡家。

（云：）你這等模樣出衆，誰家女子？（旦云：）妾姓王，名嬙，字昭君，成都秭歸縣人。父親王長者，祖父以來，務農爲業。閭閻百姓，不知帝王家禮度。（駕唱：）

【金盞兒】我看你眉掃黛，鬢堆鴉，腰弄柳，臉舒霞，那昭陽到處難安插，誰問你一犁兩耙做生涯。也是你君恩留枕簟，天教雨露潤桑麻。既不沙(八)，俺江山千萬里，直尋到茅舍兩三家。

(云:)看卿這等體態，如何不得近幸？(旦云:)當初選時，使臣毛延壽索要金銀，妾家貧寒無湀，故將妾眼下點成破綻，因此發入冷宮。(駕云:)小黃門，你取那影圖來看。(黃門取圖看科)(駕唱:)

【醉扶歸】我則問那待詔別無話，却怎麼這顏色不加搽？點得這一寸秋波玉有瑕。端的是卿眇目，他雙瞎，便宜的八百姻嬌比並他，也未必强如俺娘娘帶破賺(九)丹青畫。

(云:)小黃門，傳旨說與金吾衛(一〇)，便拏毛延壽斬首報來。(旦云:)陛下，妾父母在成都，見隸民籍，望陛下恩典寬免，量與些恩榮咱。(駕云:)這個煞容易。(唱:)

【金盞兒】你便晨挑菜，夜看瓜，春種穀，夏澆麻，情取棘針門(一一)粉壁(一二)上除了差法。你向正陽門(一三)改嫁的倒榮華。俺官職頗高如村社長，這宅院剛大似縣官衙。謝天地，可憐窮女壻，再誰敢欺負俺丈人家！

(云:)近前來，聽寡人旨，封你做明妃者。(旦云:)量妾身怎生消受的陛下恩寵！(做謝恩科)(駕唱:)

【賺煞】且盡此宵情，休問明朝話。（旦云：）陛下明朝早早駕臨，妾這裏候駕。（駕唱：）到明日，多管是醉臥在昭陽御榻。（旦云：）妾身賤微，雖蒙恩寵，怎敢望與陛下同榻？（駕唱：）休煩惱，吾當且是要鬥卿來便當眞假。恰纔家輦路兒熟滑，怎下的眞個長門再不踏？明夜裏西宮閤下，你是必悄聲兒接駕；我則怕六宮人攀例撥琵琶。（下）

（旦云：）駕回了也，左右且掩上宮門，我睡些去。（下）

〔一〕血海王條——血海，形容關係重大，關係着生死問題的意思。王條，指王法，刑法。

〔二〕永巷——宮中的長巷。漢代，是幽禁有罪的宮女的地方，通常也泛指後宮。

〔三〕萬幾——或作萬機。就是萬種事務，極言管理事務非常繁雜的意思。古時稱皇帝『日理萬幾』，後來把這兩個字專指皇帝辦的公事。

〔四〕昭陽——漢武帝後宮八區，中有昭陽殿。這裏是指後宮中皇帝時常臨幸的所在。

〔五〕浮槎（ㄔㄚ）——木筏子。古代神話：天河與海相通，每年八月，有木筏下來。有一個人坐上木筏，飄到一處，看見城郭房屋，還有織布的女子和牽着牛的男人。他回家之後，人家告訴他，那裏就是天河；男的、女的，就是牛郎、織女。

〔六〕塡還——償還，報答。

〔七〕半籌也不納——籌，算籌。半籌也不納，就是說：一籌莫展，無計可施。

〔八〕既不沙——沙，語助詞，無義。既不沙，猶如說：既不然，要不是這樣。

〔九〕破賺——破綻。

〔一〇〕金吾衛——掌管皇帝禁衛、扈從等事的官。

〔一一〕棘針門——古代帝王出行，止宿的地方，以棘爲門，稱爲『棘門』。這裏用作朝廷或官署的代稱。說：宋元時代，劇場用棘刺圍繞，因而用以指劇場。

〔一二〕粉壁——宋元時代，張貼法令，謄寫告示的牆壁。

〔一三〕正陽門——宋代汴京宮城門名，即宣德門；明道元年改稱正陽門。

第二折

（番王引部落上，云：）某呼韓單于，昨遣使臣款漢，請嫁公主與俺；漢皇帝以公主尚幼爲辭，我心中好不自在。想漢家宮中，無邊宮女，就與俺一個，打甚不緊？直將使臣趕回。我欲待起兵南侵，又恐怕失了數年和好；且看事勢如何，別做道理。（毛延壽上，云：）某毛延壽，只因刷選宮女，索要金銀，將王昭君美人圖點破，送入冷宮。不想皇帝親幸，問出端的，要將我加刑。我得空逃走了，無處投奔。左右是左右，將着這一軸美人圖，獻與單于王，着他按圖索要，不怕漢朝不與他。走了數日，來到這裏，遠遠的望見人馬浩大，敢是穹廬也。（做問科，云：）頭目，你啓報單于王知道，說漢朝大臣來投見哩。（卒報科）（番王云：）着他過來。（見科，云：）你是甚麼人？（毛延壽云：）某是漢朝中大夫毛延壽。有我漢朝西宮閤下美人王昭君，生得絕色。前者大王遣使求公主時，那昭君情願請行；漢主捨不的，不肯放來。某再三苦諫，說：『豈可重女色，失兩國之好？』漢主倒要殺我。某因此帶了這美人圖，獻與大王。可遣使按圖索要，必然得了也。這就是圖樣。（進上看科）（番王云：）世間那有如此女人！若得他做閼氏(一)，我願足矣。如今就差一番官，率領部從，寫書與漢天子，求索王昭君，與俺和親；若不肯與，不日南侵，江山難保。就一壁廂引控甲士，隨地打獵，延入塞內，偵候動靜，多少是好。（下）（旦引宮女上，云：）妾身王嬙，自前日蒙恩臨幸，不覺又旬月。主上昵愛過甚，久不設朝。聞的今日升殿去了，我且向妝臺邊梳妝一會，收拾齊整，只怕駕來好伏侍。（做對鏡科）（駕上，云：）自從西宮閤下，得見了王昭君，使朕如痴似醉，久不臨朝。今日方才升殿，等不的散了，只索再到西宮看一看去。（唱：）

【南呂一枝花】四時雨露勻，萬里江山秀；忠臣皆有用，高枕已無憂。守着那皓齒星眸，爭忍的虛白晝。近新來染得些症候，一半兒爲國憂民，一半兒愁花病酒。

【梁州第七】我雖是見宰相，似文王施禮，一頭地(二)離明妃，早宋玉悲秋(三)。怎禁他帶天香着莫定龍衣袖！他諸餘〔四〕可愛，所事〔五〕兒相投；消磨人幽悶，陪伴我閒游；偏宜向梨花月底登樓，芙蓉燭下藏鬮〔六〕。體態是二十年挑剔就的温柔，姻緣是五百載該撥下的配偶，臉兒有一千般說不盡的風流。寡人乞求他左右，他比那落伽山觀自在無楊柳，見一面得長壽。情繫人心早晚休，則除是雨歇雲收。

（做望見科，云：）且不要驚着他，待朕悄地看咱。（唱：）

【隔尾】恁的般長門前抱怨的宮娥舊，怎知我西宮下偏心兒夢境熟。愛他晚妝罷，描不成，畫不就，尚對菱花自羞。（做到旦背後看科）（唱：）我來到這粧臺背後，元來廣寒殿嫦娥，在這月明裏有。

（旦做見接駕科）（外扮尚書，丑扮常侍上，詩云：）調和鼎鼐理陰陽，秉軸持鈞政事堂；只會中書陪伴食，何曾一日爲君王。某尚書令五鹿充宗〔七〕是也，這個是內常侍石顯〔八〕。今日朝罷，有番國遣使來索王嫱和番，不免奏駕。來到西宮閣下，只索進去。（做見科，云：）奏的我主得知：如今北番呼韓單于差一使臣前來，說毛延壽將美人圖獻與他，索要昭君娘娘和番，以息刀兵；不然，他大勢南侵，江山不可保矣。（駕云：）我養軍千日，用軍一時；空有滿朝文武，那一個與我退的番兵！都是些畏刀避箭的，恁不去出力，怎生教娘娘和番？

（唱：）

【牧羊關】興廢從來有，干戈不肯休。可不食君祿，命懸君手。太平時、賣你宰相功勞，有事處、把俺佳人遞流〔九〕。你們乾請了皇家俸，着甚的分破帝王憂？那壁廂鎖樹的怕彎着手，這壁廂攀欄〔一〇〕的怕攧破了頭。

（尚書云：）他外國說陛下寵昵王嬙，朝綱盡廢，壞了國家。若不與他，興兵弔伐。臣想紂王只爲寵妲己，國破身亡，是其鑒也。（駕唱：）

【賀新郎】俺又不曾徹青霄高蓋起摘星樓〔一一〕；不說他伊尹扶湯，則說那武王伐紂。有一朝身到黃泉後，若和他留侯留侯廝遘，你可也羞那不羞？您臥重裀，食列鼎，乘肥馬，衣輕裘。您須見舞春風嫩柳宮腰瘦，怎下的教他環珮影搖青塚〔一二〕月，琵琶聲斷黑江秋！

（尚書云：）陛下，咱這裏兵甲不利，又無猛將與他相持，倘或疎失，如之奈何？望陛下割恩與他，以救一國生靈之命。（駕唱：）

【鬥蝦蟆】當日個誰展英雄手，能梟項羽頭，把江山屬俺炎劉？——全虧韓元帥〔一三〕九里山前戰鬥，十大功勞成就。恁也丹墀裏頭，枉被金章紫綬；恁也朱門裏頭，都寵着歌衫舞袖。恐怕邊關透漏，央及家人奔驟。似箭穿着鴈口，沒個人敢咳嗽。吾當僝僽〔一四〕，他也他也紅妝年幼，無人搭救。昭君共你每有甚麼殺父母寃讎？休休，少不的滿朝中都做了毛延壽！我呵，空掌着文武三千隊，中原四百州；只待要割鴻溝〔一五〕。陡恁的千軍易得，一將難求！

（常侍云：）見今番使朝外等宣。（駕云：）罷罷罷，教番使臨朝來。（番使入見科，云：）呼韓耶單于差臣南來奏大漢皇帝：北國與南朝自來結親和好；曾兩次差人求公主不與。今有毛延壽將一美人圖，獻與俺單于。特差臣來，單索昭君爲閼氏，以息兩國刀兵。陛下若不從，俺有百萬雄兵，刻日南侵，以決勝負，伏望聖鑒不錯。（駕云：）且教使臣館驛中安歇去。（番使下）（駕云：）您衆文武商量，有策獻來，可退番兵，免教昭君和番。大抵是欺娘娘軟善，若當時呂后在日，一言之出，誰敢違拗！若如此，久已後也不用文武，只憑佳人平定天下便了！（唱：）

【哭皇天】你有甚事疾忙奏，俺無那鼎鑊邊滾熱油。我道您文臣安社稷，武將定戈矛；您只會文武班頭，山呼萬歲，舞蹈揚塵，道那聲誠惶頓首。如今陽關路上，昭君出塞；當日未央宮裏，女主垂旒。文武每，我不信你敢差排呂太后。枉以後，龍爭虎鬥，都是俺鸞交鳳友。

（旦云：）妾既蒙陛下厚恩，當効一死，以報陛下。妾情願和番，得息刀兵，亦可留名青史。但妾與陛下闈房之情，怎生拋捨也！（駕云：）我可知捨不的卿哩！（尚書云：）陛下割恩斷愛，以社稷爲念，早早發送娘娘去罷。（駕唱：）

【烏夜啼】今日嫁單于，宰相休生受。早則俺漢明妃有國難投。它那裏黃雲不出青山岫。投至（云）兩處凝眸，盼得一鴈橫秋。單注着寡人今歲攬閒愁。王嬙這運添憔瘦，翠羽冠，香羅綬，都做了錦蒙頭煖帽，珠絡縫貂裘。

（云：）卿等今日先送明妃到驛中，交付番使，待明日朕親出灞陵橋，送餞一盃去。（尚書云：）只怕使不的，惹外夷恥笑。（駕云：）卿等所言，我都依着；我的意思，如何不依？好歹去送一送。我一會家只恨毛延壽那厮！（唱：）

【三煞】我則恨那忘恩咬主賊禽獸，怎生不畫在凌烟閣〔一七〕上頭？紫臺行都是俺手裏的衆公侯，有那椿兒不共卿謀，那件兒不依卿奏？爭忍教第一夜夢迤逗，從今後不見長安望北斗，生扭做〔一八〕織女牽牛！

（尚書云：）不是臣等強逼娘娘和番，奈番使定名索取；況自古以來，多有因女色敗國者。（駕唱：）

【二煞】雖然似昭君般成敗都皆有，誰似這做天子的官差不自由！情知他怎收那膘滿的紫驊騮。往常時翠轎香兜〔一九〕，兀自倦朱簾揭繡，上下處要成就。誰承望月自空明水自流，恨思悠悠。

（旦云：）妾身這一去，雖爲國家大計，爭奈捨不的陛下！（駕唱：）

【黃鍾尾】怕娘娘覺飢時吃一塊淡淡鹽燒肉，害渴時喝一杓兒酪和粥。我索折一枝斷腸柳，餞一盃送路酒。眼見得趕程途，趁宿頭；痛傷心，重回首，則怕他望不見鳳閣龍

樓，今夜且則向灞陵橋畔宿。（下）

〔一〕閼（一ㄢ）氏（ㄓ）——匈奴君長的嫡妻，相當於中國的皇后。

〔二〕一頭地——一到，及到。

〔三〕宋玉悲秋——宋玉，戰國時楚國的辭賦家。他所作的九辯裏有『悲哉秋之爲氣也』的話。

〔四〕諸餘——種種，諸般。

〔五〕所事——件件事，所有之事。

〔六〕藏鬮（ㄐ一ㄡ）——或作藏鉤。古代的一種遊戲：把許多人分爲兩方，一方把鉤藏在手裏，讓對方猜，猜中就算贏了。

〔七〕五鹿充宗——西漢時人，官少府，是權臣石顯的黨羽。

〔八〕石顯——西漢時的宦官，爲元帝所寵任，官中書令，權勢很大。

〔九〕遞流——遞，押解罪犯；流，古代的一種刑法，即放逐。遞流，就是把罪犯押解到荒遠的地方去。

〔一〇〕鎖樹、攀欄——鎖樹，晉代漢國劉聰想建築一座樓，他的臣子陳元達諫阻，劉聰大怒，要斬陳元達，陳元達就把自已鎖在堂下的樹上，旁人拖也拖不走。攀欄，漢代朱雲上書給皇帝，請求斬佞臣張禹，皇帝大怒，要殺朱雲，朱雲攀殿檻，檻折。因爲旁人的請求，才沒有殺他。這裏是用他們兩人來反譏那些怕事、不肯出頭的臣子。

〔一一〕摘星樓——古代傳說：商紂王建造過一座摘星樓，非常高。

〔一二〕青塚——據說王昭君的墳墓上多青草，所以叫做『青塚』。墓在綏遠省歸綏縣城南

〔一三〕韓元帥——指韓信，漢高祖的功臣。相傳他在九里山前擺六十四卦陣，逼着項羽自刎。
〔一四〕僝（ㄔㄢ）僽（ㄓㄡ）——憂怨，煩惱。
〔一五〕鴻溝——水渠名，在今河南省境內。劉邦和項羽作戰，相持不下的時候，曾經以鴻溝爲界，兩軍講和停戰。
〔一六〕投至——或作投至的，投到。就是到，等到。
〔一七〕凌烟閣——唐太宗命人畫他的二十四個功臣的像，放在凌烟閣中，以表章他們的功績。漢代沒有這個名稱，是作者借用的。
〔一八〕生扭做——勉强扭做，硬扭做，活活地弄成的意思。
〔一九〕兜——一作篼，竹轎。

第三折

（番使擁旦上，奏胡樂科，旦云：）妾身王昭君，自從選入宮中，被毛延壽將美人圖點破，送入冷宮。甫能得蒙恩幸，又被他獻與番王形像。今擁兵來索，待不去，又怕江山有失；沒奈何將妾身出塞和番。這一去，胡地風霜，怎生消受也！自古道：『紅顏勝人多薄命，莫怨春風當自嗟。』（駕引文武內官上，云：）今日灞橋餞送明妃，却早來到也。（唱：）

【雙調新水令】錦貂裘生改盡漢宮妝，我則索看昭君畫圖模樣。舊恩金勒短，新恨玉鞭長。本是對金殿鴛鴦；分飛翼，怎承望！

（云：）您文武百官計議，怎生退了番兵，免明妃和番者。（唱：）

【駐馬聽】宰相每商量，大國使還朝多賜賞。早是俺夫妻悒怏，小家兒出外也搖裝〔一〕。尚兀自渭城衰柳助凄凉，共那灞橋流水添惆悵。偏您不斷腸，想娘娘那一天愁都撮在琵琶上。

（做下馬科）（與旦打悲科）（駕云：）左右慢慢唱者，我與明妃餞一盃酒。（唱：）

【步步嬌】您將那一曲陽關休輕放，俺咫尺如天樣，慢慢的捧玉觴。朕本意待尊前捱些時光，且休問劣了宮商，您則與我半句兒俄延着唱。

（番使云：）請娘娘早行，天色晚了也。（駕唱：）

【落梅風】可憐俺別離重，你好是歸去的忙。寡人心先到他李陵〔三〕臺上，回頭兒却纔魂夢裏想，便休題貴人多忘。

（旦云：）妾這一去，再何時得見陛下？把我漢家衣服都留下者。（詩云：）正是：今日漢宮人，明朝胡地妾；忍着主衣裳，爲人作春色！（留衣服科）（駕唱：）

【殿前歡】則甚麼留下舞衣裳，被西風吹散舊時香。我委實怕宮車再過青苔巷，猛到椒房，那一會想菱花鏡裏妝，風流相，兜的又橫心上。看今日昭君出塞，幾時似蘇武還鄉？

（番使云：）請娘娘行罷，臣等來多時了也。（駕云：）罷罷罷，明妃你這一去，休怨朕躬也。（做別科，駕云：）我那裏是大漢皇帝！（唱：）

【鴈兒落】我做了別虞姬楚霸王，全不見守玉關征西將。那裏取保親的李左車，送女客的蕭丞相〔三〕？

（尚書云：）陛下不必掛念。（駕唱：）

【得勝令】他去也不沙架海紫金梁，枉養着那邊庭上鐵衣郎。您也要左右人扶侍，俺可甚糟糠妻(四)下堂？您但提起刀鎗，却早小鹿兒心頭撞(五)。今日央及煞娘娘，怎做的男兒當自强！

（尚書云：）陛下，咱回朝去罷。（駕唱：）

【川撥棹】怕不待放絲韁，咱可甚鞭敲金鐙響。你管燮理陰陽，掌握朝綱，治國安邦，展土開疆；假若俺高皇，差你個梅香，背井離鄉，臥雪眠霜，若是他不戀恁春風畫堂，我便官封你一字王(六)。

（尚書云：）陛下不必苦死留他，着他去了罷。（駕唱：）

【七弟兄】說甚麼大王不當戀王嬙，兀良(七)，怎禁他臨去也回頭望！那堪這散風雪旌節影悠揚，動關山鼓角聲悲壯。

【梅花酒】呀！俺向着這迥野悲涼。草已添黃，兎早迎霜。犬褪得毛蒼，人搠起纓鎗，馬負着行裝，車運着餱糧，打獵起圍場。他他他，傷心辭漢主；我我我，攜手上河梁。他部從入窮荒，我鑾輿返咸陽。返咸陽，過宮墻；過宮墻，遶迴廊；遶迴廊，近椒房；近椒房，月昏黃；月昏黃，夜生涼；夜生涼，泣寒螿；泣寒螿，綠紗窗；綠紗窗，不思量！

【收江南】呀！不思量，除是鐵心腸！鐵心腸，也愁淚滴千行。美人圖今夜掛昭陽，我那裏供養，便是我高燒銀燭照紅妝。

（尚書云：）陛下回鑾罷，娘娘去遠了也。（駕唱：）

【鴛鴦煞】我煞大臣行說一個推辭謊，又則怕筆尖兒那火〔八〕編修講。不見他花朶兒精神，怎趂那草地裏風光？唱道竚立多時，徘徊半晌，猛聽的塞鴈南翔，呀呀的聲嘹喨，却原來滿目牛羊，是兀那載離恨的氈車〔九〕半坡裏響。（下）

（番王引部落擁昭君上，云：）今日漢朝不棄舊盟，將王昭君與俺番家和親。我將昭君封爲寧胡閼氏，坐我正宮。兩國息兵，多少是好。衆將士，傳下號令，大衆起行，望北而去。（做行科）（旦問云：）這裏甚地面了？（番使云：）這是黑龍江，番漢交界去處；南邊屬漢家，北邊屬我番國。（旦云：）大王，借一盃酒，望南澆奠，辭了漢家，長行去罷。（做奠酒科，云：）漢朝皇帝，妾身今生已矣，尚待來生也。（做跳江科）（番王驚救不及，歎科，云：）嗨！可惜，可惜！昭君不肯入番，投江而死。罷罷罷，就葬在此江邊，號爲青塚者。我想來，人也死了，枉與漢朝結下這般讎隙，都是毛延壽那廝撥弄出來的。把都兒〔一〇〕，將毛延壽拿下，解送漢朝處治。我依舊與漢朝結和，永爲甥舅，却不是好？（詩云：）則爲他丹青畫誤了昭君，背漢主暗地私奔；將美人圖又來哄我，要索取出塞和親。豈知道投江而死，空落的一見消魂。似這等姦邪逆賊，留着他終是禍根；不如送他去漢朝哈喇〔一一〕，依還的甥舅禮，兩國長存。（下）

〔一〕搖裝——或作遙裝。古代的一種習俗：將有遠行的人，事先擇一個吉日出門，親友在江邊餞行，上船移棹即返，另日再出發，叫做搖裝。

〔二〕李陵——字少卿，漢代勇將，因兵少戰敗，投降匈奴。

〔三〕李左車、蕭丞相——蕭丞相，指蕭何。兩人都是漢初的謀臣，有功於漢，史書上他們沒有送親的事；因爲漢元帝的大臣們對外束手無策，只會主張派昭君和番，所以這裏用反話譏責他們。

〔四〕糟糠妻——指貧賤時共過患難的妻子。宋弘對漢光武說：『貧賤之交不可忘，糟糠之妻不下堂。』

〔五〕小鹿兒心頭撞——小鹿兒撞，小鹿兒跳，元曲習用語。因緊張而心頭跳動，就像小鹿撞觸心頭一樣。

〔六〕一字王——遼代有『一字王』之稱，如趙王、魏王之類，都是國王，地位較尊貴。若郡王，則必兩字，如混同郡王，蘭陵郡王之類，較一字王稍卑。元代也有一字王、兩字王的差別。漢代沒有這個名稱，這是借用的。

〔七〕兀良——語詞，無義；有時用以表示驚訝的意思，略如『啊呀』。
〔八〕火——同夥。
〔九〕氈車——金國的后妃所坐的車子，用錦緣青氈作車蓋，叫做氈車。
〔一〇〕把都兒——或作把阿禿兒，拔突，巴圖魯。蒙古語：勇士。
〔一一〕哈喇——或作阿闌。蒙古語：殺。

第四折

（駕引內官上，云：）自家漢元帝，自從明妃和番，寡人一百日不曾設朝。今當此夜景蕭索，好生煩惱。且將這美人圖掛起，少解悶懷也呵。（唱：）

【中呂粉蝶兒】寶殿凉生，夜迢迢六宮人靜。對銀臺一點寒燈，枕席間，臨寢處，越顯的吾當薄倖。萬里龍廷，知他宿誰家一靈眞性。

（云：）小黃門，你看爐香盡了，再添上些香。（唱：）

【醉春風】燒盡御爐香，再添黃串餅〔一〕。想娘娘似竹林寺〔二〕，不見半分形；則留下這個影影。未死之時，在生之日，我可也一般恭敬。

（云：）一時困倦，我且睡些兒。（唱：）

【叫聲】高唐夢，苦難成。那裏也愛卿愛卿，却怎生無些靈聖？偏不許楚襄王枕上雨雲情。

（做睡科）（旦上，云：）妾身王嬙，和番到北地，私自逃回。兀的不是我主人！陛下，妾身來了也。（番兵上，云：）恰纔我打了個盹，王昭君就偷走回去了。我急急趕來，進的漢宮，兀的不是昭君！（做拏旦下）（駕醒科，云：）恰纔見明妃回來，這些兒如何就不見了？（唱：）

【剔銀燈】恰纔這搭兒單于王使命，呼喚俺那昭君名姓；偏寡人喚娘娘不肯燈前應，却原來是畫上的丹青。猛聽得仙音院鳳管鳴，更說甚簫韶九成〔三〕。

【蔓青菜】白日裏無承應，教寡人不曾一覺到天明，做的個團圓夢境。（鴈叫科，唱：）却原來鴈叫長門兩三聲，怎知道更有箇人孤另！

（鴈叫科）（唱：）

【白鶴子】多管是春秋高，觔力短；莫不是食水少，骨毛輕？待去後，愁江南網羅寬；待向前，怕塞北雕弓硬。

【幺篇】傷感似替昭君思漢主，哀怨似作薤露〔四〕哭田橫〔五〕，淒愴似和半夜楚歌聲，悲切似唱三疊陽關令。

（鴈叫科）（云：）則被那潑毛團〔六〕叫的悽楚人也。（唱：）

【上小樓】早是我神思不寧，又添個寃家纏定。他叫得慢一會兒，緊一聲兒，和盡寒更。不爭〔七〕你打盤旋，這搭裏同聲相應，可不差訛了四時節令？

【幺篇】你却待尋子卿覓李陵。對着銀臺，叫醒咱家，對影生情。則俺那遠鄉的漢明妃雖然得命〔八〕，不見你個潑毛團，也耳根清淨。

（鴈叫科）（云：）這鴈兒呵。（唱：）

【滿庭芳】又不是心中愛聽，大古似林鶯嚦嚦，山溜冷冷。我只見山長水遠天如鏡，又生怕誤了你途程。見被你冷落了瀟湘暮景，更打動我邊塞離情。還說甚過留聲〔九〕，那堪更瑤堦夜永，嫌殺月兒明！

（黃門云：）陛下省煩惱，龍體爲重。（駕云：）不由我不煩惱也。（唱：）

【十二月】休道是咱家動情，你宰相每也生憎。不比那雕梁燕語，不比那錦樹鶯鳴。漢昭君離鄉背井，知他在何處愁聽？

（鴈叫科）（唱：）

【堯民歌】呀呀的飛過蓼花汀，孤鴈兒不離了鳳凰城。畫簷間鐵馬響丁丁，寶殿中御榻冷淸淸，寒也波更，蕭蕭落葉聲，燭暗長門靜。

【隨煞】一聲兒遶漢宮，一聲兒寄渭城，暗添人白髮成衰病，直恁的吾當可也勸不省。

（尙書上云：）今日早朝散後，有番國差使命綁送毛延壽來，說因毛延壽叛國敗盟，致此禍釁。今昭君已死，情願兩國講和。伏候聖旨。（駕云：）既如此，便將毛延壽斬首，祭獻明妃。着光祿寺大排筵席，犒賞來使回去。（詩云：）葉落深宮鴈叫時，夢回孤枕夜相思；雖然靑塚人何在，還爲蛾眉斬畫師。

題目　沉黑江明妃青冢恨
正名　破幽夢孤鴈漢宮秋

〔一〕黃串餅——或作黃篆餅。放在香爐裏薰燒的香餅。

〔二〕竹林寺——佛教傳說中神僧、羅漢所住的靈境；時隱時現，凡人不易到達。

〔三〕簫韶九成——簫韶，傳說是上古虞舜時代的樂名。九成，是九變的意思。每曲一終必變更音調，共變更九次。

〔四〕薤（ㄒㄧㄝ）露——古代送喪的歌曲名。

〔五〕田橫——秦末齊國人。齊王被擄，田橫自立爲齊王，失敗，退居海上。漢高祖派人召降，他走到中途，自殺。他的部下五百多人聽到這個消息，都自殺而死。

〔六〕毛團——對禽獸的泛稱；這裏指鴈。

〔七〕不爭——不要緊，不在乎，無所謂。有時含有如其，只爲的意思。

〔八〕得命——命窮，薄命。

〔九〕過留聲——諺語『鴈過留聲』的省語。

據明崇禎刻本醉江集影印

梁山泊李逵負荊雜劇

元　康進之〔一〕撰

第一折

（沖末扮宋江，同外扮吳學究，淨扮魯智深，領卒子上。宋江詩云：）澗水潺潺遶寨門，野花斜插滲青巾。杏黃旗上七箇字，替天行道救生民。某，姓宋名江，字公明，綽號順天呼保義者是也。曾為鄆州鄆城縣把筆司吏，因帶酒殺了閻婆惜，迭配江州牢城。路經這梁山過，遇見晁蓋哥哥，救某上山。後來哥哥三打祝家莊身亡，衆兄弟推某為頭領。某聚三十六大夥，七十二小夥，半垓來的小僂儸，威鎮山東，令行河北。某喜的是兩箇節令：清明三月三，重陽九月九。如今遇這清明三月三，放衆弟兄下山，上墳祭掃。三日已了，都要上山，若違令者，必當斬首。（詩云：）俺威令誰人不怕，只放你三日嚴假；若違了半個時辰，上山來決無乾罷。（下）（老王林上，云：）曲律〔二〕竿頭懸草稕〔三〕，綠楊影裏撥琵琶。高陽公子〔四〕休空過，不比尋常賣酒家。老漢姓王名林，在這杏花莊居住，開着一個小酒務兒(五)，做些生意。嫡親的三口兒家屬：婆婆早年亡化過了，止有一個女孩兒，年長十八歲，喚做滿堂嬌，未曾許聘他人。俺這裏靠着這梁山較近，但是山上頭領，都在俺家買酒吃。今日燒的鏇鍋兒熱着，看有甚麼人來。(淨扮宋剛，丑扮魯智恩上)(宋剛云：)柴又不貴，米又不貴。兩個油嘴，正是一對。某乃宋剛，這個兄弟叫做魯智恩。俺與這梁山泊較近，俺兩個則是假名托姓，我便認做宋江，兄弟便認做魯智深。來到這杏花莊老王林家，買一鍾酒吃。(見王林科，云：)老王林，有酒麼？(王林云：)哥哥，有酒有酒，家裏請坐。(宋剛云：)打五百長錢(六)酒來。老王林，你認得我兩人麼？(王林云：)我老漢眼花，不認的哥哥們。(宋剛云：)俺便是宋江，這個兄弟便是魯智深。俺那山上頭領，多有來你這裏打攪，若有欺負你的，你上梁山來告我，我與你做主。(王林云：)你山上頭領，都是替天行道的好漢，並沒有這事。只是老漢不認的太僕(七)，休怪休怪。早知太僕來到，只合遠接；接待不及，勿令見罪。老漢在這裏，多虧了頭領哥哥，照顧老漢。(做遞酒科，云：)太僕，請滿飲此盃。(宋剛飲科)(王林云：)再將酒來。(魯智恩飲酒科，云：)哥哥，好酒。(宋剛云：)老王，你家裏還有甚麼人？(王林云：)老漢家中並無甚麼人，有個女孩兒，喚做滿堂嬌，年長一十八歲，未曾許聘他人。老漢別無甚麼孝順，着孩兒出來，與太僕遞鍾酒兒，也表老漢一點心。(宋剛云：)既是閨女，不要他出來罷。(魯智恩云：）哥哥怕甚麼？着他出來。（王林云：）滿堂嬌孩兒，你出來。（旦兒扮滿堂嬌，云：）父親喚我做甚麼？（王林云：）孩兒，你不知道，如今有梁山上宋公明，親身在此，你出來遞他一鍾兒酒。（旦兒云：）父親，則怕不中麼？（王林云：）不妨事。（旦兒做見科）（宋剛云：）我一生怕聞脂粉氣，靠後些！（王林云：）孩兒，與二位太僕遞一鍾兒酒。（旦做遞酒科）（宋剛云：）我也遞老王一鍾酒。（做與王林酒科）（宋剛云：）你這老人家，這衣服怎麼破了？把我這紅絹褡膊與你補這破處。（老王林接衣科）（魯智恩云：）你還不知道，纔此這杯酒是肯酒〔八〕，這褡膊是紅定〔九〕，把你這女孩兒與俺宋公明哥哥做壓寨夫人。只借你女孩兒去三日，第四日便送來還你。俺回山去也。（領旦下）（王林云：）老漢眼睛一對，臂膊一雙，只看着這個女孩兒，似這般可怎麼了也！（做哭科）（正末扮李逵做帶醉上，云：）吃酒不醉，不如醒也。俺，梁山泊上山兒李逵的便是。人見我生得黑，起個綽號，叫俺做黑旋風。奉宋公明哥哥將令，放俺三日假限，踏青賞翫，不免下山，去老王林家，再買幾壺酒，吃個爛醉也呵。

（唱：）

【仙呂點絳唇】飲興難酬，醉魂依舊。尋村酒，恰問罷王留〔一〇〕。（云：）俺問王留道，那裏有酒？那廝不說便走，俺喝道，走那裏去？被俺趕上，一把揪住，張口毛恰待要打，那王留道，休打休打，爹爹，有。（唱：）王留道，兀那裏人家有。

【混江龍】可正是清明時候，却言風雨替花愁。和風漸起，暮雨初收。俺則見楊柳半藏沽酒市，桃花深映釣魚舟。更和這碧粼粼春水波紋縐，有往來社燕，遠近沙鷗。

（云：）人道我梁山泊無有景致，俺打那厮的嘴！（唱：）

【醉中天】俺這裏霧鎖着青山秀，烟罩定綠楊洲。（云：）那桃樹上一個黃鶯兒，將那桃花瓣兒啗阿啗阿，啗的下來，落在水中，是好看也。我曾聽的誰說來，我試想咱：哦！想起來了也，俺學究哥哥道來。（唱：）他道是輕薄桃花逐水流。（云：）俺綽起這桃花瓣兒來，我試看咱。好紅紅的桃花瓣兒！（做笑科，云：）你看我好黑指頭也！（唱：）恰便是粉襯的這胭脂透。（云：）可惜了你這瓣兒，俺放你趂那一般的瓣兒去。我與你趕，與你趕，貪趕桃花瓣兒。（唱：）早來到這草橋店垂楊的渡口。（云：）不中，則怕悞了俺哥哥的將令，我索回去也。（唱：）待不吃呵，又被這酒旗兒將我來相迤逗(二)。他他他，舞東風在曲律杆頭。

（云：）兀那王林，有酒麼？不則這般白吃你的，與你一抄碎金子，與你做酒錢。（王林做採淚科，云：）要他那碎金子做甚麼？（正末笑科，云：）他口裏說不要，可揣在懷裏。老王，將酒來。（王林云：）有酒，有酒。（做篩酒科）（正末云：）我吃這酒在肚裏，則是翻也翻的；不吃，更待乾罷。（唱：）

【油葫蘆】往常時酒債尋常行處有，十欠着九。（帶云：）老王也，（唱：）則你這杏花莊壓盡他謝家樓。你與我便熟油般造下春醅酒，你與我花羔般煮下肥羊肉。一壁廂肉又熟，一壁廂酒正篘〔一〕，抵多少錦封未拆香先透，我則待乘興飲兩三甌。

【天下樂】可正是一盞能消萬種愁。（云：）老王也，喒吃了這酒呵，（唱：）把煩惱都也波丟，都丟在腦背後，這些時吃一個沒了休。（帶云：）我醉了呵，（唱：）遮莫我倒在路邊，遮莫我臥在甕頭。（做吐科，云：）老王倈〔二〕，（唱：）直醉的來在這搭裏嘔。

（云：）老王，這酒寒，快鏇熱酒來。（王林云：）老漢知道。（做換酒科，哭云：）我那滿堂嬌兒也！（正末云：）快釃熱酒來。（王林又哭云：）我那滿堂嬌兒也！（正末云：）老王，我不曾與你酒錢來？你怎麼這般煩惱？（王林云：）哥哥，不干你事；我自有撇不下的煩惱哩，你則吃酒。（正末唱：）

【賞花時】喒兩個每日尊前語話投，今日呵，爲甚將咱佯不倸？（王林云：）你不知道，我自嫁我的女孩兒，爲此着惱。（正末唱：）哎！你箇呆老子，暢好是忒搊搜(一四)。（云：）比似你這般煩惱，休嫁他不的。（王林哭科，云：）哎約！我那滿堂嬌兒也！（正末唱：）你何不養着他，到蒼顏皓首？（云：）你曉的世上有三不留麼？（王林云：）哥，是那三不留？（正末云：）蠶老不中留，人老不中留，（唱：）呆老子，常言道：女大不中留。

（云：）我問你，那女孩兒嫁了箇甚麼人？（王林云：）哥，我那女孩兒嫁人，我怎麼煩惱？則是悔氣，被一箇賊漢奪將去了。（正末做打科，云：）你道是賊漢，是我奪了你女孩兒來？（唱：）

【金盞兒】我這裏猛睜眸，他那裏巧舌頭，是非只爲多開口。但半星兒虛謬，惱翻我，怎干休！一把火將你那草團瓢(一五)燒成爲腐炭，盛酒甕摔做碎瓷甌。（帶云：）綽起俺兩把板斧來，（唱：）砍折你那蟠根桑棗樹，活殺您那濶角水黃牛。

（云：）兀那老王，你說的是，萬事皆休；說的不是，我不道的饒你哩。（王林云：）太僕停嗔息怒，聽老漢漫漫的說與你聽。有兩個人來吃酒，他說：我一箇是宋江，一箇是魯智深。老漢便道：正是梁山泊上太僕，我無甚孝順，我只一箇十八歲女孩兒，叫做滿堂嬌，着他出來拜見，與太僕遞一杯兒酒，也表老漢的一點心。我叫出我那女孩兒來，與那宋江、魯智深遞了三杯酒，那宋江也回遞了我三鍾酒，他又把紅褡膊揣在我懷裏。那魯智深說：這三鍾酒是肯酒，這紅褡膊是紅定；俺宋江哥哥有一百八箇頭領，單只少一箇人哩。你將這十八歲的滿堂嬌，與俺哥哥做箇壓寨夫人，則今日好日辰，俺兩箇便上梁山泊去也。許我三日之後，便送女孩兒來家。他兩箇說罷，就將女孩兒領去了。老漢偌大年紀，眼睛一對，臂膊一雙，則覷着我那女孩兒。他平白地把我女孩兒強搶將去，哥，教我怎麼不煩惱？（正末云：）有甚麼見證？（王林云：）有紅絹褡膊，便是見證。（正末云：）我待不信來，那箇士大夫有這東西？老王，你做下一瓮好酒，宰下一箇好牛犢兒，只等三日之後，我輕輕的把着手兒，送將你那滿堂嬌孩兒來家，你意下如何？（王林云：）哥，你若送將我那女孩兒來家，老漢莫要說一瓮酒，一箇牛犢兒，便殺身也報答大恩不盡。（正末唱：）

【賺煞】管着你目下見讐人，則不要口似無梁斗（二六），一句句言如劈竹。（帶云：）宋江俫，（唱：）不爭你這一度風流，倒出了一度醜。誓今番潑水難收，到那裏問緣由，怎敢便信口胡謅？則要你肚囊裏揣着狀本熟，不要你將無來作有，則要你依前來依後（二七）。（云：）我如今回去，見俺宋公明，數說他這罪過，就着他辭了三十六大夥，七十二小夥，半垓來小僂儸，同着魯智深，一徑離了山寨，到你莊上。那時節，我若叫你出來，你可休似烏龜一般縮了頭，再也不肯出來。（王林云：）老漢若不見他，萬事休論；我若見了他，我認的他兩箇，恨不的咬掉他一塊肉來，我怎麼肯不出見他？（正末云：）老王，兀的不是俺宋江哥哥？他道沒也。老兒，俺鬪你耍哩。（唱：）你可也休翻做了鐵鎗頭〔一八〕。（下）

（王林云：）李逵哥哥去了，我也收拾過舖面，專等三日之後，送滿堂嬌孩兒來家。滿堂嬌孩兒，則被你痛殺我也！（下）

〔一〕康進之——棣州人。作劇二種，現存李逵負荊。

〔二〕曲律——彎曲，屈折的意思；簡言爲『曲律』，複言爲『乞留曲律』。

〔三〕草稕（ㄓㄨㄣ）——或作草圃。縛草爲圈，挑挂在門首，作爲酒店的標幟；就是酒帘，幌子一類的東西。

〔四〕高陽公子——或稱高陽酒徒。酈食其，高陽人。漢高祖初起兵的時候，他去求見，漢高祖以爲他是一個儒者，不肯接見；他就嚷道：我是高陽酒徒，不是儒者！這四個字後來就成了歡喜喝酒的人的代稱。

〔五〕酒務兒——宋代設有酒務官，分務管理榷酒的事。酒是專賣品，因稱酒店爲酒務，或酒務兒。

〔六〕長錢——對短錢而言。古時以八十或九十個錢當作一百，叫做短陌或短錢；十足的一百個，叫做長錢。

〔七〕太僕——本是古代官名，職掌輿馬及牧畜等事；後來當作對綠林好漢的稱呼。

〔八〕肯酒——訂婚酒；表示女方同意。

〔九〕紅定——古代，訂婚的時候，男家送給女家的聘禮酒物擔子上，纏繳花紅，叫做『繳擔紅』；就是『紅定』。

〔一〇〕王留——王留，沙三，伴哥，牛表，牛觔等，都是元劇中對人物常用的泛名，猶如說張三，李四，阿寶，小弟之類。

〔一一〕迤(ㄧˇ)逗(ㄉㄡˋ)——勾引，招惹。

〔一二〕篘(ㄔㄡ)——用篾編成的漉酒器具；曲中多作動詞用，漉酒的意思。

〔一三〕倈——或作唻，來。語句中或語尾的助詞，無義。略同於啦，哩。

〔一四〕撥搜——一般是性情剛愎，兇狠的意思；這裏是固執，呆板的意思。

〔一五〕團飄——或作團標，團焦。就是草房。

〔一六〕口似無梁斗——斗，古代盛酒漿的器具，上有提梁，可以持拿。口似無梁斗，比喻說話沒有憑據，不可靠的意思。

〔一七〕依前來依後——所講的話，要前後一致，不要改變的意思。

〔一八〕鑞鎗頭——鑞，鉛錫合金。鑞做的鎗頭不銳利，比喻中看不中用。

第二折

（宋江同吳學究、魯智深領卒子上）（宋江詩云：）旗幟無非人血染，燈油盡是腦漿熬。鴉啼肝肺扎煞〔一〕尾，狗咽骷髏抖搜毛。某乃宋江是也。因淸明節令，放衆頭領下山踏青賞翫去了。今日可早三日光景也，在那聚義堂上，三通鼓罷，都要來齊。小僂儸，寨門首覷者，看是那一箇先來。（卒子云：）理會得。（正末上，云：）自家李山兒的便是。將着這紅褡膊，見宋江走一遭來。（唱：）

【正宮端正好】抖搜着黑精神，扎煞開黃髭髥〔二〕，則今番不許收拾。俺可也磨拳擦掌，行行裏，按不住莽撞心頭氣。

【滾綉毬】宋江咪，這是甚所爲，甚道理？不知他主着何意，激的我怒氣如雷。可不道他是誰，我是誰，俺兩箇半生來，豈有些嫌隙；到今日却做了日月交食。不爭幾句閒言語，我則怕惡識多年舊面皮，展轉猜疑。

（云：）小僂儸報復去，道我李山兒來了也。（卒子做報科，云：）喏，報的哥哥得知，有李山兒來了也。（宋江云：）着他過來。（卒子云：）着過去。（做見科）（正末云：）學究哥哥，喏！帽兒光光，今日做箇新郎；袖兒窄窄，今日做箇嬌客。俺宋公明在那裏？請出來和俺拜兩拜。俺有些零碎金銀在這裏，送與嫂嫂做拜見錢。（宋江云：）這廝好無禮也！與學究哥哥施禮，不與我施禮。這廝胡言亂語的，有甚麼說話。（正末唱：）

【倘秀才】哎！你箇刎頸的知交慶喜。（宋江云：）慶什麼喜？（正末唱：）則你那壓寨的夫人在那裏？（指魯智深科，云：）禿驢，你做的好事來！（唱：）打乾淨毬兒(三)不道的走了你。（宋江云：）怎麼？智深兄弟，也有你那？（正末唱：）强賭當(四)，硬支持，要見個到底。

（宋江云：）山兒，你下山去，有什麼事，何不就明對我說？（正末做惱不言語科）（宋江云：）山兒，既然不好和我說，你就對學究哥哥根前說波。（正末唱：）

【滾繡毬】俺哥哥要娶妻，這禿廝會做媒。（宋江云：）智深兄弟，說你會做什麼媒來。（魯智深云：）你看這廝，到山下去噇(五)了多少酒，醉的來似踹不殺的老鼠一般，知他支支的說甚麼哩。（正末唱：）元來個梁山泊，有天無日。（做拔斧斫旗科）（唱：）就恨不斫倒這一面黃旗！（衆做奪斧科）（宋江云：）你這鐵牛，有甚麼事，也不查個明白，就提起板斧來，要斫倒我杏黃旗，是何道理？（學究云：）山兒，你也忒口快心直哩！（正末唱：）你道我忒口快，忒心直，還待要獻勤出力。（做喊科，云：）衆兄弟們，都來！（宋江云：）都來做甚麼？（正末唱：）則不如做箇會六親慶喜的筵席。（宋江云：）做甚麼筵席？（正末唱：）走不了你箇撮合山(六)師父唐三藏，更和這新女壻郎君，哎你箇柳盜跖，看那個便宜。

(宋江云:)山兒，你下山，在那裏吃酒，遇着甚人？想必說我些甚麼，你從頭兒說，則要說的明白。(正末唱:)

【倘秀才】不爭你搶了他花朶般青春艷質，這其間抛閃殺那草橋店白頭老的。(宋江云:)這事其中必有暗昧。(正末唱:)這樁事分明甚暗昧，生割捨，痛悲悽。(帶云:)宋江唻，(唱:)他其實怨你。

(宋江云:)元來是老王林的女孩兒，說我搶將來了。休道不是我，便是我搶將來，那老子可是喜歡也是煩惱？你說我試聽。(正末唱:)

【叨叨令】那老兒，一會家便哭啼啼在那茅店裏，(帶云:)覷着山寨，宋江，好恨也！(唱:)他這般急張拘諸〔七〕的立。那老兒，一會家便怒吽吽在那柴門外，(帶云:)哭道，我那滿堂嬌兒也！(唱:)他這般乞留曲律的氣。(宋江云:)他怎生煩惱那？(正末唱:)那老兒，一會家便悶沉沉在那酒甕邊，(帶云:)那老兒，拿起瓢來，揭開蒲墩，舀一瓢冷酒來汩汩的嚥了。(唱:)他這般迷留沒亂〔八〕的醉。那老兒，托着一片蓆頭，便慢騰騰放在土坑上，(帶云:)他出的門來，看一看，又不見來，哭道，我那滿堂嬌兒也！(唱:)他這般壹留兀淥〔九〕的睡。似這般過不的也麼哥，似這般過不的也麼哥。（宋江云：）這廝怎的？（正末唱：）他道俺梁山泊，水不甜，人不義！

（宋江云：）學究兄弟，想必有那依草附木，冒着俺家名姓，做這等事情的，也不可知。只是山兒也該討個顯證，纔得分曉。（正末云：）有有有，這紅褡膊不是顯證？（宋江云：）山兒，我今日和你打箇賭賽。若是我搶將他女孩兒來，輸我這六陽會首〔一〇〕；若不是我，你輸些甚麼？（正末云：）哥，你與我賭頭？罷，您兄弟擺一席酒。（宋江云：）擺一席酒到好了，你須要配得上我的。（正末云：）罷罷罷，哥，倘若不是你，我情願納這顆牛頭。（宋江云：）既如此，立下軍狀，學究兄弟收着。（正末云：）難道花和尚就饒了他？（魯智深云：）我這光頭不賭他罷，省的你叫不利市。（做立狀科）（正末唱：）

【一煞】則爲你兩頭白麪搬興廢〔一一〕，轉背言詞說是非，這廝敢狗行狼心，虎頭蛇尾。不是我節外生枝，囊裏盛錐。誰着你奪人愛女，逞己風流，被咱都知。（宋江云：）你看黑牛這村沙樣勢〔一二〕那。（正末唱：）休恠我村沙樣勢，平地上起孤堆〔一三〕。

（宋江云：）若不是我呵，我不道的饒了你哩！（正末唱：）

【黄鍾尾】那怕你指天畫地能瞞鬼，步線行針〔一四〕待哄誰。又不是不精細，又不是不伶俐。（宋江云：）我和你就下山去。（正末唱：）下山寨，到那裏，李山兒，共質對，認的眞，覷的實，割你頭，塞你嘴。（宋江云：）這鐵牛怎敢無禮？（正末唱：）非鐵牛敢無禮，既賭賽，怎翻悔？莫說這三十六英雄，一個個都是弟兄輩。（云：）衆兄弟每，都來聽着！（宋江云：）你着他聽什麼？（正末云：）俺如今和宋江、魯智深同到那杏花莊上，只等那老王林道出一箇是字兒，你那做媒的花和尚，休要恠我，一斧分開兩箇瓢，誰着你拐了一十八歲滿堂嬌！單把宋江一個留將下，待我親手伏侍哥哥這一遭。（宋江云：）你怎生伏侍我？（正末云：）我伏侍你！我伏侍你！一隻手揪住衣領，一隻手揝住腰帶，滴留撲〔一五〕摔箇一字；闊脚板踏住胸脯，舉起我那板斧來，覷着脖子上，可叉〔一六〕！（唱：）便跳出你那七代先靈，也將我來勸不得。（下）

（宋江云：）山兒去了也，小僂儸鞴兩匹馬來，某和智深兄弟，親下山寨，與老王林質對去走一遭。（詩云：）老王林出乖露醜，李山兒將沒做有。如今去杏花莊前，看誰輸六陽魁首。

（同下）

〔一〕扎煞——或作奓沙，一音之轉。奓，張開；沙，語助詞。扎煞，就是分開，撒開。

〔二〕髭(ㄗ)髩(ㄌㄜ)——鬍子。

〔三〕打乾淨毬兒——比喻置身事外，與己無關。這裏是說：魯智深既然作了媒人，就不能推脫責任。

〔四〕賭當——或作當賭。堵擋，對付。

〔五〕噇(ㄔㄨㄤ)——或作啉。拚命喝酒，沒有節制。

〔六〕撮合山——指說合、促成男女婚事的人；就是媒人的別稱。

〔七〕急張拘諸——或作急張拒逐。形容局促不安之狀。

〔八〕迷留沒亂——迷亂，迷迷糊糊。

〔九〕壹留兀淥——或作伊哩烏蘆，一六兀剌。形容口裏所發的聲音。這裏是形容鼾聲。

〔一〇〕六陽會首——或作六陽魁首，就是頭。醫經上說：手足三陽之脈，總會於頭，所以頭是六陽魁首。

〔一一〕兩頭白麪搬興廢——元劇中常以白麪、麪糊比喻人糊塗或蒙蔽。這句話就是說：兩面蒙蔽，搬弄是非，耍手段。

〔一二〕村沙樣勢——或作村沙勢。粗野，兇狠的樣子。

〔一三〕平地上起孤堆——孤堆，或作骨堆，就是土堆。平地上起孤堆，就是忽然發生事故的意思。

〔一四〕步線行針——指裁縫縫衣的技術，借喻縝密安排。

〔一五〕滴留撲——形容滑到，跌落的聲音。

〔一六〕可叉——或作可擦，磕叉，磕擦，搕叉，磕槎。形容斫擊的聲音。

第三折

(王林做哭上，云：) 我那滿堂嬌兒也，則被你想殺我也！老漢王林，被那兩箇賊漢將我那女孩兒搶將去了，今日又是三日也。昨日有那李逵哥哥，去梁山上尋那宋江、魯智深，要來對證這一樁事哩。老漢如今收拾下些茶飯，等候則箇。（做哭科，云：）我那滿堂嬌兒，說道今日第三日，送他來家，不知來也是不來，則被你想殺我也！（宋江同智深、正末上）（宋江云：）智深兄弟，喒行動些。你看那山兒，俺在頭裏走，他可在後面；俺在後面走，他可在前面：敢怕我兩個逃走了那？（正末云：）你也等我一等波，聽見到丈人家去，你好喜歡也。（宋江云：）智深兄弟，你看他那廝迷言迷語的，到那裏認的不是，山兒，我不道的饒了你哩！（正末唱：）

【商調集賢賓】過的這翠巍巍一帶山崖脚，遙望見滴溜溜的酒旗招。想悲歡不同昨夜，論眞假只在今朝。（云：）花和尚，你也小脚兒，這般走不動。多則是做媒的心虛，不敢走哩。（魯智深云：）你看這廝！（正末唱：）魯智深似窟裏拔蛇。（云：）宋公明，你也行動些兒。你只是拐了人家女孩兒，害羞也，不敢走哩。（宋江云：）你看他波！（正末唱：）宋公明似氈上拖毛。則俺那周瓊姬，你可甚麼王子喬〔二〕，玉人在何處吹簫〔三〕。我不合蹬翻了鶯燕友，拆散了這鳳鸞交。

（云：）我今日同你兩個，來這杏花庄上呵，（唱：）

【逍遙樂】倒做了逢山開道。（魯智深云：）山兒，我還要你遇水搭橋哩。（正末唱：）你休得順水推船，偏不許我過河拆橋。（宋江做前走科）（正末唱：）當不的他納胯挪腰。（宋江云：）山兒，你不記得上山時，認俺做哥哥，也曾有八拜之交哩。（正末唱：）哥也！你只說在先時，有八拜之交；元來是花木瓜〔三〕兒外看好，不由咱不回頭兒暗笑。待和你爭甚麼頭角，辯甚的衷腸，惜甚的皮毛。

（云：）這是老王林門首。哥也，你莫言語，等我去喚門。（宋江云：）我知道。（李逵叫門科）老王，老王，開門來！（王林做打盹）（正末又叫科）（云：）老王！開門來！我將你那女孩兒送來了也。（王林做驚醒科，云：）眞箇來了！我開開這門。（做抱正末科，云：）我那滿堂嬌兒也！呸！元來不是。（正末唱：）

【醋葫蘆】這老兒外名喚做半槽〔四〕，就裏帶着一杓。是則是去了你那一十八歲這箇滿堂嬌，更做你家年紀老。（云：）俺叫了兩三聲不開門，第三聲道，送將你那滿堂嬌女孩兒來了。他開開門，摟着俺那黑膊子，叫道，我那滿堂嬌兒也。（唱：）老兒也，似這般煩惱的無顛無倒〔五〕，越惹你揉眵〔六〕抹淚哭嚎啕。

（云：）哥也，進家裏來坐着。（宋江、魯智深做入坐科）（正末云：）他是一箇老人家，你可休諕他。我如今着他認你也，老王，你過去認波。（王林云：）老漢正要認他哩。（宋江云：）兀那老子，你近前來，我就是宋江。我與你說，那箇奪將你那女孩兒去，則要你認的是者。我與山兒賭着六陽會首哩。（正末云：）老王，你認去，可正是他麼？（王林做認科，云：）不是他，不是他。（宋江云：）可如何？（正末云：）哥也，你等他好好認咱，怎麼先睜着眼嚇他這一嚇，他還敢認你那？兀的老王，只為你那女孩兒，俺弟兄兩箇賭着頭哩。老王，兀那箇不是你那女壻，拐了滿堂嬌孩兒的宋江？（王林做再認搖頭科，云：）不是，不是。（宋江云：）可何如？（正末唱：）

【么篇】你則合低頭就坐來，誰着你掙睛先去瞧；則你個宋公明威勢怎生豪，剛一瞧，早將他魂靈嚇掉了。這便是你替天行道，則俺那無情板斧肯擔饒！

（云：）老王，你來。兀那禿厮，便是做媒的魯智深，你再去認咱。（魯智深云：）你快認來。（王林做再認科，云：）不是，不是。那兩箇：一箇是青眼兒長子，如今這箇是黑矮的；那一箇是稀頭髮臘梨，如今這箇是剃頭髮的和尚。不是，不是。（魯智深云：）山兒，我可是哩？（正末云：）你這禿厮，由他自認，你先么喝一聲怎麼？（唱：）

【么篇】誰不知你是鎭關西魯智深，離五臺山纔落草，便在黑影中摸索也應着，只被你爆雷似一聲先諕倒。那呆老子怕不知名號。（帶云：）適纔間他也待認來，（唱：）只見他搖頭側腦費量度〔七〕。

（宋江云：）既然認的不是，智深兄弟，我們先回山去，等鉄牛自來支對。（正末云：）老王，我的兒，你再認去。（王林云：）哥，我說不是他，就不是他了，敎我再認怎的？（正末做打王林科）（王林云：）可憐見，打殺老漢也！（正末唱：）

【後庭花】打這老子沒肚皮攬瀉藥〔八〕，偏不的我敦葫蘆摔馬杓〔九〕。（宋江云：）小僂儸，將馬來，俺與魯家兄弟先回去也。（正末云：）你道是弟兄每將馬來，先回山寨上去；我道，哥也，你再坐一坐，等那老子再細認波。（唱：）哥哥道鞴馬來還山寨。（帶云：）哎！哥也，羞的您兄弟，（唱：）恰便似牽驢上板橋。惱的我怒難消，踹匾了盛漿鉄落〔一〇〕，轆轤上截井索，芭棚下攏副槽。攧碎了舀酒瓢，砍折了切菜刀。

【雙鴈兒】就恨不一把火，刮刮𤊹𤊹燒了你這草團瓢。將人來，險中倒，氣得咱，一似那鯽魚跳。可不道家有老敬老，家有小敬小。

(宋江云:) 智深兄弟，㗤和你回山寨去。(詩云:) 堪笑山兒忒慕古(二)，無事空將頭共賭。早早回來山寨中，舒出脖子受板斧。(同魯智深下)(正末做歎科，云:) 嗨！這的是山兒不是了也！(唱:)

【浪裏來煞】方信道人心未易知，燈臺不自照。從今後開眼見箇低高。沒來由共哥哥賭賽着，使不的三家來便厮葬，則這三寸舌是俺斬身刀。(下)

(王林云:) 李逵哥哥去了也。他今日果然領將兩個人來着我認，道是也不是。元來一個是眞宋江，一個是眞魯智深，都不是拐我女孩兒的。不知被那兩個天殺的，拐了我滿堂嬌兒去。則被你想殺我也！(宋剛做打嚏，同魯智恩、旦兒上，云:) 打嚏耳朶熱，一定有人說。可早來到杏花莊也。我那太山在那裏？我每原許三日之後，送你女孩兒回家，如今來了也。(王林做相見抱旦哭科，云:) 我那滿堂嬌兒也！(宋剛云:) 太山，我可不說謊，准准三日，送你令愛還家。(王林云:) 多謝太僕擡舉！老漢只是家寒，急切裏不曾備的喜酒，且到我女兒房裏吃一杯淡酒去。待明日宰個小小雞兒請你。(魯智恩云:) 老王，我那山寨上有的是羊酒，我教小僂儸赶二三十個肥羊，擡四五十擔好酒送你。(王林云:) 多謝太僕！只是老漢沒的謝媒紅送你，惶恐殺人也！(宋剛云:) 俺們且到夫人房裏去吃酒來。(下)(王林云:) 這兩個賊漢，元來不是梁山泊上頭領。他拐了我女孩兒，左右弄做破罐子，倒也罷了。只可惜那李逵哥哥，一片熱心，賭着頭來，這須不是耍處。我如今將酒冷一碗，熱一碗，勸那兩個賊漢吃的爛醉。到晚間，等他睡了，我悄悄驀上梁山，報與宋公明知道，搭救李逵，有何不可。（詩云：）做甚麽老王林夜走梁山道，也則爲李山兒恩義須當報。但愁他一湧性殺了假宋江，連累我滿堂嬌要帶前夫孝。（下）

〔一〕周瓊姬、王子喬——喬，應作高。宋王迥，字子高，據傳說，他與仙女周瓊姬相愛，共遊仙境芙蓉城，凡百餘日而返。

〔二〕玉人吹簫——古代神話：蕭史善吹簫，秦穆公的女兒弄玉愛他；他教弄玉吹作鳳叫的聲音，鳳凰果然來了，他們就跨着鳳凰飛走了。

〔三〕花木瓜——花木瓜長得好看，但不能喫；比喻外表好裏面不好。

〔四〕半槽二句——形容王林酒量大，喝了半槽酒，又加上一杓，以致酒醉糊塗。

〔五〕無顚無倒——或作沒顚沒倒。顚顚倒倒，心神錯亂。

〔六〕眵（彳）——眼眶中排洩出的黏液；眼屎。

〔七〕量度——測度，忖度。

〔八〕沒肚皮攬瀉藥——比喻沒有把握，而又瞎說闖禍。

〔九〕 敦葫蘆摔馬杓——敦，把東西使勁一放。葫蘆，馬杓，都是盛東西的用具。這兩句就是用力摔打器物，表示生氣的意思。

〔一〇〕 鉄落——酒漏斗。

〔一一〕 慕古——糊塗。

第四折

（宋江同吳學究、魯智深領卒子上，云：）某乃宋江是也。學究兄弟，頗柰李山兒無禮，我和他打下賭賽，到那裏，果然認的不是我。與魯家兄弟，先回來了。只等山兒來時，便當斬首。小僂儸，踏着山崗望者，這早晚山兒敢待來也。（正末做負荊上，云：）黑旋風，你好是沒來由也！爲着別人，輸了自己。我今日無計所柰，砍了這一束荊杖，負在背上，回山寨見俺公明哥哥去也呵。（唱：）

【雙調新水令】這一場煩惱可也淹人來，沒來由共哥哥賭賽。袒下我這紅納襖，跌綻我這舊皮鞋，心下量猜：（帶云：）到山寨上，哥哥不打，則要頭，（唱：）怎發付脖項上這一塊？

【駐馬聽】有心待不顧形骸，（帶云：）這碧湛湛石崖，不得底的深澗，我待跳下去，休說一箇，便是十箇黑旋風，也不見了。（唱：）兩三番自投碧湛崖。敬臨山寨，行一步如上嚇魂臺。我死後，墓頂頭誰定遠鄉牌，靈位邊誰呪生天界？怎擘劃〔一〕，但得箇完全屍首，便是十分采。

【攪箏琶】我來到轅門外，見小校鴈行排。（帶云：）往常時我來呵，（唱：）他這般退後趨前；（帶云：）怎麼今日的，（唱：）他將我佯呆不採。（做偷瞧科，云：）哦！元來是俺宋公明哥哥和衆兄弟，都升堂了也。（唱：）他對着那有期會的衆英才，一個個穩坐擡頦〔二〕。我說的明白，道莽撞的廉頗〔三〕請罪來，死也應該。

（見科）（宋江云：）山兒，你來了也，你背着甚麼哩？（正末云：）哥哥，恁兄弟山澗直下砍了一束荆杖，告哥哥打幾下。您兄弟一時間沒見識，做這等的事來。（唱：）

【沉醉東風】呼保義哥哥見責，我李山兒情願餐柴。第一來看着咱兄弟情，第二來少欠他膿血債。休道您兄弟不伏燒埋〔四〕，由你便直打到梨花月上來，若不打，這頑皮不改。

（宋江云：）我元與你賭頭，不曾賭打。小僂儸，將李山兒踹下聚義堂，斬首報來。（正末云：）學究哥，你勸一勸兒。智深哥，你也勸一勸兒。（學究同魯智深勸科）（宋江云：）這是軍狀，我不打他，則要他那顆頭！（正末云：）哥，你道甚麼哩？（宋江云：）我不打你，則要你那顆頭。（正末云：）哥哥，你眞箇不肯打？打一下，是一下疼；那殺的，只是一刀，倒不疼哩。（宋江云：）我不打你。（正末云：）不打？謝了哥哥也！（做走科）（宋江云：）你走那裏去？（正末云：）哥哥道是不打我。（宋江云：）我和你打賭賽，我則要你那六陽會首。（正末云：）罷罷罷，他殺不如自殺，借哥哥劍來，待我自刎而亡。（宋江云：）也罷，小僂儸將劍來遞與他。（正末做接劍科，云：）這劍可不元是我的。想當日跟着哥哥打圍獵射，在那官道傍邊，衆人都看見一條大蟒蛇攔路，我走到根前，並無蟒蛇，可是一口太阿寶劍。我得了這劍，獻與俺哥哥懸帶。數日前，我曾聽得支楞楞的劍響，想殺別人，不想道殺害自己也。（唱：）

【步步嬌】則聽得寶劍聲鳴，使我心驚駭，端的個風團㊄快。似這般好器械，一柞㊅來銅錢，恰便似砍麻稭。（帶云：）想您兄弟十載相依，那般恩義，都也不消說了。（唱：）還說甚舊情懷，早砍取我半壁天靈蓋。

（王林衝上叫科，云：）刀下留人！告太僕，那個賊漢送將我那女孩兒來了，我將他兩個灌醉在家裏，一徑的來報知太僕，與老漢做主咱。（宋江云：）山兒，我如今放你去，若拿得這兩個棍徒，將功折罪；若拿不得，二罪俱罰；你敢去麼？（正末做笑科，云：）這是揉着我山兒的痒處，管教他甕中捉鱉，手到拿來。（學究云：）雖然如此，他有兩副鞍馬，你一個如何拿的他住？萬一被他走了，可不輸了我梁山泊上的氣槩。魯家兄弟，你幫山兒同走一遭。（魯智深云：）那山兒開口便罵我禿厮會做媒，兩次三番，要那王林認我，是甚主意？他如今有本事，自去拿那兩個，我魯智深決不幫他。（學究云：）你只看聚義兩個字，不要因這小忿，壞了大體面。（宋江云：）這也說的是。智深兄弟，你就同他去，拿那兩個頂名冒姓的賊漢來。（魯智深云：）既是哥哥分付，您兄弟敢不同去。（同下）（宋剛、魯智恩上，云：）好酒，俺們昨夜都醉了也。今早日高三丈，還不見太山出來，敢是也醉倒了。（正末同魯智深、王林上，云：）賊漢！你太山不在這裏？（做見就打科，宋剛云：）兀那大漢，你也通個名姓，怎麼動手便打。（正末云：）你要問俺名姓，若說出來，直諕的你尿流屁滾。我就是梁山泊上黑爹爹李逵，這個哥哥是眞正花和尚魯智深。（做打科，唱：）

【喬牌兒】你頂着鬼名兒會使乖，到今日當天敗。誰許這滿堂嬌壓你那鶯花寨，也不是我黑爹爹忒性歹。

（宋剛云：）這是眞命強盜，我們打他不過，走走走！（做走科）（正末云：）這厮走那裏去？（做追上再打科）（唱：）

【殿前歡】我打你這喫敲材，直著你皮殘骨斷肉都開。那怕你會飛騰，就透出青霄外，早則是手到拿來。你你你，好一個魯智深不喫齋，好一個呼保義能貪色，如今去親身對證休嗔恠。須不是我倚强凌弱，還是你自攬禍招災。

（做拿住二賊科）（正末云：）這賊早拿住了也。（王林同旦兒做拜科）（魯智深云：）兀那老頭兒不要拜，明日你同女兒到山寨來，拜謝宋頭領便了。（同正末押二賊下）（王林云：）他們拿這兩個賊漢去了也，今日纔出的俺那一口臭氣。我兒，等待明日牽羊擔酒，親上梁山去，拜謝宋江頭領走一遭。（旦兒做打戰科，王林云：）我兒，不要苦，這樣賊漢，有甚麼好處，等我慢慢的揀一個好的嫁他便了。（同下）（宋江同吳學究領卒子上，云：）學究兄弟，怎生李山兒同魯智深到杏花莊去了許久，還不見來。俺山上該差人接應他麼。（學究云：）這兩個賊子到的那裏，不必差人接應，只早晚敢待來也。（卒子做報科，云：）喏，報的哥哥得知，兩位頭領得勝回來了也。（正末同魯智深押二賊上，云：）那兩個賊漢擒拿在此，請哥哥發落。（宋江云：）好宋江！好魯智深！你怎麼假名冒姓，壞我家的名目？小僂儸，將他綁在那花標樹上，取這兩副心肝，與咱配酒。梟他首級，懸掛通衢警衆。（卒子云：）理會的。（拿二賊下）（正末唱：）

【離亭宴煞】蓼兒洼裏開筵待，花標樹下肥羊宰，酒盡呵拚當再買。涎鄧鄧(七)眼睛剜，滴屑屑(八)手脚卸，磣可可心肝摘。餓虎口中將脆骨奪，驪龍頷下把明珠握，生擒他一場利害。(帶云：)智深哥哥，(唱：)我也則要洗清你這强打挣的執柯人(九)，(帶云：)公明哥哥，(唱：)出脫你這乾風情的畫眉客。

(宋江云：)今日就聚義堂上，設下賞功筵席，與李山兒、魯智深慶喜者。(詩云：)宋公明行道替天，衆英雄聚義林泉。李山兒拔刀相助，老王林父子團圓。

題目　杏花莊王林告狀

正名　梁山泊李逵負荆

(一) 擘劃——或作刓劃，擺劃。計劃，處理，擺佈。

(二) 擡頦——或作台孩，胎孩。有氣概、威嚴的樣子。

(三) 廉頗——戰國時趙國的大將，因妒忌藺相如的官位比自己高，屢次想侮辱他，藺相如總是躲避不見面。後來，廉頗知道爲了個人鬧意氣而使國家受到損失，是不應該的，於是『肉袒負荆』，親自向藺相如謝罪。

〔四〕不伏燒埋——元代，對枉死者的屍首，經官驗明；判決犯罪者以應得的刑罰以外，並令他出燒埋銀若干兩，給與苦主，作爲燒埋的費用。不伏燒埋，就是不伏判決，不伏罪。

〔五〕風團——比喻銳利。速度快也叫做『風團』。

〔六〕柞——這裏借作拃（ㄓㄚˇ），拇指與食指伸直，兩端間的長度叫做『拃』。

〔七〕涎鄧鄧——或作涎涎鄧鄧。形容癡眉鈍眼的樣子。

〔八〕滴屑屑——或作迭屑屑，滴羞跌屑，滴羞蹀躞。形容害怕，打寒戰，顫動的情態。

〔九〕執柯人——媒人。

據明崇禎刻本柳枝集影印

沙門島張生煮海雜劇

元　李好古〔一〕撰

第一折

（外扮東華仙上，詩云：）海東一片暈紅霞，三島齊開爛熳花。秀出紫芝延壽算，逍遙自在樂仙家。貧道乃東華上仙是也。自從無始〔二〕以來，一心好道，修煉三田〔三〕，種出黃芽〔四〕至寶，七返九還〔五〕，以成大羅神仙，掌判東華妙嚴之天。爲因瑤池會上，金童玉女有思凡之心，罰往下方投胎脫化。金童者，在下方潮州張家，托生男子身，深通儒教，作一秀士。玉女於東海龍神處，生爲女子。待他兩箇償了宿債，貧道然後點化他，還歸正道。（詩云：）金童玉女意投機，才子佳人世罕稀。直待相逢酬宿債，還歸正道赴瑤池。（下）（正末扮長老同行者上，詩云：）釋門大道要參修，開闡宗源老比丘〔六〕。門外不知東海近，只言仙境本淸幽。貧僧乃石佛寺法雲長老是也。此寺古剎近於東海岸邊，常有龍王水卒，不時來此遊翫。行者，出門前覷看，若有客來時，報復我家知道。（行者云：）理會得。（冲末扮張生引家僮上，云：）小生潮州人氏，姓張名羽，表字伯騰，父母蚤年亡化過了。自幼頗學詩書，爭奈功名未遂。今日閒遊海上，忽見一座古寺，門前立着箇行者。兀那行者，此寺有名麼？（行者云：）焉得無名？山無名，迷殺人；寺無名，俗殺人。此乃石佛寺也。（張生云：）你去報復長老，有箇閒遊的秀才，特來相訪。（行者做報科，云：）門外有一秀才，探望師父。（長老云：）道有請。（做見科。長老云：）敢問秀才何方人氏？（張生云：）小生潮州人氏，自幼父母雙亡，功名未遂。偶然閒遊海上，因見古剎清涼境界，望長老借一淨室，與小生溫習經史，不知長老意下如何？（長老云：）寺中房舍儘有。行者，你收拾東南幽靜之處，堪可與秀才觀書也。（張生云：）小生無物相奉，有白銀二兩送長老，權爲布施，望乞笑納。（長老云：）既然秀才重意，老僧收了。行者，收拾房舍，安排齋食，請秀才穩便。老僧且回禪堂，作些功果去也。（下）（行者云：）秀才，與你這一間幽靜的房兒，隨你自去打觔斗，學踢弄，舞地鬼，喬扮神，撒科打諢，亂作胡爲，耍一會，笑一會，便是你那遊翫快樂。我行者到禪堂扶侍俺師父去也。（詩云：）行童終日打勤勞，掃地纔完又要把水挑。就裏貪頑只愛耍，尋箇風流人共說風騷。（下）（張生云：）僧家淸雅，又無閒人聒噪，堪可攻書。天色晚了也，家童，將過那張琴來，撫一曲散心咱。（家童安琴科。張生云：）點上燈，焚起香來者。（童點燈焚香科。張生詩云：）流水高山調不徒，鍾期(七)一去賞音孤。今宵燈下彈三弄，可使游魚出聽無？（正旦扮龍女引侍女上，云：）妾身瓊蓮是也，乃東海龍神第三女。與梅香翠荷今晚閒遊海上，去散心咱。（侍女云：）姐姐，你看這大海澄澄，與長天一色，是好景致也！（正旦唱：）

【仙呂點絳唇】海水洶洶，晚風微送兼天涌。不辨西東，把淩波步輕那(八)動。

【混江龍】淸宵無夢，引着這小精靈，閒伴我遊蹤。恰離了澄澄碧海，遙望那耿耿長空。你看那萬朶彩雲生海上，一輪皓月映波中。（侍女云：）海中景物，與人間敢不同麼？（正旦唱：）覷了那人間鳳闕，怎比我水國龍宮；淸湛湛、洞天福地任逍遙，碧悠悠、那愁他浴鳧飛鴈爭喧哄。似俺這閨情深遠，直恁般好信難通！

（侍女云：）姐姐，你本海上神仙，這容貌端的非凡也。（正旦唱：）

【油葫蘆】海上神仙年壽永，這蓬萊在眼界中。風飄仙袂絳綃紅，則我這雲鬟高挽金釵重，蛾眉輕展花鈿動；袖兒籠，指十葱，裙兒簌，鞋半弓(九)。只待學吹簫同跨丹山鳳，那其間，登碧落，趂天風。

（侍女云：）想天上人間，自然難比。（正旦唱：）

【天下樂】不比那人世繁華掃地空，塵中似轉蓬，則他這春過夏來秋又冬；聽一聲報曉雞，聽一聲定夜鍾，斷送的他世間人猶未懂。

（張彈琴，侍女做聽科，云：）姐姐，那裏這般響？（正旦唱：）

【那吒令】聽踈剌剌晚風，風聲落萬松；明朗朗月容，容光照半空；響潺潺水衝，衝流絕澗中。又不是採蓮女撥棹聲，又不是捕魚叟鳴榔〔一〇〕動；驚的那夜眠人睡眼朦朧。

（侍女云：）這響聲比其餘全別也。（正旦唱：）

【鵲踏枝】又不是拖環珮，韻玎玲；又不是戰鐵馬，響錚鏦；又不是佛院僧房，擊磬敲鍾：一聲聲詭的我心中怕恐；原來是厮琅琅，誰撫絲桐。

（張再撫琴科）（侍女云：）敢是這寺中有人弄甚麼響？（正旦云：）原來是撫琴哩。（侍女云：）姐姐，你試聽咱。（正旦唱：）

【寄生草】他一字字情無限，一聲聲曲未終；恰便似顫巍巍金菊秋風動，香馥馥丹桂秋風送，響珊珊翠竹秋風弄。咿呀呀、偏似那織金梭攛斷〔二〕錦機聲；滴溜溜、舒春纖亂撒瑽珠迸。

（侍女做偷瞧科，云：）原來是箇秀才在此撫琴，端的是箇典雅的人兒也。（正旦唱：）

【六幺序】表訴那絃中語，出落着指下功，勝檀槽慢撥輕攏。則見他正色端容，道貌仙丰。莫不是漢相如作客臨卭，也待要動文君，曲奏求凰鳳；不由咱不引起情濃。你聽這清風明月琴三弄，端的箇金徽洶湧，玉軫玲瓏。

（侍女云：）姐姐，休說你知音人，便是我也覺的他悠悠揚揚，入耳可聽。果然彈得好也。（正旦唱：）

【幺篇】端的心聰，那更神工。悲若鳴鴻，切若寒蛩，嬌比花容，雄似雷轟，眞乃是消磨了閑愁萬種。這秀才一事精，百事通。我躡足潛踪，他換羽移宮；抵多少盼盼女詞媚涪翁〔三〕，似良宵一枕遊仙夢。因此上偷窺方丈，非是我不守房櫳。

（做絃斷科，張生云：）怎麼琴絃忽斷，敢是有人竊聽？待小生出門試看咱。（正旦避科，云：）

好一箇秀才也！（張生做見科，云：）呀，好一箇女子也！（做問科，云：）請問小娘子，誰氏之家，如何夜行？（正旦唱：）

【金盞兒】家住在碧雲空，綠波中，有披鱗帶角相隨從，深居富貴水晶宮。我便是海中龍氏女，勝似那天上許飛瓊〔三〕。豈不知衆星皆拱北，無水不朝東。

（張生云：）小娘子姓龍氏，我記得何承天〔四〕姓苑上有這箇姓來。難道小娘子既然有姓，豈可無名？因甚至此？（正旦云：）妾身龍氏三娘，小字瓊蓮。見秀才彈琴，因聽琴至此。（張生云：）小娘子既爲聽琴而至，這等，是賞音的了；何不到書房中坐下，待小生細彈一曲，何如？（正旦云：）願往。（做到書房科，正旦云：）敢問先生高姓？（張生云：）小生姓張名羽，字伯騰，潮洲人氏。早年父母雙亡，也曾飽學詩書，爭奈功名未遂，遊學至此，並無妻室。（侍女云：）這秀才好沒來頭，誰問你有妻無妻哩！（家童云：）不則是相公，我也無妻。（張生云：）小娘子不棄小生貧寒，肯與小生爲妻麼？（正旦云：）我見秀才聰明智慧，丰標俊雅，一心願與你爲妻；則是有父母在堂，等我問了時，你到八月十五日中秋節屆，前來我家，招你爲壻。（張生云：）既蒙小娘子俯允，只不如今夜便成就了，何等有趣；着小生幾時等到八月十五日也！（家童云：）正是，我也等不得。（侍女云：）你等不得，且是容易哩。（正旦云：）

常言道：『有情何怕隔年期』，這有甚等不得那？（唱：）

【後庭花】那裏也陽臺雲雨蹤，不比那秦樓風月叢。（張生云：）敢問小娘子家在何處？（正旦唱：）只在這滄海三千丈，險似那巫山十二峯。（張生云：）小生做貴宅女壻，就做了富貴之郎，不知可有人伏侍麼？（正旦唱：）俺可更有門風：無非是蛟虬參從，還有那黿將軍，鱉相公，魚夫人，蝦愛寵，鼉先鋒，龜老翁：能浮波，慣弄風。隔雲山，千萬重；要相逢，指顧中。

（張生云：）只要小娘子言而有信，俺小生是一箇志誠老實的。（正旦唱：）

【青歌兒】甜話兒將人將人摩弄(一五)，笑臉兒把咱把咱陪奉。你則看八月冰輪出海東，那其間、霧斂晴空，風透簾櫳，雲雨和同；那其間、錦陣花叢，玉斝金鍾，對對雙雙，喜喜歡歡，我與你笑相從；再休提悞入桃源洞(一六)。

（張生云：）既然許了小生爲妻，小娘子可留些信物麼？（正旦云：）妾有冰蠶織就鮫綃帕，權爲信物。（張生做謝科，云：）多感小娘子！（家童云：）梅香姐，你與我些兒甚麼信物？（侍女云：）我與你把破蒲扇，拿去家裏扇煤火去！（家童云：）我到那裏尋你？（侍女云：）你去兀那羊市角頭磚塔兒衚衕總鋪〔一七〕門前來尋我。（正旦唱：）

【賺煞】你豈不知意兒和，直恁欠心兒懂，我非羅刹女〔一八〕，休驚莫恐。多管是前世因緣今得寵，到中秋好事相逢。且從容，劈開這萬里溟濛，俺那裏靜悄悄，絕無塵世冗。（張生云：）有如此富貴，小生願往。（正旦唱：）一週圍紅遮翠擁，盡都是金扉銀棟，不弱似九天碧落蕋珠宮〔一九〕。（同侍女下）

（張生云：）我看此女妖嬈豔冶，絕世無雙。他說着我海岸邊尋他，我也等不的中秋。家童，你看着琴劍書箱。我揣的將此鮫綃手帕，渺渺茫茫，直至海岸邊尋那女子，走一遭去。（詩云：）海岸東頭信步行，聽琴女子最關情。有緣有分能相遇，何必江皋笑鄭生〔二〇〕？（下）（家童云：）我家東人好傻也！安知他不是箇妖魔鬼恠，便信着他跟將去了。我報與長老，同行者追我東人去。（詞云：）叵耐這鬼恠妖魔，將花言巧語調唆。若不是連忙趕上，只怕迷殺我秀才哥哥。（下）

〔一〕李好古——西平人。官南臺御史。作劇三種，現存張生煮海。

〔二〕無始——佛教的說法：一切世間，如衆生，法，都沒有『始』。今生從前世來的，前世又從它的前世來的，展轉推究，永遠沒有頭兒，所以叫做『無始』。

〔三〕三田——道教名詞；即三丹田：兩眉間爲上丹田，心下爲中丹田，臍下爲下丹田。

〔四〕黃芽——道教煉丹所用的鉛。

〔五〕七返九還——道教煉丹，以火（用『七』代表）煉金（用『九』代表），使金返本還原的意思。

〔六〕比丘——梵語的音譯，指和尙。

〔七〕鍾期——即鍾子期，春秋時楚國人。善於辨別琴音；伯牙彈琴，志在高山或流水，他都能聽出來。

〔八〕那——這裏同挪，移動。

〔九〕半弓——弓，弓鞋，舊時纏足婦女所穿的鞋。半弓，形容其小。

〔一〇〕鳴榔——榔，船後橫木；鳴榔，打魚時敲擊橫木，使魚驚動。

〔一一〕攛（ㄘㄨㄢ）斷——這裏是攛弄，抛擲的意思。

〔一二〕盼盼女詞媚涪翁——盼盼，宋時瀘州的官妓。涪翁，宋代詩人黃庭堅的號。他們兩人曾作詞互相唱和。又，黃庭堅在荊州看見一首詞，很像女人寫的；夜晚夢見一個女子，說她家住在豫章吳城山。黃醒後說：這個人一定是吳城小龍女。本劇裏將這兩個故事混起來用，把盼盼當作小龍女。

〔一三〕許飛瓊——古代神話中的仙女。

〔一四〕何承天——南北朝時宋朝人，很有學問，曾刪幷禮論，改定元嘉曆。隋書經籍志載有何氏撰姓苑一卷。

〔一五〕摩弄——有調弄；磨蹭，拖延等義。

〔一六〕桃源洞——古代神話：東漢時，劉晨，阮肇入天台山採藥，迷路不得返，遇見桃源裏兩個仙女，留他們在那裏住了半年。

〔一七〕總舖——即軍巡舖。宋代都城裏，坊巷近二百餘步，設一所軍巡舖，以兵卒三五人爲一舖；夜晚，巡警地方盜賊烟火。

〔一八〕羅刹女——梵語稱食人的鬼女爲『羅刹女』。

〔一九〕蕋珠宮——道敎所說的上淸境（天上）的宮闕名。

〔二〇〕鄭生——指鄭交甫。古代神話：江妃二女，遊於江邊，遇見鄭交甫，就解下玉珮送給他。鄭接受玉珮，走了幾十步，忽然玉珮和二女都不見了。

第二折

（張生上，詩云：）幸會多嬌有所期，閒花野草鬬芳菲。幽情何處桃源洞，則怕劉郎去未歸。小生張伯騰。恰纔遇着的那箇女子，人物非凡，因此尋踪覓跡，前來尋他；却不知何處去了。則見靑山綠水，翠栢蒼松，前又去不得，回又回不得，好悽慘人也！這盤陀石上，我且歇息咱。（虛下）（正旦改扮仙姑上，詩云：）桑田成海又成田，一霎那墔過百年。撥轉頂門關棙子，阿誰不是大羅仙。自家本秦時宮人，後以採藥入山，謝去火食，漸漸身輕，得成大道，世人稱爲毛女者是也。今日偶然乘興，遊到此間，却是海之東岸。你看茫茫蕩蕩，好一片大水也呵！（唱：）

【南呂一枝花】黑瀰漫水容滄海寬，高崒嵂〔一〕山勢崑崙大。明滴溜氷輪出海角，光燦爛紅日轉山崖。這日月往來，只山海依然在。彌八方，偏九垓〔二〕，問甚麼河漢江淮，是水呵，都歸大海。

【梁州第七】你看那縹渺間十洲三島〔三〕，微茫處閬苑蓬萊，望黃河一股兒渾流派。高冲九曜〔四〕，遠映三台〔五〕，上連銀漢，下接黃埃。勢汪洋無岸無涯，出許多異寶奇哉。看看看，波濤湧，光隱隱無價珠璣；是是是，草木長，香噴噴長生藥材；有有有，蛟龍偃，鬱沉沉精怪靈胎。常則是雲昏氣靄，碧油油隔斷紅塵界，恍疑在九天外，平吞了八九區雲夢澤，問甚麼翠島蒼崖。

（張生上，云：）這裏不知是何處，喜得又遇着一位娘子。呀！原來是道姑。待小生問箇路兒咱。

（仙姑唱：）

【牧羊關】猛地裏難迴避，可教人怎離摘〔六〕？則見他叉手前來，多管是迷了路的行人，多管是失了船的過客。（張生云：）道姑，敢問這搭兒是何處也？（仙姑唱：）比及〔七〕你來相問，先對俺說明白。（張生云：）我到此，只爲那可意人兒，不知在那裏？（仙姑唱：）且將箇採芝女，權休恠，只問那可意人，安在哉？

（云：）秀才何方人氏？因甚至此？（張生云：）小生潮州人氏，因爲遊學，在此石佛寺借寓。前夜彈琴，有一女子，引一侍女來聽。此女自言龍氏之女，小字瓊蓮，到八月中秋日，與小生會約於海岸。小生隨即尋訪，不意迷失道路。小生只想他風流人物，世上無比。（仙姑云：）他既說姓龍，你可也想左了。（唱：）

【罵玉郎】可知道龍宮美女多嬌態，想當時因有約，則今日獨尋來。拚的箇捨殘生，做下風流債。那龍也青臉兒長左猜，惡性兒無可解，狠勢兒將人害。

（張生云：）可怎生恁般利害？（仙姑唱：）

【感皇恩】呀，他把那牙爪張開，頭角輕擡；一會兒起波濤，一會兒摧山岳，一會兒捲江淮。變大呵，乾坤中較窄，變小呵，芥子裏藏埋。他可便能英勇，顯神通，放狂乖。

（張生云：）那小娘子姓龍，你這道姑怎麼說起龍來？（仙姑云：）秀才不知，這龍是輕易好惹他的？（唱）：

【採茶歌】他興雲霧，片時來，動風雨，滿塵埃，則怕驚急烈一命喪屍骸。休爲那約雨期雲龍氏女，送了你箇攀蟾折桂俊多才。

（張生云：）小生纔省悟了也。他是龍宮之女，他父親十分狠惡，怎肯與我爲妻？這婚姻之事，一定無成了。只是小娘子，誰着你聽琴來？（做悲科）（仙姑云：）貧道不是凡人，乃奉東華上仙法旨，着我來指引你還歸正道，休得墮落。（張生做拜科，云：）小生肉眼，不知上仙指引，望乞恕罪。（仙姑云：）我且問你：那聽琴女子，是東海龍王第三女，小字瓊蓮，他在龍宮海藏，你怎麼得見他？（張生云：）若論那龍宮之女，與小生頗有緣分。（仙姑云：）那裏見的有緣分？（張生云：）既沒緣分，他怎肯約我在八月十五夜，到他家裏，招我做女壻；又與我這鮫綃帕兒做信物哩？（仙姑云：）這鮫綃手帕，果是龍宮之物。眼見的那箇女子看的你中意了。只是龍神懆暴，怎生容易將愛女送你爲妻？秀才，我如今圓就你這事，與你三件法物，降伏着他，不怕不送出女兒嫁你。（張生做跪科，云：）願見上仙法寶。（仙姑取砌末科，云：）與你銀鍋一隻，金錢一文，鐵杓一把。（張生接科，云：）法寶便領了，願上仙指教，怎生樣用他纔好。（仙姑云：）將海水用這杓兒舀在鍋兒裏，放金錢在水內；煎一分，此海水去十丈；

煎二分去二十丈，若煎乾了鍋兒，海水見底，那龍神怎麼還存坐的住，必然令人來請，招你爲壻也。（張生云：）多謝上仙指教！但不知此處離海岸遠近若何？（仙姑云：）向前數十里，便是沙門島海岸了也。（唱：）

【黃鍾煞尾】這寶呵，出在那瑤臺紫府淸虛界，碧落蒼空天上來：任熬煎，任佈劃，可從心，可稱懷；不求親，不納財，做行媒，做嬌客；連理枝，並蒂開，鳳鸞交，魚水諧：休將他覷小哉！信神仙妙手策，也是那前生福有安排，直着你沸湯般煎乾了這大洋海。（下）

（張生云：）小生有緣，得受上仙法寶。直到沙門島煎海水去來。（詩云：）任他東海滾波濤，取水將來鍋內熬。此是神仙眞妙法，不愁無分見多嬌。（下）

〔一〕崒（ㄗㄨ）嵂（ㄌㄩ）——高大的樣子。

〔二〕九垓——九天，亦指九州。

〔三〕十洲三島、閬苑蓬萊——都是古代神話中仙人住的地方。

〔四〕九曜——梵曆中所稱的九種星神，即：日曜，月曜，火曜，水曜，木曜，金曜，土曜，羅睺，計都。
〔五〕三台——星名。上台，中台，下台，共六星，兩兩相比，在斗魁之下。
〔六〕離摘——或作摘離。脫離，離開。
〔七〕比及——有幾種用法：既然，假如，與其，等到。

第三折

（行者上，云：）小僧乃石佛寺行者。前日有一秀才，在我這房頭借住，因夜間彈琴，被一個精怪迷惑將去了。那家童連忙趕去尋他，俺師父葫蘆提也着我去尋。林深山險，那裏尋他去；不想撞見一個大蟲，張牙舞爪來咬我，小僧連忙將一塊鵝卵石頭打將去，不知恁般手正，直一下打入他喉嚨裏去了，我見那大蟲楞楞掙掙倒了。小僧一氣走到二百里，拾了一個性命，直走到這裏。那裏着迷一命休，小僧却是沒來由。不如尋秀才一處同迷死，也落的牡丹花下鬼風流。（下）（張生引家僮上，詩云：）前生結下好姻緣，覓得鸞膠續斷絃。法寶煎熬鐺滾沸，爭知火裏好栽蓮。小生張伯騰，早到海岸也。家僮，將火鐮火石引起火來，用三角石頭把鍋兒放上。（做放鍋科，云：）你可將這杓兒舀那海水起來。（做取水科，云：）鍋裏水滿了也，再放這枚金錢在內，用火燒着，只要火氣十分旺相，一時間將此水煎滾起來。（家僮云：）這等，你不早說，那小娘子跟隨的丫頭送我一把蒲扇，不曾拏的來，把什麼扇火？（做衣袖扇火科，云：）且喜鍋兒裏水滾了也。（張生云：）水滾了，待我試看海水動靜。（做看科，驚云：）恠哉！果然海水翻騰沸滾，眞有神應也！（家僮云：）怎麼這裏水滾，那海水也滾起來？難道這鍋兒是應着海的？（長老慌上，云：）老僧石佛寺長老是也。正在禪床打坐，則見東海龍王，遣人來說道：有一秀才，不知他將甚般物件，煮的海水滾沸。急得那龍王沒處迯躲，央我老僧去勸化他早早去了火罷。元來這秀才不是別人，就是前日借俺寺裏讀書的潮州張生。想我石佛寺貼近東海，現今龍宮有難，豈可不救？只得親到沙門島上，勸化秀才，走一遭去也呵。（唱：）

【正宮端正好】一地裏受煎熬，滿海內空勞攘，兀的不慌殺了海上龍王。我則見水晶宮血氣從空撞，閛不得鼻口內乾烟熗。

【滾繡毬】那秀才誰承望，急煎煎做這塲，不知他挾着的甚般伎倆，只待要賣弄殺手段高强。莫不是放火光逼太陽，燒的來焰騰騰滾波翻浪。縱有那雷和雨，也救不得驚惶。則見錦鱗魚活潑刺波心跳，銀脚蟹亂扒沙〔一〕在岸上藏。但着一點兒，就是一箇燎漿〔二〕。

（做到科，云：）來到此間，正是沙門島海岸了。兀那秀才，你在此煮着些甚麼哩？（張生云：）我煮海也。（正末云：）你煮他那海做甚麼？（張生云：）老師父不知，小生前夜在於寺中操琴，有一女子前來竊聽，他說是龍氏三娘，小字瓊蓮，親許我中秋會約。不見他來，因此在這裏煮海，定要煎他出來。（正末唱：）

【倘秀才】這秀才不能勾花燭洞房，（帶云：）好也囉！（唱：）却生扭做香水混堂㈢，大海將來升斗量。秀才家能軟欵，會安詳，怎做這般熱忽喇㈣的勾當？

（張生云：）老師父你不要管我，你且到別處化緣去。（正末唱：）

【滾綉毬】俺也不是化道糧，也不是要供養，我則是特來相訪。（張生云：）我是箇窮秀才，相訪我有甚麼化與你。（正末唱：）俺本是出家人，便乞化何妨。（張生云：）若得見那小娘子，肯招我做女壻，便有布施。（正末唱：）則爲那窈窕娘，不招你個俊俏郎，弄出這一番禍從天降。你窮則窮，道與他門戶輝光。你那裏得熬煎鉛汞㈤山頭火？你那裏覓醫治相思海上方？此物非常。

（張生云：）老師父，我老實對你說，若那夜女子不出來呵，我則管煮哩。（正末云：）秀才，你聽者：東海龍神着老僧來做媒，招你爲東床嬌客，你意下如何？（張生云：）老師父你不要要我，這海中一望是白茫茫的水，小生是個凡人，怎生去的？（家僮云：）相公，這個不妨事，你只跟着長老去，若是他不渰死，難道獨獨渰死了你？（正末唱：）

【脫布衫】俺實丕丕要問行藏，你慢騰騰好去商量，將這水指一指翻爲土壤，分一分步行坦蕩。

【小梁州】直着你如履平原草徑荒。（張生云：）到那海底去，莫不昏暗麼？（正末唱：）却正是日出扶桑。（張生云：）小生終是個凡人，怎敢就到海中去？（正末唱：）雖然大海號東洋，休謙讓。（帶云：）去來波！（唱：）他則待招選你做東床。

（張生云：）小生曾聞這仙境有弱水〔六〕三千丈，可怎生去的？（正末唱：）

【么篇】便休提瀰漫弱水三千丈，端的是錦模糊水國魚邦。（張生做望科，云：）我看這海有偌般寬濶，無邊無岸，想是連着天的，好怕人也！（正末唱：）你道是白茫茫如天樣，越顯得他寬洪海量。我勸你早准備帽兒光。

（張生云：）既如此，待我收起法寶，則要老師父作成我這樁親事。（家僮云：）那小姐身邊有一個侍女，須配與我，不然，我依舊燒起火來。（正末唱：）

【笑和尙】去去去，向蘭閣，到畫堂。俺俺俺，這言語，無虛誑。（張生云：）是眞個麼？（正末唱：）你你你，終有個酸寒相。他他他，女艷粧。早早早，得成雙。來來來，似鴛鴦並宿在銷金帳。

（張生云：）這等，我就隨着老師父去。則要得早早人月團圓，休孤舊約也。（正末唱：）

【尾聲】則爲你佳人才子多情況，謊得他椿室萱堂着意忙。你貌又軒昂才又良，他玉有溫柔花有香；意相投，姻緣可配當；心廝愛，夫妻誰比方。似他這百媚韋娘(七)，共你個風流張敞。（帶云：）去來波！（唱：）須將俺撮合山的媒人重重賞。（同張生下）

（家僮云：）你看我家東人，與匆匆的跟着長老入海去了，留我獨自一個在這海岸上，看守什麼法寶。若是他當眞做了新郎，料必要滿了月方纔出來。我看那小行者儘也有些風韻，老和尙又不在，不如我收拾了這幾件東西，一逕回到寺裏，尋那小行者打閙閙去也。（下）

〔一〕扒沙——或作扒扠，扒叉。就是爬行。
〔二〕燎漿——或作撩漿，料漿。被水燙或火燒，皮膚上所起的亮泡。
〔三〕混堂——浴池，澡堂。
〔四〕熱忽喇——忽喇，語助詞。無義。熱忽喇，就是熱。
〔五〕鉛汞——道家煉丹用的兩種原料。
〔六〕弱水——古代神話：鳳麟洲在西海中央，四面有弱水環繞，一根羽毛丢上去也會沉底，人無法渡過。
〔七〕韋娘——即杜韋娘，唐代的一個歌妓。

第四折

（外扮龍王引水卒上，詩云：）一輪紅日出扶桑，照曜中天路杳茫。雖然弱水三千里，只要緣投自可航。吾神乃東海龍王是也。有小女瓊蓮，曾于夜間到石佛寺遊玩，見一秀才撫琴，其曲有鳳求凰之音，他兩個睹面關情，遂許中秋赴會。某家說道，他是凡人，怎生到的俺這水府？不想秀才遇着上仙，授他三件法寶，被他燒的海水滾沸，使某不堪其熱；只得央石佛寺法雲禪師爲媒，招請爲壻。早間已將花紅酒禮，欵待那做媒的去了，如今設下慶喜的筵席。兀那水卒，請出秀才和女孩兒來者！（正旦同張生上，正旦云：）秀才，前廳上拜俺父母去。

（張生云：）是。（正旦云：）秀才，我和你那夜相別，誰想有今日也！（唱：）

【雙調新水令】則爲這波濤相間的故人疎，我則怕黑漫漫各尋別路。受了些活地獄，下了些死工夫。海角天隅，須有日再完聚。

（張生云：）這龍宮裏面，都是些甚麼人物？（正旦唱：）

【駐馬聽】擺列着水裏兵卒，都是些黿將軍，鼉先鋒，鱉大夫。看了這海中使數〔一〕，無過是赤鬚蝦，銀脚蟹，錦鱗魚。繡簾十二列珍珠，家財千萬堆金玉。（張生云：）是好富貴也！（正旦唱：）你自暗付〔二〕，則俺這水晶宮是一搭兒奢華處。

（做行禮拜科，龍王云：）你二人在那裏相會來？（正旦唱：）

【滴滴金】趁着那綠水清波，良辰美景，輕雲薄霧，霜氣浸冰壺。可則是玉露冷冷，金風淅淅，中秋節序；正値着冷清清，人靜更初。

（龍王云：）你與這秀才素非相識，况在夜靜更初，怎麼就許他婚姻之約？你試說我聽。（正旦唱：）

【折桂令】俺去他那月明中信步堦除，聽三弄瑤琴音韻非俗：恰便似雲外鳴鶴，天邊語鴈，枝上啼鳥。他待覓鶯儔燕侶，我正愁鳳隻鸞孤；因此上，要識賢愚，別辨親疏；端的個和意同心，早遂了似水如魚。

（龍王云：）秀才，誰與你這法寶來？（張生云：）量小生是個窮儒，焉有此法寶；偶因追趕令愛，到海岸上遇着一位仙姑，把與我來。（龍王云：）秀才，則被你險些兒熬殺我也！我想這事，都是我女孩兒惹出來的。（正旦唱：）

【鴈兒落】不想這火中生比目魚，石內長荆山玉，天邊有比翼鳥，地上出連枝樹。

（張生云：）若非上仙法寶，怎生得有團圓之日？（正旦唱：）

【得勝令】你待將鉛汞燎乾枯，早難道水火不同爐。將大海揚塵度，把東洋烈焰煮。神術煅化的爲夫婦，幾乎熬煎殺俺眷屬。

（東華仙上，云：）龍神，聽俺分付！（龍王同張生、正旦跪科，東華云：）龍神，那張生非是你女壻，那瓊蓮也非是你女兒；他二人前世乃瑤池上金童玉女，則爲他一念思凡，謫罰下界。

如今償還夙契，便着他早離水府，重返瑤池，共證前因，同歸仙位去也。（衆拜謝科）（正旦唱：）

【沽美酒】待着俺辭龍宮，離水府，上碧落，赴雲衢；我和你同會西池見聖母。秀才也，抵多少跳龍門應舉，攀仙桂步蟾蜍。

（東華云：）你二人若非吾來指引，豈得到瑤池仙境也？（正旦唱：）

【太平令】廣成子長生詩句〔三〕，東華仙看定婚書。引仙女仙童齊赴，獻仙酒仙桃相助。願普天下曠夫怨女，便休教間阻；至誠的，一箇箇皆如所欲。

（東華云：）你本是玉女金童，投凡世淹留數載。石佛寺夜月彈琴，鳳求凰留情殢色。許佳期無處追尋，走海上失精落彩。遇仙姑法寶通靈，端的有神機妙策。配金丹鉛汞相投，運水火張生煮海。則今朝返本朝元，散一天異香杳靄。（正旦同張生稽首科）（正旦唱：）

【收尾】則今日雙雙攜手登仙去，也不枉鮫綃帕留爲信物。閒看他蟠桃灼灼樹頭紅，撇罷了塵世茫茫海中苦。

題目　石佛寺龍女聽琴
正名　沙門島張生煮海

〔一〕使數——奴僕。
〔二〕㬶（ㄧㄣ）付——或作窨付。㬶中忖度的意思。
〔三〕廣成子句——廣成子，神仙故事中的一個仙人。相傳：黃帝問他長生之道，他說：不要勞動形體，不要搖動精神，也不要動思慮想這想那；就可以長生。這種說法，正是道家淸淨無爲，出世消極思想的一種表現。

據明刻本元曲選影印

魯大夫秋胡戲妻雜劇

元　石君寶(一)撰

第一折

(老旦扮卜兒，同正末扮秋胡上。卜兒詩云：)花有重開日，人無再少年。休道黃金貴，安樂最值錢。老身劉氏，自夫主亡逝已過，止有這個孩兒，喚做秋胡。如今有這羅大戶的女兒，喚做梅英，嫁與俺孩兒爲妻。昨日晚間過門，今日俺安排些酒果，謝俺那親家。孩兒也，你去請將丈人丈母來者。(秋胡云：)這早晚丈人丈母敢待來也。(淨扮羅大戶，同搽旦上。羅詩云：)人家七子保團圓，偏是吾家只半邊。(搽旦詩云：)雖然沒甚房奩送，倒也落的三朝喫喜筵。(羅云：)老漢羅大戶的便是。這是我的婆婆。我有個女孩兒，喚做梅英，嫁與秋胡爲妻。昨日過門，今日親家請俺兩口兒喫酒，須索走一遭去。可早到他門首。秋胡，俺兩口兒來了也。(秋胡云：)報的母親得知，有丈人丈母來了也。(卜兒云：)道有請。(秋胡云：)請進。（見科）（卜兒云：）親家請坐，酒果已備，孩兒把盞者。（秋胡遞酒科，云：）岳父岳母，滿飲一杯。（羅、搽旦飲科，云：）孩兒的喜酒，我喫我喫。（卜兒云：）孩兒，喚出梅英媳婦兒來者。（秋胡喚科）（正旦扮梅英同媒婆上，云：）婆婆，妳妳喚我做甚麼那？（媒婆云：）姐姐，喚你謝親哩。（正旦云：）我羞荅荅的，怎生去得？（媒婆云：）姐姐，男婚女聘，古之常禮，有甚麼羞？（正旦唱：）

【仙呂點絳唇】男女成人，父娘教訓，當年分，結下婚姻。則要的厮敬愛，相和順。

（媒婆云：）姐姐，我聽的人說，你從小兒攻書寫字，我却不知。姐姐試說一遍，與我聽咱。

（正旦唱：）

【混江龍】曾把毛詩㈢來講論，那關雎㈢爲首正人倫；因此上，兒求了媳婦，女聘了郎君。琴瑟和調花燭夜，鳳凰匹配洞房春。好教我懶臨廣坐，怕見雙親；羞低粉臉，推整羅裙。也則爲俺婦人家，一世兒都是裙帶頭這個衣食分，雖然道人人不免，終覺的分外羞人。

（媒婆云：）姐姐，你當初只該揀取一個財主，好喫好穿，一生受用；似秋老娘家這等窮苦艱難，你嫁他怎的？（正旦云：）婆婆，這是甚的言語也！（唱：）

【油葫蘆】至如他釜有蛛絲甑有塵，這的是我命運。想着那古來的將相出寒門，則俺這夫妻現受着虀鹽㈣困，就似他那蛟龍未得風雷信。你看他是白屋㈤客，我道他是黃閣㈥臣。自從他那問親時，一見了我心先順。咱人這貧無本，富無根。

（媒婆云：）姐姐，如今秋胡又無錢，又無功名，姐姐，你別嫁一個有錢的，也還不遲哩。（正旦唱：）

【天下樂】咱人腹內無珍一世貧，你着我改嫁他也波人，則不如先受窘，可曾見做夫人自小裏便出身。蓋世間有的是女娘，普天下少什麼議論，那一個胎胞兒裏做縣君㈦？

（媒婆云：）姐姐，你過去見你父親母親者。（做見拜科，云：）妳妳，喚你孩兒，有何分付？（卜兒云：）媳婦兒，喚你出來，與你父親母親遞一杯酒。（正旦云：）理會的。婆婆，將酒來。（遞酒科，云：）父親母親，滿飲一杯。（羅、搽旦云：）好好好，喜酒兒吃乾了也。（卜兒云：）孩兒，你慢慢的勸酒，等你父親母親寬飲幾杯。（外扮勾軍人上，云：）上命官差，事不由己。自家勾軍的便是。今奉上司差遣，着我勾秋胡當軍，走一遭去。可早來到魯家莊也。秋胡在家麽？（秋胡見科）（勾軍人云：）秋胡，我奉上司鈞旨，你是一名正軍，着我來勾你當軍去。（做套繩子科）（秋胡云：）哥哥且住，待我與母親說知。（秋胡見卜科，云：）母親，有勾軍的，奉上司鈞旨，在於門首，喚您孩兒當軍去。（卜兒云：）孩兒，似此可怎了也！（正旦云：）婆婆，爲甚麽這等吵鬧？（媒婆云：）如今勾你秋胡當軍去哩！（正旦云：）秋胡，似此怎生是了也！（唱：）

【村裏迓鼓】都則爲一宵的恩愛，揣與〔八〕我這滿懷愁悶。他去了正身，只是俺婆婦每，誰憐誰問？我廻避了座上客，心間事，着我一言難盡。不爭他見我爲着那人，躭着貧窘，搵着淚痕，休也着人道女孩兒家直恁般意親。

（媒婆云：）今日方纔三日，正吃喜酒兒，勾軍的來了。娘呵，我媒婆還不曾得一些兒花紅錢鈔哩。（正旦唱：）

【元和令】他守青燈受苦辛，吃黃虀捱窮困，指望他玉堂金馬做朝臣，原來這秀才每當正軍。我想着儒人顚倒不如人〔九〕，早難道文章好立身。

（勾軍人云：）秋胡，快着！文書上期限，一日也躭遲不得的。（秋胡云：）哥哥，略待一時兒波。（正旦唱：）

【上馬嬌】王留他情性狠，伴哥他實是村，這牛表共牛觔，則見他惡噷噷輪着粗桑棍。這厮每哏，端的便打殺瑞麒麟。

（卜兒云：）孩兒娶親，纔得三日光景，剗的便勾他當軍去，着誰人養活老身？兀的不痛殺我也！（正旦唱：）

【遊四門】適纔個筵前杯酒叙慇懃，又則待仗劒學從軍。想着俺昨宵結髮諧秦晉，向鴛鴦被不曾温，今日個親親送出舊柴門。

【勝葫蘆】還說甚玉臂相交印粉痕，你可便臥甲地生鱗。須知道離亂之時武勝文，颼人頭似滾，噙熱血相噴，這就是你能報國，會邀勳。

（秋胡云：）梅英，我當軍去也。你在家好生侍奉母親，只要你十分孝順者。（卜兒云：）孩兒，你去則去，你勤勤的稍個書信來，着我知道。（正旦唱：）

【後庭花】不甫能就三合天地婚，避孤虛〔一〇〕日月輪，望十載功名志，感一朝雨露恩。

把翠眉顰，莫不我成親的時分，下車來衝着歲君〔一一〕，拜先靈背了影神〔一二〕？早新婦兒遭惡運，送的他上邊庭，離當村。

【柳葉兒】眼見的有家來難奔，暢好是短局促燕爾新婚。莫不我儘今生寡鳳孤鸞運，你可也曾量忖，問山人，怎生的不揀擇箇吉日良辰！

（卜兒云：）孩兒，你去罷，則要你一路上小心在意，頻寄個書信回來，休着我憂心也。（秋胡云：）你孩兒理會的。母親保重將息。（正旦唱：）

【賺煞】似這等天闊鴈書稀，人遠龍荒〔一三〕近，教我閣着淚對別酒一樽。遙望見客舍青青柳色新，第一程水館山村。（云：）秋胡。（秋胡云：）有。（正旦唱：）早不由人和他身上關親。（云：）我想夜來過門，今日當軍去。（唱：）却正是一夜夫妻百夜恩，破題兒〔一四〕勞他夢魂。赤緊的禁咱愁恨，則索安排下和淚待黃昏。（同媒婆下）

（秋胡云：）岳父岳母，好看覷我母親和妻子梅英者，我當軍去也。（羅、搽旦云：）這也是你家的本分，我女孩兒的悔氣。你去罷。（秋胡做拜別科，云：）勾軍的哥哥，喒和你同去。（詩云：）莫怨文齊福不齊，娶妻三日却分離。軍中若把文章用，管取崢嶸衣錦歸。（同勾軍下）

（羅、搽旦云：）秋胡當軍去了也，親家母，俺回家去來。（卜兒云：）親家母，孩兒去了，不好留的你，多慢了也。（詩云：）本意相留非是假，爭奈秋胡勾去當兵甲。（羅、搽旦詩云：）明年若不到家來，難道教我孩兒活守寡？（同下）

〔一〕石君寶——平陽人。作劇十種，現存秋胡戲妻、曲江池、紫雲庭。

〔二〕毛詩——戰國時人毛亨著有毛詩故訓傳，是一部解釋詩經的書。這裏作爲詩經的代稱。

〔三〕關雎——詩經第一篇的篇名。是歌詠男女戀愛的詩。

〔四〕虀（ㄐㄧ）鹽——虀，鹹菜。喫飯的時候，只有鹹菜和鹽，沒有葷菜。表示窮困的意思。

〔五〕白屋——茅草房子，平民住處。

〔六〕黃閣——漢代，丞相府裏大廳的門是黃色的，因稱爲『黃閣』。

〔七〕縣君——皇帝給予婦女的一種封號。元代，五品官員的母親或妻子，可以得到這種封號。

〔八〕揣與——給與，勉強加於。

〔九〕儒人顚倒不如人——元代，漢族的讀書人沒有出路，地位很低，當時流傳有『九儒十丐』的說法。這裏用『儒』諧『如』的音，表示讀書人趕不上一般人的地位的意思。

〔10〕孤虛——星相方士的術語：例如甲子旬中無戌亥，戌亥即爲『孤』，辰巳即爲『虛』。孤虛又稱爲『空亡』，據說這個日子結婚不利。

〔一〕歲君——即太歲。古人迷信，稱木星爲太歲，認爲是凶煞，衝犯了就有災禍。
〔二〕影神——指祖宗的神像。
〔三〕龍荒——指北方極遼遠的地方。
〔四〕破題兒——古代作詩賦，起首點明題意的幾句叫做破題（後來八股文裏也沿用這個名稱）。所以事情開始、起頭，也叫做「破題兒」。

第二折

（淨扮李大戶上，詩云：）段段田苗接遠村，太公庄上弄猢猻。農家只得鋤鉋力，涼酸酒兒喝一盆。自家李大戶的便是。家中有錢財，有糧食，有田土，有金銀，有寶鈔；則少一個標標致致的老婆。單是這件，好生沒興。我在這本村裏做着個大戶，四村上下人家，都是少欠我錢鈔糧食的；倒被他笑我空有錢，無個好媳婦，怎麼吃的他過！我這村裏有一個老的，喚做羅大戶，他原是個財主有錢來，如今他窮了，問我借了些糧食，至今不曾還我。他有一個女兒，喚做梅英，儘生的十分好，嫁與秋胡爲妻。如今秋胡當軍去了，十年不回來。我如今叫將那羅大戶來，則說秋胡死了，把他女兒與我做媳婦；那舊時少我四十石粮食，我也饒了他，還再與他些財禮錢；那老子是個窮漢，必然肯許。我早問着人喚他去了，這早晚敢待來也。（羅上，詩云：）人道財主叫，便是福星照；我也做過財主來，如何今日聽人叫。老漢羅大戶的便是。自從秋胡當軍去了，可早十年光景也。老漢少李大戶四十石糧食，不曾還他；今日李大戶喚我，畢竟是這樁事要緊。且去看他有甚說話？無人在此，我自過去。（見科，云：）大戶喚老漢有甚麼事？（李云：）兀那老的，我喚將你來，有樁事和你說。你的那女婿秋胡當軍去，吃豆腐瀉死了。（羅云：）誰這般說來？（李云：）我聽的人說。（羅云：）呀！似這般怎了也！（李云：）老的，你休煩惱。我問你，你這女婿死了，如今你那女兒年紀幼小，他怎麼守的那寡？你把你那女兒改嫁了我罷。（羅云：）大戶，你說的是何言語？（李云：）你若不肯，你少我四十石糧食，我官府中告下來，我就追殺你！你若把女兒與了我呵，我的四十石糧食，都也饒了；我再下些花紅羊酒財禮錢，你意下如何？（羅云：）大戶，容咱慢慢的商議。我便肯了，則怕俺媽媽不肯。（李云：）這容易，你如今先將花紅財禮去，則要你兩個做個計較，等他接了紅定，我便牽羊擔酒，隨後來也。（羅云：）我知道。大戶，你慢慢的來，我將這紅定先去也。（做出門科，云：）我肯了，我媽媽有甚麼不肯；我如今就將紅定先交與親家母去來。（下）（李云：）那老子許了我也，愁他女兒不改嫁與我！如今將着羊酒表裏，取梅英去。待他到我家中，扢搭幫(一)放番他，就做營生，何等有趣！正是：洞房花燭夜，金榜掛擂槌。（下）（卜兒上，云：）老身劉氏，乃是秋胡的母親。自從孩兒當軍去了，可早十年光景，音信皆無；多虧了我那媳婦兒與人家縫聯補綻，洗衣刮裳，養蠶擇繭，養活着老身。我這幾日身子不快，怎麼連不連的眼跳，不知有甚事來？且只靜坐，聽他便了。（羅上，云：）我自老漢羅大戶。如今到這魯家庄上，若見了那親家母時，我自有個主意也。不要人報復，我自過去。（見科，云：）親家母，你這幾時好麼？（卜兒云：）親家請坐，今日甚風吹的到此？（羅云：）親家母，我為令郎久不回家，我一徑的來望你，與你散悶。這裏有酒，我遞三杯。（卜兒云：）多謝親家！我那裏吃的這酒。（羅遞酒三杯科，云：）親家母吃了酒也。還有這一塊兒紅絹，與我女兒做件衣服兒。（卜兒云：）親家，這般定害你；等秋胡來家呵，着他拜謝親家的厚意也。（接紅科，羅做擱手笑云：）了，了，了！（卜兒云：）親家，甚麼了了了？（羅云：）親家，這酒和紅都不是我的，都是本村李大戶的。恰纔這三鍾酒，是肯酒；這塊紅，是紅定。秋胡已死了也，如今李大戶要娶梅英，他自家牽羊擔酒來也，我先回去。（詩云：）這是李家大戶使機謀，誰着你可將他聘禮收；不如早把梅英來改嫁，免的經官告府出場羞。（下）（卜兒云：）這老子好無禮也！他走的去了，你着我見媳婦兒呵，我怎麼開言！媳婦兒那裏？（正旦上，云：）妾身梅英是也。自從秋胡去了，不覺十年光景；我與人家擔好水換惡水，養活着俺妳妳。這幾日我妳妳身子有些不快，我恰纔在蠶房中來，我可看妳妳去咱。秋胡也，知你幾時還家也呵！（唱：）

【正宮端正好】想着俺只一夜短恩情，空嘆了千萬聲長吁氣，枉教人道村里夫妻。撇下個壽高娘，又被着疾病纏身體，他每日家則是臥枕着牀睡。

（云：）有人道：『梅英也，請一個太醫看治你那妳妳。』——你可怕不說的是也。（唱：）

【滾繡毬】怕不待要請太醫看脉息，着甚麼做藥錢調治；赤緊的當村裏都是些打當的牙槌(二)。我這幾日告天地，願他的子母每早些兒歡會。常言道，媳婦是壁上泥皮(三)。則願的白頭娘，早晚遲疾可；（帶云：）天阿！（唱：）則俺那靑春子，何年可便甚日回？信斷音稀！

（見卜兒科，云：）妳妳，吃些粥兒波。（卜兒云：）媳婦兒，可則一件，雖然秋胡不在家，你是個年小的女娘家，你可梳一梳頭，等那貨郎兒過來，你買些胭脂粉搽搽臉，你也打扮打扮；似這般鬔頭垢面，着人笑你也。（正旦唱：）

【呆骨朶】妳妳道，你婦人家穿一套兒新衣袂，我可也直恁般不識一個好弱也那高低。（帶云：）秋胡呵！（唱：）他去了那五載十年，阻隔着那千山萬水。早則俺那婆娘家無依倚，更合着這子母每無笆壁(四)。（卜兒云：）媳婦兒，你只待敦葫蘆摔馬杓哩。（正旦唱：）媳婦兒怎敢是敦葫蘆摔馬杓？（云：）妳妳道，等貨郎兒過來，買些胭脂粉搽搽。我梅英道，秋胡去了十年，穿的無，吃的無。（唱：）妳妳也，誰有那閒錢來補笊籬(五)！

（李大戶同羅、搽旦領鼓樂上，李云：）我如今娶媳婦兒去來！洞房花燭夜，金榜掛擂槌。（正旦云：）妳妳，門首吹打響，敢是賽牛王社(六)的？待你媳婦看一看咱。（卜兒云：）媳婦兒，你看去波。（正旦做出門見科，云：）我道是誰，原來是爹爹和媽媽。你那裏去來？（羅云：）與你招女婿來。（正旦云：）爹爹，與誰招女婿？（羅云：）與你招女婿。（正旦云：）是甚麼言語？與我招女婿！（唱：）

【倘秀才】你將着羊酒呵，領着一火鼓笛。我今日有丈夫呵，你怎麼又招與我個女婿？更則道你莊家每葫蘆提沒見識。（羅云：）孩兒，秋胡死了也。如今李大戶要娶你哩。（正旦唱：）我既爲了張郎婦，又着我做李郎妻，那裏取這般道理！

（搽旦云：）孩兒也，可不道順父母言，呼爲大孝。你嫁了他也罷。（正旦唱：）

【滾繡毬】我如今嫁的鷄一處飛，也是你爺娘家匹配。貧和富是您孩兒裙帶頭衣食，從早起到晚夕，上下唇並不曾粘着水米，甚的是足食豐衣。則我那脊梁上寒噤，是捱過這三冬冷；肚皮裏凄涼，是我舊忍過的饑，休想道半點兒差遲。

（羅云：）你休只管鬧，你家婆婆接了紅定也。（正旦云：）有這等事？我問俺妳妳去。（見卜兒科，云：）妳妳，想秋胡去了十年光景，我與人家擔好水換惡水；養活着妳妳；你怎麼把梅英又嫁與別人？要我這性命做甚麼，我不如尋個死去罷！（卜兒云：）媳婦兒，這也不干我事，是你父親強揣與我紅定，是他賣了你也。（卜兒做哭科）（正旦唱：）

【脫布衫】他那裏哭哭啼啼，我這裏切切悲悲。（做出門科，唱：）爹爹也，全不怕九故十親笑恥。（羅云：）我待和你婆婆平分財禮錢哩。（正旦唱：）則待要停分了兩下的財禮。

（羅云：）孩兒也，你嫁了他，等我也落得他些酒肉吃。（正旦唱：）

【醉太平】爹爹也，大古裏不曾吃那些酒食。（搽旦云：）孩兒，俺也要做個筵席哩。（正旦唱：）妳妳也，只恁般好做那筵席。（李云：）小娘子不要多言，你看我這個模樣，可也不醜。（做嘴臉，被正旦打科，唱：）把這廝劈頭劈臉潑拳搥，向前來，我可便搊撓了你這面皮。

（帶云：）這等清平世界，浪蕩乾坤，（唱：）你怎敢把良人家婦女公調戲！（做見卜兒科，唱：）哎呀！這是明明的欺負俺高堂老母無存濟〔七〕。（羅云：）嚷這許多做甚麼？你這生忿〔八〕忤逆的小賤人！（正旦唱：）倒罵我做生忿忤逆，在爺娘面上不依隨。爹爹也，你可便只恁般下的？

（李云：）兀那小娘子，你休鬧，我也不辱沒着你。豈不聞鸞凰只許鸞凰配，鴛鴦只許鴛鴦對。（正旦唱：）

【叨叨令】你道是鸞凰則許鸞凰配，鴛鴦則許鴛鴦對，莊家做盡莊家勢。（鼓樂響，正旦做怒科，云：）你等還不去呵，（唱：）留着你那村裏鼓兒則向村裏擂。（李云：）小娘子，你靠前來，似我這般有銅錢的，村裏再沒兩個。（正旦唱：）其實我便覷不上也波哥，其實我便覷不上也波哥。我道你有銅錢，則不如抱著銅錢睡！

（羅云：）兀那小賤人，比及你受窮，不如嫁了李大戶，也得個好日子。（正旦唱：）

【煞尾】爹爹也，怎使這洞房花燭拖刀計？（李云：）我這模樣，可也不醜。（正旦唱：）我則罵你鬧市雲陽〔九〕吃劍賊，牛表牛觔是你親戚，大戶鄉頭是你相識。哎！不曉事庄家甚官位？這時分，俺男兒在那裏：他或是皁蓋雕輪繡幕圍，玉轡金鞍駿馬騎，兩行公人排列齊，水罐銀盆〔一〇〕擺的直，斗來大黃金〔一一〕肘後隨，箔〔一二〕來大元戎帥字旗；回想他親娘今年七十歲，早來到土長根生舊鄉地，恁時節，母子夫妻得完備，我說你個驢馬村夫爲讐氣，那一個日頭兒知他是近的誰，狼虎般公人每拏下伊。（帶云：）他道：誰迤逗俺渾家來？誰欺負俺母親來？（做推李倒科，唱：）我可也不道輕輕的便素放了你。（同卜兒下）

（李云：）甚麼意思，要也不曾要的，我倒吃他搶白了這一場，又吃這一跌，我更待乾罷！（詩云：）只爲洞房花燭惹心焦，險被金榜擂搥打斷腰。（羅、搽旦詩云：）這也是你李家大戶無緣法，非關是我女兒忒煞會粧么〔一三〕。（同下）

〔一〕 扢搭幫——或作各扎邦，扢扎幫。本是形容聲音的，借喻動作乾脆、迅速。

〔二〕 牙槌——本作衙推，官名；後訛作牙推，牙椎，牙槌。宋元時代對醫卜星算等術士的稱呼。這裏指的是醫生。

〔三〕壁上泥皮——封建社會輕視婦女的話：泥皮，比喻剝落後還可重塗，猶如妻子去後可以更娶一樣。

〔四〕笆壁——或作巴鼻，巴臂。把柄，把握，辦法。

〔五〕笊（ㄓㄠ）籬（ㄌㄧ）——用篾織成的漏勺；漉米，或在水裏撈東西用的。

〔六〕賽牛王社——牛王，神名。賽牛王社，就是在春社的時候，農村中祭祀牛王，迎神賽會。

〔七〕無存濟——或作不存不濟。無辦法，難安置。

〔八〕生忿——或作生分。對父母不孝順，對兄弟不和睦；也有感情疏遠的意思。

〔九〕雲陽——李斯作秦朝的丞相，被殺於雲陽市。（見鹽鐵論）；後來古戲劇小說裏，都稱行刑的地方爲雲陽。

〔一〇〕水罐銀盆——大官員出行時，衞士所拿的執從物品。

〔一一〕斗來大黃金——『斗大黃金印』的省語。指大官員的印。

〔一二〕箔——簾子。

〔一三〕粧么——故意作態，裝腔作勢。

第三折

（秋胡冠帶上，云：）小官秋胡是也。自當軍去，見了元帥，道我通文達武，甚是見喜，在他麾下，累立奇功，官加中大夫之職。小官訴說，離家十年，有老母在堂，久缺侍養，乞賜給假還家。謝得魯昭公可憐，賜小官黃金一餅，以充膳母之資。如今衣錦榮歸，見母親走一遭去。（詩云：）想當日哭啼啼遠去從軍，今日個笑吟吟榮轉家門。捧着這赤資資黃金奉母，安慰了我那嬌滴滴年少夫人。（下）（卜兒上，云：）老身秋胡的母親。自從孩兒去了，音信皆無。前日又吃我親家氣了一場，多虧我媳婦兒有那貞烈的心，不肯嫁人。若是他肯了呵，老身可着誰人侍養？媳婦兒今日早桑園裏採桑去了。想他這等勤勞，也則爲我老人家來。只願的我死後，依舊做他媳婦，也似這般侍養他，方纔報的他也。天氣困人，我且去歇息咱。

（下）（正旦提桑籃上，云：）採桑去波。（唱：）

【中呂粉蝶兒】自從我嫁的秋胡，入門來不成一個活路。莫不我五行㈠中合見這鰥寡孤獨，受饑寒捱凍餒，又被我爺娘家欺負。早則是生計蕭疎，更值着沒收成，歉年時序。

【醉春風】俺只見野樹一天雲，錯認做江村三月雨。也不知是誰人激惱那天公，着俺莊家每受的來苦，苦。說甚麼萬種恩情，剛只是一宵繾綣，早分開了百年夫婦。

（云：）可來到桑園裏也。（唱：）

【普天樂】放下我這採桑籃，我揀着這鮮桑樹。只見那濃陰冉冉，翠錦哎糢糊。衝開他這葉底烟，蕩散了些稍頭露。（做採桑科，唱：）我本是摘繭繅絲庄家婦，倒做了個拈花弄柳的人物。我只怕淹(三)的蠶饑，那裏管採的葉敗，攀的枝枯。

(云：)我這一會兒熱了也，脫下我這衣服來，我試晾一晾咱。(做晒衣服科)(秋胡換便衣上，云：)小官秋胡。來到這裏，離着我家不遠，我更改了這衣服。兀的不是我家桑園！這桑樹都長成了也。我近前去，這桑園門怎麼開着？我試看咱。(做見正旦科，云：)一個好女人也！背身兒立着，不見他那面皮，則見他那後影兒，白的是那脖頸，黑的是那頭髮；可怎生得他回頭，我看他一看，可也好那。哦！待我着四句詩嘲撥他，他必然回頭也。(做吟科，詩云：)二八誰家女，提籃去採桑。羅衣掛枝上，風動滿園香。可怎麼不聽的？待我再吟。(又吟科)(正旦回身取衣服做見，云：)我在這裏採葉，他是何人，却走到園子裏面來，着我穿衣服不迭。(秋胡做揖科，云：)小娘子，支揖。(正旦驚還禮科，唱：)

【滿庭芳】我慌還一個庄家萬福。(秋胡云：)不敢！小娘子。(正旦唱：)他不是閒遊的浪子，多敢是一箇取應的名儒。我見他便躬着身，揷着手，陪言語。你既讀那孔聖之書，(秋胡云：)小娘子，有涼漿兒，覓些與小生吃波。(正旦唱：)我是個採桑養蠶婦女，休猜做鋤田送飯村姑。(秋胡云：)這裏也無人，小娘子，你近前來，我與你做個女婿，怕做甚麼？(正旦怒科，唱：）他酩子裏丟抹〔三〕娘一句，怎人模人樣，做出這等不君子，待何如？

（秋胡云：）小娘子，左右這裏無人，我央及你咱。力田不如見少年，採桑不如嫁貴郎，你隨順了我罷。（正旦云：）這廝好無禮也！（唱：）

【上小樓】你待要諧比翼，你也曾聽杜宇，他那裏口口聲聲，攛掇先生不如歸去。（秋胡云：）你須是養蠶的女人，怎麼比那杜宇？（正旦唱：）你道是不比俺那養蠶處，好將伊留住；則俺那蠶老了，到那裏怎生發付？

（秋胡背云：）不動一動手也不中。（做扯正旦科，云：）小娘子，你隨順了我罷。（正旦做推科，云：）靠後！（唱：）

【十二月】兀的是誰家一個匹夫？暢好是膽大心麤！眼腦〔四〕兒涎涎鄧鄧，手脚兒扯扯也那捽捽。（秋胡云：）你飛也飛不出這桑園門去。（正旦唱：）是他便攔住我還家去路，我則索大叫波高呼。

（做叫科，云：）沙三，王留，伴哥兒，都來也波！（秋胡云：）小娘子休要叫！（正旦唱：）

【堯民歌】桑園裏只待强逼做歡娛，諕的我手兒脚兒滴羞蹀躞戰篤速(五)。他便相偎相抱扯衣服，一來一往當攔住。當也波初，則道是峩冠士大夫，原來是個不曉事的喬(六)男女。（秋胡背云：）且慢者，這女子不肯，怎生是了？我隨身有一餅黃金，是魯君賜與我侍養老母的，母親可也不知。常言道，財動人心，我把這一餅黃金與了這女子，他好歹隨順了我。（做取砌末，見正旦科，云：）兀那小娘子，你肯隨順了我，我與你這一餅黃金。（正旦背云：）這弟子孩兒無禮也！他如今將出一餅黃金來，我則除是恁般。兀那廝，你早說有黃金不的？你過這壁兒來，我過那壁兒看人去。（秋胡云：）他肯了也。你看人去。（正旦做出門科，云：）兀那禽獸，你聽者！可不道男子見其金易其過，女子見其金不敢壞其志。那禽獸見人不肯，將出黃金來，你道黃金這般好用的！（唱：）

【耍孩兒】可不道書中有女顏如玉。（秋胡云：）呀！倒吃了他一個醬瓜兒！（正旦唱：）你將着金，要買人殢雲殢雨，却不道黃金散盡爲收書。哎！你個富家郎，慣使珎珠，倚仗着囊中有鈔多聲勢，豈不聞財上分明大丈夫？不由喒生嗔怒，我罵你個沐猴冠冕，牛馬襟裾(七)！

（秋胡云：）小娘子，你不肯，我跟你家裏去，成就這門親事，可不好也？（正旦唱：）

【二煞】俺那牛屋裏，怎成得美眷姻，鴉窠裏怎生着鸞鳳雛，蠶蔴紙難寫姻緣簿，短桑科長不出連枝樹，漚蔴坑養不活比目魚，轆軸上也打不出那連環玉。似你這傷風敗俗，怕不的地滅天誅。

（秋胡云：）小娘子休這等說，你若還不肯呵，我如今一不做二不休，拚的打死你也。（正旦云：）你要打誰？（秋胡云：）我打你。（正旦唱：）

【三煞】你瞅我一瞅，黥了你那額顱；扯我一扯，削了你那手足；你湯(八)我一湯，拷了你那腰截骨；掐我一掐，我着你三千里外該流遞；摟我一摟，我着你十字街頭便上木驢。哎！吃萬剮的遭刑律！我又不曾掀了你家墳墓，我又不曾殺了你家眷屬。

（秋胡云：）這婆娘好無禮也！你不肯便罷了，怎麼這般罵我？（正旦提桑籃科，唱：）

【尾煞】這廝睜着眼，覷我罵那死屍；腆着臉，看我咒他上祖。誰着你桑園裏，戲弄人

家良人婦！便跳出你那七代先靈，也做不的主。（下）

（秋胡云：）我吃他罵了這一頓，我將着這餅黃金，回家侍養老母去也。（詩云：）一見了美貌娉婷，不由的我便動情。用言語將他調戲，倒被他罵我七代先靈。（下）

（一）五行——金木水火土。星相迷信的說法，五行相生相尅，關係着人的命運的好壞。

（二）淹——留滯，遲延。

（三）丟抹——或作颩抹，或倒作抹丟。羞臊的意思。

（四）眼腦——或作眼老，即眼睛。

（五）戰篤速——因寒冷或驚慌而顫動的樣子，現在叫做『哆嗦』。

（六）喬——矯飾，狡獪，作假。

（七）沐猴冠冕，牛馬襟裾——衣冠禽獸的意思。

（八）湯——挨，碰，接觸。

第四折

（卜兒上，詩云：）朝隨日出採柔桑，採到將中不滿筐；方信遍身羅綺者，從來不是養蠶娘。老身秋胡的母親便是。我媳婦兒採桑去了，這早晚怎生不見回家也？（秋胡冠帶引祗從上，云：）小官秋胡。來到此間，正是自家門首，不免徑入。母親，你孩兒回來了也。（卜兒驚問云：）官人是誰？（秋胡云：）則你孩兒，便是秋胡。（卜兒云：）孩兒，你得了官也！則被你想殺老身也！（秋胡送金科，云：）母親，你孩兒得了官，現做中大夫之職，魯君着我衣錦還鄉，賜一餅黃金，奉養老母。（卜兒云：）孩兒，這數年索是辛苦也，（秋胡云：）母親，梅英那裏去了？（卜兒悲科，云：）孩兒，你去了十年光景，若不是你這媳婦兒養活我呵，這其間餓殺老身多時也。今日梅英到桑園裏採桑去了。（秋胡云：）母親，梅英往那裏去了？（卜兒云：）他採桑去了，這早晚敢待來也。（秋胡云：）嗨！適纔桑園裏逗的那個女人，敢是我媳婦麼？他若回來時，我自有個主意。（正旦慌上，云：）走，走，走！（唱：）

【雙調新水令】若不是江村四月正農忙，扯住那吃敲才，决無輕放。第一來怕鴉飛天道黑，第二來又則怕蠶老麥焦黃。滿目柔桑，一片林庄，急切裏沒個鄰里街坊，我則怕人見，甚勾當。

（云：）俺家又不是會首大戶，怎麼門前拴着一匹馬？我把這桑籃兒放在蠶房裏，我試看咱。

這弟子孩兒無禮也！他桑園裏逗引我，見我不肯，他公然趕到我家裏來也。（唱：）

【甜水令】這廝便倚强凌弱，心粗膽大，怎敢來俺庄上？不由的忿氣夯(一)胸膛。我這裏便破步撩衣，走向前來，揝住羅裳。喒兩個明有官防。

（做扯秋胡科）（卜兒云：）媳婦兒，你休扯他，他是秋胡來家了也。（正旦放手科，唱：）

【折桂令】呀！原來是你曾參(二)衣錦也還鄉。（做出門叫秋胡科，云：）秋胡，你來！（秋胡云：）梅英，你喚我做甚麼？（正旦云：）你曾逗人家女人來麼？（秋胡背云：）我決撒(三)了也！則除是這般。梅英，我幾曾逗人來？（正旦唱：）誰着你戲弄人家妻兒，迤逗人家婆娘！據着你那愚濫(四)荒唐，你怎消的那烏靴象簡，紫綬金章？你博的個享富貴，朝中棟梁；（帶云：）我怎生養活你母親十年光景也？（唱：）你可不辱沒殺受貧窮堂上糟糠。我捱盡凄凉，熬盡情腸，怎知道爲一夜的情腸，却教我受了那半世兒凄凉。

（卜兒云：）媳婦兒，你來。（正旦同秋胡見卜科）（卜兒云：）媳婦兒，魯君賜我孩兒一餅黄金，侍養老身，這十年間多虧了你，將這黄金我酬謝你，收了者。（正旦云：）妳妳，媳婦兒不敢要，留着與妳妳打簪兒戴。（做出門科，云：）秋胡，你來！（秋胡云：）你又喚我做甚麼？（正旦唱：）

【喬牌兒】你做賊也呵，我可拏住了贓。哎！你個水晶塔〔五〕便休强，這的是魯公宣賜與個頭廳相〔六〕，着還家來侍奉你娘。

（云：）假若這黃金若是別人家婦女呵，（唱：）

【豆葉黃】接了黃金，隨順了你才郎，也不怕高堂餓殺了你那親娘。福至心靈，才高語壯，須記的有女懷春〔七〕詩一章。我和你細細斟量，可不道要我桑中，送咱淇上〔八〕。

（云：）秋胡，你可曾逗人家婦人來麼？（秋胡云：）你好多心也！（正旦唱：）

【川撥棹】那佳人可承當，（做拏桑籃科，唱：）不俫〔九〕，我提籃去採桑。空着我埋怨爹娘，選揀東牀，相貌堂堂，自一夜花燭洞房，怎隄防這一場。

【殿前歡】你只待金殿裏鎖鴛鴦，我將那好花輸與你個富家郎。躭着饑每日在長街上，乞些兒剩飯涼漿，你與我休離紙半張。（秋胡云：）你怎麼問我討休書來？（正旦唱：）早掙個明白狀，也留與傍人做個話兒講，道『女慕貞潔，男效才良。』

（卜兒云：）秋胡，你爲甚麼這般炒鬧？（秋胡云：）母親，梅英不肯認我哩！（卜兒云：）媳婦兒，你爲甚麼不認秋胡那？（正旦云：）秋胡，你聽者：貞心一片似氷淸，郎贈黃金妻不應；假使當時陪笑語，半生誰信守孤燈？秋胡，將休書來！將休書來！（秋胡云：）梅英，你差矣！我將着五花官誥，駟馬高車，你便是夫人縣君，怎忍的便索休離去了也？（正旦唱：）

【鴈兒落】誰將這五花官誥湯？誰將這霞帔金冠望？（帶云）便有呵，（唱：）我也則牢收箱櫃中，怎敢便穿在咱身軀上。

【得勝令】呀！又則怕風動滿園香。（李大戶同羅、搽旦、雜當上，李云：）他受了我紅定，倒被他搶白一場，難道便罷了？我如今帶領了許多狠僕，搶親去也！（羅、搽旦云：）今日是個好日辰，我和你搶他娘去。（做見科，云：）兀的不是我女兒梅英？（正旦唱：）走將來雪上更加霜。早是俺這釣鰲客咱不認，哎！你個使牛郎休更想。（秋胡喝云：）兀那廝，你來我家裏做甚麼？（李驚云：）呀！元來他做了官，不是軍了也！我聞知你衣錦榮歸，特來賀喜。（羅、搽旦云：）呸！這等，你說他死了也。（李云：）他不死，倒是我死。（秋胡云：）元來那廝假揑流言，奪人妻女。左右，與我拿下，送到鉅野縣去，問他一個重重罪名。（祗從做縛科）（李云：）這也不是我的主意，就是你的岳翁、岳母欠了我四十石糧食，將他女兒轉賣與我的。（秋胡云：）這等，一發可惡。

明明是廣放私債，逼勒賣女了。左右，你去與縣官說知，着重責四十板，枷號三個月，罰穀一千石，備濟饑民，毋得輕縱者！（祗從云：）理會的。（李云：）一心妄想洞房春，誰料金榜擂槌有正身。（羅、搽旦云：）我們也沒嘴臉在這裏，不如只做送李大戶到縣去，暗地溜了。（詩云：）如今且學烏龜法，只是縮了頭來不見人。（同下）（卜兒云：）媳婦兒，你若不肯認我孩兒呵，我尋個死處。（正旦唱：）諕的我慌忙則這小鹿兒在心頭撞，有的來商也波量。（云：）妳妳，我認了秋胡也。（卜兒云：）媳婦兒，你認了秋胡，我也不尋死了。（正旦云：）罷罷罷！（唱：）則是俺那婆娘家不氣長〔一〇〕。

（卜兒云：）媳婦兒，你既認了，可去改換梳洗，和秋胡孩兒兩個拜見咱。（正旦下，改扮上，同秋胡先拜卜兒，次對拜科）（正旦唱：）

【鴛鴦煞】若不爲慈親年老誰供養，爭些個夫妻恩斷無承望。從今後卸下荊釵，改換梳粧。暢道百歲榮華，兩人共享。非是我假乖張，做出這喬模樣；也則要整頓我妻綱；不比那秦氏羅敷〔一一〕，單說得他一會兒夫婿的謊。

（秋胡云：）天下喜事，無過子母完備，夫婦諧和。便當殺羊造酒，做個慶喜筵席。（詞云：）

想當日剛赴佳期，被勾軍驀地分離，苦傷心拋妻棄母，早十年物換星移。幸時來得成功業，着錦衣脫去戎衣。荷君恩賜金一餅，爲高堂供膳甘肥。到桑園糟糠相遇，强求歡假作痴迷；守貞烈端然無改，眞堪與青史標題。至今人過鉅野，尋他故老，猶能說魯秋胡調戲其妻。

題目　貞烈婦梅英守志
正名　魯大夫秋胡戲妻

〔一〕夯（ㄏㄤ）——建築時，用木樁槌地，使地基堅實叫做『夯』。引申爲：生氣的時候，氣塞，氣堵的意思。
〔二〕曾參——春秋時魯國人，事奉父母非常孝順。這裏說他衣錦還鄉，是借用的話，他沒有作過大官。
〔三〕決撒——敗露，識破，被戳穿，破裂。
〔四〕愚濫——或作餘濫。愚，愚笨。濫，行爲不檢點。
〔五〕水晶塔——外表通徹透亮，而裏面堅固阻塞；比喻人外表聰明，心裏糊塗。
〔六〕頭廳相——或作頭庭相。指宰相，大官。
〔七〕有女懷春——詩經召南野有死麕篇：『有女懷春，吉士誘之。』是歌詠男女相愛的詩。
〔八〕桑中，淇上——詩經鄘風桑中篇：『期我乎桑中，要我乎上宮，送我乎淇之上矣。』也是歌詠男女相愛的詩。桑中、上宮、淇上，都是他們約會歡聚的地方。

〔九〕不倈——用在轉折時的語氣，或加緊語氣的一種語助詞。

〔一〇〕不氣長——不爭氣，氣短。

〔一一〕羅敷——古樂府詩陌上桑裏的女主角名。她採桑時，遇見一個官員調戲她，想用車子把她載回家，她說：『使君自有婦，羅敷自有夫。』於是故意把她丈夫的相貌和官職誇說了一番，拒絕了那個官員的請求。

據明崇禎刻本酹江集影印

張孔目智勘魔合羅雜劇

元　孟漢卿㈠撰

楔子

（冲末扮李彥實引淨李文道上）（詩云：）月過十五光明少，人到中年萬事休。兒孫自有兒孫福，莫爲兒孫作馬牛。老漢姓李，名彥實，在這河南府錄事司醋務巷住坐。嫡親的五口兒家屬：這個是孩兒李文道，還有個姪兒李德昌，姪兒媳婦劉玉娘，姪兒根前有個小廝，叫做佛留。姪兒如今要往南昌做買賣去，說今日來辭我，怎生這早晚還不見來？（正末扮李德昌，同旦、倈上，云：）自家李德昌是也。這個是我渾家劉玉娘，這個是我孩兒佛留。我開着個絨線鋪。這對門是我叔父李彥實，有個兄弟喚做李文道，乃是醫士。我在這長街市上算了一卦，道我有一百日災難，千里之外可躲。我今一來躲災，二來往南昌做些買賣。大嫂，喒三口兒辭叔父去來。（旦云：）喒去來波。（正末做見李彥實科，云：）叔父，你孩兒去南昌做買賣，就躲災難，今日是好日辰，特來拜辭叔父。（李彥實云：）孩兒，你去則去，路上小心者。（正末向李文道云：）兄弟，好看覷家中。（李文道云：）哥哥，早些兒回來。（正末云：）叔父，您孩兒今日便索長行也。（做出門科，旦云：）李大，你今日做買賣去，我有句話，敢說麼？（正末云：）有何說？（旦云：）小叔叔時常調戲我。（正末怒云：）噤聲！我在家時不說，及至今日臨行，說這等言語。大嫂，再也休提，你則好看家中，小心在意者。（唱：）

【仙呂賞花時】則爲你叔嫂從來情性乖，我因此上將伊曾勸解。（旦悲科，云：）你去了，我怎了也！（正末唱：）你可便省煩惱，莫傷懷。你則照管這家私裏外。（帶云：）別的不打緊，（唱：）你是必好覷當㈢小嬰孩。

（旦云：）這個我自知道，則要你掙闔者。（正末唱：）

【么篇】則俺這男子爲人須闖闔，我向這外府他鄉做買賣。（旦云：）你則是早些回來。（正末唱：）休則管泪盈腮，多不到一年半載，但得些利便回來。（同旦下）

（李彥實云：）李文道，你哥哥做買賣去了，你無事休到嫂嫂家去。我若知道，不道的饒了你哩。（詩云：）正是叔嫂從來要避嫌，況他男兒爲客去江南。你若無事到他家裏去，我一准拏

來打十三(三)。(同下)

(一) 孟漢卿——或作益漢卿。亳州人。作劇魔合羅一種，今存。
(二) 覷當——看管，照顧。
(三) 打十三——宋代杖刑分五等，最輕的一等只打十三下；後來泛稱打人為『打十三』。

第一折

(旦上云:) 妾身劉玉娘是也。有丈夫李德昌販南昌買賣去了。今日無甚事，我開開這絨線舖，看有甚麼人來。(李文道上，云:) 自家李文道便是。開着個生藥舖，人順口都叫我做賽盧醫。有我哥哥李德昌做買賣去了，則有俺嫂嫂在家，我一心看上他；爭奈俺父親教我不要往他家去。如今瞞着父親，推看他去，就調戲他。肯不肯，不折了本。來到門首也，我自過去。(旦見科，云:) 嫂嫂，自從哥哥去後，不曾來望得你。(旦云:) 你哥哥不在家，你來怎麼？(李云:) 我來望你，吃鍾茶，有甚麼事。(旦云:) 這厮來的意思不好，我叫父親去。父親！(李彥實上，云:) 是誰叫我？(旦云:) 是您孩兒。(李彥實云:) 孩兒，你叫我怎的？

（旦云：）小叔叔來房裏調戲我來，因此與父親說。（李彥實見科，云：）你又來這裏怎的？（做打文道，下）（李彥實云：）若那廝再來，你則叫我，不道的饒了他哩。我打那弟子孩兒去。（下）（旦云：）似這般，幾時是了！我收了這舖兒。李德昌，你幾時來家？兀的不痛殺我也！（下）（正末挑擔上，云：）是好大雨也呵！（唱：）

【仙呂點絳唇】七月纔初，孟秋時序猶存暑。穿着這單布衣服，怎避這懸麻㈠雨？

【混江龍】連陰不住，荒郊一望水模糊。我則見雨迷了山岫，雲鎖了青虛。（帶云：）這雨大不大？（唱：）雲氣深如倒懸着東大海，雨勢大似翻合了洞庭湖，好教我滿眼兒沒處尋歸路。黑暗暗雲迷四野，白茫茫水滲長途。

（云：）這雨越下的大了也！（唱：）

【油葫蘆】恰便似畫出瀟湘水墨圖，淋的我濕漉漉，更那堪吉丟古堆㈡波浪渲成渠。你看他吸留忽刺水流乞留曲律路，更和這失留疎刺㈢風擺希留急了㈣樹。怎當他乞紐忽濃㈤的泥，更和他疋丟撲搭㈥的淤。我與你便急章拘諸慢行的赤留出律㈦去，我則索滴羞跌屑整身軀。

【天下樂】百忙裏鞋兒斷了乳〔八〕，好着我難行也！是我窮對付，扯將這蒲包上絲麻〔九〕且繫住。淋的我頭怎擡，走的我脚怎舒，好着我眼巴巴無是處。

（云：）遠遠的一座古廟，我且向廟中避雨咱。（放擔科）（云：）我放下這擔兒。原來是五道將軍〔一〇〕廟；多年倒塌了，好是淒涼也。（唱：）

【醉中天】折供卓撐着門戶，野荒草徧堦除。（云：）五道將軍爺爺：自家李德昌便是。做買賣回來，望爺爺保護咱。（唱：）我這裏捻土焚香畫地爐〔一一〕，我拜罷也忙瞻顧，多謝神靈祐護。望爺爺金鞭指路〔一二〕，則願無災殃早到鄉閭。

（云：）一場好大雨也！衣服行李盡都濕了，我脫下這衣服來試晒咱。（唱：）

【醉扶歸】我這裏扭我這單布袴，晒我這濕衣服。（云：）怎生這般漏？哦！元來是這屋宇坍塌了，所以這般漏。我試看這行李咱。（唱：）我則怕蓋行李的油單有漏處，我與你須索從頭覷。（云：）且喜得都不曾濕。嗨，可怎生這等漏得緊？（唱：）奇怪這兩三番揩不乾我這額顱。（云：）可是爲甚麼？呆漢，你慌怎的？（唱：）可忘了將我這濕漉漉頭巾去。

（云：）我脫下這衣服來晒咱。（做脫衣科）我出這廟門看天色咱。（做出門科）哎呀！我這一會增寒發熱起來，可怎了也！（唱：）

【一半兒】恰便是小鹿兒撲撲地撞我胸脯，火塊似烘烘燒我肺腑。（云：）敢是我這身體不潔淨，觸犯神靈？望金鞭指路，聖手遮攔！（唱：）若不是腥臊臭穢，把你這神道觸；（云：）李德昌，你差了也！既爲神靈，怎見俺衆生過犯。（唱：）我可也重思慮，（帶云：）我猜着這病也。（唱：）多敢是一半兒因風一半兒雨。

（云：）可怎生得一個人來，寄信與我渾家，敎他來看我也好。我且歇息咱。（外扮高山挑擔子上，云：）呵呀！好大雨也！來到這五道將軍廟躲躲雨咱。（做放下擔兒科，云：）老漢高山是也。龍門鎭人氏，嫡親的兩口兒，有個婆婆。每年家趕這七月七，入城來賣一擔魔合羅〔一三〕。剛出的這門，四下裏布起雲來，則是盆傾甕瀽相似。早是我那婆子着我拿着兩塊油單紙，不是都壞了。我試看咱，謝天地，不曾壞了一個。這個鼓兒是我衣飯盌兒，着了雨皮鬆了也；我搖一搖，還響哩。（正末云：）兀的不有人來也！慚媿〔一四〕！（唱：）

【金盞花】淋的來不尋俗〔一五〕，猛聽得早眉舒，那裏這等不朗朗搖動蛇皮鼓？我出門來覷覰，他能迭落，快鋪謀；他有那關頭的蠟釵子，壓髩的骨頭梳，他有那乞巧的泥媳婦〔一六〕，消夜的悶葫蘆〔一七〕。

（正末做掤過揖云：）老的，袛揖。（高山云：）阿呀！有鬼也！（正末云：）我不是鬼，我是人。（高山云：）你是人，做這短見勾當。先叫我一聲，我便知道是人；你猛可裏〔一八〕掤將過來唱喏，多年古廟，前後沒人，早是我也，若是第二個，不諕殺了？（高山搊土科，正末云：）你待怎麽？（高山云：）驚了我顋子〔一九〕哩。（正末云：）老的，小人也是貨郎兒。老的，你進來坐一坐咱。（高山云：）老漢與你坐一坐。你勒着手帕做甚麽？（正末云：）老的，我在這廟裏避雨，脫的衣服早了，冒了些風寒。老的，你如今那裏去？（高山云：）我往城裏做買賣去。（正末云：）老的，怎生與我寄個信去咱。（高山云：）哥哥，我有三椿戒願：一不與人家作媒，二不與人家做保，三不與人家寄信。（正末云：）自家河南府在城醋務巷居住，小人姓李，名德昌，嫡親的三口兒：渾家劉玉娘，孩兒佛留。小人往南昌做買賣去，如今利增百倍也。（高山起身云：）住住住！（出門看科，云：）這裏有避雨的，都來一搭兒說話咱！有也無？（入見正末云：）有你這等人！誰問你？說出這個話來！倘或有人聽的，圖了你財，致了你命，不乾生受了一場。你知道我是甚麽人，便好道：畫虎畫皮難畫骨，知人知面不知心。

（正末云：）這那裏便有賊。老的，我如今感了風寒，一臥不起，只望老的你便寄個信與俺渾家，教他來看我。若不肯寄信去，我有些好歹，就是老的悞了我性命。（高山云：）那個央人的到會放刁！我今日破了戒，我則寄你這一個信。你在那裏住坐？有甚麼門面鋪席？兩隣對門是甚麼人家？說的我知道，你則將息你那病症。（正末唱：）

【後庭花】俺家裏有一遭新板闥〔二〇〕，住兩間高瓦屋；隔壁兒是個熟食店，對門兒是個生藥局。怕老的若有不是處，你則問那裏是李德昌家絨線鋪，街坊每他都道與。

（高山云：）我知道了，你放心。（正末云：）老的，在心者，是必走一遭去。（唱：）

【賺煞】你是必記心懷，你可也休疑慮。不是我囑付了重還囑付，爭奈自己躭疾難動舉，你教他借馬尋驢莫躊躇，爭奈紙筆全無，怎寫平安兩字書？老的，只要你莫阻，說與俺看家拙婦，教他早些來把我這病人扶。（下）

（高山云：）出的這廟門來，住了雨也。則今日往城裏賣魔合羅，就與李德昌寄信走一遭去。（下）

〔一〕懸麻——形容下大雨的樣子。

〔二〕吉丟古堆——形容大水匯聚，浪濤衝擊的聲音。

〔三〕失留疎剌——或作吸溜疏剌、出流束剌。形容風聲。

〔四〕希留急了——形容風吹樹木所發出的聲音。

〔五〕乞紐忽濃——形容走在稀泥裏的情狀、聲音。

〔六〕疋丟撲搭——或作必丟不搭，必丟疋搭，劈丟撲搭。形容行走在淤泥中的聲音。有時也用作形容說話的聲音。

〔七〕赤留出律——即現在北方話『出溜』的複語；滑行的意思。

〔八〕乳——草鞋上穿繩子的兩耳叫做『乳』。

〔九〕䊵(ㄐㄩㄝ)麻——或作頃麻。就是麻。

〔一〇〕五道將軍——迷信傳說中的東嶽的屬神，古代認爲他是掌管人的生死的神。

〔一一〕捻土焚香畫地爐——就是說倉促之間，只好捻土當作香，畫地當作爐，表示對神靈的虔誠敬仰。

〔一二〕金鞭指路——常與『聖手遮攔』連用，就是請求神靈指引、保佑的意思。

〔一三〕魔合羅——梵語音譯，或作摩睺羅，磨喝樂。本是佛經中的神名。宋元時習俗，用土、木雕塑成爲小孩的形狀，加飾衣服，七夕供養，稱爲『魔合羅』，後來成爲小孩的玩具。

〔一四〕慚媿——驚喜、僥倖的語氣；和一般作爲羞愧的意思有別。

〔一五〕不尋俗——不尋常，不平凡。
〔一六〕泥媳婦——魔合羅的一種，就是用土塑成的女娃娃。
〔一七〕悶葫蘆——玩具。
〔一八〕猛可裏——猛然間，突然的。
〔一九〕顖（ㄒㄧㄣ）子——腦門兒。據說：小孩的腦門兒沒長牢固，受了驚就張開，抓點土在上面擦一擦，就可以壓驚。
〔二〇〕板闥（ㄊㄚ）——或作板搭。門板。

第二折

（李文道上，云：）自家李文道。今日無甚事，我且到這藥舖門前覷者，看有甚麼人來。（高山上，云：）老漢高山是也。來到這河南府城裏，不知那裏是醋務巷？我放下這擔兒，試問人咱。（見李文道科，云：）哥哥，敢問那裏是醋務巷？（李文道云：）你問他怎的？（高山云：）這裏有個李德昌，他去南昌做買賣回來，利增百倍；如今在城南五道將軍廟裏染病，敎我與他家寄個信。（李文道背云：）好了！（回云：）老的，這是小醋務巷，還有大醋務巷。你投東往西行，投南往北走，轉過一個灣兒，門前有株大槐樹，高房子，紅油門兒，綠油窗兒，門上掛着斑竹簾兒，簾兒下臥着個哈叭狗兒，則那便是李德昌家。（高山云：）謝了哥哥。（做挑擔行科）好哥哥說與我，投東往西行，投南往北走，轉過灣兒，門前一株大槐樹，高房子，紅油門兒，綠油窗兒，掛着斑竹簾兒，簾兒下臥着個哈叭狗兒。假若走了那哈叭狗兒，我那裏尋去？（下）（李文道云：）便好道，人有所願，天必從之。他如今得病了，我也不着嫂嫂知道，我將這服毒藥走到城外藥殺他。那其間，老婆也是我的，錢物也是我的。憑着我一片好心，天也與我半盌飯吃。（下）（旦同倈兒上，云：）妾身劉玉娘。自從丈夫李德昌南昌做買賣去了，音信皆無。今日開開這鋪兒，看有甚麼人來。（高山上，云：）走殺我也！把(一)那賊弟子孩兒！他說道還有個大醋務巷，那裏不走過來！（放下擔科，云：）我把那精驢賊醜生弟子孩兒！原來則這個醋務巷；着我沿城走了一遭，左右則在這裏！（旦出門見科，云：）兀那老子，好不曉事！人家做買賣去處，你當着門做甚麼？（高山云：）你看我的造物(二)！頭裏着個弟子孩兒哄的我走了一日，如今又着這婆娘搶白我。哎！高山！你也怨你自己，當初不與李德昌寄信，可也沒這場勾當。（旦云：）兀那老的，你那裏見李德昌來？請家裏吃茶波。（高山云：）攪了你家買賣。（旦云：）老的，你那裏見李德昌來？（高山云：）嫂子敢是劉玉娘？（旦云：）則我便是。（高山云：）這小的敢是佛留？（旦云：）正是。老的，你怎麼知道？（高山云：）嫂嫂，如今李德昌利增百倍，在城外五道將軍廟裏染病，你快尋個頭口取他去。（旦云：）多多虧了老的！等李德昌來家，慢慢的拜謝你老人家。（倈兒上，云：）妳妳，我要個魔合羅兒。（旦打倈科，云：）小弟子孩兒！嗜家買菜的錢也無，那得錢來？（高山云：）你休打孩兒，我與他一個魔合羅兒，你牢牢收着，不要壞了，底下有我的名字，道是『高山塑』。你父親來家呵，見了這魔合羅，我寄信不寄信，久後做個大證見哩。（下）（旦云：）誰想李德昌在五道將軍廟染病。我將孩兒寄在隣舍家，鎖了門戶，借個頭口，去看李德昌走一遭去來。（下）（正末抱病上，云：）自從南昌回來，感了風寒病症，一臥不起。我央高山寄信去，教我渾家來看我，怎生這早晚不見來？李德昌，這的是時也，命也，運也，信不虛也呵！（唱：）

【黃鍾醉花陰】乾着我販賣南昌利錢好，急回來又早病魔纏着。盼家門咫尺似天遙，好教我這會兒心焦，按不住小鹿兒拘拘地跳。端的是最難熬，只一陣頭疼，險些就劈破了。

【喜遷鶯】教誰來醫療，奈無人古廟蕭蕭。量度，又怕有歹人來到。不由人心中添懊惱，不由人不淚雨拋。迭屑屑魂飛膽落，撲速速肉顫身搖。

【出隊子】似這般無顛無倒，越教人厮窨約。一會家陰陰的腹痛似錐挑，一會家烘烘的發熱似火燒，一會家撒撒的增寒似水澆。

（云：）大嫂，你在那裏也呵？（唱：）

【刮地風】懸望妻兒音信杳，急煎煎心痒難揉〔三〕。（云：）我出廟門望一望波。（唱：）我這裏慢騰騰行出靈神廟，舉目偷瞧。我與你恰下澁道〔四〕，立在簷稍，覺昏沉剛掙揣把門倚靠。我則道十分緊閉着，原來是不揷拴牢。靠着時，呀的門開了，滴留撲仰刺叉〔五〕喫一交。

【四門子】這的是嚴霜偏打枯根草，哎喲！正跌着我這殘病腰。一會家疼，一會家焦。想錢財，莫不是無福消。一會家疼，一會家焦，我將這神靈禱告。

（李文道慌上，云：）來到這廟也。哥哥在那裏？（正末見科）（唱：）

【古水仙子】呀呀呀，猛見了，嗨嗨嗨，諕的我悠悠魂魄消。將將將紙錢來忙遮，把把把泥神來緊靠，慌慌慌我這裏掩映着。（李文道云：）我來望哥哥，受你兄弟兩拜。（正末唱：）他他他，走將來展脚舒腰。我我我，向前來仔細觀了相貌；是是是，我兄弟間別〔六〕身安樂。請請請，免拜波，李文道。

（云：）兄弟，我自從南昌回來，感了風寒病症，不能還家。你嫂嫂在那裏？（李文道云：）嫂嫂便來也。哥哥，你這病幾日了？（正末唱：）

【寨兒令】也不昨宵，則是今朝，被風寒暑濕吹着。（李文道云：）我與哥哥把把脈咱。（做把脈科，云：）哥哥，我知道這病也，我就帶將藥來了。（做調藥與正末吃科）（正末云：）兄弟且住，等你嫂嫂來我吃。（李文道云：）不要等他，你吃了就好了。（正末嚥科）（唱：）我嚥下去，有似熱油澆，烘烘的燒五臟，火火的燎三焦（七）。（帶云：）兄弟也，（唱：）這的敢不是風寒藥？

【神仗兒】他將那水調，我𧎬的嚥了，不覺忽的昏迷，他把我歪的來藥倒。烟生七竅，冰浸四稍，誰承望笑裏藏刀，眼見的喪荒郊。

（做倒科）（李文道云：）藥倒了也。我收拾了東西，回家中去來。（下）（正末唱：）

【節節高】這厮好損人利己，不合天道！錢物又不多，要時分明要，怎生下得敎哥哥身天？更做道錢心重，情分少，枉辱沒殺分金管鮑。

【者刺古】身軀被病執縛，難走難逃；咽喉被藥把捉，難叫難號。托靑天暗表，望靈神早報：行善得善，行惡得惡。天呵！莫不是今年災禍招。

【掛金索】我則道調理風寒，誰想他暗裏藏毒藥。他如今致命圖財，我正是自養着家生哨(八)；疑恠來時，不將着親嫂嫂。萬代人傳，倒惹的鬭張笑。

【尾】所有金珠共財寶，一星星不剩分毫，他緊緊的將馬兒馱去了。

(臥卓下)(旦上云：)可早來到也。下的這頭口，進的這廟來，怎生不見李大？——原來在這供卓底下，病重了也。(做扶正末科)李大，你騎上頭口，喒家去來。(下，旦隨慌上，云：)誰想李大到的家中，七竅迸流鮮血死了也！須索與小叔叔說知，做一個計較。(做喚李文道科，云：)小叔叔！(李文道上，云：)這婦人害怕，叫我哩。嫂嫂，你叫我怎的？(旦云：)您哥哥來家也。(李文道云：)請哥哥出來。(旦云：)李大到的家中，七竅流血死了也。(李文道云：)死了？哥哥也！有甚麼難見處，哥哥做買賣去了，你家裏有姦夫，見哥哥回來，你與姦夫通謀藥殺俺哥哥也！(旦云：)我是兒女夫妻，怎下得便藥殺他？(李文道云：)俺哥哥已死了，你可要官休？私休？(旦云：)怎生是官休，私休？(李文道云：)官休，我告到官司，敎你與我哥哥償命；私休，你與我做老婆便了。（旦云：）你是甚麼言語！我寧死也不與你做老婆。（李文道云：）我和你見官去。（旦云：）我情願見官去。李大，則被你痛殺我也！（拖旦下）（淨扮孤引張千上）（詩云：）我做官人單愛鈔，不問原被都只要。若是上司來刷卷，廳上打的鷄兒叫。小官是河南府的縣令是也。今日坐起早衙，張千，看有告狀的，着他進來。（張千云：）理會的。（李文道同旦上，云：）你尋思波。（旦云：）我只和你見官去。（李文道云：）我和你見官去來。寃屈也！（孤云：）拏過來。（張千云：）當面。（孤做跪科）（張千云：）相公，他是告狀的，怎生跪着他？（孤云：）你不知道，但來告的，都是衣食父母。（張千喝旦跪科）（孤云：）你兩個告甚麼？（李文道云：）小人是本處人氏，嫡親的五口兒。這個是我嫂嫂，小人是李文道。有個哥哥李德昌，去南昌做買賣，利增百倍，當日來家，嫂嫂養着姦夫，合毒藥殺死親夫。大人可憐見，與小人做主咱！（孤云：）我問你，你哥哥死了麼？（李文道云：）死了。（孤云：）死了罷，又告甚麼？（張千云：）大人，你與他整理。（孤云：）我那裏會整理？你與我去請外郎來。（張千云：）外郎安在？（丑扮令史上）（詩云：）官人淸似水，外郎白如麵；水麵打一和，糊塗成一片。小人是蕭令史，正在司房裏攢造文書，只聽得一片聲叫，我料着又是官人整理不下甚麼詞訟，我去見來。（令史見犯人科，云：）這厮，我那裏曾見他來。哦！這厮是那賽盧醫，我昨日在他門首，借條板櫈也借不出來，今日也來到我這衙門裏。張千，拏下去打着者。（張拏科，李做舒三個指頭科，云：）令史，我與你這個。（令史云：）你那兩個指頭瘸。（李文道云：）哥哥，你整理這樁事。（令史云：）我知道，休言語。你告甚麼？原告是誰？（李文道云：）小人是原告。（令史云：）你是原告，說你那詞因來。（李文道云：）小人是本處人氏，是李文道。有個哥哥是李德昌，去南昌做買賣，利增百倍，還家，俺嫂嫂有姦夫，合毒藥藥殺俺哥哥。令史與我做主咱！（令史云：）是實麼？畫了字者！張千，拏過那婦人來。兀那婦人，你怎生藥殺丈夫？從實招來！（旦云：）大人可憐見，小婦人是劉玉娘，俺男兒是李德昌，南昌做買賣回來，在城外五道將軍廟中染病，妾身尋了個頭口，直至廟中，問着不言語，取到家中，七竅迸流鮮血，驀然氣絕而死。妾身喚小叔叔來問他，小叔叔說妾身有姦夫；妾身是兒女夫妻，怎下的藥殺男兒？大人，妾身並無姦夫。（令史云：）不打也不招，張千，與我打着者。（張千打科）（令史云：）你招了罷。（旦云：）小婦人並無姦夫。（令史云：）不打不招！張千，與我打着者！（張千又打科）（旦云：）住住住，我待不招來，我那裏受的這等拷打？我且含糊招了罷，是我藥殺俺男兒來。（孤云：）你休招，招了就是死的了也。（令史云：）他既招了，將枷來枷了，下在死四牢中去。（孤云：）張千，取枷來，上了枷者。（張千云：）枷上了，下在牢中去。（旦云：）天那！誰人與我做主也呵！（下）（孤云：）令史，你來，恰纔那人舒着手，與了你幾個銀子？

你對我實說。（令史云：）不瞞你說，與了五個銀子。（孤云：）你須分兩個與我。（同下）

（一）把——表示將要責罵的意思，但責罵的話並不說出來。是元劇中的特別用法。
（二）造物——猶如說造化，就是命運，運氣的意思。
（三）揉——這裏讀ㄋㄠ。或作猱；同撓，就是搔的意思。
（四）澁道——有波紋的階踏，行走時不易滑倒；這種階踏叫做『澁道』或『澁浪』。
（五）仰剌叉——仰面跌倒。
（六）間別——隔別，分離。
（七）三焦——中醫的說法：胃的上口，胃腔，膀胱的上口，分別叫做上焦，中焦，下焦。
（八）家生哨——家生，奴婢所生的子女。哨，或作哨子，哨廝；流氓，無賴，不安本分的人。

第三折

（外扮府尹引張千上）（詩云：）濫官肥馬紫絲韁，猾吏春衫皺地長。稼穡不知誰壞却，可敎風雨損農桑。老夫完顏女直人氏。完顏者姓王，普察姓李。老夫自幼讀書，後來習武。爲俺祖父多有功勳，因此上子孫累輩承襲，爲官爲將。這河南府官濁吏樊，往往陷害良民；聖人親筆點差老夫爲府尹，因老夫除邪秉正，勑賜勢劍金牌，先斬後奏。老大上任三個日頭，今日陞廳，坐起早衙，怎生不見掌案當該司吏？（張千云：）當該司吏，大人呼喚。（令史上，云：）來了！來了！（見科）（府尹云：）你是司吏？（令史云：）小的是。（府尹云：）兀那厮，你聽者：聖人爲你這河南府官濁吏樊，勑賜老夫勢劍金牌，先斬後奏。若你那文卷有半點差錯，着勢劍金牌，先斬你那驢頭！有合僉押的文書，拏來我僉押。（令史云：）有有有，就把這一宗文卷大人看。（府尹看科，云：）這是那一起？（令史云：）這是劉玉娘藥死親夫，招狀是實，則要大人判個斬字。（府尹云：）劉玉娘因姦藥死丈夫，這是犯十惡的罪，爲何前官手裏不就結絕了？（令史云：）則等大人到來。（府尹云：）待報(二)的囚人在那裏？（令史云：）見在死囚牢中。（府尹云：）取來，我再審問。（令史云：）張千，去牢中提出劉玉娘來。（張千云：）理會的。（旦上，云：）哥哥喚我做甚麼？（張千云：）你見大人去。（令史云：）兀那婦人，如今新官到任，問你，休說甚麼；你若胡說了，我就打死你！張千，押上廳去。（張千云：）犯婦當面。（旦跪科）（府尹云：）則這個是那待報的女囚？（令史云：）則他便是。（府尹云：）兀那女囚，你是劉玉娘？你怎生因姦藥死丈夫？恐怕前官枉錯了，你有不盡的言詞，從實說來，我與你做主咱。（旦云：）小婦人無有詞因。（府尹云：）既他囚人口裏無有詞因，則管問他怎麼？將筆來，我判個斬字，押出市曹，殺壞了者。（張千押旦出科）（旦云：）天也！誰人與我做主也呵！（正末扮張鼎㈢上，云：）自家姓張，名鼎，字平叔，在這河南府做着個六案都孔目㈢，掌管六房事務。奉相公台旨，敎我勸農已回。今日陞廳坐衙，有幾宗合僉押的文書，相公行僉押去。我想這爲吏的扭曲作直，舞文弄法，只這一管筆上，送了多少人也呵！（唱：）

【商調集賢賓】這些時，曹司裏有些勾當，我這裏因僉押離了司房。我如今身躭受公私利害，筆尖注生死存亡。詳察這生分女，作歹爲非；更和這忤逆男，隨波逐浪。我可又奉官人委付將六案掌，有公事，怎敢倉皇；則聽的鼕鼕傳擊鼓，偌偌報攛箱。

【逍遙樂】我則擡頭觀望，官長陞廳，靜悄悄有如聽講。我索整頓了衣裳，正行中舉目參詳：見雄糾糾公人如虎狼，推擁着個得罪的婆娘；則見他愁眉淚眼，帶鎖披枷：莫不是競土爭桑？

（云：）則見禀墻外，一個待報的犯婦，不知爲甚麼，好是凄慘也呵！（唱：）

【金菊香】我則見濕浸浸血汚了舊衣裳，多應是磣可可的身躭着新棒瘡。更那堪、死囚枷壓伏的駝了脊梁。他把這粉頸舒長，傷心處，淚汪汪。

（云：）你看那受刑的婦人，必然寃枉，帶着枷鎖，眼淚不住點兒流下。古人云：存乎人者莫良于眸子，眸子不能掩其惡。又云：觀其言而察其行，審其罪而定其政。（唱：）

【醋葫蘆】我孜孜的覷了一會，明明的觀了半晌。我見他不平中把心事暗包藏。婆娘家，怎生遭這般寃屈網，偏惹得帶枷喫棒。休休休，道不的自己枉着忙。

【么篇】我這裏慢慢的轉過兩廊，遲遲的行至稟堂；他那裏哭啼啼口內訴衷腸，我待兩三番推阻不問當（四）。（張千云：）劉玉娘，你告這個孔目哥哥，他與你做主。（旦扯住正末衣科，云：）哥哥，救我咱！（正末唱：）他緊拽定衣服不放，不由咱不與你做商量。

（云：）張千，把那婦人喚至跟前，我問他。（張千云：）劉玉娘，近前來。（旦跪科）（正末云：）兀那婦人，說你那詞因我聽咱。（旦訴詞云：）哥哥停嗔息怒，聽妾身從頭分訴。李德昌本爲躲災，販南昌多有錢物。他來到廟中困歇，不承望感的病促。到家中七竅內迸流鮮血，知他是怎生服毒。進入門當下身亡，慌的我去叫小叔叔。他道我暗地裏養着姦夫，將毒藥藥的親夫身故。不明白拖到官司，吃棍棒打拷無數。我是個婦人家，怎熬這六問三推，葫蘆提屈畫了招伏。我須是李德昌綰角兒夫妻，怎下的胡行亂做。小叔叔李文道暗使計謀，我委實的銜冤負屈！（正末云：）兀那婦人，我替你相公行說去。說准呵，你休歡喜；說不准呵，休煩惱。張千，且留人者。（張千云：）理會的。（末見科，云：）大人，小人是張鼎，替大人下鄉勸農已回，聽的大人陞廳坐衙，有幾宗合僉押文書，請相公僉押。（府尹云：）這個便是六案都孔目張鼎，這人是個能吏。有甚麼合稟的事，你說。（正末遞文書科）（府尹云：）這是甚麼文書？（正末唱：）

【金菊香】這的是打家刼盜勘完的贓，這個是犯界茶鹽取定的詳，這公事正該咱一地方。這個是新到的符樣，這個是官差納送遠倉糧。

（府尹云：）這宗是甚麼文卷？（正末唱：）

【醋葫蘆】這的是沿河道便蓋橋，這的是隨州城新置倉，這的是王首和那陳立賴人田莊，這的是張千毆打李萬傷。（帶云：）怕官人不信呵，（唱：）勾將來對詞供狀。這的是王阿張數次罵街坊。

（府尹云：）再無了文卷也？（正末云：）相公，再無了。（府尹云：）都着有司發落去。張鼎，

與你十個免帖，放你十日休假；假滿之後，再來辦事。（正末云：）謝了相公！（做出門科）

（張千云：）孔目哥哥，這件事曾說來麼？（正末云：）我可忘了也。（唱：）

【么篇】又不是公事忙，不由咱心緒穰〔五〕。若有那大公事，失悞了惹下災殃。這些兒事務，你早不記想，早難道貴人多忘。張千呵，且教他暫時停待莫慌張。

（云：）我只稟事，忘了，我再向大人行說去。（張千云：）哥哥可憐見，與他說一聲。（正末再見科）（府尹云：）張鼎，你又來說甚麼？（正末云：）大人，恰纔出的衙門，只見稟墻外有個受刑婦人，在那裏聲冤叫屈。知道的是他貪生怕死，不知道的，則道俺衙門中錯斷了公事。相公，試尋思波。（府尹云：）這樁事是前官斷定，蕭令史該房。（正末云：）蕭令史，我須是六案都孔目；這是人命重事，怎生不教我知道？（令史云：）你下鄉勸農去了，難道你一年不回，我則管等着你？（正末云：）將狀子來我看。（令史云：）你看狀子。（正末看科，云：）『供狀人劉玉娘，見年三十五歲，係河南府在城錄事司當差民戶。有夫李德昌，將帶資本課銀一十錠，販南昌買賣。前去一年，並無音信。至七月內，有不知姓名男子一個來寄信，說夫李德昌在五道將軍廟中染病，不能動止。玉娘聽言，慌速雇了頭口，直至城南廟中，扶策〔六〕到家，入門氣絕，七竅迸流鮮血。玉娘即時報與小叔叔李文道，有小叔叔說玉娘與姦夫同謀，合毒藥藥殺丈夫。所供是實，並無虛捏。』相公，這狀子不中使。（令史云：）買不的東西，可知不中使。（正末云：）四下裏無墻壁。（令史云：）相公在露天坐衙哩。（正末云：）上面都是窟籠。（令史云：）都是老鼠咬破的。（正末云：）相公不信呵，聽張鼎慢慢說一遍。（府尹云：）你說我聽。（正末云：）『供狀人劉玉娘，年三十五歲，係河南府在城錄事司當差民戶。有夫李德昌，將帶資本課銀一十錠，販南昌買賣。』這十錠銀，可是官收了？苦主收了？（令史云：）不曾收。（正末云：）這個也罷。『前去一年，並無音信。於七月內有不知姓名男子，前來寄信。』相公，這寄信人多大年紀？曾勾到官不曾？（令史云：）不曾勾他。（正末云：）這個不曾勾到官，怎麼問得？又道：『夫主李德昌，在五道將軍廟中染病，不能動止。玉娘聽說，慌速僱了頭口，到於城南廟中，扶策到家，入門氣絕，七竅迸流鮮血。玉娘即時報與小叔叔李文道，小叔叔說玉娘與姦夫同謀。』相公，這姦夫姓張？姓李？姓趙？姓王？曾勾到官不曾？（令史云：）若無姦夫，就是我。（正末云：）『合毒藥藥殺丈夫。』相公，這毒藥在誰家合來？這服藥好歹有個着落。（令史云：）若無人合這藥，也就是我。（正末云：）相公，你想波：銀子又無，寄信人又無，姦夫又無，合毒藥人又無，謀合人又無：這一行人都無，可怎生便殺了這婦人？（府尹云：）蕭令史，張鼎說這文案不中使。（令史云：）張孔目，你也多管，干你甚麼事？（正末云：）蕭令史，我與你說，人命事關天關地，非同小可。古人云：繫獄之囚，日勝三秋。外則身苦，內則心憂。或笞或杖，或徒或流。掌刑君子，當以審求。賞罰國之大柄，喜怒人之常情；勿因喜而增賞，勿以怒而加刑。喜而增賞，猶恐追悔；怒而加刑，人命何辜？這的是霜降始知節婦苦，雪飛方表竇娥冤。（唱：）

【么篇】早是這爲官的性忒剛，則你這爲吏的見不長，則這一樁公事總荒唐。那寄信人怎好不細訪，更少這姦夫招狀；（帶云：）相公，你想波。（唱：）可怎生葫蘆提推擁他上雲陽？

（令史云：）大人，張鼎罵你葫蘆提也！（府尹云：）張鼎，是誰葫蘆提？（令史云：）張鼎說大人葫蘆提！（府尹云：）張鼎，是誰葫蘆提？（正末跪科）小人怎敢？（府尹云：）張鼎，這劉玉娘因姦殺夫，是前官斷定的文案，差錯是蕭令史該管，你怎生說老夫葫蘆提？我理任三日，就說我葫蘆提，這以前，須不是我在這裏爲官。兀那廝，近前來，這樁事就分付與你，三日便要問成；問不成呵，我不道的饒了你哩！哎！（詞云：）你個無端的賊吏奸猾，將老夫一謎裏欺壓。劉玉娘因姦殺夫，須則是前官問罷。你道是文卷差遲，你道是其中有詐：合毒藥是李四張三？養姦夫是趙二王大？寄信人何姓何名？謀合人或多或寡？不由俺官長施行，則隨你曹司掌把。你對誰行大叫高呼，公然的沒些懼怕。我分付你這宗文卷，更限着三日嚴假；則要你審問推詳，使不着舞文弄法。你問的成呵，我與你寫表章，騎驛馬，呈都省，奏聖人，重重的賜賞封官；問不成呵，將你個賽隋何，欺陸賈〔七〕，挺〔八〕曹司，翻舊案，赤瓦不剌海〔九〕猢猻頭，嘗我那明晃晃勢劍銅鍘！（下）（令史云：）左右你的頭硬，便試一試銅鍘，也不妨事。（詩云：）得好休時不肯休，偏要立限當官決死囚。正是是非只爲多開口，煩惱皆因强出頭。（下）（正末云：）張鼎，這是你的不是了也！（唱：）

【後庭花】攪這場不分明的腌勾當，今日將平人來無事講。你早則得福也蕭司吏，則被你送了人也劉玉娘。我這裏自斟量：則俺那官人要個明降〔一〇〕，這殺人的要見傷，做賊的要見贜，犯姦的要見雙：一行人，怎問當？

【雙鴈兒】多則是沒來由，葫蘆提打關防。待推辭，早承向。眼見得三日時光如反掌，教我待不慌來怎不慌，待不忙來怎不忙？

（云：）張千，將劉玉娘下在死囚牢中去。（張千云：）理會的。（正末唱：）

【浪裏來煞】那劉玉娘罪責虛，蕭令史口諍强。我把那銜寃負屈是非場，離家枉死李德昌，知他來怎生身喪，我直教平人無事罪人償。（下）

〔一〕待報——元代規定：凡有死刑，由地方官審問判決，再由高一級的管理刑獄的機關復審，然後呈中書省向皇帝奏聞，待報（待批准）處決。

〔二〕張鼎——元代人，由鄂州總管府屬吏，陞任行省參知政事，不久罷去。

〔三〕都孔目——本是衙門裏管理簿籍的吏。元劇中的六案都孔目，指的是判官、吏目一類的官吏。

〔四〕問當——就是問；當，是語助詞。

〔五〕穰——忙亂。

〔六〕扶策——攙扶，扶持。

〔七〕隋何、陸賈——都是漢初的辯士。

〔八〕挺——挺撞不屈，據理力爭的意思。

〔九〕赤瓦不剌海——或作窪勃辣駭。女眞語：敲殺；就是打死的意思。這裏是罵人該挨打的意思。

〔一〇〕明降——明白的裁決，決定；意旨。

第四折

（正末上云：）自家張鼎是也。奉相公台旨，與我三日假限，若問成呵，有賞；問不成呵，教我替劉玉娘償命。張鼎，這是你的不是了也！（唱：）

【中呂粉蝶兒】投至我勘問出强賊，早憂愁的寸腸粉碎。悶懨懨廢寢忘食，你教我怎研窮〔一〕，難決斷，這其間詳細。索用心機，要搜尋百謀千計。

【醉春風】我好意兒勸他家，將一個惡頭兒揣與自己。原來口是禍之門，張鼎也，你今日個悔，悔！則要你那萬法皆明，出脫〔二〕的衆人無事，全在你寸心不昧。

（云：）張千，押過那劉玉娘來。（張千云：）理會的。犯婦當面。（旦跪科）（正末唱：）

【叫聲】虎狼似惡公人，可撲魯〔三〕擁推擁推堦前跪。我則見喑着氣，吞着聲，把頭低。

（云：）張千，且疎了他那枷者。（張千云：）理會的。（做卸枷科，旦起身拜云：）謝了孔目！我改日送燒餅盒兒來。（做走科）（正末云：）那裏去？你去了呵，我替你男兒償命那！（旦云：）我則道饒了我來。（正末云：）兀那婦人，你說你那詞因來。若說的是呵，萬事罷論；若說的不是呵，張千，准備下大棒子者。（唱：）

【喜春來】你道是銜冤負屈喫盡虧，則你這致命圖財本是誰。直打的皮開肉綻悔時遲，不是我强羅織〔四〕，早說了是便宜。

（旦云：）孔目哥哥，打死孩兒，也則是屈招了。（正末唱：）

【紅繡鞋】我領了嚴假限，一朝兩日；你恰纔支吾到數次十回，又惹場六問共三推。聽了你一篇話，全無有半星實，我跟前怎過得？

【迎仙客】比及下栲㊄指，先浸了麻槌，行杖的腕頭加氣力；直打得紫連青，青間赤，枉惹得棍棒臨逼；待悔如何悔！

（旦云：）便打殺我，則是屈招了也。（正末唱：）

【白鶴子】你道是便死呵則是屈，硬抵對不招實。（帶云：）我不問你別的，（唱：）則問你出城時，主何心；則他那入門死，因何意？

（云：）兀那婦人，我問你：（唱：）

【么篇】莫不他同買賣是新伴當？（旦云：）我不知道。（正末唱：）莫不是原茶酒舊相知？他可也怎生來寄家書，因甚上通消息？

（旦云：）孔目哥哥，我忘了那個人也。（正末云：）你近前來，我打與你個模樣兒。（旦云：）

日子久了，我忘了也。（正末唱：）

【么篇】那廝身材是長共短？肌肉兒瘦和肥？他可是面皮黑，面皮黃？他可是有髭髯，無髭髯？

（旦云：）我想起些兒也。（正末云：）慚愧！聖人道：『視其所以㈥，觀其所由，察其所安，人焉廋哉？』（唱：）

【么篇】投至得推詳出賊下落，搜尋的案完備；兀的不熬煎的我鬢斑白，煩惱的我心腸碎！

（云：）兀那婦人！（唱：）

【么篇】莫不是身居在小巷東，家住在大街西？他可是甚坊曲，甚莊村？何姓字，何名諱？

（云：）我再問你咱。（唱：）

【么篇】莫不是買油麪爲節食？莫不是裁段疋作秋衣？我問你爲何事離宅院？有甚幹來

城內？

（云：）張千，明日是甚日？（張千云：）明日是七月七。（旦云：）孔目哥哥，我想起來也！當年正是七月七，有一個賣魔合羅的寄信來；又與了我一個魔合羅兒。（正末云：）兀那婦人，你那魔合羅有也無？如今在那裏？（旦云：）如今在俺家堂閣板兒上放着哩。（正末云：）張千，與我取將來。（張千云：）理會得。（做行科）我出的這門來，到這醋務巷問人來，這是劉玉娘家裏，我開開這門，家堂閣板上有個魔合羅，我拿着去。出的這門，來到衙門也。孔目哥哥，兀的不是個魔合羅兒！（正末云：）是好一個魔合羅兒也！張千，裝香來。魔合羅，是誰圖財致命？李德昌怎生入門就死了？你對我說咱。（唱：）

【叫聲】你曾把愚痴的小孩提教誨，教誨的心聰慧，若把這寃屈事，說與勘官知；

【醉春風】不强似你教幼女演裁縫，勸佳人學繡刺。要分別那不明白的重刑名，魔合羅，全在你，你。若出脫了這婦銜寃，我教人將你享祭，煞强如小兒博戲。

（云：）魔合羅，你說波，可怎不言語？想當日狗有展草之恩(七)，馬有垂韁之報(八)：禽獸尚然如此，何況你乎？你既教人撥火燒香，你何不通靈顯聖？可憐負屈銜寃鬼，你指出圖財致命人。（唱：）

【滾繡毬】我與你曲灣灣畫翠眉，寬綽綽穿絳衣，明晃晃鳳冠霞帔，粧嚴的你這樣何爲？你若是到七月七，那其間乞巧的，將你做一家兒燕喜（九）；你可便顯神通，百事依隨。比及你露十指玉筍穿針線，你怎不啓一點朱脣說是非，教萬代人知。

（云：）魔合羅，是誰殺了李德昌來？你對我說咱！（唱：）

【倘秀才】枉塑你似觀音像儀，怎無那半點兒慈悲面皮？空着我盤問你，你將我不應對，我徹上下細觀窺到底。

（正末做見字科，云：）有了也！（唱：）

【蠻姑兒】我則道在那壁，原來在這裏。誰想這底座兒下包藏着殺人賊。呼左右，上堦基，誰把高山認的？

（云：）張千，你認的高山麼？（張千云：）我認的。（正末云：）你與我一步一棍打將來。（張千云：）理會的。我出的衙門來，試看咱。（高山上，云：）我去城裏討魔合羅錢去咱。（張千做拿科，云：）快走，衙門裏等你哩。（高山云：）哎呀！打殺我也！（做見跪科）（正末云：）你便是那高山？（高山云：）是便是，不知犯甚罪，被這厮流水似打將來？（正末云：）兀那老子，你曾與人寄信來麼？（高山云：）老漢自小有三戒：一不作媒，二不做保，三不寄信。我不曾與人寄信。（正末云：）着這老子畫了字者。（高山云：）我不曾寄信，教我畫什麼字？（正末云：）兀那老子，這魔合羅是誰塑的？（高山云：）是我塑的。（正末云：）着那婦人出來。（旦見高云：）老的，你認的我麼？（高山云：）姐姐，你敢是劉玉娘？你那李德昌好麼？（旦云：）李德昌死了也！（高山云：）死了也？到是一個好人來。（正末云：）可不道你不曾寄信？（高山云：）我則寄了這一遭兒。（正末云：）兀那老子，你怎生圖財致命了李德昌？你從實招來！（高山訴詞云：）聽我老漢一一說眞實，孔目哥哥自思憶。去年時遇七月七，來到城裏覓衣食。行到城南五道廟，慌忙合掌去參謁。忽然有個李德昌，正在廟中染病疾。哭哭啼啼相煩我，因此替他傳信息。一生破戒只這遭，誰想回家救不得。老漢擔裏無過魔合羅，並沒一點砒霜一寸鐵；怎把走村串疃貨郎兒，屈勘做了圖財致命殺人賊！（正末云：）兀那老子，你與我實訴者。（高山云：）正面兒的頭戴鳳翅盔，身穿鎖子甲，手裏仗着劍。左壁廂一個戴黑樓兒子，身穿着綠襴，手拿着一管筆，挾着個紙簿子。右壁廂一個青臉撩牙，朱紅頭髮，手拿着狼牙棒。（正末云：）那個不是泥的！（高山云：）你叫我實塑。（正末云：）張千，與我打這老子。（張千做打科）（正末唱：）

【快活三】魔合羅是你塑的，這高山是你名諱：今日個併贓拿賊更推誰？你剗地硬抵着頭皮兒對。

【鮑老兒】須是你藥殺他男兒，又帶累他妻。呀！你暢好會使拖刀計。漾〔一〇〕一個瓦塊兒在虛空裏，怎生住的？呀！到了呵須按實田地，不要你狂言詐語，花唇巧舌，信口支持；則要你依頭縷當〔一一〕，分星劈兩〔一二〕，責狀招實。

（高山云：）孔目哥哥，休道招狀；我等身圖〔一三〕也敢畫與你。（做畫字科）（正末云：）兀那老子，你近前來，我問你波。（唱：）

【鬼三台】你和他從頭裏傳消息，沿路上曾撞着誰？（高山云：）我不曾撞着人。（正末云：）兀那老子，比及你見劉玉娘呵，城中先見誰來？（高山云：）我想起來也！我入的城來，撒了一胞尿。（正末云：）誰問你這個來？（高山云：）我入城時，曾問人來，那人家門首弔着個龜蓋。（正末云：）敢是鱉殼？（高山云：）直這等鱉殺我也！他那門前，又有個石船。（正末云：）敢是石碾子？（高山云：）若是碾着骨頭都粉碎了。我見裏面坐着個人，那廝是個獸醫。（正末云：）敢是個太醫？（高山云：）是個獸醫。（正末云：）怎生認的他是獸醫？（高山云：）既不是獸醫，怎生做出這驢馬的勾當？他叫做甚麼賽盧醫。（正末云：）劉玉娘，你認的賽盧醫麼？（旦云：）他就是我小叔叔。（正末云：）你叔嫂可和睦麼？（旦云：）俺不和睦。（正末唱：）聽言罷，悶漸消，添歡喜。這官司纔是實。呼左右，問端的，這醫人與誰相識？

（云：）張千，將這老子打上八十，爲他不應塑魔合羅，打着者！（張千打科，云：）六十，七十，八十，搶出去！（高山云：）哥哥爲甚麼打我這八十？（張千云：）爲你不應塑魔合羅。（高山云：）塑魔合羅打了八十，若塑個金剛，就割下頭來？（下）（正末云：）張千，將劉玉娘提在一壁，你與我喚將賽盧醫來。（張千云：）我出的這衙門來，這個門兒就是。賽盧醫在家麼？（李文道上，云：）誰喚哩？我開門看咱。哥哥，叫我怎的？（張千云：）我是衙門張千，孔目哥哥相請。（李文道云：）喒和你去來。（張千云：）到也，我先過去。（報科）賽盧醫來了也。（正末云：）着他進來。（見科）（李文道云：）孔目哥哥，叫我有何事？（正末云：）老相公夫人染病，這是五兩銀子，權當藥資，休嫌少。（李文道云：）要什麼藥？（正末唱：）

【剔銀燈】他又不是多年舊積，則是些冷物重傷了脾胃。則你那建中湯〔四〕，我想也堪醫治。你則是加些附子當歸。（李文道云：）我隨身帶着藥，拿與老夫人吃去。（張千云：）將來，我送去。（做送藥回科）（正末與張千做耳喑科，云：）張千，你看老夫人吃藥如何？（張千云：）理會的。（下）（隨上，云：）孔目哥哥，老夫人吃了藥，七竅迸流鮮血死了也！（正末云：）賽盧醫，你聽得麼？老夫人吃下藥，七竅迸流鮮血死了也。（李文道慌科，云：）孔目哥哥，救我咱！（正末云：）我如今出脫你，你家裏有甚麼人？（李文道云：）我有個老子。（正末云：）多大年紀了？（李文道云：）俺老子八十歲了。（正末云：）老不加刑，則是罰贖。賽盧醫，你若捨的你老子，我便出脫的你；你若捨不的呵，出脫不的你。（李文道云：）謝了哥哥！（正末云：）我如今說與你：我便道：『賽盧醫。』你說：『小的。』我便道：『誰合毒藥來？』你便道：『是俺老子來。』我便道『誰生情造意來？』你便道：『是俺老子來。』我便道：『誰拿銀子來？』你便道：『是俺老子來。』我便道：『不是你麼？』你便道：『並不干小的事。』你這般說，纔出脫的你。（李文道云：）謝了哥哥！（正末云：）張千，你着他司房裏去。你與我一步一棍，打將那老子來者。（唱：）那老子我親身的問他是實。（帶云：）張千，（唱：）你只道：見有人當官來告執。

【蔓青菜】你說道是新刷卷的張司吏，一徑的將你緊勾追，教我火速來喚你。但若有分毫不違依，你將他拖向囚牢內。

（張千云：）我出的這門來，老李在家麼？（李彥實上，云：）是誰喚我哩？（張千云：）衙門裏喚你哩。（李彥實云：）我和你去來。（李老做見正末科，云：）喚老漢有甚麼事？（正末云：）兀那老子，有人告着你哩。（李彥實云：）是誰告我？老漢有甚罪過？（正末云：）是你孩兒李文道告你，你不信，須認的他聲音也。（唱：）

【窮河西】誰向官中指攀着伊，是你那孝子曾參賽盧醫。又不是恰纔新認義，須是你親姪。哎！老醜生，無端忒下的！

（李彥實云：）我不信李文道在那裏。（正末云：）你不信，聽我叫。賽盧醫！（李文道云：）小的有。（正末云：）誰合毒藥來？（李文道云：）是俺父親來。（正末云：）誰主情造意來？（李文道云：）是俺父親來。（正末云：）誰拿銀子來？（李文道云：）是俺父親來。（正末云：）都是誰來？（李文道云：）並不干我事，都是俺父親來。（正末云：）兀那老子，快快從實招來。（李彥實云：）哥哥，這都是他做的事，怎麼推在我老子身上？（正末云：）既是他，你畫了字者。（李老畫字科）（張千云：）他畫了字也，我開開這門。（李老打文道科，云：）藥殺哥哥也是你，謀取財物也是你，強逼嫂嫂私休也是你。都是你來！都是你來！（李文道云：）不是；我招的是藥殺夫人的事。（李彥實云：）呀！我可將藥殺哥哥的事都招了也！（李文道云：）招了，咱死也！老弟子孩兒！（正末唱：）

【柳青娘】只着這些兒見識，瞞過這老無知，却不你千悔萬悔，潑水在地怎收拾。謊的個黃甘甘〔三五〕臉兒如地皮。可不道一言既出，便有駟馬難追。已招伏，怎改易，要承抵。

【道和】方知端的，知端的，虛事不能實。忒蹺蹊，教俺教俺難根緝，教俺教俺躭干繫，使心機，啜賺〔三六〕出是和非。難支吾，難支對，難分說，難分細。那些那些咱歡喜，咱伶俐，一行人箇箇服情罪。若非若非有天理，這當堂假限剛三日，可不的勢劍倒是咱先喫！

（云：）一行人休少了一個，跟我見相公去來。（府尹上，云：）張鼎，問的事如何？（正末云：）問成了也。請相公下斷。（府尹云：）這樁事老夫已明知了也，一行人聽我下斷：本處官吏不才，杖一百永不叙用。李彥實主家不正，杖八十，年老罰鈔贖罪。劉玉娘屈受拷訊，請勑旌表門庭。李文道謀殺兄長，押赴市曹處斬。老夫分三個月俸錢，重賞張鼎。（詞云：）奉聖旨賜賞遷陞，張孔目執掌刑名。劉玉娘供明無事，守家私旌表門庭。潑無徒敗倫傷化，押市曹正法嚴刑。（旦拜謝科，云：）感謝相公！（正末唱：）

【煞尾】想兄弟情親如手足，怎下的生心將兄命虧？我將殺人賊斬首在雲陽內，還報的這銜冤負屈鬼。

題目　李文道毒藥擺哥哥
　　　蕭令史暗裏得錢多
正名　高老兒屈下河南府
　　　張平叔智勘魔合羅

〔一〕研窮——或作窮研。元代刑律名詞；就是詳細追究審問的意思。

〔二〕出脫——有兩義：開脫罪名；賣出。這裏是用前一義。

〔三〕可撲魯——形容推擁的樣子。

〔四〕羅織——牽連陷害。

〔五〕桚（ㄗㄢˇ）——或作桚子。古代的一種刑具：用繩子把幾根木棒串起來，套在罪犯的手指上，用力束緊，使手指疼痛。

〔六〕視其所以四句——見論語、爲政篇。就是從各方面去考察一個人，他就無法隱藏他的心事的意思。

〔七〕狗有展草之恩——古代傳說：三國時，李信純非常喜愛一條狗——黑龍。一天，李酒醉睡在草地上，草着了火，黑龍跳進附近水溝裏，沾濕全身，把水灑在草上；這樣來回弄水，李沒有被燒死，而牠却因此累死了。

〔八〕馬有垂韁之報——古代傳說：前秦苻堅被慕容沖所襲擊，騎在一匹騧（ㄍㄨㄚ）馬上逃跑，忽然掉在水裏，上不來，騧馬就跪在水邊，讓苻堅抓住韁繩上岸，才逃走掉。

〔九〕燕喜——喜樂，歡喜。

〔一〇〕漾——上拋。

〔一一〕依頭縷當——縷當，了當的聲轉。依頭縷當，一件一件辦好、解決的意思。

〔一二〕分星劈兩——星，秤上的星點。分星劈兩，就是一分一兩都分辨清楚；要仔細衡量的意思。

〔一三〕等身圖——佛教稱與人身長度相等的神像爲等身。南宋時有等身門神。等身圖，就是和自己身長相等的圖像。

〔一四〕建中湯——中藥湯頭名。

〔一五〕黃甘甘——即黃乾乾，形容面色乾黃。

〔一六〕啜（ㄔㄨㄛ）賺（ㄗㄨㄢ）——或作智賺。哄騙，誘誆。

據明刻本元曲選影印

便宜行事虎頭牌雜劇

元　李直夫(一)撰

第一折

(旦扮茶茶引六兒上)(西江月詞云:)自小便能騎馬,何曾肯上粧臺。雖然脂粉不施來,別有天然嬌態。若問兒家夫婿,腰懸大將金牌(二)。茶茶非比別裙釵,說起風流無賽。自家完顏女直人氏,名茶茶者是也。嫁的個夫主,乃是山壽馬,現爲金牌上千戶(三)。今日千戶打圍獵射去了。下次(四)孩兒每,安排下茶飯,則怕千戶來也。(冲末扮老千戶,同老旦上,云:)老夫銀住馬的便是。從離渤海寨,行了數日,來到這夾山口子。這裏便是山壽馬的住宅。左右,接了馬者。六兒,報復去,道叔叔嬸子來了也。(六兒報科)(旦云:)道有請。(見科,云:)叔叔嬸子前廳上坐,茶茶穿了大衣服來相見。(旦換衣拜科,云:)叔叔嬸子,遠路風塵。(老千戶云:)茶茶,小千戶那裏去了?(旦云:)千戶打圍射獵去了。(老千戶云:)便着六兒請小千戶來，說道有叔叔嬸子，特來看他哩。（旦云：）六兒，快去請千戶家來。叔叔嬸子且請後堂飲酒去，等千戶家來也。（同下）（正末扮千戶，引屬官踏馬上，詩云：）腰横轆轤劍，身被鷫鸘裘；華夷圖上看，惟俺最風流。自家完顏女直人氏，姓王，小字山壽馬，現做着金牌上千戶，鎮守着夾山口子。今日天晴日煖，無甚事，引着幾個家將，打圍射獵去咱。（唱：）

【仙呂點絳唇】一來是祖父的家門，二來是自家的福分；懸牌印，掃蕩征塵，將勇力施呈盡。

【混江龍】幾回家閉旗臨陣，戰番兵累次建功勳。怕不的貲財足備，孳畜成羣。長養着百十槽銜鋒的慣戰馬，掌管着一千戶屯田的鎮番軍。我如今欲待去消愁悶，則除是飛鷹走犬，逐逝追奔。

（六兒上，云：）來到這圍場中，兀的不是！爺，家裏有親眷來看你哩。（正末云：）六兒，你做甚來？（六兒云：）有親眷來了也。（正末唱：）

【油葫蘆】疑怪這靈鵲兒坐在枝上穩，暢好是有定准。（云：）六兒，來的是什麼親眷？（六兒云：）則說是親眷，不知是誰。（正末唱：）則見他左來右去，再說不出甚親人。爲甚麼叨叨絮絮占着是迷丟沒鄧(五)的混，爲甚麼獐獐狂狂(六)便待要急張拒遂的褪。眼腦又剔抽禿揣的慌，口角又劈丟撲搭的嘖。只見他喳喳忽忽(七)身子兒無些分寸，覷不的那姦姦詐詐沒精神。

(六兒云：)待我想來。(正末唱：)

【天下樂】只見他越尋思越着昏，敢三魂失了二魂。(帶云：)我試猜波。(唱：)莫不是鐵哥鎮撫家遠探親？(六兒云：)不是。(正末唱：)莫不是達魯家老太君？(六兒云：)也不是。(正末唱：)莫不是普察家小舍人？(六兒云：)也不是。(正末唱：)莫不是叔叔嬸子兩口兒來訪問？

(六兒云：)是了！是叔叔嬸子哩！(正末云：)是叔叔嬸子。且收了斷場(八)，快家去來。(下)(老千戶同老旦上，云：)怎麼這時候千戶還不見來？(旦云：)小的，門首覷者，千戶敢待來也。(正末上，云：)接了馬者。茶茶，叔叔嬸子在那裏？(做拜見科)(老千戶云：)孩兒，相別了數載，俺兩口兒好生的思想你哩。今日一徑的來望你也。(正末云：)叔叔嬸子請坐。(唱：)

【醉中天】叔叔，你鞍馬上多勞困；嬸子，你程途上受艱辛。一自別來五六春，數載家無音信。則這個山壽馬別無甚痛親，我一言難盡，來探你這歹孩兒，索是遠路風塵。

（老千戶云：）孩兒，想從小間俺兩口兒怎生擡舉你來；你如今崢嶸發達呵，你可休忘了俺兩口的恩念！（正末云：）叔叔嬸子，你孩兒有什麼不知處？（唱：）

【金盞兒】我自小裏化了雙親，忒孤貧，謝叔叔嬸子把我來似親兒般訓，演習的武和文。我如今鎮邊關，爲元帥，把隘口，統三軍。我當初成人不自在，我若是自在不成人。

（云：）小的，一壁廂刲羊宰猪，安排筵席者。（外扮使命上，云：）小官完顏女直人氏，是天朝一個使臣。爲因山壽馬千戶，把守夾山口子，征伐賊兵，累著功績；聖人的命，差小官齎勅賜他。可早來到他家門首也。左右，接了馬者，報復去，道有使命在於門首。（六兒報科）（正末云：）粧香來。（跪科）（使云：）山壽馬聽聖人的命：爲你守把夾山口子，累建奇功，加你爲天下兵馬大元帥，行樞密院事；勅賜雙虎符金牌帶者，許你便宜行事，先斬後聞。將你那素金牌子，但是手下有得用的人，就與他帶着，替你做金牌上千戶，守把夾山口子。謝了恩者。（正末謝恩科，云：）相公，鞍馬上勞神也！（使云：）恭喜相公，得此美除〔九〕！（正末云：）相公，吃了筵席呵去。（使云：）小官公家事忙，便索回去也。（正末送科，云：）相公穩登前路。（使云：）請了！正是：將軍不下馬，各自奔前程。（下）（正末云：）小的，筵席完備未曾？（六兒云：）已備下多時了也。（老千戶云：）夫人，恰纔天朝使命，加小千戶爲天下兵馬大元帥，我聽的說道，將他那素金牌子，就着他手下得用的帶了，替做千戶。我想起來，我偌大年紀，也無些兒名分，甲首〔一〇〕也不曾做一個。央及小姐和元帥說一聲，將那素金牌子，與我帶着，就守把夾山口子去呵，不强似與了別人。（老旦云：）老相公，你平生好一杯酒，則怕你失誤了事。（老千戶云：）夫人，我若帶牌子，做了千戶呵，我一滴酒也不吃了。（老旦云：）你道定者！（老千戶云：）我再也不吃了。（老旦云：）既是這般呵，我對茶茶說去。（老旦見旦云：）媳婦兒，我有一句話，可是敢說麼？（旦云：）嬸子說甚話來？（老旦云：）恰纔那使臣言語，將雙虎符金牌與小千戶帶了；那素金牌子，着他手下有得用的人與他帶。比及與別人帶了，與叔叔帶了，可不好那？（旦云：）嬸子說的是，我就和元帥說。（旦見正末云：）元帥，恰纔叔叔嬸子說來，你有雙虎符金牌帶了，那素金牌子，着你把與手下人帶。比及與別人帶時，不如與了叔叔，可也好也。（正末云：）誰這般說來？（旦云：）嬸子說來。（正末云：）叔叔平日好一盃酒，則怕他失誤了事。（旦云：）叔叔說道，他若帶了牌子，做了千戶呵，他一滴酒也不吃了。（正末云：）既然如此，將那素金牌子來。叔叔，恰纔使臣說來，如今聖人的命，着你孩兒做了兵馬大元帥，勅賜與雙虎符金牌，先斬後奏；這素金牌子，着你孩兒手下有得用的人，就與他帶了，做金牌上千戶。我想叔叔幼年多曾與國家出力來，叔叔，你帶了這牌，做了上千戶，可不强似與別人。（老千戶云：）想你手下多有得用的人，我又無甚功勞，我怎生做的這千戶？（正末云：）叔叔，休那般說。（唱：）

【一半兒】則俺那祖公是開國舊功臣，叔父，你從小裏一個敢戰軍；這金牌子與叔父帶呵，也是本分。見嬸子那壁意欣欣。（云：）叔父，你受了這牌子者。（老千戶云：）我可怎麼做的？（正末唱：）我見他一半兒推辭一半兒肯。

（老千戶云：）元帥，難得你這一片好心，我受了這牌子者。（正末云：）叔叔，你受了牌子，便與往日不同；索與國家出力，再休貪着那一杯兒酒也。（老千戶云：）你放心，我帶了這牌子呵，我一點酒也不吃了。（正末云：）如此恰好。（唱：）

【金盞兒】我爲甚麼語諄諄，單怕你醉醺醺。只看那斗來粗肘後黃金印，怎辜負的主人恩。但願你扶持今社稷，驅滅舊妖氛。常言道，家貧顯孝子，國難識忠臣。

（老千戶云：）我則今日到渤海寨搬了家小，便往夾山口鎮守去也。（正末云：）叔叔，則今日你孩兒往大興府去。叔叔去取行李，路上小心在意者。（唱：）

【賺煞】則今日過關津，度州郡，沒揣的逢他敵人，陣面上相持，賭的是狠。托賴着俺祖公是番宿家門〔二〕。哎！你莫因循，便只待人急偎親。暢好道，厮殺無過是咱父子軍。誓將那鯨鯢來盡吞，只將這邊關守緊，你可便捨一腔熱血報明君。（同旦、六兒下）

（老千戶云：）俺姪兒去了也。則今日往渤海寨搬取家小，走一遭去。（同老旦下）

〔一〕李直夫——即蒲察李五，女眞人，德興府住。作劇十二種，現存虎頭牌。

〔二〕金牌——元代規定：萬戶（武官名）佩金虎符，符趺（足）爲伏虎形，首有明珠；牌上刻有『長生天氣力裏，蒙哥汗福蔭裏，不奉命者死』等字。千戶佩金符，或鍍金符；百戶佩銀符。這幾種牌子，都是表示地位和職權的。

〔三〕千戶——武官名。元代在行樞密院下設萬戶府，府之下設千戶所；千戶，分上中下三等。

〔四〕下次——這裏是下邊，下面的意思。

〔五〕迷丟沒鄧——迷迷糊糊。

〔六〕獐獐狂狂——即獐狂的重疊語。張狂；張皇。

〔七〕喳喳忽忽——虛張聲勢，裝假樣。

〔八〕斷場——圍場，打獵的場所。

〔九〕美除——古代稱除舊職授新職爲除或除授。美除，得到好官職。

〔一〇〕甲首——即甲主。元代，爲了嚴密統治南方人民，每二十家編爲一甲，以『北人』爲甲主；一切都要聽從甲主的命令。

〔一一〕番宿家門——元初，皇帝用『怯薛』（宿衞，即禁衞軍）爲心腹爪牙，輪番值班警衞；他們的子弟，可以世代作官。番宿家門，就是宿衞的家族的意思。

第二折

（老千戶同老旦上，云：）老夫自到的渤海寨，搬取了家小，來到俺這莊頭，見了衆多親眷，聽的我做了千戶，這個請我吃兩餅，那個請我吃三餅，每日則是醉。雖然吃酒，則怕悞了到任日期。有二哥哥金住馬，在這庄兒上住坐。我辭了哥哥，便往夾山口子去也。（老旦云：）老相公，咱在這裏等者。你去辭了伯伯，早些兒來。（下）（老千戶云：）遠遠的望着，敢是哥哥來也。（正末扮金住馬上，云：）自家金住馬的便是。我有個兄弟，是銀住馬。他如今做了金牌上千戶，去鎮守夾山口子，聽的道往我這村兒前過，我無什麼，買了這一觥酒，與兄弟餞行，走一遭去。（唱：）

【雙調五供養】愁兀兀，恨綿綿，爭奈我赤手空拳。只得問別人借了幾文錢，可買的這一觥兒村醅酒，待與我那第二個弟兄祖餞。想着他期限迫，難留戀；可若是今番去也，知他是甚日個團圓。

（云：）兀的不是我兄弟！（老千戶云：）兀的不是我哥哥！（見科，云：）哥哥，你兄弟做了金牌上千戶，如今鎮守夾山口去，一徑的辭哥哥來。（正末云：）兄弟，我知道你做了金牌上千戶，鎮守夾山口子去。我無甚麼，買這一觥兒酒，與兄弟餞行。（老千戶云：）看你這般艱難，你那裏得這錢來買酒？教哥哥費心！（正末做遞酒科，唱：）

【落梅風】我抹的這觥口兒淨，我斟的這盞面兒圓。（老千戶做接盞科）（正末云：）兄弟，且休便吃。（唱：）待我望着那碧天邊太陽澆奠。則俺這窮人家，又不會別咒願，則願的俺兄弟每，可便早能勾相見。

（做澆奠，再遞酒科，云：）兄弟滿飲一杯。（老千戶云：）哥哥先飲。（正末云：）好波，我先吃了。兄弟飲。（老千戶云：）待你兄弟吃。（正末云：）兄弟，再飲一杯。（老千戶云：）只我今日見了哥哥吃幾杯酒，到的夾山口子，我一點酒也不吃了。（正末云：）兄弟，你哥哥無甚麼與你。（老千戶云：）我今日辭哥哥去，敢問哥哥要什麼？（正末唱：）

【阿那忽】再得我往日家緣，可敢齎發與你些個盤纏。有他這鰾接來的兩根兒家竹箭，（老千戶云：）你兄弟收了者。（正末云：）還有哩，（唱：）更有條蠟打來的這弓弦。

（老千戶云：）這兩件，你兄弟正用的着哩。（正末云：）兄弟，你酒要少吃，事要多知。（老千戶云：）請哥哥放心，我若到夾山口子去，整搠軍馬，隄備賊兵，我一點酒也不吃了。（正末唱：）

【慢金盞】我着這苦口兒說些良言，勸你那酒莫貪，勸你那財休戀；你可便久鎮着南邊夾山的那峪前，統領着軍健，相持的那地面。但要你用心兒把守得安然，你可便只愁陞不愁貶。

（老千戶云：）哥哥，俺那山壽馬姪兒，做着兵馬大元帥，我便有些疎失，誰敢說我？（正末云：）兄弟，你休那般說。（唱：）

【石竹子】則俺那山壽馬姪兒是軟善，犯着的休想他便肯見憐。假若是罪當刑，死而無怨。赤緊的元帥令，更狠似帝王宣。

（老千戶云：）想哥哥那往日也曾受用快活來。（正末唱：）

【大拜門】我可也不想今朝，常記的往年：到處裏追陪下些親眷，我也曾吹彈那管絃，快活了萬千。可便是大拜門㈡撒敦㈢家的筵宴。

（老千戶云：）我想哥哥幼年間，穿着那等樣的衣服，今日便怎生這等窮暴了？（正末唱：）

【山石榴】往常我便打扮的別，梳粧的善。乾皁靴鹿皮綿團也似軟，那一領家夾襖子是藍腰線。

【醉娘子】則我那珍珠，豌豆也似圓，我尚兀自揀擇穿。頭巾上砌的粉花兒現，我繫的那一條玉兎鶻㈢是金廂面。

（老千戶云：）哥哥，你那幼年間中注㈣模樣，如今便怎生老的這等了？（正末唱：）

【相公愛】則我那銀盃也似庬兒膩粉鈿，墨錠也似髭鬚着絨繩兒纏；對着這官員，親將那籌筯傳，等的個安筵盞，初巡徧。

【不拜門】則聽的這者刺古〔三五〕笛兒悠悠聒耳喧，那駝皮鼓鼕鼕的似春雷健。我向這筵前筵前，我也曾舞蹁躚。舞罷呵，誰不把咱來誇羨。

【也不囉】對着這衆官員，諸親眷，送路排筵宴，道是去也去也難留戀，甚日重相見？

（老千戶悲科，云：）哥哥，不知此一別，俺兄弟每再幾時相見也？（正末唱：）

【喜人心】今朝別後，再要相逢，則除是夢中來見；奈夢也未必肯做方便。只落的我兄弟行傒落〔三六〕，嬸子行熬煎，姪兒行埋怨。世事多更變，好弱難分辨。

（老千戶云：）哥哥，兀的不痛殺你兄弟也！（正末唱：）

【醉也摩挲】則被你抛閃殺業人也波天！則被你抛閃殺業人也波天！我無賣也那無典，無吃也那無穿，一年不如一年。

（老千戶云：）我曾記的哥哥根前有個孩兒，喚做狗皮，他如今在那裏？（正末云：）我也久忘了，你又提將起來做甚的？（唱：）

【月兒彎】則俺那生忿忤逆的醜生，有人向中都〔七〕曾見。伴着火潑男也那潑女，茶房也那酒肆，在那瓦市〔八〕裏穿。幾年間，再沒個信兒傳。有句話舌尖上挑着，我去那喉嚨裏嚥。

（老千戶云：）俺哥哥有一句話待要說，可又不說。（正末背云：）我有心待問兄弟討一件兒衣服呵，則是難以開口，我且慢慢的說將去。兄弟，你哥哥這一年四季，春夏秋冬，煞是艱難也。（唱：）

【風流體】我到那春來時，春來時和氣暄；若到那夏時節，夏時節薰風遍；我可便最怕的，最怕的是秋暮天；更休題臘月裏，臘月裏飛雪片。

【忽都白】兄弟，哎！我也曾有那往日的家緣，舊日的莊田，如今折罰的我無片瓦根椽，大針麻線，着甚做細米也那白麵，厚絹也那薄綿。兄弟，哎！你則看俺一雙父母的顏面，怕到那冷時節，有甚麼替換下的舊襖子兒，你便與我一領兒穿也波穿。（老千戶云：）哥哥若不說呵，你兄弟怎生知道？我就着人打開駝垛〔九〕，將一領綿團襖子來，與哥哥禦寒。（正末唱：）不是我絮絮叨叨，咶咶煎煎，兩淚漣漣；霍不了我心頭怨，趓不了我平生願。

（老千戶云：）俺哥哥你往常時香毬吊挂〔一〇〕，幔幙紗幮，那等受用，今日都在那裏？（正末唱：）

【唐兀歹】往常我幔幙紗幮，在繡圍裏眠；到如今枕着一塊半頭磚，土炕上、土炕上彎着片破席薦。暢好是恓惶也波天。

（云：）兄弟，你到那裏，好生整搠軍馬者，少飲些酒。（老千戶云：）哥哥你放心，如今太平天下，四海晏然，便吃幾杯酒兒，有什麼事？（正末云：）兄弟，你休那般說。（唱：）

【離亭宴煞】雖然是罷干戈，絕士馬，無征戰；你索與他演鎗刀，輪劍戟，習弓箭。則要你堅心兒向前，你去那寨柵內，莫憂愁；營帳內，休懼怯；陣面上，休勞倦。（老千戶做拜辭科，云：）則今日拜辭了哥哥，便索往夾山口子去也。（正末云：）兄弟，你穩登前路。（老千戶云：）左右那裏？將馬來。（做上馬科，云：）哥哥慢慢回去。（正末唱：）則你那疋馬屹蹬蹬〔一一〕的踐路途，我獨自個氣丕丕歸莊院。（老千戶云：）俺哥哥，你還健着哩。（正末唱：）我可便强健殺者波，活的到明年後年。（老千戶云：）待我到那裏，便來取哥哥。（正末唱：）你待要重相見面皮難。（帶云：）兄弟！（唱：）喒兩個再團圓，可兀的路兒遠！（下）

（老千戶云：）俺哥哥回去了也。則今日領着家小，便往夾山口子鎮守去來。（詩云：）我如今把守去夾山寨口，打點着老精神時常抖擻；料番兵無一個擅敢窺邊，只管裏一家兒絮叨叨勸咱不要吃酒。（下）

〔一〕拜門——金人風俗：男女自由結合，生了孩子，兩人才帶着茶食酒物到女家行禮，叫做拜門。

〔二〕撒敦——蒙古語，親戚的意思。

〔三〕玉兎鶻——兎鶻，金代的一種束帶；用玉作裝飾的爲最上，其次用金，其次用犀象骨角。

〔四〕中注——或作中珠。宋代，吏部除授官吏，在册子上登記，注明其年齡，相貌；後來稱這種册子爲『中注』，並引申逕作相貌的代稱。

〔五〕者刺古——或作刺古、鶻鴣。曲名。

〔六〕傒落——同奚落。譏笑。

〔七〕中都——金貞元元年從上京（吉林省阿城縣境）遷都於燕京（今北京），改燕京爲中都。

〔八〕瓦市——宋元時代遊戲場和妓院、茶樓、酒館、賭博場等等集中的場所。

〔九〕駝垜——駱駝背上所載的垜子，裏面可以裝載貨物和行李。

〔一〇〕吊挂——一種懸挂的珍貴陳設品：用金銀珠寶製成，上面有龍鳳纓絡等等裝飾。

〔一一〕屹蹬蹬——或作矻登登，屹鄧鄧，圪蹬蹬。形容馬跑時蹄子着地的聲音。

第三折

（老千戶同老旦上，云：）歡來不似今朝，喜來那逢今日。自從到的這夾山口子呵，無甚事，正好吃酒。我着人去請金住馬哥哥到來，誰想他已亡化過了也。今日八月十五日，是中秋節令。夫人，着下次孩兒每安排酒來，我和夫人玩月，暢飲幾盃。（動樂科）（雜當報云：）老相公，禍事也！失了夾山口子也！（老千戶慌科）（老旦云：）老相公，我說道你少吃幾鍾酒，如今怎麼好？（老千戶云：）既然這般，如今怎了？左右，將披掛來，我趕賊兵去。（下）（外扮經歷(一)上，云：）小官完顏女直人氏，自祖父以來，世握軍權，鎮守邊境。爭奈遼兵不時侵擾，俺祖父累累與他厮殺，結成大怨。他倒罵俺女直人野奴無姓，祖父因此遂改其名，分爲七姓：乾、坤、宮、商、角、徵、羽。乾道那驢姓劉，坤道穩的罕姓張，宮音傲國氏姓周，商音完顏氏姓王，角音撲父氏姓李，徵音夾谷氏姓佟，羽音失米氏姓肖。除此七姓之外，有扒包包五骨倫等，各以小名爲姓。自前祖父本名竹里眞，是女眞回回祿眞。後來收其小界，總成大功，遷此中都，改爲七處。想俺祖父捨死忘生，赤心保國，今日子孫承襲，也非是容易得來的！（詩云：）祖父艱辛立業成，子孫世世襲簪纓。一心只願烽塵息，保佐皇朝享太平。

某乃元帥府經歷是也。如今有這把守夾山口子老完顏，每日戀酒貪杯，透漏賊兵，失悞軍期，非是小目(二)罪犯；三遍將文書勾去，倒將去的人累次毆打，他倚仗是元帥的叔父。相公甚是煩惱，今番又着人勾去，不來時，直着幾個關西曳剌(三)將元帥府印信文書勾去也，不怕他不來。左右，你可說與勾事的人，小心在意，疾去早回。待老完顏到時，報復某家知道。(下)

(老千戶領左右上，云：)只因八月十五夜，失了夾山口子，第二日，我馬上(四)許多頭目，復殺了一陣，將擄去的人口牛羊馬匹，都奪回來了。那頭目每與我賀喜，再吃酒。(又吃科)(老旦云：)小的每，安排酒來，與老相公把個勞困盞兒。(淨扮勾事人上)(見科，云：)元帥有勾。(老千戶喝云：)兀那廝！你是什麼人？(勾事人云：)元帥將令，差我勾你來。(老千戶云：)我是元帥的叔父，你怎麼敢來勾我？左右，拿下去打着者！(左右打科)(勾事人詩云：)老完顏見事不深，元帥令敢不遵欽。我來勾你你倒打我，我入你老婆的心。(下)(淨扮勾事人上，云：)老千戶有勾。(老千戶喝云：)兀那廝！是什麼人？(勾事人云：)元帥將令，差我勾你來。(老千戶云：)哇！只我是元帥的叔父，你怎麼敢來勾我？左右，與我搶出去！(左右打科)(勾事人詩云：)老完顏做事忒不才，倒着我濕肉伴乾柴(五)。我今來勾你你不去，看後頭自有狠的來。(下)(外扮曳剌上，云：)洒家是個關西曳剌，奉元帥的將令，有老完顏失悞了夾山口子，差人勾去勾不來，差我勾去，可早來到也。(做見科，云：)老千戶，元帥將令，差人來勾你，你怎麼不去？（做拿鐵索套上科，詩云：）老完顏心麄膽大，元帥令公然不怕。我這裏不和你折證(六)，到元帥府慢慢的說話。（老千戶云：）老夫人，這事不中了也！如今元帥府裏勾將我去，我偌大年紀，那裏受的這般苦楚！老夫人，與我盪一壺熱酒，趕的來。（下）（老旦云：）似這般怎生是好？我直到元帥府裏，望老相公，走一遭去。（下）（正末引經歷祗候排衙上，正末唱：）

【雙調新水令】賀平安報偌可便似春雷。你把那明丟丟劍鋒與我准備。他悮了限次，失了軍期，差幾個曳刺勾追。（云：）經歷，你去問鎮守夾山口子的，（唱：）兀那老提控(七)到來也未？

（曳刺鎖老千戶上，云：）行動些。（老千戶云：）有什麼事，我是元帥的叔父，怕怎麼？（曳刺見經歷云：）把夾山口子的老完顏勾將來了也。（正末云：）勾到了麼？拿過來。（經歷云：）拿過來者。（正末云：）開了他的鐵鎖，摘了他那牌子。（老千戶做不跪科）（正末云：）好無禮也呵！（唱：）

【沉醉東風】只見他氣丕丕的庭階下立地，不由我不惡噷噷心下猜疑。（帶云：）我歹殺者波。（唱：）我是奉着帝主宣，掌着元戎職，可怎生全沒些大小尊卑！（帶云：）你是我所屬的官呵，（唱：）還待要詐耳佯聾做不知，到根前不下個跪膝。

（云：）你今日犯下正條劃〔八〕的罪來，兀自這般倔強哩。經歷，你問他爲什麼不跪？他若是不跪呵，安排下大棒子，先摧折他兩臁骨者。（經歷云：）理會的。（老千戶云：）經歷，我是他的叔父，那裏取這個道理來，要我跪着他？（經歷云：）相公的言語，道你不跪着呵，大棒子先敲折你兩臁骨哩。（老千戶云：）我跪着便了，則着你折殺他也！（正末云：）經歷，着他點紙畫字〔九〕者。（經歷云：）老完顏，着你點紙畫字哩。（老千戶云：）經歷，我那裏省得點紙畫字？（經歷云：）這紙上點一點，着你吃一鍾酒。（老千戶云：）我點一點兒呵，吃一鍾酒；將來將來，我直點到晚。（經歷云：）你畫一個字者。（老千戶云：）畫字了。（經歷云：）老完顏點了紙，畫了字也。（正末云：）經歷，你高高的讀那狀子着他聽。（經歷讀云：）責狀人完顏阿可阿可，見年六十歲，無病疾，係京都路忽里打海世襲民安下女直人氏。承應勞校，見統領征南行樞密院先鋒都統領勾當。近蒙行院相公差遣，統領本官軍馬，把守夾山口子，防禦賊兵。自合常常整搠戈甲，隄備戰敵；却不合八月十五晚，以帶酒致彼有失，透漏賊兵過界，打破夾山口子，擄掠人民婦女，牛羊馬匹。今蒙行院相公勾追，自合依准前來；却不合抗拒不行赴院，故違將令；又將差去公人，數次拷打。今具阿可合得罪犯，隨供招狀，如蒙依軍令施行，執結是實，伏取鈞旨。一主把邊將聞將令而不赴者，處死；一主把邊將帶酒，不時操練三軍者，處死；一主把邊將透漏賊兵，不迎敵者，處死。秋八月某日，完顏阿可狀。（老千戶云：）這等，我該死了！（做哭科）（正末唱：）

【攪箏琶】喒須是關親意，也索要顧兵機。官裏着你戶列簪纓，着你門排畫戟；可怎生不交戰，不迎敵，喫的個醉如泥？情知你便是快行兵的姜太公，齊管仲，越范蠡，漢張良，可也管着些甚的？枉了你哭哭啼啼。

（云：）經歷，將他那狀子來。（經歷云：）有。（正末云：）判個斬字，推出去斬訖報來。（經歷云：）理會的。左右，那裏？推出老完顏斬了者。（做綁出科）（老千戶云：）天那！如今要殺壞了我哩！怎的老夫人來與我告一告兒。（老旦慌上，云：）哥哥每，且住一住！我是元帥的親嬸子，待我過去告一告兒。（做見正末跪叫科）（正末云：）嬸子請起。（老旦云：）元帥，國家正廳上，不是老身來處。想你叔叔帶了素金牌子，因貪酒失了夾山口子，透漏賊兵，擄掠人民；元帥見罪，待要殺壞了。想着元帥自小裏父母雙亡，俺兩口兒擡舉的你長立成人，做偌大官位。俺兩口兒雖不曾十月懷躭〔一〇〕，也曾三年乳哺，也曾煨乾就濕，嚥苦吐甘，可怎生免他項上一刀；看老身面皮，只用杖子裏戒飭他後來，可不好也？（正末云：）你那知道那男子漢在外所行的勾當？（唱：）

【胡十八】他則待㸌酒食，可便戀聲妓；他那裏肯道把隘口，退強賊；每日則是吹笛擂鼓做筵席。（老旦云：）你叔叔老了也。（正末云：）你道叔叔老了，他多大年紀也？（老旦云：）他六十歲了。（正末唱：）他恰纔便六十。（云：）姜太公八十歲遇文王，戊午日兵臨孟水，甲子日血浸朝歌，扶立周朝八百年天下。（唱：）他比那伐紂的姜太公，尚兀自還少他二十歲。

（云：）嬸子請起。這個是軍情事，饒不的。（老旦出門科，云：）老相公，他斷然不肯饒，怎生好那？（老千戶云：）老夫人，請將茶茶小姐來，着他去勸一勸，可不好？（旦上，云：）叔叔嬸子，怎生這般煩惱呀？（老旦云：）茶茶，爲你叔叔帶酒，失了夾山口子，元帥待要殺壞了你叔叔。你怎生過去勸一勸兒可也好？（旦云：）叔叔嬸子，我過去說的呵，你休歡喜；說不的呵，你休煩惱。（旦見正末科）（正末怒云：）茶茶！你來這裏有什麼勾當那？（旦云：）這是訟廳上，不是茶茶來處。只想你幼年間，父母雙亡，多虧了叔叔嬸子，擡舉你長成，做着偌大的官位。你待要殺壞了叔叔，你好下的！怎生看着茶茶的面，饒了叔叔，可也好？（正末云：）茶茶，這三重門裏，是你婦人家管的？誰慣的你這般麁心大膽哩！（唱：）

【慶宣和】則這斷事處，誰教你可便來這裏？這訟廳上，可便使不着你那家有賢妻。（云：）着他那屬官每便道，叔叔犯下罪過來，可着媳婦兒來說。（唱：）你這個關節(二)兒，常好道來的疾。（云：）茶茶，你若不回去呵，（唱：）可都枉擘破咱這面皮、面皮。

（云：）快出去！（旦云：）我回去則便了也。（做出門見老千戶云：）元帥斷然不肯饒你。可不道法正天須順，你甚的官清民自安；我可什麼妻賢夫禍少，呸！也做不得子孝父心寬。（下）（老旦云：）似這般，如之奈何！（老千戶云：）經歷相公，你衆官人每告一告兒可不好？（經歷云：）且留人者。（衆官跪科）（正末云：）你這衆屬官每做甚麼？（經歷云：）相公罰不擇骨肉，賞不避仇讎，小官每怎敢唐突；但老完顏倚恃年高，耽酒悞事，透漏賊兵，打破夾山口子，其罪非輕。相公幼亡父母，叔父撫育成人，此恩亦重。據小官每愚見，以爲老完顏若遂明正典刑，雖足見相公執法無私；然而于國盡忠，于家不能盡孝，賢者或不然矣。（詩云：）告相公心中暗(三)約，將法度也須斟酌。小官每豈敢自專，望從容尊鑑不錯。（正末唱：）

【步步嬌】則你這大小屬官都在這廳堦下跪，暢好是一個個無廉耻。他是叔父我是姪，道底來火須不熱如灰，你是必再休提。（云：）他是我的親人，犯下這般正條款的罪過來，我尚然殺壞了；你每若有些兒差錯呵，（唱：）你可便先看取他這個傍州例。

(云：)你每起去，饒不的！(經歷出門科，云：)相公不肯饒哩。(老千戶云：)似這般，怎了也！(經歷云：)老完顏，你既八月十五日失了夾山口子，怎生不追他去？(老千戶云：)我十六日上馬趕殺了一陣，人口牛羊馬匹，我都奪將回來了。(經歷云：)既是這等，你何不早說？(見正末云：)相公，老完顏纔說，他十六日上馬，復殺了一陣，將人口牛羊馬匹都奪將回來了。做的個將功折罪。(正末云：)既然他復殺了一陣，奪的人口牛羊馬匹回來了，這等呵，將功折過，饒了他項上一刀，改過狀子，杖一百者。(經歷云：)理會的。(讀狀云：)責狀人完顏阿可，見年六十歲，無疾病，係京都路忽里打海世襲民安下女直氏。見統征南行樞密院事先鋒都統領勾當。近蒙差遣，把守夾山口子。自合謹守，整搠軍士；却不合八月十五日晚，失於隄備，透漏賊兵過界，侵擄人口牛羊馬匹若干。就于本月十六日，阿可親率軍士，挺身赴敵，效力建功，復奪人口牛羊馬匹。于所侵之地，殺退賊兵，得勝回還。本合將功折過；但阿可不合帶酒拒院，不依前來，應得罪犯，隨狀招伏，如蒙准乞執結是實，伏取鈞旨。完顏阿可狀。(正末云：)准狀，杖一百者。(經歷云：)老完顏，元帥將令，免了你死罪，則杖一百。(老千戶云：)雖免了我死罪，打了一百，我也是個死的。相公且住一住兒，着誰救我這性命也。老夫人，喒家裏有個都管，喚做狗兒，如今他在這裏，央及他勸一勸兒。(做叫科)(淨扮狗兒上，云：)自家狗兒的便是。伏侍着這行院相公，好生的愛我：若沒我呵，他也不吃茶飯；若見了我呵，他便懽喜了；不問什麼勾當，但憑狗兒說的便罷了。正在竈窩裏燒火，不知是誰喚我？（老千戶云：）狗兒，我喚你來。（做跪科，云：）我央及你咱。（狗兒云：）我道是誰，元來是叔叔。休拜，請起。（做跌倒科，云：）直當撲了臉，叔叔，你有什麼勾當？（老千戶云：）狗兒，元帥要打我一百哩。可憐見替我過去說一聲兒。（狗兒云：）叔叔，你放心，投到你說呵，我昨日晚夕話頭兒去了也。（老千戶云：）如今你過去告一告兒。（狗兒云：）叔叔放心，都在我身上。（見正末科）（正末云：）你來做什麼？（狗兒云：）我無事可也不來。想着叔叔他一時帶酒，失悮了軍情，你要打他一百，他不疼便好。可不道大能掩小，海納百川，看着狗兒面皮休打他。若打了他呵，我就惱也。饒了他罷！（正末唱：）

【沽美酒】則見他惱懺懺(三)的做樣勢，笑吟吟的强支對。他那裏口口聲聲道是饒過，只我這裏尋思了一會，這公事豈容易。

【太平令】我將他幾番家叱退，他苦央及兩次三回。則管裏指官畫吏，不住的叫天吖地。（帶云：）狗兒，（唱：）你可向這裏問，你莫不待替吃？（狗兒云：）我替吃，我替吃。（正末云：）你替吃；令人，你安排下大棒子者。（唱：）我先拷的你拷的你腰截粉碎。

（云：）令人，拿下去打四十。（做打科）（正末云：）打了，搶出去。（狗兒跌出科）（老千戶云：）

狗兒，說的如何？（狗兒云：）我的話頭兒過去了也。（老千戶云：）你再過去勸一勸。（狗兒云：）他叫我明日來。（老千戶推科，云：）你再過去走一遭。（見科）（正末云：）你又來做什麼？（狗兒云：）我來吃第二頓。相公，叔叔老人家了也，看着你小時節，他怎麼擡舉你來？叔叔便罷了，那嬸子抱着你睡，你從小裏快尿，常是澆他一肚子，看着嬸子的面皮，饒了他罷。（正末云：）你待替吃麼？（狗兒云：）我替吃，我替吃。（正末云：）再打二十。（做打科）（正末云：）搶出去。（狗兒跌出科）（老千戶云：）狗兒，你說的如何？（狗兒捧屁股科，云：）我這遭過去不得了也。（老千戶再推科）（狗兒云：）相公。（正末云：）拿下去。（狗兒慌科，云：）可憐見我狗兒再吃不得了也！（正末云：）將銅鍘來，切了你那驢頭！（狗兒跌出科）（老千戶云：）你再過去勸一勸。（狗兒云：）老弟子孩兒，你自掙揣去！（下）（正末云：）拿過來者，替吃了多少也？（經歷云：）替吃了六十也。（正末云：）打四十者！（做打科，正末唱：）

【鴈兒落】你暢好是腕頭有氣力，我身上無些意。可不道廚中有熱人，我共他心下無讐氣。

【得勝令】打的來一棍子，一刀錐，一下起，一層皮。他去那血泊裏難禁忍，則着俺校椅上怎坐實。他失悞了軍期，難道他沒罪誰擔罪？（云：）打了多少也？（經歷云：）打了三十也。（正末唱：）纔打到三十，赤瓦不剌海，你也忒官不威牙爪威。（云：）再打者！（經歷云：）斷訖也，扶出去。（老千戶云：）老夫人，打殺我也！誰想他不可憐見我，打了這一頓，我也無那活的人也！（老旦哭云：）老相公，我說什麼來？我着你少吃一鍾兒酒。（老千戶云：）老夫人，打了我這一頓，我也無那活的人了也。老夫人，有熱酒篩一鍾兒我吃。（下）（正末云：）經歷，到來日牽羊擔酒，與叔父煖痛去。（唱：）

【鴛鴦煞】你則合眠霜臥雪驅兵隊，披星帶月排戈戟。你也曾對咱盟咒，再不貪杯。唱道索記前言，休貽後悔。誰着你旦暮朝夕，嘗吃的來醺醺醉，到今日待怨他誰？這都是你那戀酒迷歌上落得的。（衆隨下）

（一）經歷——官名。元代於萬戶府設經歷知事或經歷，是萬戶的屬官。

（二）小目——小條目，不關重要的條款。

（三）曳刺——或作曳落河、爺老。契丹語稱走卒爲『曳刺』。

（四）我馬上——此下疑脫漏『牽』字。

（五）濕肉伴乾柴——宋代的一種酷刑：斷柴爲杖，掊擊手足，叫做『掉柴』。這句話就是受拷打的意思。

〔六〕折證——折辯，對證。

〔七〕提控——元代萬戶府設有提控案牘一人，是萬戶的僚屬官。又，地方長官兼充馬步弓手指揮的也稱爲『提控官』。

〔八〕正條劃——亦作正條款，就是正式刑條。

〔九〕點紙畫字——畫押，簽字。

〔一〇〕懷躭——懷胎。

〔一一〕關節——原來指暗中向官吏請託，行賄，或請託、行賄的人，叫做關節。後來說成打關節，或通關節。

〔一二〕暗——應作喑。喑約，思忖的意思。

〔一三〕㥧（ㄔㄠ）㥧——有剛愎，固執，兇狠等義。

第四折

（老千戶同老旦上，云：）誰想山壽馬做了元帥，則道怎生樣看覷我，誰想道着他打了一百。老夫人，閉了門者，不問誰來，只不要開門。（老旦云：）老相公，打壞了也！我關上這門者。我如今閉門家裏坐，還怕甚禍從天上來。（正末引旦、經歷、祗從上，云：）經歷，今日同夫人牽羊擔酒，與叔叔煖痛去來。（經歷云：）理會的。（正末云：）可早來到叔叔門首。怎麼閉着門在這裏？令人，與我叫開門來。（祗從做叫門科）（正末唱：）

【正宮端正好】則爲他悞軍期遭殘害，依國法斷的明白。尋思來這眷親(一)尊長多妨礙，俺今日謝罪也在宅門外。

【滾繡毬】疾去波到第宅，休道是鎮南邊統軍元帥，則說是親眷家將羊酒安排。休道遲，莫見責，省可裏(二)便大驚小怪，將宅門疾快忙開，報與俺那老提控叔叔先知道，則說我姪兒山壽馬和茶茶㷗痛來，莫得疑猜。

(云：）怎麼叫了這一會，還不開門？經歷，你與我叫門去。(經歷云：）理會的。(做叫門科，云：）老完顏，你開門來，俺有說的話。(老千戶云：）我不開門。(經歷云：）你眞個不開門？(老千戶云：）我不開。(經歷云：）你那舊狀子不曾改，還要問你罪哩！(老千戶云：）你要問我的罪，再打上一百罷了，我死也只不開門，隨你便怎麼樣來。(經歷云：）相公，老完顏只不開門，怎生是好？(正末唱：）

【伴讀書】他道你結下的寃讐大，傷了他舊叔姪美情懷。一任你昨日的供招依然在，休想他低頭做小心腸改。便死也只吃杯兒淡酒何傷害，到底個不伏燒埋。

(云：）茶茶，你叫門去。(旦做叫門科，云：）叔叔嬸子，我茶茶在門外，你開門來，開門來！

（老旦云：）想茶茶昨日也曾爲你告來，是那山壽馬姪兒執性不肯饒你，看茶茶面上，開了門罷。（老千戶云：）他既然今日到我家來，昨日便爲我再告一告兒不得？譬如我已打死了，只不要開門。（正末唱：）

【笑和尙】他問我，今日個一家兒爲甚來，昨日個打我的可是該也那不該？把臉皮都撇在青霄外，從今後拚着個貪杯的老不才，謝了個賢慧的女裙釵。休休休，休想他便降階的忙迎待。

（云：）待我自家去。叔叔，你姪兒山壽馬自在這裏，你開門來。（老旦云：）既然元帥親身到此，須索開門，請他進來者。（做開門）（正末同旦、經歷跪科，云：）這是姪兒不是了也！（老千戶云：）你昨日打我這一頓，虧你有甚麼面皮又來見我？（正末云：）叔叔，這不干你姪兒事。（老旦云：）你叔叔偌大年紀，你打他這一頓，兀的不打殺了也！（正末唱：）

【川撥棹】你得要鬧咳咳鬧咳咳使性窄，我須是奉着官差，法令應該。豈不知你年華老邁，故意的打你這一百。

（老千戶云：）我老人家被你打了這一頓，還說不干你事；倒干我事？（正末唱：）

【七弟兄】你也不索左猜右猜，既帶了這素金牌，則合一心兒鎮守着夾山寨。誰着你賞中秋，翫月暢開懷，敢前生少欠他幾盞黃湯債。

【梅花酒】呀！這一場事不諧，又不是相府中台，御史西臺，打的你肉綻也那皮開。你心下自裁劃，招狀上沒些歪，打你的請過來，將牌面快疾擡，老官人覷明白。

（老千戶云：）依你說，是誰打我這一百來？（正末唱：）

【收江南】呀！這的是便宜行事的那虎頭牌！（老千戶云：）元來是軍令上該打我來。（正末唱：）打的你哭啼啼，濕肉伴乾柴。也是你老官人合受血光災，休道是做姪兒的忒歹。早忘了你和俺爹爹妳妳是一胞胎。

（云：）茶茶，快與我殺羊盪酒來，與叔叔煖痛者。（唱：）

【尾煞】將那煖痛的酒快釃，將那配酒的羔快宰，儘叔父再放出往日沉酣態。只留得你潦倒餘生，便是大古裏㕭（三）。

（老千戶云：）既是這般呵，我也不記讎恨了，只是吃酒。（老旦云：）你也記的打時節這般苦惱，少吃些兒罷。（正末云：）非是我全不念叔姪恩情，也只爲虎頭牌法度非輕。今日個將斷案從頭說破，方知道忠和孝元自相成。

題目　樞院相公大斷案
正名　便宜行事虎頭牌

〔一〕朞親——期年之服的親屬。喪禮曾規定，按照和死者關係的親疏，來規定服喪（穿孝）時間的長短。例如：父母死了，子女要服喪三年；伯叔父母死了，姪子要服喪一年。服喪一年，就叫做朞服；有這種親屬關係的人，叫做朞親。

〔二〕省可裏——休要，省得，免得。

〔三〕啋——或作采。采頭，幸運。

據明刻本元曲選影印

相國寺公孫合汗衫雜劇

元　張國賓(一)撰

第一折

(正末扮張義，同淨卜兒、張孝友、旦兒、興兒上)(正末云：)老夫姓張名義，字文秀，本貫南京(二)人也。嫡親的四口兒家屬：婆婆趙氏，孩兒張孝友，媳婦兒李玉娥。俺在這竹竿巷馬行街居住，開着一座解典鋪，有金獅子爲號，人口順都喚我做金獅子張員外。時遇冬初，紛紛揚揚，下着這一天大雪。小大哥，在這看街樓上，安排果卓，請俺兩口兒賞雪飲酒。(卜兒云：)員外，似這般大雪，眞乃是國家祥瑞也。(張孝友云：)父親母親，你看這雪景甚是可觀，孩兒在看街樓上，整備一杯，請父親母親賞雪咱。興兒，將酒來。(興兒云：)酒在此。(張孝友送酒科，云：)父親母親，請滿飲一杯。(正末云：)是好大雪也呵！(唱：)

【仙呂點絳唇】密布彤雲，亂飄瓊粉，朔風緊，一色如銀。便有那孟浩然可便騎驢的穩(三)。

(張孝友云：)似這般應時的瑞雪，是好一個冬景也！(正末唱：)

【混江龍】正遇着初寒時分，您言冬至我疑春。(張孝友云：)父親，這數九的天道，怎做的春天也？(正末唱：)既不沙，可怎生梨花片片，柳絮紛紛：梨花落，砌成銀世界；柳絮飛，粧就玉乾坤。俺這裏逢美景，對良辰，懸錦帳，設華裀。簇金盤、羅列着紫駝(四)新，倒銀瓶、滿泛着鵝黃嫩。俺本是鳳城中黎庶，端的做龍袖(五)裏驕民。

(張孝友云：)將酒來，父親母親，再飲一杯。(正末云：)俺在這看街樓上，看那街市上往來的那人紛紛嚷嚷，俺則慢慢的飲酒咱。(丑扮店小二上，詩云：)買賣歸來汗未消，上牀猶自想來朝。爲甚當家頭先白，每日思量計萬條。小可是個店小二。我這店裏下着一個大漢，房宿飯錢都少欠下，不曾與我。如今大主人家恠我，我喚他出來，趕將他出去，有何不可？(做叫科，云：)兀那大漢，你出來。(淨邦老(六)扮陳虎上，云：)哥也，叫我做甚麼？我知道少下你些房宿飯錢，不曾還哩。(店小二云：)沒事也不叫你，門前有個親眷尋你哩。(邦老云：)休鬬小人耍。(店小二云：)我不鬬你耍，我開開這門。(邦老云：)是眞個，在那裏？(店小二做推科，云：）你出去，關上這門，大風大雪裏，凍殺餓殺，不干我事。（下）（邦老云：）小二哥，開門來。我知道少下你房宿飯錢，這等大風大雪，好冷天道，你把我推搶將出來，可不凍殺我也？（做叫科，云：）嗨！小二哥，你就下得把我搶出門來。身上單寒，肚中又饑餒，怎麼打熬的過！兀的那一座高樓，必是一家好人家。沒奈何，我唱個蓮花落，討些兒飯吃咱。（做唱科）一年春盡一年春……哩哩蓮花，你看地轉天轉，我倒也。（做倒科）（正末云：）小大哥，你看那樓下面凍倒一個人，好可憐也。你扶上樓來，救活他性命，也是個陰騭〔七〕。（張孝友云：）理會的。我是看去，果然凍倒一個大漢。下次小的每，與我扶上樓來者。（與兒做扶科）（正末云：）小大哥，籠些火來與他烘。（張孝友云：）理會的。（正末云：）釃將那熱酒來，與他吃些。（張孝友云：）兀那漢子，你飲一杯兒熱酒咱。（邦老做飲酒科，云：）是好熱酒也。（正末云：）着他再飲一杯。（張孝友云：）你再飲一杯。（邦老云：）好酒，好酒！我再吃一杯。（正末云：）兀那漢子，你這一會兒比頭裏那凍倒的時分，可是如何？（邦老云：）這一會覺甦醒了也。（正末云：）兀那漢子，你那裏人氏？姓甚名誰？因什麼凍倒在這大雪裏？你說一遍，老夫是聽咱。（邦老云：）孩兒是徐州安山縣人氏，姓陳名虎，出來做買賣，染了一場凍天行的症候〔八〕，把盤纏都使用的無了，少下店主人家房宿飯錢，他把我趕將出來，肯分〔九〕的凍倒在你老人家門首。若不是你老人家救了我性命，那得個活的人也。（正末云：）好可憐人也呵！（唱：）

【油葫蘆】我見他百結衣衫不蓋身，直恁般家道窘。我爲甚連珠兒熱酒，敎他飲了三巡。（云：）漢子，自古以來，則不你受貧。（孝友云：）父親，可是那幾個古人受貧來？（正末唱：）想當初蘇秦未遇遭貧困，有一日他那時來也，可便腰掛黃金印。喒人翻手是雨，合手是雲，那塵埃中埋沒殺多才俊。（帶云：）你看那人，也則是時運未至。（唱：）他可敢一世裏不如人。

（云：）小大哥，將一領綿團襖來。（張孝友做拏衣服科，云：）綿團襖在此。（正末云：）漢子，（唱：）

【天下樂】我與你這一件衣服，舊換做新。（云：）再將五兩銀子來。（張孝友取銀科，云：）五兩銀子在此。（正末云：）這銀子呵，（唱：）我與你做盤也波纏，速離了俺門。（邦老云：）救活了小人的性命，又與小人許多銀子，此恩將何以報？（正末云：）漢子，這衣服和銀子，（唱：）也則是一時間周急，添你氣分〔一〇〕。（邦老云：）多謝你老人家。（正末云：）漢子，你着志者！（唱：）有一日馬頦下纓似火，頭直上〔一一〕傘蓋似雲，願哥哥你可便爲官早立身。

（云：）小大哥，你扶他下樓去。（邦老云：）多虧了老人家，救了我性命；今生已過，那生那世，做驢做馬，填還你的恩債也。（張孝友云：）一條好大漢，我這家私裏外，早晚索錢，少個護臂〔一三〕。我有心待認義他做個兄弟，未知他意下如何。我試問他咱。兀那漢子，你如今多大年紀？（邦老云：）我二十五歲。（張孝友云：）我長你五歲，我可三十歲也。我有心認義你做個兄弟，你意下如何？（邦老云：）休看小人吃的，則看小人穿的，休鬬小人耍。（張孝友云：）我不鬬你耍。（邦老云：）休道做兄弟，便那籠驢把馬，願隨鞭鐙。（邦老做拜科）（張孝友云：）你休拜。張孝友，你好粗心也！不曾與父親母親商量，怎好就認義這個兄弟？兄弟，我不曾與父親母親商量，若是肯呵，是你萬千之喜；若是不肯呵，我便多齎發與你些盤纏。你則在樓下等一等。（做見正末科，云：）父親母親，您孩兒有一樁事，不曾稟問父親母親，未敢擅便。（正末云：）孩兒，有甚麼話說？（張孝友云：）恰纔凍倒的那個人，您孩兒想來，家私裏外，早晚索錢，少一個護臂。我待要認義他做個兄弟，未知父母意下如何？（正末云：）恰纔那個人姓陳，名個虎字，生的有些惡相，則不如多齎發他盤纏，着他回去了罷。（張孝友云：）父親，不妨事，您孩兒眼裏偏識這等好人。（正末云：）既是你心裏要認他呵，着他上樓來。（張孝友云：）謝了父親母親者。（做見邦老科，云：）兄弟，父親母親都肯了也。你上樓見父親母親去咱。（邦老做見科）（正末云：）兀那漢子，我這小大哥要認你做個兄弟，你意下如何？（邦老云：）籠驢把馬，願隨鞭鐙。（正末云：）你看他一問一箇肯。（張孝友云：）兄弟，拜了父親母親咱。（邦老做拜科）（張孝友云：）父親母親，叫媳婦兒與兄弟相見，如何？（正末云：）孩兒，這敢不中麼？（張孝友云：）父親，不妨事，我眼裏偏識這等好人。（正末云：）隨你，隨你。（張孝友云：）大嫂，與兄弟相見咱。兄弟，與你嫂嫂廝見。（邦老做拜旦兒科，云：）嫂嫂，我唱喏哩。（旦兒云：）呸！那眼腦恰像個賊也似的！（邦老背云：）一個好婦人也！（正末云：）小大哥，着他換衣服去。（張孝友云：）你且換衣服去。（邦老下）（外扮趙興孫帶枷鎖同解子上）（趙興孫云：）自家趙興孫，是徐州安山縣人氏。因做買賣，到這長街市上，見一個年紀小的，打那年紀老的，我向前諫勸，他堅意不從，被我搧過那年紀小的來，則打的一拳，不恇〔三〕就打殺了。當被做公的拏我到官，本該償命，多虧了那六案孔目，救了我的性命，改做悞傷人命，脊杖了六十，迭配〔一四〕沙門島〔一五〕去。時遇冬天，下着這等大雪，身上單寒，肚中饑餒。解子哥，這一家必然是個財主人家，我如今叫化些兒殘湯剩飯，吃了呵，慢慢的行。我來到這樓直下。爹爹妳妳，叫化些兒波。（正末云：）小大哥，你看那樓下面，一個披枷帶鎖的人也！可憐的，與他些飯兒吃麼。（張孝友云：）理會的。待我下樓看去咱。（做下樓見趙興孫，云：）兀那後生，你那裏人氏？姓甚名誰？因甚麼這等披枷帶鎖？（趙興孫云：）孩兒徐州安山縣人氏，姓趙名興孫。因做買賣，到長街市上，有一個年紀小的，打那年紀老的，我一時間路見不平，將那年紀小的來只一拳打殺了。被官司問做悞傷人命，脊杖了六十，迭配沙門島去。時遇雪天，身上無衣，肚中無食，特來問爹爹妳妳討些殘湯剩飯咱。（張孝友云：）原來爲這般，你且等着。（見正末云：）父親，孩兒問來了，這一箇是打殺了人，發配去的。（正末云：）哦！他是個犯罪的人。也不知官府門中，屈陷了多多少少！我那裏不是積福處，小大哥，你且着他上樓來，等我問他。（張孝友喚科，云：）兀那囚徒，你上樓來。（解子跟趙興孫見科）（正末云：）我問你：那裏人氏？姓甚名誰？因甚這般披枷帶鎖的？你說與我聽咱。（趙興孫云：）孩兒徐州安山縣人氏，姓趙名興孫。因做買賣，到長街市上，有一個年紀小的，打那年紀老的，我一時間路見不平，將那年紀小的則一拳打殺了。被官司問做悞傷人命，脊杖了六十，迭配沙門島去。時遇雪天，身上無衣，肚裏無食，特來討些殘湯剩飯咱。（正末云：）嗨！俺婆婆也姓趙。五百年前，安知不是一家。小大哥，將十兩銀子、一領綿團襖來。（張孝友云：）銀子、綿襖都在此。（卜兒云：）兀那漢子，老爹與你十兩銀子，綿團襖一件。我無什麼與你，只這一隻金釵，做盤纏去。（趙興孫云：）多謝老爹妳妳！小人斗膽，敢問老爹妳妳一個名姓，也等小人日後結草銜環（一六），做個報答。（正末云：）漢子，俺叫做金獅子張員外，妳妳趙氏，小大哥張孝友，還有一個媳婦兒，是李玉娥。你牢記者。（趙興孫云：）老爹是金獅子張員外，妳妳趙氏，小大哥張孝友，大嫂李玉娥：

小人印板兒〔一七〕似記在心上。小人到前面，死了呵，那生那世，做驢做馬，填還這債；若不死呵，但得片雲遮頂〔一八〕，此恩必當重報也。（做拜下樓科）（邦老冲上，云：）呸！我兩箇眼裏見不的這等窮的！你是甚麼人？（趙興孫云：）小人是趙興孫。（邦老云：）你認的我麼？（趙興孫云：）你是誰？（邦老云：）則我是二員外。（趙興孫做叫科，云：）二員外。（邦老云：）住住住，你不要叫，你拏的是甚麼東西？（趙興孫云：）老爹與了我十兩銀子，一領綿團襖。妳妳又是一隻金釵，着我做盤纏的。（邦老云：）父親母親好小手兒也，則與的你這些東西。你將過來，我如今去對父親母親說，還要多多的齎發你些盤纏。你則在這樓下等着。（邦老見正末科，云：）父親，樓下這個披枷帶鎖的，可惜與了他偌多東西；不如與您孩兒做本錢，可不好也。（正末云：）婆婆，你覷波。陳虎，我這家私早則由了你那！（邦老云：）看了那厮嘴臉，一世不能勾發跡。那眉下無眼觔，口頭有餓紋；到前面不是凍死，便是餓死的人也。（正末云：）噤聲！（唱：）

【後庭花】你道他眉下無眼觔，你道他兀那口邊厢有餓紋。可不道馬向那羣中覷，陳虎唻，我則理會得人居在貧內親。（邦老云：）可惜偌多錢，與了這厮，他那裏是個掌財的？（正末唱：）你將他來惡搶問，他如今身遭着危困。你將他惡語噴，他將你來死記恨。恩共讐，您兩個人；是和非，俺三處分。怎劈手裏便奪了他銀？

（云：）嗨！陳虎，我恰纔與了他些錢鈔，你劈手裏奪將來。知道的便是你奪了；有那不知道的，只說那張員外與了人些錢鈔，又着劈手的奪將去。（唱：）

【青哥兒】陳虎唻，顯的我言而言而無信。（帶云：）張孝友，（唱：）你也忒眼內眼內無珍。（帶云：）恰纔兩箇人呵，（唱：）他如今迭配遭囚鎖纏着身，不得風雲，困在埃塵。你道他一世兒爲人，半世兒孤貧，氣忍聲呑，何日酬恩。則你也曾舉目無親，失魄亡魂，遶戶趁門，鼓舌揚唇，唱『一年家春盡一年家春』。陳虎唻，你也曾這般窮時分。

（云：）陳虎，你將那東西還與他去。（張孝友云：）兄弟，你怎麼這等？將來，我送與他去。（見趙興孫科，云：）這東西爲什麼不將的去？（趙興孫云：）恰纔那個二員外奪過盤纏去了也。（張孝友云：）漢子，他不是二員外，他姓陳名虎，也是雪堆兒裏凍倒了的。我救了他，我認他做了個兄弟。你休怪咱，盤纏都在這裏，你將的去。（趙興孫做謝科，云：）陳虎，你也是雪堆兒裏凍倒的，將我銀兩衣服，劈手奪將去了。我有恩的是張員外一家兒，有讐的是陳虎那廝。我前街裏撞見，一無話說；後巷裏撞見，一隻手揪住衣領，去那嘴縫鼻凹裏則一拳！哎喲！掙的我這棒瘡疼了。陳虎唻，喒兩個則休要軸頭兒厮抹着〔一九〕。（同解子下）（正末云：）婆婆，陳虎那厮，恰纔我說了他幾句，那厮有些恠我，我着幾句言語安伏他咱。陳虎孩兒，我恰纔說了你幾句，你可休恠老夫。我若不說你幾句呵，着那人怎生出的喒家這門。陳虎孩兒，你記的那怨親不怨疎麼？（邦老云：）您孩兒則是幹家的心腸，可惜了這錢鈔，與那窮弟子孩兒。（正末唱：）

【賺煞尾】豈不聞一飯莫忘懷，睚眦休咸忿。這厮他記小過忘人大恩，這厮他脇底下揷柴不自穩。那裏也敬老憐貧，他怒嗔嗔劈手裏奪了他銀。（帶云：）不爭你奪將來了呵，（唱：）顯的我也慘，他也羞，陳虎唻，你也狠。（云：）陳虎孩兒，自古以來，有兩個賢人。你學一個，休學一個。（邦老云：）父親，您孩兒學那一個？（正末唱：）你則學那靈輒〔二〇〕般報恩。（邦老云：）不學那一個？（正末唱：）休學那龐涓〔二一〕般挾恨。休休休，我勸您這得時人可便休笑恰纔那失時人。（下）

（張孝友云：）兄弟，父親恰纔說了幾句，你休恠也。（邦老云：）父親說的是。哥哥，我索錢去咱。（詩云：）員外有金銀，認我做親人；我心還不足，則恨趙興孫。（下）

〔一〕張國賓——或作張酷貧，即喜時營。大都人。教坊勾管。作劇五種，現存合汗衫、薛仁貴及羅李郎。

〔二〕南京——河南開封縣；金代曾改爲南京，元代屬汴梁路。

〔三〕孟浩然句——孟浩然，唐代詩人。相傳他有風雪騎驢尋梅的故事。元人曾將這故事編爲雜劇。

〔四〕紫駝——古代的一種奢侈、名貴的食品，據說是用駱駝峯作成的。

〔五〕鳳城、龍袖——都是指京城。宋代，住在京都的人享受許多特殊待遇，被稱爲「龍袖驕民」。

〔六〕邦老——劇中扮演强盜的人。

〔七〕陰隲（ㄓ）——古人認爲：暗中作了對人家有好處的事，不讓人知道；這種行爲，叫做「陰隲」，或「陰德」。

〔八〕凍天行的症候——冬天裏的流行病症。

〔九〕肯分——恰恰，湊巧。

〔一〇〕氣分——或作氣忿。性子，氣概，志量。

〔一一〕頭直上——頭頂上。

〔一二〕護臂——護衛，保鏢的人。

〔一三〕不恇（ㄎㄨㄤ）——或作不匡。不料。

〔一四〕迭配——配，古代刑法的一種，把罪犯由甲地流放到乙地。迭配，就是遞配，發配充軍。

〔一五〕沙門島——小島名。在山東蓬萊西北海中，是宋元時代流放罪犯的地方。

〔一六〕結草銜環——都是古代報恩的故事。結草，春秋時，晉國大夫魏絳沒有聽從他父親的話，把父親的妾拿去殉葬。後來，在一次對外戰役中，他看見一個老頭兒（那個妾的父親的『魂靈』）把草結起來，將敵人絆倒，魏絳因而獲勝。銜環，漢代楊寶救了一隻負傷的黃雀，夜裏，夢見黃衣童子拿了四隻玉環答謝他。

〔一七〕印板兒——或作經板兒。形容牢固記憶，好像印刻在木板上一樣。

〔一八〕片雲遮頂——表示還活着的意思。

〔一九〕軸頭兒廝抹着——軸頭兒，指車輪子的軸兒；廝抹着，相碰着。這句是遇見，碰頭的意思。

〔二〇〕靈輒——春秋時晉國人。晉國的正卿趙盾打獵時，看見靈輒沒有飯喫，就送了些食物給他。後來晉靈公派甲士圍擊趙盾，靈輒出來保護，他才免於禍難。

〔二一〕龐涓——戰國時魏國的將軍；和孫臏同學，龐涓妒忌孫臏的才能，用計把孫臏的脚砍掉了。

第二折

（張孝友同興兒上，云：）歡喜未盡，煩惱到來。自從認了個兄弟，我心間甚是歡喜。不想我這渾家腹懷有孕，別的女人懷胎，十個月分娩，我這大嫂，十八箇月不分娩，我好生煩惱。兄弟索錢去了，我且在這解典庫中悶坐咱。（邦老上，云：）行不更名，坐不改姓，自家陳虎的便是。這裏也無人。我平昔間做些不恰好的勾當，我那鄉村裏老的每便道：『陳虎，你也轉動咱。』我便道：『老的每，我這一去，不得一拳兒(一)好買賣不回來；不得一個花朵兒也似好老婆，也不回來。』不想到的這裏，染一場凍天行病症，把盤纏都使的無了。少下店主人家房宿飯錢，把我推搶出來，肯分的凍倒在這一家兒門前，救活了我性命，又認義我做兄弟。一家兒好人家，都在俺的手裏。那一應金銀糧食，也還不打緊；一心兒只看上我那嫂嫂。我如今索錢回來了，見俺哥哥去。下次小的每，哥哥在那裏？（興兒云：）在解典庫(二)裏。（見科，云：）哥哥，我索錢回來了也。（張孝友云：）兄弟，你吃飯未曾？（邦老云：）我不曾吃飯哩。（張孝友云：）你自吃飯去，我心中有些悶倦。（邦老出門云：）且住者。陳虎也，你索尋思咱，莫非看出什麼破綻來？往常我哥哥見我，歡天喜地；今日見我，有些煩惱。陳虎，你是個聰明的人，必然見我早晚吃穿衣飯，定害(三)他了；因此上恩多怨深。我如今趁着這個機會，辭了俺哥哥，別處尋一拳兒買賣，可不好？（做見張孝友云：）哥哥也，省的恩多怨深；我家中稍將書信來，教我回家去。只今日就辭別了哥哥，還俺徐州去也。（張孝友云：）兄弟，敢怕下次小的每有什麼的說你來？（邦老云：）誰敢說我？（張孝友云：）既然無人說你，你怎生要回家去？（邦老云：）哥哥，君子不羞當面。每日您兄弟索錢回來，哥哥見我歡喜；今日見我煩惱。則怕您兄弟錢財上不明白，不如回去了罷。（張孝友云：）兄弟，你不知道我心上的事。這裏無別人，我與你說。別的女人懷身，十月滿足分娩；您嫂嫂懷了十八個月，不見分娩，因此上煩惱。（邦老云：）原來爲這個。哥哥早對您兄弟說，這早晚嫂嫂分娩了多時也。（張孝友云：）你怎麼說？（邦老云：）我那徐州東嶽廟至靈至聖，有個玉杯珓兒(四)，擲個上上大吉，便是小厮兒；擲個中平，便是個女兒；擲個不合神道，便是鬼胎。我那裏又好做買賣，一倍增十倍利錢。（張孝友云：）既是這等，我和你兩個擲杯珓兒去來。（邦老云：）我和你去不濟事，還得懷身的親自去擲杯珓兒，便靈感也。（張孝友云：）喒與父親說知去。（邦老云：）佳佳佳。則除你知我知嫂嫂知，第四個人知道，就不靈了。（張孝友云：）你也說的是。多收拾些金珠財寶，一來擲杯珓，二來就做買賣，走一遭去。（同下）（興兒上，云：）妳妳！陳虎拐的小大哥嫂嫂兩口兒去了也！（卜兒上，云：）你可不早說？我是叫老的咱。（卜兒做叫科，云：）老的！老的！（正末上，云：）婆婆，做甚麼？（卜兒云：）陳虎攛調的張孝友兩口兒走了也！（正末云：）婆婆，我當初說什麼來？喒趕孩兒每去者。（做趕科）（唱：）

【越調鬬鵪鶉】氣的來有眼如盲，有口似啞。您兩個綠鬢朱顏，也合問您這蒼髯皓髮。不爭你背母拋爹，直閃的我形孤也那影寡。婆婆，他可便那裏怕人笑，怕人罵；只待要急煎煎挾橐携囊，穩拍拍乘舟騙馬(五)。

【紫花兒序】生刺刺(六)弄的來人離財散，眼睜睜看着這水遠山長，痛煞煞間隔了海角天涯。(哭科，云：)天那！怎麼有這一場謊事！兒也，則被你憂愁殺我也！(卜兒云：)張孝友孩兒挈了媳婦兒，帶了許多本錢，敢出去做買賣麼？(正末唱：)元來他將着些價高的行貨(七)，(帶云：)錢鈔可打甚麼不緊？(唱：)天那，怎引着那個年小的渾家？倘或間有些兒爭差，兒也，將您這一雙老爹娘可便看個甚麼，暢好是心麄膽大！不爭你背井離鄉，誰替俺送酒供茶？

(卜兒云：)老的，俺和你索便趕他去。(正末行科，云：)喒來到這黃河岸邊，許多的那船隻，喒往那裏尋他去？喒則這裏跪者，若是張孝友孩兒一日不下船來，喒跪他一日；兩日不下船來，跪兩日。着那千人萬人罵也罵殺他。(張孝友同旦兒上，云：)兀的不是父親母親！(卜兒云：)兩個孩兒那裏去？痛殺我也！(正末云：)哎喲！張孝友孩兒，則被你苦殺我也！(唱：)

【小桃紅】可兀的好兒好女都做眼前花，倒不如不養他來罷。(張孝友云：)父親母親休慌，您孩兒擲杯珓兒便回來。(正末唱：)這打珓兒信着誰人話？無事也待離家。你爹娘年紀多高大，怎不想承歡膝下，剗的去問天買卦？(旦兒云：)公公婆婆，俺擲了杯珓兒便回來哩。

（正末唱：）噤聲，更和着箇媳婦兒不賢達。

（云：）婆婆，你與我問孩兒每，他要到那裏去，擲什麼杯珓兒？（卜兒見旦云：）媳婦兒，你兩口如今要到那一處去擲杯珓來？（旦兒云：）母親不知，因爲我懷胎十八個月不分娩，陳虎對張孝友說，他那徐州東嶽廟至靈感，有箇玉杯珓兒，擲箇上上大吉，便是個小厮兒；擲個中平，便是個女兒；擲個不合神道，便是鬼胎。因此上要擲杯珓兒去。（卜兒云：）是眞個？我對員外說去。（見正末云：）員外，我則道他兩口兒爲什麼跟將陳虎去。如今媳婦兒身邊的喜事，陳虎與張孝友孩兒說道，他那裏徐州東嶽廟至靈感，有個玉杯珓兒，若是擲箇上上大吉，便是小厮兒。擲個中平，便是女兒；若是擲個不合神道，便是鬼胎。爲這般，要去擲杯珓兒哩。（正末云：）噤聲！（唱：）

【鬼三台】我這裏聽言罷，這的是則好謊莊家。哎！兒也，你個聰明人，怎便聽他謊詐？那一個無子嗣，缺根芽；粧了些高馱細馬，和着金紙銀錢將火化，更有那孝子賢孫兒女每打，早難道神不容奸，天能鑒察。

（張孝友云：）父親，陰陽不可不信。（正末唱：）

【紫花序兒】且休說陰陽的這造化，許來大個東嶽神明，（云：）媳婦兒靠後。（唱：）他管你什麼肚皮裏娃娃？我則理會的種穀得穀，種麻的去收麻。喒是個積善之家，天網恢恢不漏掐。這言語有傷風化。（張孝友云：）陳虎說東嶽神至靈感，擲杯珓兒，便回來也。（正末唱：）你休聽那厮說短論長，那般的俐齒伶牙。

（張孝友云：）父親，您孩兒好共歹走一遭去。父親不着您孩兒去呵，我就着這壓衣服的刀子覓個死處。（卜兒云：）孩兒，怎下的閃了俺也？（做悲科）（正末云：）既然孩兒每要去，常言道，心去意難留，留下結寃讐。婆婆，你問孩兒有甚麼着肉穿的衣服，將一件來。（見旦科，云：）媳婦兒，張孝友孩兒有什麼着肉穿的衣服，將一件來。（旦兒云：）婆婆，行李都去了，只這的是張孝友一領汗衫兒。（卜兒云：）老的，行李都去了，只有這一領汗衫兒。（正末云：）這個汗衫兒，婆婆，你從那脊縫兒停停的拆開者。（卜兒云：）有隨身帶着的刀兒，我與你拆開了也。（正末云：）孩兒，你兩口兒將着一半兒，俺兩口兒留下這一半兒。孩兒，你道我為甚麼來？則怕您兩口兒一年半載不回來呵，思想俺時，見這半個衫兒，便是見俺兩口兒一般。俺兩口兒有些頭疼額熱，思想你時，見這半箇衫兒，便是見您兩口兒一般。孩兒，你將你的手來。（張孝友云：）兀的不是手？（做咬科）（張孝友云：）哎喲！父親，你咬我這一口，我不疼！（正末云：）你道是疼麼？（張孝友云：）你咬我一口，我怎的不疼？（正末云：）我咬你這一口兒，你害疼呵；想着俺兩口兒從那水撲花兒裏擡舉的你成人長大，你今日生各支的撇了俺去呵，你道你疼，俺兩口兒更疼哩！（卜兒云：）老的，俺則收着這汗衫兒，便是見孩兒一般。（正末唱：）

【調笑令】將衫兒拆下，就着這血糊刷。哎！兒也，可不道世上則有蓮子花〔八〕，我如今別無什麼弟兄并房下；倘或間俺命掩黃沙，則將這衫兒半壁匣蓋〔九〕上搭。哎！兒也，便當的你哭啼啼，拽布拖麻。

（邦老云：）你覷着，兀的不火起了也！早些開船去。（張孝友云：）俺趁着船，快走快走。（同旦兒、邦老下）（正末云：）孩兒去了也。哎喲！兀的不苦痛殺我也！（唱：）

【絡絲娘】好家私水底納瓜〔一〇〕，親子父在拳中的這搭沙〔一一〕，寺門前金剛相廝打；哎！婆婆也，我便是佛囉，也理會不下。

（云：）婆婆，你看是誰家火起？（內叫科，云：）張員外家火起了也！（卜兒云：）老的也，似此怎了？（正末云：）婆婆，你看好大火也！（唱：）

【么篇】我則聽的張員外家遺漏火發，哎喲！天那！諕得我立掙癡呆了這半霎。待去來呵，長街上列着兵馬。哎！婆婆也，我可是怕也那不怕！

（卜兒云：）老的，眼見一家兒燒的光光兒了也，敎俺怎生過活咱？（正末唱：）

【耍三臺】我則見必律律〔一二〕狂風颯，將這燄騰騰火兒刮；擺一街鐵茅水瓮，列兩行鈎鐮和這麻搭。（內叫科，云：）街坊隣舍，將爲頭兒失火的拏下者！（正末唱：）則聽得巡院〔一三〕家高聲的叫吖吖，叫道將那爲頭兒失火的拏下。天那！將我這銅斗兒般大院深宅，苦也囉！苦也囉！可怎生燒的來，剩不下些根椽片瓦！

【青山口】我則見這家那家鬬交雜，街坊每救火咱；我則見連天的大厦大厦聲刺刺，被巡軍橫拽塌。家私家私且莫誇，算來算來都是假。難鎮難壓，空急空巴，總是天折罰。他也波他不睬咱，咱也波咱可憐他。只看張家，往日豪華，如今在那搭〔一四〕？多不到半合兒〔一五〕，把我來傒倖〔一六〕殺。

（卜兒云：）老的，俺許來大家緣家計，盡皆沒了，苦痛殺俺也！（正末云：）火燒了家緣家計，都不打緊；我那張孝友兒也！（哭科）（唱：）

【收尾】我直從那水撲花兒㩻舉的偌來大，您將俺這兩口兒生各支的撇下。空指着臥牛城〔一七〕內富人家。（卜兒云：）㗊如今往那裏去好？（正末云：）哎！婆婆也，我和你如今往那裏去？只有個沿街兒叫化，學着那一聲兒哩。（卜兒云：）老的，是那一聲？（正末云：）婆婆也，你豈不曾聽見那叫化的叫？我學與你聽：那一個捨財的爹爹媽媽哦！（唱：）少不的悲田院〔一八〕裏，學那一聲叫爹媽。（同下）

〔一〕一拳兒——一椿，一批。

〔二〕解典庫——或作解典鋪。就是典當鋪。

〔三〕定害——打擾，擾害。

〔四〕杯珓兒——珓，或作筊。古時迷信占卜吉凶所用的一種器物。用兩個蚌殼（或用竹、木作成）投空擲地，看它俯仰的情況，以定吉凶。有上上、中平、下下等名目。本劇裏所說的『不合神道』，就是下下。

〔五〕騙馬——騙，本作騗。騙馬，跳上馬。
〔六〕生刺刺——活活地。
〔七〕行貨——貨物，東西。
〔八〕蓮子花——蓮花。這裏用『蓮子』諧『憐子』，表示父母愛憐兒子的意思。
〔九〕匣蓋——指棺材蓋。
〔一〇〕水底納瓜——或作水裏納瓜。瓜性浮，捺入水中不沉，比喻不實在，飄浮。
〔一一〕搭沙——搭，揑。搭沙，揑沙。沙揑不攏，比喻離散，不能團聚。
〔一二〕必律律——形容狂風吹動的情狀。
〔一三〕巡院——管理訴訟、捕盜的衙門。在開封，宋代設有軍巡院，元初有警巡院。
〔一四〕那搭——那裏，那兒。
〔一五〕半合兒——頃刻，一會兒。
〔一六〕傒倖——這裏是尷尬，疑惑的意思。
〔一七〕臥牛城——宋代汴京（開封）城的形狀像臥牛一樣，因稱爲『臥牛城』。
〔一八〕悲田院——或訛作卑田院。佛教稱貧窮爲悲田。悲田院，相當於乞丐收容所。

第三折

（邦老上，云：）人無橫財不富，馬無野草不肥。我陳虎只因看上了李玉娥，將他丈夫攛在黃河裏淬死了。那李玉娥要守了三年孝滿，方肯隨順我，我怎麼有的這般慢性。我道：『莫說三年，便三日也等不到。』他道：『你便等不得三年，也須等我分娩了，好隨順你；難道我躭着這般一個大肚子，你也還想別的勾當哩？』誰知天從人願，到的我家，不上三日，就添了一個滿抱兒小廝，早已過了一十八歲。那小廝好一身本事，更强似我。只是我偏生見那小廝不得，常是一頓打就打一個小死，只要打死了他，方纔稱心。却是爲何？常言道，剪草除根，萌芽不發。那小廝少不的打死在我手裏。大嫂，將些錢鈔來與我，我與弟兄每吃酒去來。（下）（旦兒上，云：）自家李玉娥。過日月好疾也，自從這賊漢將俺員外推在河裏，今經十八年光景。我根前添了一箇孩兒，長成一十八歲，依了那賊漢的姓，叫做陳豹，每日山中打大蟲去。怎這早晚還不回家來吃飯哩？（小末同俫兒上）（小末詩云：）每日山中打虎歸，窩弓藥箭緊身隨。男兒志氣三千丈，不取封侯誓不灰。自家陳豹，年長一十八歲，膂力過人，十八般武藝，無有不拈，無有不會。每日在于山中，下窩弓藥箭，打大蟲耍子。今日正在那裏演習些武藝，忽然看見山坡前走將一個牛也似的大蟲，我拈弓在手，搭箭當弦，哧的一聲射去，正中大蟲；我待要拏那大蟲去，不知那裏走將幾個小廝來，倒說是他每打死的大蟲。咄！我且問你，你怎生打殺那大蟲來？（俫兒云：）我一隻手揝住頭，一隻手揝住尾，當腰裏則一口咬死的。你倒省氣力，要混賴我的行貨，我告訴你家去。陳媽媽！（旦兒云：）是誰門首叫？

我開開這門，你做什麼？（俫兒云：）嬤嬤，我辛辛苦苦打殺的一個大蟲，只這一張皮，也值好幾兩銀子，怎麼你家兒子要賴我的？（旦兒云：）小哥，你將的去罷。（俫兒云：）我兒也，不看你娘面上，我不道的饒了你哩。（下）（旦兒云：）陳豹，你家來，你跪着。敎你休惹事，你又惹事，你倘着，我打你，等你好記的。（小末云：）母親打則打，休閃了手。（旦兒云：）且住者，倘或間打的孩兒頭疼額熱，誰與他父親報讐。陳豹，我不打你，且饒你這一遭兒。（小末云：）母親打了倒好，母親若不打呵，說與父親，這一頓打又打一個小死。（旦兒云：）我也不打你，也不對你父親說。（小末云：）不與父親說，謝了母親也！（旦兒云：）孩兒，你學成十八般武藝，爲何不去進取功名？（小末云：）您孩兒欲待應武舉去，爭奈無盤纏上路。（旦兒云：）既然你要應舉去來，我與你些碎銀兩，一對金鳳釵，做盤纏。（小末云：）今日是個吉日良辰，辭別了母親，便索長行也。（做拜科）（旦兒云：）陳豹，你記者！若到京師，尋問馬行街、竹竿巷、金獅子張員外老兩口兒。尋見呵，你帶將來。（小末云：）母親，他家和咱是甚麼親眷？（旦兒云：）孩兒，你休問他，他家和咱是老親。（小末云：）您孩兒經板兒記在心頭。母親，孩兒出門去也。（旦兒云：）陳豹，你回來。（小末云：）母親有甚麼話說？（旦兒云：）你若見那老兩口兒，你便帶將來。（小末云：）您孩兒記的，我出的這門來。（旦兒云：）陳豹，你回來。（小末云：）母親有的話，一發說了罷。（旦兒云：）我與你這塊絹帛兒，你見了那老兩口兒，只與他這絹帛兒，他便認的喒是老親。（小末云：）理會的。（旦兒云：）孩兒去了也，眼觀旌節旗，耳聽好消息。（下）（外扮長老上，詩云：）近寺人家不重僧，遠來和尚好看經。莫道出家便受戒，那箇猫兒不吃腥？小僧相國寺住持長老。今有陳相公做這無遮大會(一)，一應人等，都要捨貧散齋，小僧已都准備下了。這早晚相公敢待來也。（小末領雜當上，云：）下官陳豹，到於都下，演武場中比射，只我三箭皆中紅心，中了武狀元，授了下官本處提察使。自從母親分付我尋這馬行街竹竿巷金獅子張員外那兩口老的，那裏尋去？如今在相國寺中散齋濟貧，數日前我與長老錢鈔，與下官安排齋供，須索拈香走一遭去。可早來到了也。（見長老科，云：）老和尚，多生受你。（長老云：）相公，請用些齋食。（小末云：）下官不必吃齋，只等貧難的人來時，老和尚與我散齋者。（正末同卜兒薄藍(二)上，云：）叫化咱，叫化咱，可憐見俺許來大家私，被一場天火燒的光光蕩蕩。如今無靠無依，沒奈何，長街市上有那等捨貧的財主波，救濟俺老兩口兒！佛囉！（唱：）

【中呂粉蝶兒】我遶着他後巷前街，叫化些剩湯和這殘菜，我受盡了些雪壓波風篩。猛想起十年前，兀那鴉飛不過的田宅，甚麼是月値年災，可便的眼睜睜一時消壞。

（卜兒云：）老的也，可怎生無一個捨貧的？（正末唱：）

【醉春風】那捨貧的波衆檀樾(三)，救苦的波觀自在，肯與我做場兒功德，散分兒齋，可怎生再沒個將俺來睬睬？(卜兒云：)老的也，兀那水牀(四)上熱熱的蒸餅，我要吃一箇兒。(正末云：)婆婆，你道什麼哩？(卜兒云：)我纔見那水牀上熱熱的蒸餅，我要吃一個兒。(正末云：)婆婆，你道那水牀上熱熱的蒸餅，你要吃一個兒。不只是你要吃，赤緊的咱手裏無錢呵，可着甚的去買那？(唱：)佛囉，但得那半片兒羊皮，一頭兒藁薦，哎！婆婆唻，我便是得生他天界。

(云：)婆婆！(卜兒云：)老的，你叫我怎麼的？(正末云：)我叫了這一日街，我可乏了也，你替我叫些兒。(卜兒云：)你着誰叫街？(正末云：)我着你叫街。(卜兒云：)你着我叫街，倒不識羞；我好歹也是財主人家女兒，着我如今叫街！我也曾吃好的，穿好的；我也曾車兒上來，轎兒上去：誰不知我是金獅子張員外的渾家，如今可着我叫街，我不叫！(正末云：)你道什麼哩？(卜兒云：)我不叫！(正末云：)你道你是好人家兒，好人家女，也曾那車兒上來，轎兒上去，那裏會叫那街？偏我不是金獅子張員外，我是胎胞兒裏叫化來？赤緊的咱手裏無錢那，我要你叫！(卜兒云：)我不叫！我不叫！(正末云：)我要你叫！要你叫！(卜兒云：)我不叫！我不叫！(正末云：)你也不叫，我也不叫，餓他娘那老弟子！(卜兒做悲科)

（正末云：）婆婆，你也說的是。你是那好人家兒，好人家女，你那裏會叫那街。罷罷罷，我與你叫。（卜兒云：）你是叫咱。（正末云：）哎喲！可憐見俺被天火燒了家緣家計，無靠無捱，長街市上有那等捨貧的，叫化些兒波！（唱：）

【快活三】哎喲！則那風吹的我這頭怎擡，雪打的我這眼難開。則被這一場家天火破了家財。俺少年兒今何在？

（卜兒云：）嗨！爭奈俺兩口兒年紀老了也！（正末唱：）

【朝天子】哎喲！可則俺兩口兒都老邁，肯分的便正該。天那！天那！也是俺注定的合受這饑寒債。我如今無鋪無蓋，教我冷難挨。肯分的雪又緊，風偏大，到晚來，可便不敢番身，拳成做一塊。天那！天那！則俺兩口兒受冰雪堂地獄災。我這裏跪在大街，望着那發心的爺娘每拜。

（卜兒云：）老的，這般風又大，雪又緊，俺如今身上無衣，肚裏無食，眼見的不是凍死，便是餓死也！（正末唱：）

【四邊靜】哎喲！正値着這冬寒天色，破瓦窰中，又無些米柴，眼見的凍死屍骸，料沒個人瞅睬。誰肯着半掀㈤兒家土埋，老業人眼見的便撇在這荒郊外。

（雜當上，云：）兀的那老兩口兒！比及你在這裏叫化；相國寺裏散齋哩，你那裏求一齋去不好那。（正末云：）多謝哥哥，元來相國寺裏散齋哩，婆婆，去來，去來。（卜兒云：）老的也，俺往那裏叫化去？（正末唱：）

【普天樂】聽言罷，不覺笑咍咍。我這裏剛行剛驀，把我這身軀强整，將我這脚步兒忙擡。（云：）官人，叫化些兒波！（雜當云：）無齋了也。（正末唱：）哎！可道哩餓紋在口角頭，食神在天涯外。不似俺這兩口兒公婆每，便窮的來煞直恁般運拙也那時乖。（云：）官人也，（唱：）但的他殘湯半碗，充實我這五臟。（帶云：）不濟事，不濟事。（唱：）哎！婆婆也，咱去來波，可則索與他日轉千街㈥。

（雜當云：）你來早一步兒可好，齋都散完了也。（正末云：）官人可憐見，叫化些兒波。（雜當云：）無了齋也。（小末云：）爲甚麼大呼小叫的？（雜當云：）門首有兩個老的討齋，來的遲，無了齋也。（小末云：）老和尙，有下官的那一分齋，與了那兩口兒老的吃罷。（雜當云：）

理會的。兀那老的，你來的遲，無有齋了；這個是相公的一分齋，與你這老兩口兒。你吃了，你過去謝一謝那相公去。（正末云：）多謝了！婆婆，你吃些兒，我也吃些兒，留着這兩個饅頭，喒到破瓦窰中吃。婆婆，你送這碗兒去。（卜兒云：）我送這碗兒去。（正末云：）就謝一謝那官人。（卜兒云：）我知道。（見小末做拜科，云：）積福的官人，今世裏爲官受祿，到那生那世，還做官人。（做認小末科）（小末云：）這老的怎生看我？（卜兒云：）官人官上加官，祿上進祿，輩輩都做官人。（出門科，云：）這官人，好和那張孝友孩兒廝似也。仔細打看，全是我那孩兒。我對那老的說去，着他打這弟子孩兒。（見末云：）老的也，喜歡咱。（正末云：）什麼那？婆婆。（卜兒云：）你笑一個。（正末云：）我笑什麼？（卜兒云：）你笑。（正末云：）哦，我笑。（做笑科）（卜兒云：）你大笑。（正末做大笑科）（卜兒云：）你也是個傻老弟子孩兒。如今喒那張孝友孩兒有了也！（正末云：）在那裏？（卜兒云：）原來散齋的那官人，正是張孝友孩兒。（正末云：）婆婆，眞個是？（卜兒云：）我的孩兒，如何不認的？我這眼不喚做眼，喚做琉璃葫蘆兒，則是明朗朗的。（正末云：）是眞個？我過去，打這弟子孩兒。婆婆，可是也不是？（卜兒云：）我這眼，則是琉璃葫蘆兒。（正末云：）我則記着你那琉璃葫蘆兒。（卜兒云：）則是個明朗朗的。（正末見小末云：）生忿忤逆的賊也！（小末云：）長老，他喚你哩。（長老云：）相公，他喚你哩。（正末唱：）

【上小樓】甚風兒便吹他到來，也有日重還鄉界。則俺這煩煩惱惱，哭哭啼啼，想殺我兒也，怨怨哀哀。到如今可也便歡歡愛愛，瀟瀟灑灑，無妨無碍。（小末云：）兀那老的，你說甚麼那？（正末云：）生忿忤逆的賊也！（唱：）哎！怎把這雙老爹娘，做外人看待！

（卜兒云：）老的，他正是我的兒。（小末云：）兀那老的，你說什麼我的兒？我且問你，你那兒可姓什麼那？（正末云：）我的兒姓張，叫做張孝友。（小末云：）兀的你孩兒姓張，是張孝友；我姓陳，是陳豹；你怎生說我是你的兒？（卜兒云：）呀！他改了姓也。（小末云：）你的孩兒，去時多大年紀？（正末云：）他去時三十歲也，去了十八年，如今該四十八歲。（小末云：）你的孩兒，去時三十歲，去了十八年，如今該四十八歲。這等說將起來，你那孩兒去時節，我還不曾出世哩。（正末云：）婆婆，不是了也。（卜兒云：）我道不是了麼。（正末云：）可不道你這眼是琉璃葫蘆兒？（卜兒云：）則纔寺門前擠破了也。（小末云：）兀那老的，你那孩兒，怎生與下官面貌相似？你試說與我聽咱。（正末云：）官人，聽我說波。（唱：）

【么篇】您兩個，恰便似一箇印盒印盒裏脫將下來，您兩個，都一般容顏，一般模樣，一般箇身材。哎！我好呆也，合該十分寧奈㈦。（云：）相公恕老漢年紀老了。（唱：）我老漢可便眼昏花，錯認了你個相公休怪。

（正末做跪拜請罪科）（小末云：）兀那老的拜將下去，我背後恰便似有人推起我來一般；莫不這老的他福分倒大似我？我不恠你，你回去。（正末云：）多謝了官人！（小末云：）你且回來。（正末云：）官人莫非還恠着老漢麼？（小末云：）我說道不恠，怎麼還恠着你。我見你那衣服破碎，與你這塊絹帛兒，補了你那衣服，你將的去。（正末云：）多謝了官人！這個官人又不打我，又不罵我，又與我這塊絹帛兒，着我補衣服，我是看咱。（哭科，云：）我道是甚麼來，原來是我那孩兒臨去時，留下的那半壁汗衫兒。哎！這有甚麼難見處？眼見的是那婆子恰纔過來謝那官人，篤速速的掉了。我如今問他，若是有呵，便是那官人的；若是沒呵，我可不到的饒了他哩。婆婆，俺那孩兒的呢？（卜兒云：）孩兒的什麼？（正末云：）孩兒臨去時留下的那半壁汗衫兒在那裏？（卜兒云：）我恰纔忘了，你又題將起來。我爲那汗衫兒呵，則怕掉了，我牢牢的揣在我這懷裏。（做取科，云：）兀的不是我孩兒的？（正末云：）我這裏也有半壁兒。（卜兒云：）你那裏得來？（正末云：）嗒是比着，可不正是我那孩兒的汗衫兒那！（做悲科，云：）哎喲！眼見的無了我那孩兒也！兀的不苦痛殺我也！（唱：）

【脫布衫】我這裏便覷絕時兩淚盈腮，不由我不感嘆傷懷，則被你拋閃殺您這爹爹和您妳妳。婆婆也，去來波，問俺那少年兒是在也不在？

（見小末云：）官人，這半壁汗衫兒不打緊，上面干連着兩個人的性命哩。（小末云：）你看這老的波，怎生干連着兩個人性命？你是說一遍，我是聽咱。（正末唱：）

【小梁州】想當初他一領家這衫兒，是我拆開，不俫，問相公，這一半兒那裏每可便將來？（小末云：）你爲甚麼這等窮暴了來？（正末唱：）想着俺那二十年前有家財。（小末云：）你姓甚名誰？（正末唱：）則我是張員外。（小末云：）哦！張員外！你在那裏居住？（正末唱：）我家住、住在馬行街。

（小末云：）你家曾爲什麼事來？（正末唱：）

【么篇】只爲那當年認了個不良賊，送的俺一家兒橫禍非災。（小末云：）你那孩兒那裏去了？（正末唱：）俺孩兒聽了他胡言亂道巧差排，便待離家鄉做些買賣。（小末云：）他曾有書信來麼？（正末云：）俺孩兒去了十八年也。（唱：）只一去不回來。

（小末云：）兀那老兩口兒，你莫不是金獅子張員外麼？（正末云：）則我便是金獅子張員外，婆婆趙氏。官人曾認的個陳虎麼？（小末云：）誰將俺父親名姓叫？（正末云：）你還認的個李玉娥麼？（小末云：）這是我母親的胎諱，你怎生知道？（正末云：）喒都是老親哩！（卜兒云：）老的，我想起來了也。這廝正是媳婦兒懷着十八個月不分娩，生這個弟子孩兒那！（小末云：）既是老親，你老兩口兒跟我去來。（正末云：）婆婆，他要帶將俺去哩，喒去不去？（卜兒云：）休去。（正末云：）爲甚麼？（卜兒云：）說道一路上有强人哩。（正末云：）有甚麼强人？敢問官人，要帶我去時，着我在那裏相等？（小末云：）我與你些碎銀，到徐州安山縣金沙院相等。你老兩口兒小心在意者。（正末唱：）

【耍孩兒】你將這衫兒半壁親稍帶，只說是馬行街公婆每都老憊。官人呵，這言語休着您爺知，（小末云：）怎生休着他知道？（正末唱：）則去那娘親上分付明白。則要你一言說透千年事，俺也不怕十謁朱門九不開，那賊漢當天敗。婆婆，這也是災消福長，苦盡甘來。

（云：）婆婆，我和你去來，去來。（唱：）

【煞尾】我再不去佛囉佛囉、將我這頭去磕，天那天那、將我這手去擱。我但能勾媳婦

兒覷着咱這沒主意的公婆拜，我今日先認了那個孫兒大古來咪。（同卜兒下）

（小末云：）老和尚，多累了。下官則今日收拾行程，還家中去來。（詩云：）親承母親命，稍帶汗衫來。誰知相國寺，即是望鄉臺。（下）

〔一〕無遮大會——佛教法會名稱。就是寬容無阻，無論賢聖道俗貴賤上下，一律都可以參加的大法會。

〔二〕薄藍——或作孛籃，蒲籃。就是笸籃。

〔三〕檀越——越，一般作越。檀越，和尚對施主的稱呼。

〔四〕水牀——蒸屜，水屜。

〔五〕掀——杴（ㄒㄧㄢ）的借用字。杴，一種長柄農具，撮土撮麥等事用的。

〔六〕日轉千街——日轉千堦，本指官吏陞遷很快，一天陞一級。這裏用『街』諧『堦』的音，說乞丐沿街叫化，是打諢取笑的話。

〔七〕寧奈——或作寧耐。忍耐，安心。

第四折

（邦老同旦兒上）（邦老云：）自家陳虎的便是。我這一日吃酒多了，那小廝不知被母親唆使他那裏去，至今還不回來。莫不是去做賊那？（旦兒云：）他應武舉去了也。（邦老云：）既是應武舉去了，不得官，教他不要來見我。今日有些事幹，我要到窩弓峪裏尋個人去。大嫂，你看着家者。（下）（旦兒云：）這賊漢去了，我到門首覷着，看有甚麼人來。（小末上，云：）下官陳豹。自相國寺見了那兩口兒老的，我稍帶將來了。下官先到家中，見母親走一遭去。可早來到嗒家門首也。（做見拜科，云：）母親，您孩兒一舉中了武狀元，現授本處提察使。（旦兒云：）孩兒得了官，兀的不喜歡殺我也！孩兒，那馬行街張家兩口兒老的，你見來麼？（小末云：）那兩口兒老的，孩兒尋見了，隨後便來也。母親，他和嗒是甚麼親眷？（旦兒云：）孩兒你休問他，他和嗒是老親。（小末云：）便是老親，也有近的，也有遠的；母親怎葫蘆提只說老親，不說一箇明白與孩兒知道。（旦兒云：）孩兒，我說則說，你休煩惱。（小末云：）我不煩惱。（旦兒云：）孩兒你不知，兀那陳虎，不是你的父親，嗒也不是這裏人，元是南京馬行街竹竿巷人氏，金獅子張員外家媳婦。十八年前，陳虎將你父親張孝友推在黃河裏淹死了，你是我帶將來生下的。那兩口兒老的，則他便是金獅子張員外。（小末云：）母親不說，您孩兒怎知。（做氣死科）（旦兒云：）孩兒甦醒着，不爭你死了，誰與你父親報讐？（小末醒科，云：）這賊漢原來不是我的親爺！母親，那賊漢那裏去了？（旦兒云：）他到窩弓峪裏尋個人去了。（小末云：）這賊漢合死，他是一隻虎，入窩弓峪裏去，那得個活的人來！（詩云：）我聽說罷緊皺眉頭，不覺的兩淚交流。今朝去窩弓峪裏，拏賊漢報父寃讐。（下）（旦兒云：）孩兒拏陳虎去了。我聽的說金沙院廣做道場，超度亡魂，我也到那裏去搭一分齋，追薦我亡夫張孝友去來。（下）（趙與孫做巡檢上，云：）自家趙與孫的便是。自從那日張員外家齎發了我的盤纏，迭配沙門島去，幸得彼處上司，道我是個路見不平，拔刀相助的義士，屢次着我捕盜，有功，加授巡檢之職。因爲這裏窩弓峪是個强盜出沒的淵藪，撥與我五百名官兵，把守這窩弓峪隘口，盤詰奸細，緝捕盜賊。我想當日若無張員外救我，可不死在沙門島路上多時了。我有恩的，是馬行街竹竿巷金獅子張員外，院君趙氏，小大哥張孝友，大嫂李玉娥；有讐的，是陳虎：似印板兒記在心上，不曾忘着哩。（詩云：）感恩人救咱難苦，有讐的是他陳虎。知何日遂我心懷，報恩讐留名萬古。（弓兵拏正末、卜兒上，云：）有兩口兒老的，背着一個包兒，在此窩弓峪經過，小的每見他是面生可疑之人，拏來盤詰者。（正末云：）大王饒命咱！（弓兵喝科，云：）不是大王；是巡檢老爺，奉上司明文，把守窩弓峪，盤詰奸細的。

（正末唱：）

【雙調新水令】您奪下的是輕裘肥馬他這不公錢；俺如今受貧窮，有如那范丹、原憲(一)。（趙興孫云：）你兩個老的那裏去也？（正末唱：）俺只問金沙院在那裏，不想道窩弓峪經着您山前。（弓兵云：）有甚麼人事送些與老爺，就放了你去。（正末唱：）可憐俺赤手空拳，望將軍覷方便。

（趙興孫云：）兀那老的，你那裏人氏？姓甚名誰？（正末云：）老漢金獅子張員外，婆婆趙氏。（趙興孫云：）誰是金獅子張員外？（正末云：）則老漢便是。（趙興孫云：）你認得我麼？（正末云：）你是誰？（趙興孫云：）我那裏不尋，那裏不覓員外！（詩云：）我纔聽說罷笑欣欣，連忙扶起大恩人。你是那十八年前張員外，則我便是披枷帶鎖的趙興孫。左右，扶着員外、院君，受趙興孫幾拜。（正末云：）將軍休拜，可折殺老漢兩口兒也！（趙興孫云：）員外怎生這般窮暴了來？（正末云：）將軍，只被陳虎那廝，送了俺一家兒也。（趙興孫云：）小大哥，大嫂，都那裏去了？（正末唱：）

【小將軍】休提起俺那小業冤，他剔騰(二)了我些好家緣。（趙興孫云：）員外偌大莊宅，可還在麼？（正末唱：）典賣了莊田，火燒了俺宅院。（趙興孫云：）嗨！好可憐人也。（正末唱：）直閃的俺這兩口兒可也難過遣。

（趙興孫云：）員外，你如今怎地做個營生，養贍你那兩口兒來？（正末唱：）

【清江引】到晚來枕着的是多半個甎，每日在長街上轉，口叫爺娘佛，（趙興孫云：）也有肯捨貧的麼？（正末唱：）無人可憐見。（趙興孫云：）陳虎那廝好狠也！（正末唱：）陳虎唻，我和你便有甚麼那箇殺父母的寃？

（趙興孫云：）看那廝也好模好樣的，可怎生這等歹心？（正末唱：）

【碧玉簫】那廝模樣兒慈善，賊漢軟如綿；心腸兒機變，賊膽大如天。（趙興孫云：）這元是小大哥認義他來。（正末唱：）俺孩兒信他言，信他言，撇上船。（趙興孫云：）小大哥去了多時也，曾有書信寄回麼？（正末唱：）他去了十八年，不能勾見。（趙興孫云：）員外，你這幾年可在那裏過活？（正末唱：）哎喲！天那！只俺兩口兒叫化在這悲田院。

（趙興孫云：）誰想陳虎這般毒害。員外，那陳虎元是徐州人，這窩弓峪正是徐州地方，我務要拏住此賊，雪恨報讐。我先與你些碎銀兩做盤纏去，只在金沙院裏等着我者。（同下）（張孝友扮僧人上，詩云：）一生皆是命，半點不由人。自家張孝友的便是。則從陳虎那廝推我在黃河裏，多虧了打漁船，救了我性命，今經十八年光景，好過的疾也。我如今在這金沙院捨俗出家，這幾日有那捨錢的做好事，徒弟，與我動法器者。（正末同卜兒上，云：）婆婆，金沙院裏做好事哩，喒與孩兒揷一簡〔三〕去來。（見科）（正末云：）師父，俺特來揷一簡兒。（張孝友云：）那裏走將兩口兒叫化的來，倒好面善。（正末云：）俺怎生是叫化的？（張孝友云：）你不是叫化的是甚麼？（正末云：）俺是那沿門兒討冷飯吃的！（張孝友云：）左右一般。（正末云：）當初也是好人家來。（張孝友云：）兀那兩口兒老的，你當初怎樣的好人家？（正末云：）師父，你聽我說咱。（唱：）

【沽美酒】若說着俺祖先，好家私似潑天。（張孝友云：）老的，你敢說大話蓋着我哩。（正末唱：）俺正是披着蒲席說大言。（張孝友云：）老的，你那家鄉何處？本貫何方？（正末唱：）若說着俺家鄉，可便不遠，祖居是住在梁園〔四〕。

（張孝友云：）你平日間，做什麼營生買賣？（正末唱：）

【太平令】則我在那馬行街裏，開着座門面。師父也，與你這花銀，權當做些經錢。（張孝友云：）哦！他也在馬行街住哩。老的，你可要看誦什麼經卷？（正末唱：）梁武懺〔五〕多看幾卷。（張孝友云：）再呢？（正末唱：）消災咒勝讀幾遍。告師父也可憐可憐我那命蹇。（張孝友云：）你追薦什麼人？（正末唱：）與俺個張孝友孩兒追薦。

（張孝友云：）你追薦誰？（正末云：）師父，我追薦亡靈張孝友。（張孝友云：）這個正是我父親、母親！我再問咱，你追薦什麼人？（正末云：）追薦亡靈張孝友。（張孝友云：）追薦什麼人？（正末云：）你將我那銀子來還我，另尋一箇有耳朵的和尚念經去。（張孝友云：）那個和尚沒耳朵，這個正是我父親、母親。（拜科）父親、母親，則我便是張孝友。（卜兒云：）哎喲！有鬼也！有鬼也！（正末唱：）

【鴈兒落】則你這惡芒神〔六〕休厮纏，我待超度你在這金沙院。可憐我每日家思念你千萬遭，呫題〔七〕道有十餘遍。

（張孝友云：）父親、母親，您孩兒不是鬼，是人。（正末唱：）

【得勝令】呀！原來這和尚每都會通仙，我活了七十歲，不曾見。則你屍首歸何處，兒也，你今日個陰魂在眼前。（云：）你若是人呵，我叫你三聲，你一聲高一聲；你若是鬼呵，我叫你三聲，你一聲低似一聲。（張孝友云：）你叫我答應。（正末云：）張孝友兒也！（張孝友云：）哎。（正末云：）是人，是人！張孝友兒也！（張孝友云：）哎。（正末云：）是人，是人！張孝友兒也！（張孝友云：）偏生的堵了一口氣兒。（做低應科云：）哎。（正末云：）有鬼也！（張孝友云：）父親、母親，我不是鬼，是人。（正末唱：）也是我心專，作念的一靈兒須活現。留得你生全，免的我兩口兒長掛牽。

（張孝友云：）父親、母親，我是人。（正末云：）孩兒也，你爲甚麼在這裏出家？（張孝友云：）父親、母親不知。自從離了家來，被陳虎那廝推在黃河裏，多虧了打魚船，救了我性命，因此上就在這裏捨俗出家。（正末云：）今日認着了孩兒，兀的不歡喜殺我也！（旦兒上，云：）來到此間，正是金沙院了。進院去，追薦我亡夫張孝友咱。（見正末科，云：）兀的不是公公婆婆！（正末云：）兀的不是李玉娥媳婦兒！（卜兒云：）哎喲！媳婦兒也！（張孝友云：）阿彌陀佛！這個是誰？（卜兒云：）這便是媳婦兒。（張孝友做認科，云：）我那大嫂也！（卜兒云：）媳婦兒，你這十八年在那裏來？（旦兒云：）婆婆，被陳虎那賊拐帶將這裏來。（正末云：）你那孩兒回家了麼？（旦兒云：）他如今拏陳虎那賊去，這早晚敢待來也。（邦老上，云：）我陳虎，來到這窩弓峪裏，怎麼那眼皮兒連不連的只是跳，也不知是跳財是跳災。你看後面慌張張趕上來的，是什麼人？（小末上，云：）兀那殺父親的賊，休走！（邦老云：）你這小賊，一向躲在那裏？誰殺你父親來！（小末云：）你還要賴哩！我父親張孝友，不是你這賊推在水裏渰死了？我不拏住你碎屍萬段，怎報的我這讐恨！（打科）（邦老云：）我打他不過，三十六計，走為上計。只是跑，只是跑。（小末云：）你這賊往那裏去？（趙興孫領弓兵冲上，云：）兀的不是陳虎！左右，與我拏住者。（邦老云：）悔氣！偏生又撞着那個披枷帶鎖的。我死也！（小末見科，云：）敢問大人貴姓？（趙興孫云：）小官姓趙，名興孫，現做本處巡檢，把守窩弓峪隘口。我有恩的是金獅子張員外，有讐的是陳虎。適纔張員外見過了，約他在金沙院相會，恰好拏住陳虎。小官報恩報讐，都在這一日哩。（小末云：）大人，小官忝授這裏提察使，就是張員外的親孫。（趙興孫云：）這等，大人是趙興孫的上司也。（小末云：）且喜拏住陳虎，我和你同到金沙院去來。（見旦兒，云：）兀的不是母親！（旦兒云：）孩兒，你拜了公公婆婆咱。（小末云：）公公婆婆請坐，受孫兒幾拜。（正末云：）我今日又認着個孫兒，兀的不歡喜殺我也！（旦兒云：）孩兒，你拜了父親咱。（小末云：）母親，誰是您孩兒的父親？（旦兒云：）就是這個師父。（小末云：）母親，你好喬也！丟了一箇賊漢，又認了一箇禿厮那。（旦兒云：）孩兒，這師父正是你父親張孝友。（小末云：）父親請坐，受孩兒幾拜。（正末云：）孫兒，那陳虎曾拏得着麼？（小末云：）幸得這裏一個巡檢趙興孫，替孫兒拏着了，現在外面。（正末云：）哦！元來果然是趙興孫拏了也！快請進來。（趙興孫見科，云：）老員外，老院君，早見過了。這一個師父，一個大嫂，是誰？（正末云：）這便是孩兒張孝友，媳婦兒李玉娥。（趙興孫云：）正是我恩人，請上，受趙興孫幾拜。（正末云：）孫兒過來，他替你拏得陳虎，你須拜謝者。（小末做謝科，趙興孫云：）不敢，不敢！大人是上司哩。左右，綁過陳虎那賊來，當大人面前殺了罷。（張孝友云：）不要殺他。（正末云：）爲甚麼不要殺他？（張孝友云：）我眼裏偏識這等好人。（趙興孫云：）天下喜事，無過夫妻子母完聚。就今日殺羊造酒，做一箇大大的筵席慶喜咱。（正末唱：）

【殿前喜】您道一家骨肉再團圓，這快心兒不是淺，便待要殺羊造酒大開筵。多只是天見憐，道我個張員外人家善，也曾濟貧救苦，捨了偌多錢；今日個着他後人兒還貴顯。

（外扮府尹領祗從人上，云：）老夫姓李名志，字國用，官拜府尹之職。奉聖人的命，勅賜勢劍金牌，着老夫遍行天下，專理銜冤負屈不平之事。今有金獅子張員外，被賊徒陳虎圖財陷害，是老夫體察眞實，奏過聖人，今日親身到此，判斷這樁公案。聞知都在金沙院裏，可早來到也。張義，裴香來。您一行望闕跪者，聽老夫下斷。（詞云：）奉勑旨採訪風傳，爲平民雪枉伸寃。張員外合家歡樂，李玉娥重整姻緣。將陳虎碎屍萬段，梟首級號令街前。李府尹今朝判斷，拜皇恩厚地高天。

題目　東嶽廟夫妻占玉珓
正名　相國寺公孫合汗衫

〔一〕原憲——春秋時人，孔子的弟子。他住着草房，穿着破爛衣服，不認爲是苦事。
〔二〕剔騰——或作踢蹬，踢騰。揮霍，敗壞。
〔三〕揷一簡——這裏是搭着、附帶做一點功德的意思。
〔四〕梁園——漢代園名，在河南開封縣境。這裏指開封。
〔五〕梁武懺（ㄔㄢ）——即『梁皇懺』。梁武帝爲他的皇后郗氏所作的懺法的名稱。懺，是一種迷信的儀式：延請和尙替死者誦經懺悔，叫做『拜懺』。
〔六〕芒神——勾芒神。勾芒，本是古代管木的官，木初生時，勾屈而有芒角，因稱爲勾芒；後來又當作神名。這裏是取其糾纏的意思。
〔七〕呫（ㄉㄧㄢ）題——亦作怗題。口裏念叨、掛念的意思。

據明崇禎刻本柳枝集影印

迷靑瑣倩女離魂雜劇

元　鄭德輝（一）撰

楔　子

（旦扮夫人引從人上，詩云：）花有重開日，人無再少年。休道黃金貴，安樂最値錢。老身姓李；夫主姓張，早年間亡化已過。止有一個女孩兒，小字倩女，年長一十七歲。孩兒鍼指女工，飲食茶水，無所不會。先夫在日，曾與王同知家指腹成親，王家生的是男，名喚王文舉。此生年紀今長成了，聞他滿腹文章，尙未娶妻。老身也曾數次寄書去，孩兒說要來探望老身，就成此親事。下次小的每，門首看者，若孩兒來時，報的我知道。（正末扮王文舉上，云：）黃卷靑燈一腐儒，三槐九棘（二）位中居。世人只說文章貴，何事男兒不讀書。小生姓王，名文舉。先父任衡州同知，不幸父母雙亡。父親存日，曾與本處張公弼指腹成親，不想先母生了小生，張宅生了一女，因伯父下世，不曾成此親事。岳母數次寄書來問，如今春榜動，選場開，小生一者待往長安應舉，二者就探望岳母，走一遭去。可早來到也。左右，報復去，道有王文舉在于門首。（從人報科，云：）報的夫人知道：外邊有一個秀才，說是王文舉。（夫人云：）我語未懸口，孩兒早到了。道有請。（做見科）（正末云：）孩兒一向有失探望，母親請坐，受你孩兒幾拜。（做拜科）（夫人云：）孩兒請起，穩便。（正末云：）母親，你孩兒此來，一者拜候岳母，二者上朝進取去。（夫人云：）孩兒請坐。下次小的每，說與梅香，綉房中請出小姐來，拜哥哥者。（從人云：）理會的。後堂傳與小姐，老夫人有請。（正旦引梅香上，云：）妾身姓張，小字倩女，年長一十七歲。不幸父親亡逝已過。父親在日，曾與王同知指腹成親，後來王宅生一子是王文舉，俺家得了妾身。不想王生父母雙亡，不曾成就這門親事。今日母親在前廳上呼喚，不知有甚事，梅香，跟我見母親去來。（梅香云：）姐姐行動些。（做見科）（正旦云：）母親，喚您孩兒有何事？（夫人云：）孩兒，向前拜了你哥哥者。（做拜科）（夫人云：）孩兒，這是倩女小姐。且回綉房中去。（正旦出門科，云：）梅香，嗜那裏得這個哥哥來？（梅香云：）姐姐，你不認的他？則他便是指腹成親的王秀才。（正旦云：）則他便是王生？俺母親着我拜爲哥哥，不知主何意也呵？（唱：）

【仙呂賞花時】他是箇矯帽輕衫小小郎，我是箇繡帔香車楚楚娘，恰才貌正相當。俺娘向陽臺路上，高築起一堵雨雲墻。

【么篇】可待要隔斷巫山窈窕娘，怨女鰥男各自傷。不爭你左使着一片黑心腸，你不拘箝〔三〕我可倒不想，你把我越間阻，越思量。（同梅香下）

（夫人云：）下次小的每，打掃書房，着孩兒安下，温習經史，不要悮了茶飯。（正末云：）母親，休打掃書房，您孩兒便索長行，往京師應舉去也。（夫人云：）孩兒，且住一兩日，行程也未遲哩。（詩云：）試期尚遠莫心焦，且在寒家過幾朝。（正末詩云：）只爲禹門〔四〕浪煖催人去，因此匆匆未敢問桃夭〔五〕。（同下）

〔一〕鄭德輝——名光祖，字德輝，平陽襄陵人。以儒補杭州路吏。病卒，火葬於西湖靈芝寺。作劇十七種，現存王粲登樓、周公攝政、㑳梅香、倩女離魂、三戰呂布等劇。

〔二〕三槐九棘——古代，在皇帝的外朝種植槐、棘，作爲朝見時朝臣的位置、次序的標誌；因用以指官位。『三』『九』，表示多的意思。

〔三〕拘箝——拘束，管敎。

〔四〕禹門——即龍門；在山西河津縣西北，陝西韓城縣東北，分跨黃河兩岸，形如門闕，相傳是夏禹所開鑿的。古代傳說：鯉魚跳過龍門，就可以變成龍。這裏比喻赴京城應考。

〔五〕桃夭——詩經周南中的篇名。是歌詠女子能及時結婚的詩。

第一折

（正旦引梅香上，云：）妾身倩女，自從見了王生，神魂馳蕩。誰想俺母親悔了這親事，着我拜他做哥哥，不知主何意思？當此秋景，是好傷感人也呵！（唱：）

【仙呂點絳唇】捱徹涼宵，颯然驚覺，紗窗曉。落葉蕭蕭，滿地無人掃。

【混江龍】可正是暮秋天道，儘收拾心事上眉梢，鏡臺兒何曾覽照，繡針兒不待拈着。常恨夜坐窗前燭影昏，一任晚妝樓上月兒高。俺本是乘鸞艷質，他須有中雀〔一〕丰標：苦被煞尊堂間阻，爭把俺情義輕拋。空悞了幽期密約，虛過了月夕花朝。無緣配合，有分煎熬。情默默難解自無聊，病懨懨則怕娘知道。窺之遠，天寬地窄；染之重，夢斷魂勞！

（梅香云：）姐姐，你省可裏煩惱。（正旦云：）梅香，似這等，幾時是了也？（唱：）

【油葫蘆】他不病倒，我猜着敢消瘦了。被拘箝的不忿心，教他怎動脚？雖不是路迢迢，早情隨着雲渺渺，淚灑做雨瀟瀟。不能勾傍闌干數曲湖山葬，恰便似望天涯一點青山小。（帶云：）秀才他寄來的詩，也埋怨俺娘哩。（唱：）他多管是意不平，自發揚，心不遂，閒綴作。十分的賣風騷，顯秀麗，誇才調。我這裏詳句法，看揮毫。

【天下樂】只道他讀書人志氣高，元來這凄凉甚日了。想俺這孤男寡女忒命薄！我安排着鴛鴦宿，錦被香；他盼望着鸞鳳鳴，琴瑟調：怎做得蝴蝶飛，錦樹繞。

（梅香云：）姐姐，那王秀才生的一表人物，聰明浪子，論姐姐這個模樣，正和王秀才是一對兒。姐姐，且寬心，省煩惱。（正旦云：）梅香，似這般，如之奈何也！（唱：）

【那吒令】我一年一日過了，團圓日較少；三十三天覷了，離恨天最高；四百四病害了，相思病怎熬。（帶云：）他如今待應舉去呵！（唱：）千里將鳳闕攀，一舉把龍門跳，接絲鞭(三)，總是妖嬈。

（梅香云：）姐姐，那王生端的內才外才相稱也。（正旦唱：）

【鵲踏枝】據胸次，那英豪；論人品，更清高。他管跳出黃塵，走上青霄。又不比鬧清曉，茅檐燕雀；他是掣風濤，混海鯨鰲。

（帶云：）梅香，那書生呵！（唱：）

【寄生草】他拂素楮，鵞溪蠒〔三〕；蘸中山玉兎毫〔四〕：不弱如駱賓王夜作論天表〔五〕，也不讓李太白醉寫平蠻藁〔六〕，也不比漢相如病受徵賢詔。他辛勤十年書劍洛陽城，決崢嶸一朝冠蓋長安道。

（梅香云：）姐姐，王生今日就要上朝應舉去，老夫人着俺折柳亭與哥哥送路哩。（正旦云：）梅香，喒折柳亭與王生送路去來。（同下）（正末同夫人上，云：）母親，今日是吉日良辰，你孩兒便索長行，往京師進取去也。（夫人云：）孩兒，你既是要行，我在這折柳亭上與你餞行。小的每，請小姐來者。（正旦引梅香上，云：）母親，孩兒來了也。（夫人云：）孩兒，今日在這折柳亭與你哥哥送路，你把一盃酒者。（正旦云：）理會的。（把酒科，云：）哥哥，滿飲一盃。（正末飲科，云：）母親，你孩兒今日臨行，有一言動問：當初先父母曾與母親指腹成親，俺母親生下小生，母親添了小姐。後來小生父母雙亡，數年光景，不曾成此親事。小生特來拜望母親，就問這親事。母親着小姐以兄妹稱呼，不知主何意？小生不敢自專，母親尊鑒不錯。（夫人云：）孩兒，你也說的是。老身爲何以兄妹相呼？——俺家三輩兒不招白衣秀士。想你學成滿腹文章，未曾進取功名。你如今上京師，但得一官半職，回來成此親事，有何不可。（正末云：）既然如此，索是謝了母親，便索長行去也。（正旦云：）哥哥，你若得了官時，是必休別接了絲鞭者！（正末云：）小姐但放心，小生得了官時，便來成此親事也。

（正旦云：）好是難分別也呵！（唱：）

【村里迓鼓】則他這渭城朝雨，洛陽殘照，雖不唱陽關曲本；今日來祖送長安年少：兀的不取次〔七〕棄舍，等閑抛掉，因而〔八〕零落！（做歎科，云：）哥哥！（唱：）恰楚澤深，秦關杳，泰華高。嘆人生，離多會少！

（正末云：）小姐，我若爲了官呵，你就是夫人縣君也。（正旦唱：）

【元和令】盃中酒，和淚酌；心間事，對伊道，似長亭折柳贈柔條。哥哥，你休有上梢沒下梢。從今虛度可憐宵，奈離愁不了！

（正末云：）往日小生也曾掛念來！（正旦云：）今日更是凄涼也！（唱：）

【上馬嬌】竹窻外響翠梢，苔砌下深綠草，書舍頓蕭條，故園悄悄無人到。恨怎消，此際最難熬！

【游四門】抵多少彩雲聲斷紫鸞簫，今夕何處繫蘭橈。片帆休遮，西風惡，雪捲浪淘淘。岸影高，千里水雲飄。

【勝葫蘆】你是必休做了冥鴻惜羽毛。常言道：好事不堅牢。你身去休教心去了。對郎君低告，恰梅香報道，恐怕母親焦。

（夫人云：）梅香，看車兒着小姐回去。（梅香云：）姐姐，上車兒者。（正末云：）小姐請回，小生便索長行也。（正旦唱：）

【後庭花】我這裏翠簾車先控着，他那裏黃金鐙懶去挑。我淚濕香羅袖，他鞭垂碧玉梢。望迢迢恨堆滿西風古道，想急煎煎人多情人去了，和青湛湛天有情天亦老。俺氣氳氳喟然聲不定交，助疎刺刺動羈懷風亂掃，滴撲簌簌界殘妝粉淚拋，灑細濛濛浥香塵暮雨飄。

【柳葉兒】見淅零零滿江干樓閣，我各刺刺坐車兒懶過溪橋，他矻蹬蹬馬蹄兒倦上皇州道。我一望望傷懷抱，他一步步待迴鑣，早一程程水遠山遙。

（正末云：）小姐放心，小生得了官，便來取你，小姐請上車兒回去罷。（正旦唱：）

【賺煞】從今後只合題恨寫芭蕉，不索占夢揲蓍草〔九〕。有甚心腸，更珠圍翠遶。我這一點眞情魂縹緲，他去後，不離了前後周遭。厮隨着司馬題橋，也不指望駟馬高車顯榮耀。不爭把瓊姬棄却，比及盼子高來到，早辜負了碧桃花下〔一〇〕鳳鸞交。（同梅香下）

（正末云：）你孩兒則今日拜別了母親，便索長行也。左右，將馬來，則今日進取功名，走一遭去。（下）（夫人云：）王秀才去了也，等他得了官回來，成就這門親事，未爲遲哩。（下）

〔一〕中雀——唐代竇毅在屏風上畫了兩隻孔雀，說：若有人射中孔雀眼睛，就把女兒嫁給他。唐高祖射中，就娶了他的女兒。這兩字後來作爲擇婿中選的代詞。

〔二〕接絲鞭——傳說古代在招親時，女方送給男方絲鞭，作爲一種締結姻親的儀式。男方接受絲鞭，就是表示同意。

〔三〕鵞溪蠒（ㄐㄧㄢˇ）——鵝溪，在四川省鹽川縣西北，古時以產絹出名，稱爲『鵞溪絹』。宋代用它來寫字、畫畫；因此後來成爲紙的代稱。

〔四〕中山玉兎毫——指筆。中山，古代國名，即今河北省中部一帶地；所產的白兎毛，最適宜於作毛筆，後來就把『兎毫』作爲筆的代稱。

〔五〕駱賓王夜作論天表——駱賓王，唐代文人。他作有討武則天檄。

〔六〕李太白醉寫平蠻稾——李白，字太白，唐代大詩人。唐玄宗曾召見他，命他『草答蕃書』。後來戲劇和小說裏就有李太白醉草嚇蠻書的說法。

〔七〕取次——輕易。

〔八〕因而——草率，輕易，馬虎。

〔九〕揲（ㄕㄜ）蓍（ㄕ）草——蓍草，古代占卜時所用的一種草。古人用五十根蓍草卜卦，先拿出一根，然後把其餘的四十九根蓍草分作兩部分，四根一數，以定陰爻或陽爻。這種動作叫做『揲蓍』。

〔一〇〕碧桃花下——宋詞及元曲裏常用這幾個字代表男女幽會的處所。

第二折

（夫人慌上，云：）歡喜未盡，煩惱又來。自從倩女孩兒在折柳亭與王秀才送路，辭別回家，得其疾病，一臥不起。請的醫人看治，不得痊可，十分沉重，如之奈何？則怕孩兒思想湯水吃，老身親自去綉房中探望一遭去來。（下）（正末上，云：）小生王文舉，自與小姐在折柳亭相別，使小生切切于懷，放心不下。今夜艤舟江岸，小生横琴于膝，操一曲以適悶咱。（做撫琴科）（正旦別扮離魂上，云：）妾身倩女，自與王生相別，思想的無奈；不如跟他同去，背着母親，一徑的趕來。王生也，你只管去了，爭知我如何過遣也呵！（唱：）

【越調鬬鵪鶉】人去陽臺，雲歸楚峽。不爭他江渚停舟，幾時得門庭過馬。悄悄冥冥，瀟瀟灑灑，我這裏踏岸沙，步月華；我覷這萬水千山，都只在一時半霎。

【紫花兒序】想倩女心間離恨，趕王生柳外蘭舟，似盼張騫天上浮槎。汗溶溶瓊珠瑩臉，亂鬆鬆雲髻堆鴉，走的我筋力疲乏。你莫不夜泊秦淮賣酒家，向斷橋西下，疎剌剌秋水菰蒲，冷清清明月蘆花。

（云：）走了半日，來到江邊，聽的人語喧鬧，我試覷咱。（唱：）

【小桃紅】驀聽得馬嘶人語鬧喧譁，掩映在垂楊下。諕的我心頭丕丕那驚怕，原來是響璫璫鳴榔板捕魚蝦。我這裏順西風悄悄聽沉罷，趁着這厭厭露華，對着這澄澄月下，驚的那呀呀呀寒鴈起平沙。

【調笑令】向沙堤款踏，莎草帶霜滑。掠濕湘裙翡翠紗，抵多少蒼苔露冷凌波襪。看江上晚來堪畫，玩冰壺瀲灩天上下，似一片碧玉無瑕。

【禿厮兒】你觀遠浦孤鶩落霞，枯藤老樹昏鴉。聽長笛一聲何處發，歌欸乃(二)，櫓咿啞。

（云：）兀那船頭上琴聲響，敢是王生？我試聽咱。（唱：）

【聖藥王】近蓼洼，望蘋花，有折蒲衰柳老蒹葭。近水凹，傍短槎，見烟籠寒水月籠沙，茅舍兩三家。

（正末云：）這等夜深，只聽得岸上女人音聲，好似我倩女小姐，我試問一聲波。（做問科，云：）那壁不是倩女小姐麼？這早晚來此怎的？（魂旦相見科，云：）王生也，我背着母親，一徑的趕將你來，咱同上京去罷。（正末云：）小姐，你怎生直趕到這裏來？（魂旦唱：）

【麻郎兒】你好是舒心的伯牙，我做了沒路的渾家。你道我爲甚麼私離繡榻，——待和伊同走天涯。

（正末云：）小姐是車兒來？是馬兒來？（魂旦唱：）

【么】篑把咱家走乏。比及你遠赴京華，薄命妾爲伊牽掛：思量心，幾時撇下。
【絡絲娘】你拋閃咱；比及見咱，我不瘦殺，多應害殺。（正末云：）若老夫人知道，怎了也？（魂旦唱：）他若是趕上咱，待怎麼？常言道：做着不怕！
（唱：）
（正末做怒科，云：）古人云：聘則爲妻，奔則爲妾。老夫人許了親事，待小生得官，回來諧兩姓之好，却不名正言順。你今私自趕來，有玷風化，是何道理？（魂旦云：）王生！
【雪裏梅】你振色怒增加，我凝睇不歸家。我本眞情，非爲相謊，已主定心猿意馬㊂。
（正末云：）小姐，你快回去罷！（魂旦唱：）
【紫花兒序】只道你急煎煎趲登程路，元來是悶沉沉困倚琴書，怎不教我痛煞煞淚濕琵琶。有甚心着霧鬢輕籠蟬翅，雙眉淡掃宮鴉。似落絮飛花，誰待問出外爭如只在家。更無多話，願秋風駕百尺高帆，儘春光付一樹鉛華。
（云：）王秀才，趕你不爲別，我只防你一件。（正末云：）小姐，防我那一件來？（魂旦唱：）

【東原樂】你若是赴御宴瓊林罷；媒人每攔住馬，高挑起染渲佳人丹青畫，賣弄他生長在王侯宰相家：你戀着那奢華，你敢新婚燕爾在他門下？

（正末云：）小生此行，一舉及第，怎敢忘了小姐！（魂旦云：）你若得登第呵，（唱：）

【綿搭絮】你做了貴門嬌客，一樣矜誇。那相府榮華，錦繡堆壓，你還想飛入尋常百姓家？那時節似魚躍龍門播海涯，飲御酒，插宮花，那其間占鰲頭、占鰲頭登上甲。

（正末云：）小生倘不中呵，却是怎生？（魂旦云：）你若不中呵，妾身荊釵裙布，願同甘苦。（唱：）

【拙魯速】你若是似賈誼困在長沙〔三〕，我敢似孟光般顯賢達。休想我半星兒意差，一分兒抹搭〔四〕。我情願舉案齊眉傍書榻，任粗糲淡薄生涯，遮莫戴荊釵，穿布麻。

（正末云：）小姐既如此真誠志意，就與小生同上京去，如何？（魂旦云：）秀才肯帶妾身去呵，（唱：）

【么篇】把稍公快喚咱，恐家中厮捉拿。只見遠樹寒鴉，岸草汀沙，滿目黃花，幾縷殘霞。快先把雲帆高掛，月明直下，便東風刮，莫消停，疾進發。

（正末云：）小姐，則今日同我上京應舉去來。我若得了官，你便是夫人縣君也。（魂旦唱：）

【收尾】各刺刺向長安道上把車兒駕，但願得文苑客當時奮發。則我這臨卭市沽酒卓文君，甘伏侍你濯錦江題橋漢司馬。（同下）

〔一〕欸（ㄞ）乃（ㄋㄞ）——搖櫓的聲音。

〔二〕心猿意馬——道教名詞。就是說：心思，像猿猴一樣地愛動；意念，像馬一樣地奔馳：用來比喻人的思想活動。

〔三〕賈誼困在長沙——賈誼，漢代的文學家和政論家。他受到漢文帝的器重，但因大臣排擠，被派出作長沙王的太傅，很年青就憂鬱死掉。

〔四〕抹搭——精神不貫注，怠慢。

第三折

(正末引祗從上，云：)小官王文舉，自到都下，攛過卷子，小官日不移影，應對萬言，聖人大喜，賜小官狀元及第。夫人也隨小官至此。我如今修一封平安家書，差人岳母行報知。左右的，將筆硯來。(做寫書科，云：)寫就了也，我表白一遍咱：『寓都下小婿王文舉拜上岳母座前：自到闕下，一舉狀元及第。待授官之後，文舉同小姐一時回家。萬望尊慈垂照，不宣。』書已寫了，左右的，與我喚張千來。(淨扮張千上)(詩云：)我做伴當實是強，公差幹事多的當。一日走了三百里，第二日剛剛捱下炕。自家張千的便是。狀元爺呼喚，須索走一遭去。(做見科，云：)爺喚張千那廂使用？(正末云：)張千，你將這一封平安家信，直至衡州，尋問張公弼家投下。你見了老夫人，說我得了官也。你小心在意者！(淨接書云：)張千知道了。我將着這一封書，直至衡州走一遭去。(同下)(老夫人上，云：)誰想倩女孩兒，自與王生別後，臥病在牀，或言或笑，不知是何症候。這兩日不曾看他，老身須親看去。(下)(正旦抱病，梅香扶上，云：)自從王秀才去後，一臥不起，但合眼便與王生在一處，則被這相思病害殺人也呵！(唱：)

【中呂粉蝶兒】自執手臨岐，空留下這場憔悴，想人生最苦別離。說話處少精神，睡臥處無顛倒，茶飯上不知滋味：似這般廢寢忘食，折挫得一日瘦如一日。

【醉春風】空服徧瞑眩藥(一)，不能痊；知他這腤臢病，何日起？——要好時，直等的見他時；也只爲這症候因他上得、得。一會家縹緲呵，忘了魂靈；一會家精細呵，使着軀殼；一會家混沌呵，不知天地。

（云：）我眼裏只見王生在面前，原來是梅香在這裏！梅香，如今是甚時候了？（梅香云：）如今春光將盡，綠暗紅稀，將近四月也。（正旦唱：）

【迎仙客】日長也愁更長，紅稀也信尤稀，（帶云：）王生，你好下的也！（唱：）春歸也奄然人未歸。（梅香云：）姐姐，俺姐夫去了未及一年，你如何這等想他？（正旦唱：）我則道相別也數十年，我則道相隔着幾萬里，爲數歸期，則那竹院裏刻徧琅玕翠。

【紅繡鞋】去時節，楊柳西風秋日，如今又過了梨花暮雨寒食。（梅香云：）姐姐，你可曾卜一卦麼？（正旦唱：）則兀那龜兒卦無定准；枉央及喜蛛(二)兒難憑信，靈鵲兒不誠實，燈花兒何太喜。

（夫人上，云：）來到孩兒房門首也。梅香，您姐姐較好些麼？（正旦云：）是誰？（梅香云：）是妳妳來看你哩。（正旦云：）我每日眼界只見王生，那曾見母親來？（夫人見科，云：）孩兒，你病體如何？（正旦唱：）

【普天樂】想鬼病最關心，似宿酒迷春睡。繞晴雪楊花陌上，趁東風燕子樓西。抛閃殺我年少人，辜負了這韶華日。早是離愁添縈繫，更那堪景物狼籍。愁心驚一聲鳥啼，薄命趁一春事已，香魂逐一片花飛。

（正旦昏科）（夫人云：）孩兒，你掙挫些兒！（正旦醒科）（唱：）

【石榴花】早是俺抱沉痾，添新病，發昏迷。也則是死限緊相催，病膏肓，針灸不能及。（夫人云：）我請個良醫來調治你。（正旦唱：）若是他來到這裏，煞强如請扁鵲盧醫。（夫人云：）我如今着人請王生去。（正旦唱：）把似請他時，便許做東牀婿。到如今，悔後應遲。（夫人云：）王生去了，再無音信寄來。（正旦唱：）他不寄箇報喜的信息緣何意，有兩件事，我先知。

【鬥鵪鶉】他得了官別就新婚，剝落呵羞歸故里。（夫人云：）孩兒休過慮，且將息自己。（正旦唱：）眼見的千死千休，折倒的半人半鬼。爲甚這思竭損的枯腸不害飢，苦懨懨一肚皮。（夫人云：）孩兒吃些湯粥？（正旦云：）母親，（唱：）若肯成就了燕爾新婚，强如喫龍肝鳳髓。

（云：）我這一會昏沉上來，只待睡些兒哩。（夫人云：）梅香，休要炒鬧，等他歇息，我且回去咱。（夫人同梅香下）（正旦睡科）（正末上見旦科，云：）小姐，我來看你哩！（正旦云：）王生，你在那裏來？（正末云：）小姐，我得了官也！（正旦唱：）

【上小樓】則道你辜恩負德，你原來得官及第。你直叩丹墀，奪得朝章，換却白衣。覷面儀，比向日相別之際，更有三千丈五陵㈢豪氣。

（正末云：）小姐，我去也。（下）（正旦醒科，云：）分明見王生，說得了官也；醒來却是南柯一夢！（唱：）

【么篇】空疑惑了大一會，恰分明這搭裏。俺淘寫相思，敘問寒温，訴說眞實。他緊摘離，我猛跳起，早難尋難覓；只見這冷淸淸半竿殘日。

（梅香上，云：）姐姐，爲何大驚小怪的？（正旦云：）我恰纔夢見王生，說他得了官也。

（唱：）

【十二月】元來是一枕南柯夢裏，和二三子文翰相知。他訪四科〔四〕，習五常典禮；通六藝，有七步〔五〕才識；憑八韻，賦縱橫大筆：九天上得遂風雷。

【堯民歌】想十年身到鳳凰池，和九卿相，八元輔，勸金盃。則他那七言詩，六合裏少人及。端的個五福全，四氣備，占掄魁震三月春雷。雙親行先報喜，都爲這一紙登科記〔六〕。

（淨上，云：）自家張千的便是。奉俺王相公言語，差來衡州下家書。尋問張公弼宅子，人說這裏就是。（做見梅香科，云：）姐姐，唱喏哩！（梅香云：）兀那厮，你是甚麼人？（淨云：）這裏敢是張相公宅子麼？（梅香云：）則這裏就是，你問怎的？（淨云：）我是京師來的。俺王相公得了官也，着我寄書來，與家裏夫人知道。（梅香云：）你則在這裏，我和小姐說去。（見正旦科，云：）姐姐，王秀才得了官也！着人寄家書來，見在門首哩！（正旦云：）着他過來！（梅香見淨云：）兀那寄書的，過去見小姐。（淨見正旦驚科，背云：）一個好夫人也！與我家妳妳生的一般兒！（回云：）我是京師王相公差我寄書來與夫人。（正旦云：）梅香，將書來我看。（梅香云：）兀那漢子，將書來。（淨遞書科）（正旦念書科，云：）『寓都下小婿王文舉，拜上岳母座前：自到闕下，一舉狀元及第。待授官之後，文舉同小姐一時回家。萬望尊慈垂照，不宣。』他原來有了夫人也！兀的不氣殺我也！（氣倒科）（梅香救科，云：）姐姐，甦醒者！（正旦醒科）（梅香云：）都是這寄書的！（做打淨科）（正旦云：）王生，則被你痛殺我也！（唱：）

【哨徧】將往事從頭思憶，百年情，只落得一口長吁氣。爲甚麼把婚聘禮不曾題？恐少年墮落了春闈。想當日在竹邊書舍，柳外離亭，有多少徘徊意。爭奈匆匆去急，再不見音容瀟灑，空留下這詞翰淸奇。把巫山錯認做望夫石，將小簡帖聯做斷腸集。恰微雨初陰，早皓月穿窗，使行雲易飛。

【耍孩兒】俺娘把冰綃剪破鴛鴦隻，不忍別，遠送出陽關數里。此時有意送征帆，無計住雕鞍，奈離愁與心事相隨。愁縈徧、垂楊古驛絲千縷，淚添滿、落日長亭酒一盃。從此去，孤辰限，凄涼日，憶鄉關愁雲阻隔，着牀枕鬼病禁持。

【四煞】都做了一春魚鴈無消息；不甫能一紙音書盼得，我則道春心滿紙墨淋漓，原來比休書多了箇封皮。氣的我痛如淚血流難盡，爭些魂逐東風吹不回。秀才每心腸黑，一箇箇貧兒乍富，一箇箇飽病難醫。

【三煞】這秀才，則好謁僧堂三頓齋(七)，則好撥寒爐一夜灰，則好教偷燈光鑿透隣家壁(八)，則好教一場雨渰了中庭麥，則好教半夜雷轟了薦福碑(九)。不是我閒淘氣，便死呵，死而無怨；待悔呵，悔之何及！

【二煞】倩女呵，病纏身，則願的天可憐。梅香呵，我心事則除是你盡知。望他來，表白我眞誠意，半年甘分躭疾病，鎭日無心掃黛眉。不甫能捱得到今日，頭直上打一輪皁蓋，馬頭前列兩行朱衣。

【尾煞】並不聞琴邊續斷絃，倒做了山間滾磨旗(一〇)。劃地接絲鞭，別娶了新妻室。這是我棄死忘生落來的！(梅香扶正旦下)

(淨云：)都是俺爺不是了！你娶了老婆便罷，又着我寄紙書來做什麼？我則道是平安家信，原來是一封休書，把那小姐氣死了，梅香又打了我一頓。想將起來，都是俺爺不是了！(詩云：)想他做事沒來由，寄的書來惹下愁。若還差我再寄信，只做烏龜縮了頭。(下)

〔一〕瞑（ㄇㄧㄢ）眩（ㄒㄩㄢ）藥——瞑眩，本作瞑眩。古代治病的一種方法：用藥先使病人昏迷，然後把病治好。

〔二〕喜蛛、靈鵲、燈花——古人認爲喜蛛出現，喜鵲叫，燈花爆火，都是有喜事的兆頭。

〔三〕五陵——指漢代長安附近五個皇帝的陵墓。豪富之家，多聚住在那一帶，因作爲豪俠少年的形容語。

〔四〕四科——孔門弟子，分爲德行、言語、政事、文學四科。

〔五〕七步——曹植，三國時魏國人，他曾經走七步路做成一首詩。後來把這件事當作才思敏捷的典型。

〔六〕登科記——唐宋以來科舉時代，每科把錄取的進士的姓名列在册子上，這種册子叫做『登科記』。

〔七〕謁僧堂三頓齋二句——宋代呂蒙正貧困的時候，每天到寺廟裏去趕齋求食；他曾有『撥盡寒爐一夜灰』的詩句。

〔八〕偷燈光鑿透隣家壁——漢代匡衡，家貧勤學，夜晚沒有燈光，他就鑿穿牆壁，藉隣家的燭光讀書。

〔九〕雷轟薦福碑——宋代窮書生張鎬，流落在薦福寺，和尙憐憫他貧窮，將拓印顏眞卿寫的碑文，送給他作路費；不料大雷大雨，竟把那塊碑轟擊碎了。

〔一〇〕山間滾磨旗——磨旗，揮動旗幟。古代官員出行時，前面一人磨旗出馬，叫做『開道旗』。磨旗，本是當着稠人廣衆壯聲威的動作；到『山間』去滾磨旗，就沒有人看見。引申爲見不得人，避着人作事的意思。

第四折

（正末上，云：）歡來不似今朝，喜來那逢今日。小官王文舉，自從與夫人到于京師，可早三年光景也。謝聖恩可憐，除小官衡州府判，着小官衣錦還鄉。左右，收拾行裝，輛起細車兒，小官同夫人往衡州赴任去。則今日好日辰，便索長行也。（魂旦上，云：）相公，我和你兩口兒衣錦還鄉，誰想有今日也呵！（唱：）

【黃鍾醉花陰】行李蕭蕭倦修整，廿歲月淹留帝京。只聽的花外杜鵑聲，催起歸程。將往事，從頭省，我心坎上猶自不惺惺㈠，做了場棄業拋家惡夢境。

【喜遷鶯】據才郎心性，莫不是向天公買撥來的聰明？那更內才外才相稱；一見了不由人不動情。忒志誠，兀的不傾了人性命！引了人魂靈！

（正末云：）小姐兒住馬慢慢的行將去。（魂旦唱：）

【出隊子】騎一匹龍駒，暢好口硬㈡。恰便似馱張紙，不恁般輕。騰騰騰收不住玉勒，常是虛驚；火火火坐不穩雕鞍，剗地眼生；撒撒撒挽不定絲繮，則待攛行。

【刮地風】行了些這沒撒和㈢的長途有十數程，越恁的骨瘦蹄輕。暮春天景物撩人興，更見景留情。恠的是滿路花生，一攢攢綠楊紅杏，一雙雙紫燕黃鶯，一對蜂、一對蝶、各相比並。想天公知他是怎生，不肯教惡了人情。

【四門子】中間裏列一道紅芳徑，教俺美夫妻並馬兒行。咱如今富貴還鄉井，方信道耀門閭晝錦(四)榮。若見俺娘那一會驚，剛道來的話兒不中聽。是這等門厮當，戶厮撐；怎教咱做妹妹哥哥答應？

【古水仙子】全不想這姻親是舊盟，則待教祆廟火(五)刮刮匝匝(六)烈焰生，將水面上鴛鴦忒楞楞騰分開交頸，疎剌剌沙鞴雕鞍撒了鎖鞓，厮琅琅湯偷香處喝號提鈴，支楞楞爭絃斷了不續碧玉箏，吉丁丁璫精磚上摔破菱花鏡，撲通通冬井底墜銀缾。

（正末云：）早來到家中也。小姐，我先過去。（做見跪云：）母親，望饒恕你孩兒罪犯則箇！（夫人云：）你有何罪？（正末云：）小生不合私帶小姐上京，不曾告知。（夫人云：）小姐現今染病在床，何曾出門？你說小姐在那裏？（魂旦見科）（夫人云：）這必是鬼魅！（魂旦唱：）

【古寨兒令】可憐我伶仃也那伶仃，閣不住兩淚盈盈，手拍着胸脯自招承，自感歎，自傷情，自懊悔，自由性。

【古神仗兒】俺娘他毒害的有名，全無那子母面情。則被他將一箇癡小寃家，送的來離鄉背井。每日價煩煩惱惱，孤孤另另。少不得厭煎成病，斷送了潑殘生。

（正末云：）小鬼頭，你是何處妖精，從實說來！若不實說，一劍揮之兩段。（做拔劍砍科，魂旦驚科，云：）可怎了也！（唱：）

【么篇】沒揣的一聲狠似雷霆，猛可裏諕一驚，丟了魂靈。這的是俺娘的弊病，要打滅醜聲，佯做箇寧掙。妖精也甚精？男兒也，看我這舊恩情，你且放我去，與夫人親折證。

（夫人云：）王秀才，且留人，他道不是妖精，着他到房中看，那個是伏侍他的梅香？（梅香扶正旦昏睡科）（魂旦見科，唱：）

【掛金索】驀入門庭，則敎我立不穩，行不正。望見首飾粧奩，志不寧，心不定。見幾箇年少丫鬟，口不住，手不停；擁着箇半死佳人，喚不醒，呼不應。

【尾聲】猛地回身來合併，牀兒畔一盞孤燈。兀良，早則照不見伴人淸瘦影。（魂旦附正

旦體科，下）

（梅香做叫科，云：）小姐！小姐！王姐夫來了也！（正旦醒科，云：）王郎在那裏？（正末云：）小姐在那裏？（梅香云：）恰纔那個小姐，附在俺小姐身上，就甦醒了也。（旦、末相見科）（正末云：）小生得官後，着張千曾寄書來。（正旦唱：）

【側磚兒】哎！你箇辜恩負德王學士，今日也有稱心時。不甫能盼得音書至，倒揣與我箇悶弓兒！

【竹枝歌】打聽爲官折了桂枝，別取了新婚甚意思？着妹妹目下恨難支，把哥哥閒傳示。則問這小妮子，被我都撏撏㊆的扯做紙條兒。

（正末云：）小姐分明在京，隨我三年，今日如何合爲一體？（正旦唱：）

【水仙子】想當日暫停征棹飲離尊，生恐怕千里關山勞夢頻。沒揣的靈犀一點潛相引，便一似生箇身外身，一般般兩箇佳人：那一箇跟他取應，這一箇淹煎病損。母親，則這是倩女離魂。

（夫人云：）天下有如此異事！今日是吉日良辰，與你兩口兒成其親事。小姐就受五花官誥，做了夫人縣君也。一面殺羊造酒，做箇大大慶喜的筵席。（詩云：）鳳闕詔催徵舉子，陽關曲慘送行人。調素琴王生寫恨，迷青瑣〔八〕倩女離魂。

題目　調素琴王生寫恨

正名　迷青瑣倩女離魂

〔一〕惺惺——聰明，機警。這裏是清醒的意思。

〔二〕口硬——騾馬牲畜年齡較小較壯的，稱爲『口硬』或『口輕』。

〔三〕撒和——在騾馬牲口飢困的時候，解下鞍子，讓牠躧躂，打滾，喂點草料，叫做『撒和』。

〔四〕晝錦——項羽有『富貴不歸故鄉，如衣錦夜行』的話。宋韓琦反用他的話，稱自己的房屋爲『晝錦堂』：表示衣錦還鄉的意思。

〔五〕祆（ㄒㄧㄢ）廟火——祆廟，是拜火教的寺院。祆廟火，是民間的一個傳說故事：蜀帝的公主和乳母陳氏的兒子相愛，約定在祆廟相會。公主去的時候，看見陳生睡着了，她就回去了。陳生睡醒，知道愛人已去，怨氣變成火燄，竟把自己和廟宇一起燒毀了。

〔六〕刮刮匝匝、疎剌剌沙、厮琅琅湯、支楞楞爭、吉丁丁璫、撲通通冬——是分別形容各種不同的聲音的狀詞。

〔七〕搥（ㄔ）搥——形容撕紙的聲音。

〔八〕青瑣——古代皇帝、貴族家裏門窗上刻有連環文，上面塗上青色，叫做『青瑣』。

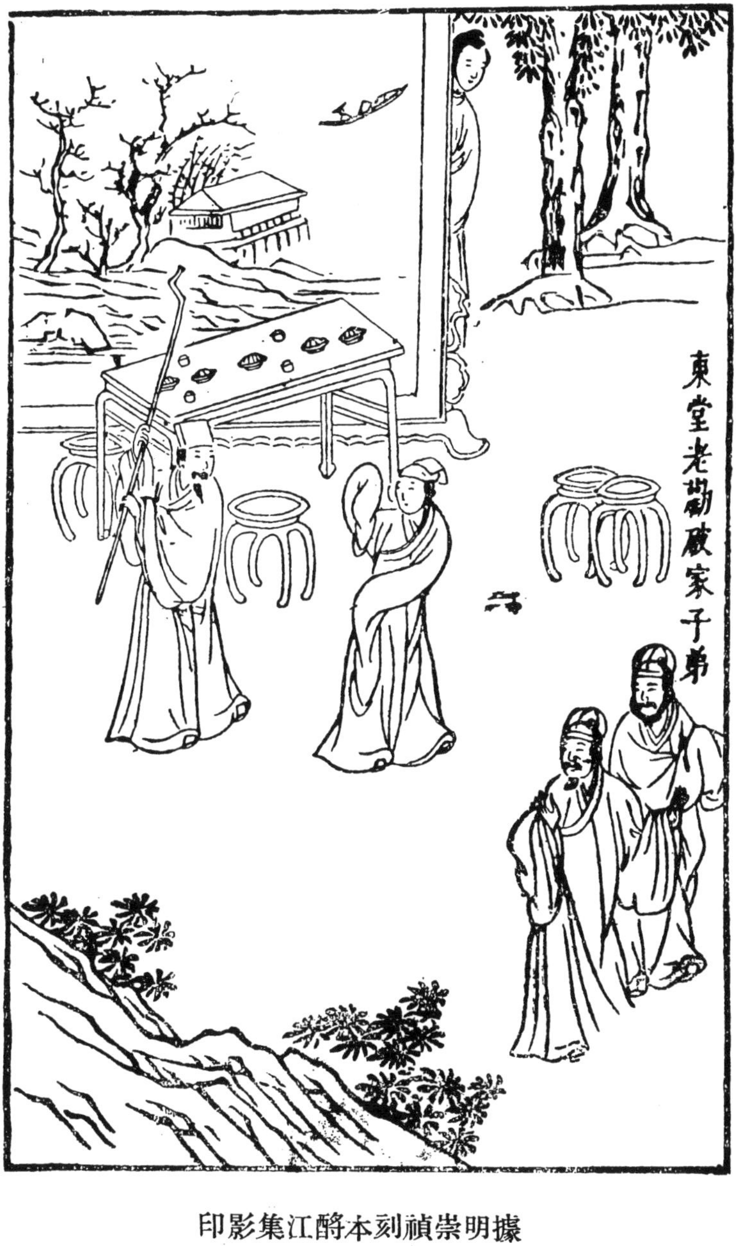

據明崇禎刻本酹江集影印

東堂老勸破家子弟雜劇

元　秦簡夫〔一〕撰

楔子

（冲末扮趙國器扶病引淨揚州奴、旦兒翠哥上）（趙國器云：）老夫姓趙，名國器，祖貫東平府人氏。因做商賈，到此揚州東門裏牌樓巷居住。嫡親的四口兒家屬：渾家李氏，不幸早年下世；所生一子，指這郡號爲名，就喚做揚州奴；娶的媳婦兒，也姓李，是李節使的女孩兒，名喚翠哥，自娶到老夫家中，這孩兒裏言不出，外言不入，甚是賢達。想老夫幼年間做商賈，早起晚眠，積儹成這個家業，指望這孩兒久遠營運。不想他成人已來，與他娶妻之後，只伴着那一夥狂朋恠友，飲酒非爲，吃穿衣飯，不着家業，老夫耳聞眼覩，非止一端：因而憂悶成疾，晝夜無眠；眼見的覷天遠，入地近，無那活的人也。老夫一死之後，這孩兒必敗我家，枉惹後人談論。我這東隣有一居士，姓李名實，字茂卿。此人平昔與人寡合，有古君子之風，人皆呼爲東堂老子。和老夫結交甚厚，他小老夫兩歲，我爲兄，他爲弟，結交三十載，並無離間之語。又有一件，茂卿妻恰好與老夫同姓，老夫妻與茂卿同姓，所以親家往來，勝如骨肉。我如今請過他來，將這托孤的事，要他替我分憂；未知肯否何如？揚州奴那裏？（揚州奴應科，云：）你喚我怎麼？老人家，你那病症，則管裏叫人的小名兒，各人也有幾歲年紀，這般叫，可不折了你？（趙國器云：）你去請將李家叔叔來，我有說的話。（揚州奴云：）知道。下次小的每，隔壁請東堂老叔叔來。（趙國器云：）我着你去。（揚州奴云：）着我去，則隔的一重壁，直起動我走這遭兒！（趙國器云：）你怎生又使別人去？（揚州奴云：）我去，我去，你休鬧。下次小的每，鞁馬，（趙國器云：）只隔的箇壁兒，怎要騎馬去？（揚州奴云：）也着你做我的參哩！你偏不知我的性兒，上茅厠去也騎馬哩。（趙國器云：）你看這厮！（揚州奴云：）我去，我去，又是我氣着你也！出的這門來，這裏也無人，這個是我的父親，他不曾說一句話，我直挺的他脚稍天〔二〕；這隔壁東堂老叔叔，他和我是各白世人〔三〕，他不曾見我便罷，他見了我呵，他叫我一聲揚州奴，哎喲！諕得我喪膽亡魂，不知怎生的是這等怕他！說話之間，早到他家門首。（做咳嗽科）叔叔在家麼？（正末扮東堂老上，云：）門首是誰喚門？（揚州奴云：）是你孩兒揚州奴。（正末云：）你來怎麼？（揚州奴云：）父親着揚州奴請叔叔，不知有甚事。（正末云：）你先去，我就來了。（揚州奴云：）我也巴不得先去，自在些兒。（下）

(正末云：) 老夫姓李名實，字茂卿，今年五十八歲，本貫東平府人氏，因做買賣，流落在揚州東門裏牌樓巷居住。老夫幼年也曾看幾行經書，自號東堂居士。如今老了，人就叫我做東堂老子。我西家趙國器，比老夫長二歲，元是同鄉，又同流寓在此，一向通家往來，已經三十餘載。近日趙兄染其疾病，不知有甚事，着揚州奴來請我，恰好也要去探望他。早已來到門首。揚州奴，你報與父親知道，說我到了也。(揚州奴做報科，云：) 請的李家叔叔，在門首哩。(趙國器云：) 道有請。(正末做見科，云：) 老兄染病，小弟連日窮忙，有失探望，勿罪勿罪。(趙國器云：) 請坐。(正末云：) 老兄病體如何？(趙國器云：) 老夫這病，則有添，無有減，眼見的無那活的人也。(正末云：) 曾請良醫來醫治也不曾？(趙國器云：) 嗨！老夫不曾延醫。居士與老夫最是契厚，請猜我這病症咱。(正末云：) 老兄着小弟猜這病症，莫不是害風寒暑濕麼？(趙國器云：) 不是。(正末云：) 莫不是爲饑飽勞逸麼？(趙國器云：) 也不是。(正末云：) 莫不是爲些憂愁思慮麼？(趙國器云：) 哎喲！這纔叫做知心之友。我這病，正從憂愁思慮得來的。(正末云：) 老兄差矣，你負郭有田千頃，城中有油磨坊，解典庫，有兒有婦，是揚州點一點二的財主；有甚麼不足，索這般深思遠慮那？(趙國器云：) 嗨！居士不知；正爲不肖子揚州奴，自成人已來，與他娶妻之後，他合着那夥狂朋恠友，飲酒非爲，日後必然敗我家業：因此上憂懣成病，豈是良醫調治得的？(正末云：) 老兄過慮，豈不聞邵堯夫戒子伯温曰：『我欲教汝爲大賢，未知天意肯從否。』『父在觀其志，父沒觀其行。』父母與子孫成家立計，是父母盡己之心；久以後成人不成人，是在于他，父母怎管的他到底。老兄這般焦心苦思，也是乾落得的。（趙國器云：）雖然如此，莫說父子之情，不能割捨；老夫一生辛勤，掙這銅斗兒家計，等他這般廢敗，便死在九泉，也不瞑目。今日請居士來，別無可囑，欲將托孤一事，專靠在居士身上，照顧這不肖，免至流落；老夫啣環結草之報，斷不敢忘。（正末起身科，云：）老兄重托，本不敢辭；但一者老兄壽算綿遠；二者小弟才德俱薄，又非服制之親，揚州奴未必肯聽教訓；三者老兄家緣饒富，『瓜田(四)不納履，李下不整冠；』請老兄另托高賢，小弟告回。（趙國器云：）揚州奴，當住叔叔咱！居士何故推托如此；豈不聞：『可以托六尺之孤，可以寄百里之命。』老夫與居士通家往來，三十餘年，情同膠漆，分若陳雷(五)。今病勢如此，命在須臾，料居士素德雅望，必能不負所請，故敢托妻寄子。居士！你平日這許多慷慨氣節，都歸何處；道不的個『見義不爲，無勇也！』（做跪，正末回跪科，云：）呀！老兄，怎便下如此重禮！則是小弟承當不起。老兄請起，小弟依允便了。（趙國器云：）揚州奴，擡過卓兒來者。（揚州奴云：）下次小的每，擡一張卓兒過來着。（趙國器云：）我使你，你可使別人！（揚州奴云：）我擡，我擡！你這一夥弟子孩兒們，緊關裏(六)叫個使一使，都走得無一個。這老兒若有些好歹，都是我手下賣了的。（做擡卓兒科，云：）哎喲！我長了三十歲，幾曾掇卓兒，偏生的偌大沉重。（做放卓兒科）（趙國器云：）將過紙墨筆硯來。（揚州奴云：）紙墨筆硯在此。（趙國器做寫科，云：）這張文書我已寫了，我就畫個字。揚州奴，你近前來，這紙上，你與我正點背畫㈦個字者。（揚州奴云：）你着我正點背畫，我又無罪過，正不知寫着甚麼來。兩手搦得緊緊的，怕我偷吃了！（做畫字科，云：）字也畫了，你敢待賣我麼？（正末云：）你父親則不待要賣了你待怎生？（趙國器云：）這張文書，請居士收執者。（又跪）（正末收科）（趙國器云：）揚州奴，請你叔叔坐下者。就喚你媳婦出來。（揚州奴云：）叔叔現坐着哩。大嫂，你出來。（旦兒上科）（趙國器云：）揚州奴，你和媳婦兒拜你叔父八拜。（揚州奴云：）着我拜，又不是冬年節下，拜甚麼？（正末云：）揚州奴，我和你爺拜那？（揚州奴云：）叔叔休道着我拜八拜，終日見叔叔拜，有甚麼多了處？（旦兒云：）只依着父親，拜叔叔咱。（揚州奴云：）閉了嘴，沒你說的話！靠後！喒拜，喒拜！（做拜科，云：）一拜權爲八拜。（起身做整衣科，云：）叔叔，家裏嬸子好麼？（正末怒科，云：）嗯！（揚州奴云：）這老子越狠了也。（正末云：）揚州奴，你父親是甚麼病？（揚州奴云：）您孩兒不知道。（正末云：）噤聲！你父親病及半年，你剗地不知道，你豈不知父病子當主之。（揚州奴云：）叔叔息怒，父親的症候，您孩兒待說不知來，可怎麼不知；待說知道來，可也忖量不定。只見他坐了睡，睡了坐，敢是欠活動些。（正末云：）揚州奴，你父親立與我的文書上，寫着的甚麽哩？（揚州奴云：）您孩兒不知。（正末云：）你既不知，你可怎生正點背晝字來？（揚州奴云：）父親着您孩兒晝，您孩兒不敢不晝。（正末云：）既是不知，你兩口兒近前來，聽我說與你。想你父親生下你來，長立成人，娶妻之後，你伴着狂朋恠友，飲酒非爲，不務家業，憂而成病。文書上寫着道：『揚州奴所行之事，不曾禀問叔父李茂卿，不許行。假若不依叔父教訓，打死勿論。』你父親許着俺打死你哩。（揚州奴做打悲科，云：）父親，你好下的也，怎生着人打死我那！（趙國器云：）兒也，也是我出于無奈。（正末云：）老兄免憂慮，揚州奴斷然不敢了也。（唱：）

【仙呂賞花時】爲兒女擔憂鬢已絲，爲家貲身亡心未死，將這把業骨頭常好是費神思。既老兄托妻也那寄子，（帶云：）老兄免憂慮。（唱：）我着你終有箇稱心時。（下）

（揚州奴做扶趙國器科，云：）大嫂，這一會兒父親面色不好，扶着後堂中去。父親，你精細着。（趙國器云：）揚州奴，你如今成人長大，管領家私，照覷家小，省使儉用；我眼見的無那活的人也。（詩云：）只爲生兒性太庸，日夜憂愁一命終；若要趨庭承教訓，則除夢裏再相逢。（同下）

〔一〕秦簡夫——曾由大都寓居杭州。作劇五種，現存趙禮讓肥、剪髮待賓、東堂老。

〔二〕脚稍天——脚朝天。

〔三〕各白世人——或作各別世人，各白的人。各不相涉，毫無關係的人。

〔四〕瓜田二句——見樂府詩古君子行，就是在容易引起誤會的場合，應當避免嫌疑的意思。

〔五〕陳雷——或稱雷陳。指東漢時的雷義和陳重。他們兩人交情非常深厚，當時被稱爲：『膠漆自謂堅，不如雷與陳。』

〔六〕緊關裏——緊要關頭，緊要時節。

〔七〕正點背畫——畫押簽字。

第一折

（丑扮賣茶的上，詩云：）茶迎三島客，湯送五湖賓；不將可口味，難近使錢人。小可是賣茶的。今日燒得這鏇鍋兒熱了，看有甚麼人來。（淨扮柳隆卿、胡子傳上）（柳隆卿詩云：）不養蠶桑不種田，全憑馬扁〔一〕度流年。（胡子傳詩云：）爲甚侵晨奔到晚，幾箇忙忙少我錢。（柳隆卿云：）自家柳隆卿，兄弟胡子傳。我兩個不會做甚麼營生買賣，全憑這張嘴抹過日子。在城有一個趙小哥揚州奴，自從和俺兩個拜爲兄弟，他的勾當，都憑我兩個，他無我兩個，茶也不吃，飯也不吃。俺兩個若不是他呵，也都是餓死的。（胡子傳云：）哥，則我老婆的褲子，也是他的；哥的網兒(二)，也是他的。（柳隆卿云：）哎喲！壞了我的頭也。（胡子傳云：）哥，我們兩個吃穿衣飯，那一件兒不是他的。我這幾日不曾見他，就弄得我手裏都焦乾了。哥，咱茶房裏尋他去，若尋見他，酒也有，肉也有。吃不了的，還包了家去，與我渾家吃哩。（柳隆卿做見賣茶的科，云：）兄弟說得是。賣茶的，趙小哥曾來麼？（賣茶的云：）趙小哥不曾來哩。（柳隆卿云：）你與我看着，等他來時，對俺兩個說。俺兩個且不吃茶哩。（賣茶的云：）理會的。趙小哥早來了。（揚州奴上，詩云：）四肢八脈剛帶俏，五臟六腑却無才。村入骨頭挑不出，俏從胎裏帶將來。自家揚州奴的便是。人口順多喚我做趙小哥。自從我父親亡化了，過日月好疾也，可早十年光景。把那家緣過活，金銀珠翠，古董翫器，田產物業，孳畜牛羊，油磨房，解典庫，丫鬟奴僕，典盡賣絕，都使得無了也。我平日間使慣了的手，吃慣了的口，一二日不使得幾十箇銀子呵，也過不去。我結交了兩個兄弟，一個是柳隆卿，一個是胡子傳，他兩個是我的心腹朋友，我一句話還不曾說出來，他早知道，都是提着頭便知尾的，着我怎麼不敬他。我父親說的，我到底不依；但他兩個說的，合着我的心，趂着我的意，恰便經也似聽他。這兩日不見他，平日裏則在那茶房裏厮等，我如今到茶房裏問一聲去。（做見科）（賣茶的云：）趙小哥，你來了也，有人在茶房裏坐着，正等你來哩。二位，趙小哥來了也。（胡子傳云：）來了來了，我和你一箇做好，一個做歹，你出去。（柳隆卿云：）兄弟，你出去。（胡子傳云：）哥，你出去。（柳隆卿做見科，云：）哥，你在那裏來，俺等了你一早起了。（揚州奴云：）哥，這兩日你也不來望我一望。（柳隆卿云：）胡子傳也在這裏。（揚州奴云：）我自過去。（見科，云：）哥，唱喏咱。（胡子傳不採科）（柳隆卿云：）小哥來了。（胡子傳云：）那個小哥？（柳隆卿云：）趙小哥。（胡子傳云：）他老子在那裏做官來？他也是小哥！詐官的該徒，我根前歪充，叫總甲來，綁了這弟子孩兒。（揚州奴云：）好沒分曉，敢是吃早酒來。（柳隆卿云：）俺等了一早起，沒有吃飯哩。（揚州奴云：）不曾吃飯哩，你可不早說，誰是你肚裏蚘虫(三)。與你一個銀子，自家買飯吃去。（做與砌末科）（胡子傳云：）看茶與小哥吃。你可這般嫩，就當不得了。（揚州奴云：）哥，不是我嫩，還是你的臉皮忒老了些。（柳隆卿云：）這裏有一門親事，俺要作成你。（揚州奴云：）哥，感承你兩個的好意。我如今不比往日，把那家緣過活，都做篩子喂驢，漏豆了(四)。止則有這兩件兒衣服，粧點着門面，我强做人哩，你作成別人去罷。（胡子傳云：）我說來麼，你可不依我，這死狗扶不上墻的。（揚州奴云：）哥，不是扶不上，我腰裏貨不硬挣哩。（柳隆卿云：）呸！你說你無錢，那一所房子，是披着天王甲，換不得錢的？（揚州奴云：）哎喲！你那裏是我兄弟，你就是我老子，緊關裏誰肯提我這一句。是阿！我無錢使，賣房子便有錢使。哥，則一件，這房子，我父親在時只番番瓦，就使了一百錠；如今誰肯出這般大價錢。（胡子傳云：）當要一千錠，只要五百錠；當要五百錠，則要二百五十錠：人都搶着買了。（揚州奴云：）說的是。當要一千錠，則要五百錠；當要五百錠，則要二百五十錠；人都搶着買，可不磨扇墜着手〔五〕哩。哥也，則一件，爭奈隔壁李家叔叔有些難說話，成不得！成不得！（胡子傳云：）李家叔叔不肯呵，脇肢裏扎上一指頭〔六〕便了。（揚州奴云：）是阿，他不肯，脇肢裏扎上一指頭便了。如今便賣這房子，也要個起功局〔七〕、立帳子〔八〕的人。（柳隆卿云：）我便起功局。（胡子傳云：）我便立帳子。（揚州奴云：）哦！你起功局，你立帳子；賣了房子，我可在那裏住？（柳隆卿云：）我家裏有一個破驢棚。（揚州奴云：）你家裏有個破驢棚，但得不漏，潛下身子，便也罷。可把甚麼做飯吃？（胡子傳云：）我家裏有一個破沙鍋，兩個破碗，和兩雙折筯，我都送與你，儘勾了你的也。（揚州奴云：）好弟兄，這房子當要一千錠，則要五百錠；當要五百錠，則要二百五十錠；人見價錢少，就都搶着買。李家叔叔不肯呵，脇肢裏扎他一指頭便了。你替我立帳子，你替我起功局，你家有間破驢棚，你家有個破沙鍋，你家有兩個破碗，兩雙折筯，我儘勾受用快活。不着你兩個歹弟子孩兒，也送不了我的命。（同下）（正末同卜兒、小末尼上）

（正末云：）老夫李茂卿的便是。不想我老友直如此先見，道：『我死之後，不肖子必敗吾家。』今日果應其言。戀酒迷花，無數年光景，家業一掃無遺。便好道知子莫過父，信有之也。（唱：）

【仙呂點絳唇】原是祖父的窠巢，誰承望子孫不肖，剔騰了。想着這半世勤勞，也枉做下千年調。

【混江龍】我勸咱人便休生奸狡，我則怕到頭來無福也怎生消。爺受了些憂愁思慮，兒每日家則是鼓吹笙簫。貪財漢命窮呵君子拙，如今那看錢奴家富小兒驕。（帶云：）我想這錢財，也非容易博來的。（唱：）做買賣，恣虛囂；開田地，廣鋤鉋；斷河泊，截漁樵；鑿山洞，取煤燒：則他那經營處，恨不的佔盡了利名場，全不想到頭時，剛落得個邯鄲道㈨。都是些喧簷燕雀，巢葦的這鷦鷯。

（旦兒上，云：）自家翠哥的便是。自從公公亡化過了，揚州奴將家緣家計都使得罄盡，如今又要賣那一所房子哩。我去告訴那東堂叔叔咱。這便是他家了，不免逕入。（做見科，正末云：）媳婦兒，你來做甚麼？（旦兒云：）自從公公亡化之後，揚州奴將家緣家計都使盡了，他如今又要賣那一所房子，翠哥一逕的稟知叔叔來。（正末云：）我知道了也。等那賊醜生來時，我自有個主意。（揚州奴同二淨上）（柳隆卿云：）趙小哥，上緊着幹，遲便不濟也。（揚州奴云：）轉灣抹角，可早來到李家門首。哥，則一件，我如今過去，便不敢提這賣房子，這老兒可有些兜搭〔一〇〕，難說話；慢慢的遠打週遭和他說。你兩個且休過來。（做見唱喏科，云：）叔叔、嬸子，拜揖。（見旦兒睬科）你來怎的，敢是你要告我那？（正末云：）揚州奴，你來怎的？（揚州奴云：）我媳婦來見叔叔，我怕他年紀小，失了體面。（二淨入見正末，施禮拜科）（正末怒科，云：）這兩個是什麼人？（二淨云：）俺們都是讀半鑑〔一一〕書的秀才，不比那夥光棍。（正末怒科，云：）你來俺家有何事？（柳隆卿云：）好意與他唱喏，倒惱起來，好沒趣。（揚州奴云：）是您孩兒的相識朋友，一個是柳隆卿，一個是胡子傳。（正末云：）我認的什麼柳隆卿、胡子傳，引着他們來見我！揚州奴！（唱：）

【油葫蘆】你和這狗黨狐朋兩個廝趁着。（云：）揚州奴，你多大年紀也？（揚州奴云：）您孩兒三十歲了。（正末云：）噤聲！（唱：）又不是年紀小，怎生來一樁樁好事不曾學！（帶云：）可也恠不的你來。（唱：）你正是那內無老父尊兄道，却又外無良友嚴師教。（云：）揚州奴，你有的叫化也。（揚州奴云：）如何？且相左手，您孩兒便不到的哩。（正末唱：）你把家私來蕩散了，將妻兒來凍餓倒。我也還望你有個醉還醒，迷還悟，夢還覺；剗地的可只與這等兩個做知交。

（揚州奴云：）這柳隆卿、胡子傳，是您孩兒的好朋友。（正末云：）揚州奴。（唱：）

【天下樂】哎，兒也，可道是人伴着賢良也那智轉高。（帶云：）揚州奴，你只瞞了別人，却瞞不過老夫。（唱：）你曾出的胎也波胞，你娘將你那繃藉包，你娘將那酥蜜食養活得偌大小。（帶云：）你父親也只爲你不務家業，憂病而死。（唱：）先氣得個娘命夭，後併的你那爺死了。好也囉！好也囉！你可什麼養子防備老！

（揚州奴云：）叔叔，這兩個人你休看得他輕，可都是讀半鑑書的。（正末云：）揚州奴，你平日間所行的勾當，我一樁樁的說，你則休賴。（揚州奴云：）叔叔，您孩兒平日間敬的可是那一等人，不敬的可是那一等人，叔叔，你說與孩兒聽咱。（正末唱：）

【那吒令】你見一個新旦色下城呵，（帶云：）賊醜生，你便道：請波！請波！（唱：）連忙的緊邀。你見一個良人婦叩門呵，（帶云：）你便道：疾波！疾波！（唱：）你便降堦兒的接着。

你見一個好秀才上門呵，（帶云：）你便道：家裏沒囉！家裏沒囉！（唱：）你抽身兒躲了。你傲的是攀蟾折桂手，你敬的是閉月羞花貌，甚麼是那晏平仲〔三〕善與人交。

【鵲踏枝】你則待要愛纖腰，可便似柔條。不離了舞榭歌臺，不倈，更那月夕花朝。想當日個按六么，舞霓裳未了；猛回頭，燭滅香消。

（云：）揚州奴，**你久以後有的叫化也。**（揚州奴云：）如何？且相右手，您孩兒不到的叫化哩。（正末唱：）

【寄生草】我爲甚叮嚀勸、叮嚀道，你有禍根、有禍苗。你抛撇了這醜婦家中寶，挑踢着美女家生哨。哎！兒也！這的是你自作下窮漢家私暴。只思量倚檀槽〔三〕，聽唱一曲桂枝香；你少不的撇搖揺〔四〕，學打幾句蓮花落。

【六么序】那裏面藏圈套，都是些綿中刺，笑裏刀〔五〕，那一個出得他擱打撾揉。止不過帳底鮫綃，酒畔羊羔，殢人的玉軟香嬌。半席地，恰便似八百里梁山泊，抵多少月黑風高。那潑烟花，專等你個腌材料，快准備着五千船鹽引〔六〕，十萬擔茶挑。

【么篇】你把他門限兒踏着，消息兒〔七〕湯着；那裏面又沒官僚，又沒王條，又沒公曹，又沒囚牢；到的來金谷也那富饒，早半合兒斷送了。直教你無計能逃，有路難超。搜剔盡皮格也那翎毛，渾身遍體星星開剝，儘着他炙煿烹炮。那虔婆一對剛牙爪，遮莫你手輕脚疾，敢可也立做了骨化形銷。

（云：）揚州奴，你來怎的？（揚州奴云：）叔叔，您孩兒無事也不敢來，今日一徑的來告稟叔叔知道：自從俺父親亡過，十年光景，只在家裏死丕丕的閒坐，那錢物則有出去的，無有進來的；便好道坐吃山空，立吃地陷；又道是家有千貫，不如日進分文。您孩兒想來，原是舊商賈人家，如今待要合人做些買賣去，爭奈乏本。您孩兒想來，家中並無甚值錢的物件，止有這一所宅子，還賣的五六百錠；等我賣了做本錢，您孩兒各扎邦便覓個合子錢兒(一八)。（正末云：）哦！你將那油磨房，解典庫，金銀珠翠，田產物業，都將來典盡賣絕了；止有這所棲身宅子，又要賣。你賣波，我買。（揚州奴云：）既然叔叔要，把這房子東廊西舍，前堂後閣，門窗戶闥，上下也點看一看，纔好定價。（正末云：）也不索看。（唱：）

【一半兒】問甚麼東廊西舍是舊椽樽，（揚州奴云：）前廳和後閣，都是新翻瓦的。（正末唱：）問甚麼那後閣前堂都是新蓋造。（揚州奴云：）既然叔叔要呵，你姪兒塡定價錢五百錠，莫不忒多了些麼？（正末唱：）不是你歹叔叔嫌你索的來忒價高。（揚州奴云：）叔叔，這錢鈔幾時有？

(正末云：)這許多錢鈔，也一時辦不迭。(唱：)多半月，少十朝。(揚州奴云：)叔叔，這項貨緊，則怕着人買將去了。(正末云：)你要五百錠，我先將二百五十錠交付你。(唱：)我將這五百錠，做一半兒賒來一半兒交。

(云：)小大哥，你去取的來。(小末做取鈔科，云：)父親，二百五十錠在此。(正末付旦，揚州奴做奪科，云：)拏來，你那嘴臉，是掌財的？(做遞與二淨科，云：)哥，你兩人拿着。(正末云：)你把這鈔使完了時，再沒宅子好賣了，你自去想咱。(揚州奴云：)是。您孩兒商量做買賣，各扎邦便覓合子錢。(背云：)哥，這二百五十錠，儘勾了。先去買十隻大羊，五果五菜，響糖獅子(一九)，我那丈母與他一張獨卓兒，你們都是鴛鴦客(二〇)，把那卓子與我一字兒擺開着。(柳隆卿云：)隨你擺布。(正末做聽科，云：)揚州奴，你做甚麼來？(揚州奴云：)沒。您孩兒商議做買賣哩。拏這鈔去，置買各項貨物，都要堆在卓子上，做一字兒擺開，着那過來過往的人見了，稱讚道，好一個大本錢的客人，也有些光彩。您孩兒這一遭做買賣，各扎邦便覓一個合子錢哩。(正末云：)好兒，你着志(二一)着！(揚州奴云：)嗨！幾乎被那老子聽見了。哥，吃罷那頭湯，天道暄熱，都把那帽笠去了，把那衣服鬆一鬆，將那四下的弔窗都與我推開了。(正末云：)揚州奴，你說甚的？(揚州奴云：)沒。您孩兒商量做買賣，到那楊房裏，不要黑地裏交與他鈔；黑地裏交鈔，着人瞞過了。常言道，吃明不吃暗，你把弔窩與我推開，您孩兒商量做買賣，各扎邦便覓一個合子錢。（正末云：）好兒也，不枉了。（揚州奴云：）老兒去了也。哥，下了那分飯，臨散也，你把住那樓胡梯門；你便執壺，我便把盞，再吃個上馬的鐘兒。着我那大姐宜時景，帶舞帶唱華嚴的那海會。（正末云：）揚州奴，你怎的說？（揚州奴云：）沒。（正末云：）你看這廝！（唱：）

【賺煞】你將這連天的宅憎嫌小，負郭的田還不好，一張紙從頭兒賣了。不知久後棲身何處着，只守着那奈風霜破頂的甎窰。哎！兒也，心下自量度。則你這夜夜朝朝，可甚的買賣歸來汗未消。出脫了些奇珍異寶，花費了些精銀響鈔。哎！兒也，怎生把鄧通錢〔二〕，剛博得一個乞化的許由瓢〔三〕？（下）

（揚州奴云：）哥，早些安排齊整着，可來回我的話。（下）

〔一〕馬扁——『騙』字的拆寫。

〔二〕網兒——網巾。

〔三〕蚘（ㄏㄨㄟ）蟲——蚘，同蛔。蛔蟲，常寄生在人腸胃中。

〔四〕篩子喂驢，漏豆了——歇後語。篩子有孔，裝豆喂驢，豆即漏下；比喻財產都揮霍光了。

〔五〕磨扇墜着手——磨扇，一扇磨。磨扇墜手，比喻手上帶着沉重的東西，不靈便。

〔六〕胳肢裏扎上一指頭——猶如說：塞腰包；就是暗中許一點好處給人家的意思。

〔七〕起功局——出賣房產時，會同多人檢點屋宇雜物，計物定價的意思。

〔八〕立帳子——立帳歷，立簿契。元代規定：凡典賣田宅，須從尊長書押給據，立帳歷，問有服房親及鄰人。

〔九〕邯鄲道——唐代神仙故事：盧生在邯鄲旅店中，夢見自己富貴榮華，非常得意；醒來才知道是一個夢。

〔一〇〕兜搭——有黏着，固執，乖僻，難纏等義。

〔一一〕半鑑——鑑，指通鑑節要。元代國子學用蒙古語翻譯的通鑑節要教蒙、漢生員。半鑑，讀了半部的意思，是打諢取笑的話。

〔一二〕晏平仲——晏嬰，謚平，字仲，春秋時齊國的大夫。他善於交朋友，能够長久地和人家保持友好關係。

〔一三〕檀槽——指琵琶。

〔一四〕搖槌——或作交槌。唱蓮花落時，一面唱，一面擊鼓所用的槌。

〔一五〕綿中刺，笑裏刀——綿裏面裏刺，笑裏藏刀：比喻外表和善，而內中陰毒。

〔一六〕鹽引——運銷官鹽的憑照。元代規定：四百斤鹽爲一引。納稅後，官廳就發給這種憑照。

〔一七〕消息兒——機棙，亦名轉關兒，刎器；古代所製的簡單的半自動的機械，觸動它，就能發出暗器傷人。比喻圈套，計謀。

〔一八〕合子錢兒——對本利息。

〔一九〕響糖獅子——一種糖果名。

〔二〇〕鴛鴦客——古時請客，一個人一張桌子。鴛鴦客，就是兩個人共坐一張桌子。

〔二一〕着志——或作着意。注意，當心。

〔二二〕鄧通錢——鄧通，漢文帝的寵臣。漢文帝賜銅山給他，使他自已鑄錢，因而非常富有。

〔二三〕許由瓢——古代傳說：許由隱居在箕山，人家送他一個瓢舀水，他用完掛在樹上，被風吹得呼呼作響，他很討厭，把瓢扔掉。

第二折

（正末同卜兒、小末尼上）（正末云：）自家李茂卿。則從買了揚州奴的住宅，付與他錢鈔，他那裏去做甚麼買賣，多喒又被那兩個光棍弄掉了。敗子不得回頭，有負故人相托，如之奈何？（小末尼云：）父親，您孩兒這幾時做買賣，不遂其意，也則是生來命拙哩。（正末云：）孩兒，你說差了。那做買賣的，有一等人肯向前，敢當賭。湯風冒雪，忍寒受冷；有一等人怕風怯雨，門也不出；所以孔子門下三千弟子，只子貢善能貨殖，遂成大富：怎做得由命不由人也？（唱：）

【正宮端正好】我則理會有錢的是咱能，那無錢的非關命。喒人也須要個幹運的這經營。雖然道貧窮富貴生前定，不倈，喒可便穩坐的安然等。

（卜兒云：）老的，你把那少年時掙人家的道路，也說與孩兒知道咱。（正末唱：）

【滾繡毬】想着我幼年時血氣猛，爲蠅頭努力去爭。哎喲！使的我到今來一身殘病。我去那虎狼窩不顧殘生，我可也問甚的是夜，甚的是明，甚的是雨，甚的是晴。我只去利名場往來奔競，那裏也有一日的安寧。投至得十年五載，我這般鬆寬(一)的有，也是我萬苦千辛積儹成，往事堪驚。

（旦兒上，云：）妾身翠哥。自從揚州奴賣了房屋，將着那錢鈔，與那兩個帮閑的兄弟，去月明樓上與宜時景飲酒歡會去了。我不敢隱諱，告李家叔叔去咱。可早來到也。小大哥，報復去，道有翠哥來見叔叔。（小末尼報科，云：）父親，有翠哥在門首。（正末云：）着他過來。（小末尼出云：）翠哥，父親着你過去。（旦兒做見科，云：）叔叔、嬸子，萬福。（正末云：）孩兒也，你來做甚麼那？（旦兒做悲科）（正末唱：）

【倘秀才】我見他道不出喉嚨中氣哽，我見他搵不住可則撲簌簌腮邊也那淚傾。（旦兒云：）兀的不氣殺你孩兒也！（哭科）（正末唱：）你這般撧耳撓腮，可又便怎生？（旦兒云：）

叔叔，揚州奴將那賣房屋的錢鈔，與那兩個帮閒的兄弟，去月明樓上與宜時景飲酒去了。他若使的錢鈔無了呵，連我也要賣哩。叔叔，如此怎了也！（正末唱：）我這裏聽仔細，你那裏說叮嚀，他他他，可直恁般的不醒。

（旦兒云：）叔叔，想亡過公公，掙成錦片也似家緣家計，指望與子孫永遠居住，誰想被揚州奴破敗了也。（正末唱：）

【滾繡毬】休言家未破，破家的人未生；休言家未興，興家的人未成，古人言一星星顯證。（帶云：）那爲父母的，（唱：）恨不得兒共女，輩輩崢嶸。只要那家道興，錢物增，一年年越昌越盛。（帶云：）怎知道生下兒女呵，（唱：）偏生的天作對，不稱人情。他將那城中宅子莊前地，都做了風裏楊花水上萍。哎！可惜也錦片的這前程！

（云：）小大哥，咱領着數十條好漢，徑到月明樓上打那賊醜生去來。（下）（揚州奴、柳隆卿、胡子傳上）（揚州奴云：）自家揚州奴，端的好快活也。俺今日自在的吃兩鍾兒。直吃得盡醉方歸。（胡子傳云：）酒食都安排下了也。（揚州奴云：）俺都要盡醉方歸。（做把杯科）（正末冲上，云：）揚州奴！（揚州奴做怕科，云：）嗨！把我這一席兒好酒來攪壞了。哎喲！叔叔，您孩兒請夥計哩。（正末云：）揚州奴，這個是你的買賣？這個是你那各扎邦便覓個合子錢？我問你！（唱：）

【倘秀才】你又不是拜掃多年的節令，又不是慶喜生辰的事情；你沒來由置酒張筵波把他衆人來請。（柳隆卿云：）好殺風景也那！（正末唱：）你尊呵，尊這廝什麼德行？你重呵，重這廝什麼才能？哎！兒也，你怎生則尋着這等？

（柳隆卿云：）老的，休這等那等的，俺們都是看半鑑書的秀才。（正末云：）噤聲！誰讀半鑑書來？（唱：）

【滾繡毬】你念的是賺殺人的天甲經〔二〕。（胡子傳云：）我呢？（正末唱：）你是個纏殺人的布衫領。（帶云：）則你那一生的學問呵，是那一聲兒『哥，往那裏去，帶挈我也走一遭兒波。』（唱：）你則道的個顧隨鞭鐙，你便闖一千席呵，可也塡不滿你這窮坑。（正末做打科）（揚州奴云：）您孩兒也做兩個古人，學那孟嘗君〔三〕三千食客，公孫弘〔四〕東閣招賢哩。（正末云：）呸！虧你不識羞。（唱：）那孟嘗君是個公子，公孫弘是個名卿。他兩個在朝中十分恭敬，但門下都一刬羣英。我幾曾見禁持妻子這等無徒輩，（正末做打科）（胡子傳云：）老的，踹了脚也。（正末唱：）更和那不養爹娘的賊醜生。（柳隆卿云：）老的，你可也閒陶氣哩。（正末唱：）氣殺我烈焰騰騰。

（云：）揚州奴，我量你到得那裏，你明日叫化也。（揚州奴云：）如何？且相左手，您孩兒也不到的哩。（正末唱：）

【倘秀才】你道有左慈(五)術踢天弄井，項羽力拔山也那舉鼎，這厮們兩白日把泥毬兒換了眼睛。你便有那降魔咒，度人經，也出不的這厮們鬼精。

（云：）揚州奴，你不聽我的言語，看你不久便叫化也。（揚州奴云：）如何？且相右手，您孩兒也不到的哩。（正末唱：）

【三煞】你便似攪絕黑海那些饑寒的病，也則是贏得青樓薄倖名。（柳隆卿云：）我可呢？（正末唱：）你是那無字兒的空瓶。（胡子傳云：）我可呢？（正末唱：）你是個脫皮兒裹劑(六)。（柳隆卿云：）我兩個人物也不醜。（正末唱：）怕不道是外面兒溫和，則你那徹底兒嚴凝(七)。（柳隆卿云：）你這老頭兒不要瑣碎，你只是把眼兒撐着，看我這架子衣服如何？（正末唱：）我覷不的你精寬也那褶下，肚疊胸高，鴨步鵝行(八)。出門來呵，怕不道桃花扇影；你回窰去，匆匆匆〔九〕，少不得風雪酷寒亭〔一〇〕。

(柳隆卿云：)什麼風雪酷寒亭，我則理會得閒騎寶馬閒踢蹬哩。(正末唱：)

【二煞】你道是閒騎寶馬閒踢蹬，(帶云：)你兩個到得家中，算一算帳，你得了多少，我得了多少。(唱：)你只做得個旋撲蒼蠅旋放生。(揚州奴云：)叔叔，您孩兒有那施捨的心，禮讓的意，江湖的量，慷慨的志，也不低哩。(正末唱：)你有那施捨的心呵，訕笑得魯肅〔一一〕；你有那慷慨的志呵，降伏得劉毅〔一二〕；你有那禮讓的意呵，賽過得鮑叔；你有那江湖的量呵，欺壓得陳登〔一三〕。(揚州奴云：)您孩兒平昔也曾齎發與人，做偌多的好事哩。(正末唱：)你齎發呵，與那個陷本的商賈；你齎發呵，與那個受困的官員；你齎發呵，與那個薄落的書生。兀的不揚名顯姓，光日月，動朝廷。

【一煞】不强似與虔婆子弟三十錠，更和那帮懶鑽閒二百瓶。你戀着那美景良辰，賞心樂事，會友邀賓，走斝也那飛觥。(云：)揚州奴，我問你，這是誰的錢物？(揚州奴云：)是俺父親的錢物。(正末云：)誰應的使？(揚州奴云：)是您孩兒應的使。(正末唱：)這的是你爹行基業，是你自己錢財，須沒個別姓來爭。可怎生不與你妻兒承領，倒憑他胡子傳和那柳隆卿？

（揚州奴云：）我安排一席酒，着他請十個，便十個；請二十個，便二十個；不一時，他把那一席的人都請將來。叔叔，你着我怎麼不敬他？（正末云：）噤聲！（唱：）

【煞尾】你有錢呵，三千劍客由他們請；（帶云：）一會兒無錢呵，（唱：）吹，早閃的我在十二瑤臺獨自行。（帶云：）揚州奴，（唱：）你有一日出落得家業精，把解典處本利停，房舍又無，米糧又罄；誰支持，怎接應。你那買賣上又不慣經，手藝上可又不甚能；掇不得重，可也拈不得輕。你把那搖摑來懸，瓦甎來擎，遶閭簷，乞殘剩。沙鍋底無柴煨不熱那氷，破窰內無席蓋不了頂。餓得你肚皮裏春雷也則是骨碌碌的鳴，脊梁上寒風篤速速的冷。急穰穰的樓頭數不徹那更，（帶云：）這早晚，多早晚也？（唱：）凍剌剌窰中巴不到那明。痛親眷敲門都沒個應，好相識街頭也抹不着他影。無食力的身軀怎的撑，凍餓倒的屍骸去那大雪裏挺，沒底的棺材誰共你爭，半霎兒人扛你來土墊的平。你死後街坊兀自憎，乾與你爹娘立下一個罵名。我着那好言語勸你你不聽，那廝們謊話兒弄你，且是娘的靈。可知道你親爺氣成病，連着我也激惱的這心頭怒轉增。我若是拖到官中使盡情，我不打死你無徒改了我的姓。便有那人家謊後生，都不似你這個腌臢潑短命。則你那胎骨劣，心性頑，耳根又硬。哎！兒也，我其實道不改，教不成，只着那正點背畫字紙兒，你可慢慢的省。（下）（揚州奴云：）這席好酒，弄的來敗興。隨你們發放了罷，我自回家去也。（二淨同揚州奴下）

〔一〕鬆寬——富裕的意思。

〔二〕天甲經——元劇中當作騙人的經典的名稱，與『脫空禪』類似。

〔三〕孟嘗君——姓田名文；孟嘗君是他的封號，戰國時齊國的相。喜養士，常有食客數千人。

〔四〕公孫弘——西漢時的丞相，他曾起客館，開東閣，延納賢士。

〔五〕左慈——漢末的術士，據說他曾『得九丹金液經；能變化萬端』。

〔六〕脫皮兒裹劑——劑，作麵食時扦成的小團餅叫做劑子。裹劑，有餡的劑子。脫皮兒裹劑，餡子多半是糖、油、肉等黏膩的東西作成的，脫了皮就到處粘黏：比喻惹是招非。

〔七〕嚴凝——寒凝，嚴寒。

〔八〕肚疊胸高，鴨步鵝行——形容裝模作樣，搖頭晃腦，走八字步的樣子。

〔九〕刎刎刎——嘘寒聲，由於寒冷而口中發出的聲音。

〔10〕酷寒亭——民間傳說和元劇中所說的窮乞人所住的地方。

〔一〕魯肅——三國時吳國人。歡喜施與；有一次，周瑜向他借糧，他很慷慨地借了三千斛給周瑜。
〔二〕劉毅——晉朝人。性驕侈，好賭博；儘管家裏沒有一點糧，可是賭起博來，一擲百萬。
〔三〕陳登——字元龍，東漢時人。志量豪邁，常懷扶世救民的志向，當時被稱爲：『湖海之士，豪氣不除』。

第三折

（揚州奴同旦兒攜薄籃上）（揚州奴云：）不成器的看樣也！自家揚州奴的便是。不信好人言，果有恓惶事。我信着柳隆卿、胡子傳，把那房廊屋舍，家緣過活，都弄得無了，如今可在城南破瓦窰中居住。吃了早起的，無晚夕的。每日家燒地眠，炙地臥〔一〕，怎麼過那日月？我苦呵，理當；我這渾家他不曾受用一日。罷罷罷，大嫂，我也活不成了，我解下這繩子來，搭在這樹枝上，你在那邊，我在這邊，俺兩個都吊殺了罷。（旦兒云：）揚州奴，當日有錢時，都是你受用，我不曾受用了一些；你吊殺便理當，我着甚麼來由？（揚州奴云：）大嫂，你也說的是，我受用，你不曾受用。你在窰中等着，我如今尋那兩個狗材去。你便掃下些乾驢糞，燒的𥗼兒滾滾的，等我尋些米來，和你熬粥湯吃。天也！兀的不窮殺我也！（揚州奴同旦兒下）（賣茶的上，云：）小可是個賣茶的，今日早晨起來，我光梳了頭，淨洗了臉，開了這茶房，看有甚麼人來。（柳隆卿、胡子傳上，云：）柴又不貴，米又不貴，兩個傻廝，正是一對。自家柳隆卿，兄弟胡子傳，俺兩個是至交至厚，寸步兒不厮離的。兄弟，自從丟了這趙小哥，再沒興頭。今日且到茶房裏去閒坐一坐，有造化再尋的一個主兒也好。賣茶的，有茶拏來俺兩個吃。（賣茶的云：）有茶，請裏面坐。（揚州奴上，云：）自家揚州奴。我往常但出門，磕頭撞腦的，都是我那朋友兄弟。今日見我窮了，見了我的，都躲去了。我如今茶房裏問一聲咱。（做見賣茶的科，云：）賣茶的，支揖哩。（賣茶的云：）那裏來這叫化的？哇！叫化的也來唱喏！（揚州奴云：）好了好了，我正尋那兩個兄弟，恰好的在這裏。這一頭齎發，可不喜也！（做見二淨唱喏科，云：）哥，唱喏來。（柳隆卿云：）趕出這叫化子去！（揚州奴云：）我不是叫化的，我是趙小哥。（胡子傳云：）誰是趙小哥？（揚州奴云）：則我便是。（胡子傳云：）你是趙小哥，我問你咱，你怎麼這般窮了？（揚州奴云：）都是你這兩個歹弟子孩兒弄窮了我哩！（柳隆卿云：）小哥，你肚裏饑麼？（揚州奴云：）可知我肚裏饑，有甚麼東西，與我吃些兒。（柳隆卿云：）小哥，你少待片時，我買些來與你吃。好燒鵝，好膀蹄，我便去買將來。（柳隆卿下）（揚州奴云：）哥，他那裏買東西去了，這早晚還不見來？（胡子傳云：）小哥，還得我去。（揚州奴云：）哥，你不去也罷。（胡子傳云：）小哥，你等不得他，我先買些肉鮓酒來與你吃。哥少坐，我便來。（胡子傳出門科）（賣茶的云：）你少我許多錢鈔，往那裏去？

（胡子傳云：）你不要大呼小叫的，你出來，我和你說。（賣茶的云：）你有甚麼說？（胡子傳云：）你認得他麼？則他是揚州奴。（賣茶的云：）他就是揚州奴？怎麼做出這等的模樣？（胡子傳云：）他是有錢的財主，他怕當差，假粧窮哩。我兩個少你的錢鈔，都對付在他身上，你則問他要，不干我兩個事，我家去也。（揚州奴做捉虱子科）（賣茶的云：）我算一算帳，少下我茶錢五錢，酒錢三兩，飯錢一兩二錢，打發唱的耿妙蓮五兩，打雙陸㈢輸的銀八錢，共該十兩五錢。（揚州奴云：）哥，你算甚麼帳？（賣茶的云：）你推不知道，恰纔柳隆卿、胡子傳把那遠年近日欠下我的銀子，都對付在你身上。你還我銀子來，帳在這裏。（揚州奴云：）哥阿！我揚州奴有錢呵，肯粧做叫化的？（賣茶的云：）你說你窮，他說你怕當差，假粧着哩。（揚州奴云：）原來他兩個把遠年近日少欠人家錢鈔的帳，都對付在我身上，着我賠還。哥阿，且休看我吃的，你則看我穿的，我那得一個錢來？我寧可與你家擔水運漿，掃田刮地，做箇傭工，准還你罷。（賣茶的云：）苦惱！苦惱！你當初也是做人的來，你也曾照顧我來，我便下的要你做傭工還舊帳！我如今把那項銀子都不問你要，饒了你，可何如？（揚州奴云：）哥阿，你若饒了我呵，我可做驢做馬報答你。（賣茶的云：）罷罷罷，我饒了你，你去罷。（揚州奴云：）謝了哥哥！我出的這門來，他兩個把我穩在這裏，推買東西去了；他兩個少下的錢鈔，都對在我身上，早則這哥哥饒了我，不然，我怎了也！柳隆卿、胡子傳，我一世裏不曾見你兩個歹弟子孩兒！（同下）（旦兒云：）自家翠哥。揚州奴到街市上投託相識去了，這早晚不見來，我在此且燒湯罐兒等着。（揚州奴上，云：）這兩個好無禮也！把我穩在茶房裏，他兩個都走了，乾餓了我一日。我且回那破窰中去。（做見科）（旦兒云：）揚州奴，你來了也。（揚州奴云：）大嫂，你燒得鍋兒裏水滾了麼？（旦兒云：）我燒得熱熱的了，將米來我煮。（揚州奴云：）你煮我兩隻腿。我出門去，不曾撞一個好朋友。罷罷罷，我只是死了罷。（旦兒云：）你動不動則要尋死，想你伴着那柳隆卿、胡子傳，百般的受用快活，我可着甚麼來由。你如今走投沒路，我和你去李家叔叔，討口飯兒吃咱。（揚州奴云：）大嫂，你說那裏話，正是上門兒討打吃。叔叔見了我，輕呵便是駡，重呵便是打。你要去你自家去，我是不敢去。（旦兒云：）揚州奴，不妨事。俺兩個到叔叔門首，先打聽着：若叔叔在家呵，我便自家過去；若叔叔不在呵，我和你同進去，見了嬸子，必然與俺些盤纏也。（揚州奴云：）大嫂，你也說得是。到那裏，叔叔若在家時，你便自家過去見叔叔，討碗飯吃。你吃飽了，就把剩下的包些兒出來我吃。若無叔叔在家，我便同你進去，見了嬸子，休說那盤纏，便是飽飯也吃他一頓。天也！兀的不窮殺我也！（同旦兒下）（卜兒上，云：）老身趙氏。今日老的大淸早出去，看看日中了，怎麼還不回來？下次孩兒每，安排下茶飯，這早晚敢待來也。（揚州奴同旦兒上）（揚州奴云：）大嫂，到門首了，你先過去，若有叔叔在家，休說我在這裏；若無呵，你出來叫我一聲。（旦兒云：）我知道了，我先過去。（做見卜兒科）（卜兒云：）下次小的每，可怎麼放進這個叫化子來？（旦兒云：）孀子，我不是叫化的，我是翠哥。（卜兒云：）呀，你是翠哥！兒也，你怎麼這等模樣？（旦兒云：）孀子，我如今和揚州奴在城南破瓦窰中居住。孀子，痛殺我也！（卜兒云：）揚州奴在那裏？（旦云：）揚州奴在門首哩。（卜兒云：）着他過來。（旦云：）我喚他去。（揚州奴做睡科）（旦兒叫科，云：）他睡着了，我喚他咱。揚州奴！揚州奴！（揚州奴做醒科，云：）我打你這醜弟子！天那，攪了我一個好夢，正好意思了呢。（旦兒云：）你夢見甚麼來？（揚州奴云：）我夢見月明樓上，和那撇之秀兩個唱那阿孤令〔三〕，從頭兒唱起。（旦兒云：）你還記着這樣兒哩，你過去見孀子去。（揚州奴見卜兒科，云：）孀子，窮殺我也！叔叔在家麼？他來時，要打我，孀子勸一勸兒。（卜兒云：）孩兒，你敢不曾吃飯哩？（揚州奴云：）我那得那飯來吃？（卜兒云：）下次小的每，先收拾麵來與孩兒吃。孩兒，我着你飽吃一頓，你叔叔不在家，你吃，你吃。（揚州奴吃麵科）（正末上，云：）誰家子弟，駿馬雕鞍，馬上人半醉，坐下馬如飛，拂兩袖春風，蕩滿街塵土。你看囉，呸！兀的不眯了老夫的眼也。（唱：）

【中呂粉蝶兒】誰家個年小無徒，他生在無憂愁太平時務。空生得貌堂堂，一表非俗。出來的撥琵琶，打雙陸，把家緣不顧。那裏肯尋個大老名儒，去學習些兒聖賢章句。

【醉春風】全不想日月兩跳丸，則這乾坤一夜雨。我如今年老也逼桑楡，端的是朽木材，何足數，數。則理會的詩書是覺世之師，忠孝是立身之本；這錢財是倘來之物(四)。

（云：）早來到家也。（唱：）

【叫聲】恰纔個手扶拄杖走街衢，一步一步，驀入門桯去。（做見揚州奴怒科，云：）誰吃麪哩？（揚州奴驚科，云：）我死也！（正末唱：）我這裏猛擡頭，剛窺覰，他可也爲甚麼立欽欽，恁的膽兒虛。

（旦兒云：）叔叔，媳婦兒拜哩。（正末云：）靠後。（唱：）

【剔銀燈】我其實可便消不得你這嬌兒和幼女，我其實可便顧不得你這窮親潑故。這廝有那一千椿兒情理難容處，這廝若論着五刑發落，可便罪不容誅。（帶云：）揚州奴，你不說來？（唱：）我教你成個人物，做個財主，你却怎生背地裏閒言落可便(五)長語？

（云：）你不道來，我姓李，你姓趙，俺兩家是甚麼親那？（唱：）

【蔓青菜】你今日有甚臉，落可便踏着我的門戶，怎不守着那兩個潑無徒？（揚州奴怕走科）（正末云：）那裏走？（唱：）諕得他手兒脚兒戰篤速，特古裏我根前你有甚麼怕怖？則俺這小乞兒家羹湯少些薑醋，（正末云：）放下！（唱：）則吃你大食店裏燒羊去。

（揚州奴做怕科，將筯敲碗科）（正末打科）（卜兒云：）老的也，休打他。（揚州奴做出門科，云：）嬸子，打殺我也！如今我要做買賣，無本錢，我各扎邦便覓合子錢。（卜兒云：）孩兒也，我與你這一貫錢做本錢。（揚州奴云：）嬸子，你放心，我便做買賣去也。（虛下，再上，云：）嬸子，我拏這一貫錢去買了包兒炭來。（卜兒云：）孩兒，你做甚麼買賣哩？（揚州奴云：）我賣炭哩。（卜兒云：）你賣炭，可是何如？（揚州奴云：）我一貫本錢，賣了一貫，又賺了一貫，還剩下兩包兒炭，送與嬸子烘脚，做上利哩。（卜兒云：）我家有，你自拏回去受用罷。（揚州奴云：）嬸子，我再別做買賣去也。（虛下，再上，叫云：）賣菜也！青菜、白菜、赤根菜、芫荽、葫蘆蔔、葱兒呵！（卜兒云：）孩兒也，你又做甚麼買賣哩？（揚州奴云：）嬸子，你和叔叔說一聲，道我賣菜哩。（卜兒云：）孩兒也，你則在這裏，我和叔叔說去。（卜兒做見正末科，云：）老的，你歡喜咱，揚州奴做買賣，也賺得錢哩。（正末云：）我不信揚州奴做甚麼買賣來。（揚州奴云：）您孩兒頭裏賣炭，如今賣菜。（正末云：）你賣炭呵，人說你甚麼來？（揚州奴云：）有人說來：揚州奴賣炭，苦惱也。他有錢時，火焰也似起，如今無錢，弄塌了也。（正末云：）甚麼塌了？（揚州奴云：）炭塌了。（正末云：）你看這厮。（揚州奴云：）揚州奴賣菜，也有人說來：有錢時，伴着柳隆卿，今日無錢，擔着那胡子傳。（正末云：）你這菜擔兒，是人擔，自擔？（揚州奴云：）叔叔，你怎麼說這等話？有偌大本錢，敢托別人擔？倘或他擔別處去了，我那裏尋他去？（正末云：）你往前街去也，往那後巷去？（揚州奴云：）我前街後巷都走。（正末云：）你擔着擔，口裏可叫麼？（揚州奴云：）若不叫呵，人家怎麼知道有賣菜的？（正末云：）可是你叫，是那個叫？（揚州奴云：）我自叫。（正末云：）下次小的們，都來聽揚州奴哥哥怎麼叫哩。（揚州奴云：）叔叔，你要聽呵，我前面走，叔叔後面聽，我便叫。叔叔，你把下次小的每趕了去，這小厮每，都是我手裏賣了的。（正末云：）你若不叫，我就打死了你個無徒！（揚州奴云：）他那裏是着我叫，明白是羞我。我不叫，他又打我。不免將就的叫一聲。青菜、白菜、赤根菜、葫蘿蔔、芫荽、葱兒阿！（做打悲科，云：）天那！羞殺我也！（正末云：）好可憐人也呵！（唱：）

【紅繡鞋】你往常時，在那鴛鴦帳底，那般兒擕雲握雨。哎！兒也，你往常時，在那玳瑁筵前，可便喫玉噴珠，你直吃得滿身花影倩人扶。今日呵，便擔着孛籃，拽着衣服。不害羞，當街裏叫將過去。

（揚州奴云：）叔叔，您孩兒往常不聽叔叔的教訓，今日受窮，纔知道這錢中使，我省的了也。（正末云：）這話是誰說來？（揚州奴云：）您孩兒說來。（正末云：）哎喲！兒也，兀的不痛殺我也！（唱：）

【滿庭芳】你醒也波高陽哎酒徒，擔着這兩籃兒白菜，你可覓了他這幾貫的青蚨（六）？（帶云：）揚州奴，你今日覓了多少錢？（揚州奴云：）是一貫本錢，賣了一日，又覓了一貫。（正末唱：）你就着這五百錢，買些雜麵，你便還窨去。那油鹽醬旋買也可是零沽？（揚州奴云：）甚麼肚腸，又敢吃油鹽醬哩？（正末唱：）哎！兒也，就着這賣不了殘剩的菜蔬，（揚州奴云：）吃了就傷本錢，着些涼水兒洒洒，還要賣哩。（正末唱：）則你那五臟神也不到今日開屠（七）。（云：）揚州奴，你只買些燒羊吃波？（揚州奴云：）我不敢吃。（正末云：）你買些魚吃？（揚州奴云：）叔叔，有多少本錢，又敢買魚吃？（正末云：）你買些肉吃？（揚州奴云：）也都不敢買吃。（正末云：）你都不敢買吃，你可吃些甚麼？（揚州奴云：）叔叔，我買將那倉小米兒來，又不敢舂，恐怕折耗了。只揀那賣不去的菜葉兒，將來煠熟了，又不要蘸鹽搠醬，只吃一碗淡粥。（正末云：）婆婆，我問揚州奴買些魚吃，他道我不敢吃。我道你買些肉吃，他道我不敢吃。我道你都不敢吃，你吃些甚麼？他道我吃淡粥。我道，你吃得淡粥麼？他道，我吃得。（唱：）婆婆呵，這廝便早識的些前路，想着他那破瓦窰中受苦。（帶云：）正是：不受苦中苦，難爲人上人。（唱：）哎！兒也，這的是你須下死工夫。

（揚州奴云：）叔叔，恁孩兒正是執迷人難勸，今日臨危可自省也。（正末云：）這廝一世兒則說了這一句話。孩兒，你且回去。你若依着我呵，不到三五日，我着你做一個大大的財主。

（唱：）

【尾煞】這業海是無邊無岸的愁，那窮坑是不存不濟的苦。這業海打一千個家阿撲〔八〕逃不去，那窮坑你便旋十萬個翻身、急切裏也跳不出。（同卜兒下）

（揚州奴云：）大嫂，俺回去來。天那！兀的不窮殺我也！（同旦下）（小末尼上，云：）自家李小哥。父親着我去請趙小哥坐席，可早來到城南破窰，不免叫他一聲，趙小哥！（揚州奴同旦上，見科，云：）小大哥，你來怎麼？（小末云：）小哥，父親的言語，着我來，明日請坐席哩。（揚州奴云：）既然叔叔請吃酒，俺兩口兒便來也。（小末尼云：）小哥，是必早些兒來波。（下）（揚州奴云：）大嫂，他那裏請俺吃酒，明白羞我哩。却是叔叔請，不好不去。到得那裏，不要閑了，你便與他掃田刮地，我便擔水運漿。天那！兀的不窮殺我也！（同下）

（一）燒地眠，炙地臥——住在破窰裏。
（二）雙陸——古代博戲名。
（三）阿孤令——即『阿忽令』，曲名，屬雙調。
（四）倘來之物——倘，應作儻。無意而得的，非本分應得的，都叫做『倘來之物』。
（五）落可便——或作落可的。用在語首或語中的助詞，無義。
（六）青蚨——本是蟲名；古代傳說：把牠的血塗在錢上，錢用出去還會回來，因此，就成了錢的代稱。
（七）五臟神開屠——五臟，心、肝、脾、肺、腎。五臟神開屠，就是說：腹中得了肉食。
（八）阿撲——或作合撲地。就是俯面仆地。

第四折

（正末同卜兒、小末尼上，云：）今日是老夫賤降（一）的日辰，擺下酒席，請衆街坊慶賀這所新宅子，就順便慶賀小員外。昨日着小大哥請的揚州奴去了，不見來到；衆街坊老的每，敢待來也。（扮衆街坊上，云：）俺們都是這揚州牌樓巷人。昔日趙國器臨死，將他兒子揚州奴托孤與東堂老子。誰想揚州奴把家財盡都耗散，現今這所好宅子，也賣與東堂老子了。今日正是東堂老子生日，請我衆街坊相識吃酒，却又喚那揚州奴兩口叫化弟子孩兒，不知爲何？俺們一來去慶賀生辰，二來就慶賀他這所新宅子，須索走一遭去，可早來到也。小員外，報復進去，有俺衆街坊，特來慶賀生辰哩。（小末尼做入報科，云：）父親，有衆街坊來與父親慶賀生辰哩。（正末云：）快有請。（小末云：）請進去。（衆街坊做見科，云：）俺衆街坊，一來與員外慶賀生辰，二來就慶賀這所新宅子。（正末云：）多謝了衆街坊，請坐。下次小的每，一壁廂安排酒餚，只等揚州奴兩口兒到來，便上席也。（揚州奴同旦兒上，云：）自家揚州奴的便是，這是李家叔叔門首，俺們自進去。（同旦兒做見科）（揚州奴云：）叔叔，您孩兒和媳婦來了，不知有甚麼說話？（正末云：）你來了也。（唱：）

【雙調新水令】今日個畫堂春暖宴佳賓，舞東風落紅成陣。擺設的一般般殽饌美，酬酢的一個個綺羅新。（揚州奴背科，云：）嗨！兀的不羞殺我也！（正末云：）揚州奴！（揚州奴做不應科）（正末唱：）我見他暗暗傷神，無語淚偷搵。

【沉醉東風】我着你做商賈身裏出身，誰着你戀花柳人不成人。我只待傾心吐膽教，（揚州奴背科，云：）嗨！對着這衆人，則管花白〔三〕我。早知道，不來也罷。（正末唱：）你可爲甚麼切齒嚼牙恨？這是你自做的來有家難奔，（揚州奴做揉手科，云：）羞殺我也！（正末唱：）爲甚麼只古裏裸袖揎拳㊂無事哏？（帶云：）孩兒也，你那般慌怎麼？（唱：）我只着你受盡了的飢寒，敢可也還正的本。

（云：）今日衆親眷在這裏，老夫有一句話告知衆親眷每。喒本貫是東平府人氏，因做買賣，到這揚州東門裏牌樓巷居住。有西隣趙國器，是這揚州奴父親，與老夫三十載通家之好。當日趙國器染病，使這揚州奴來請老夫到他家中。我問他的病症從何而起，他道，只爲揚州奴這孩兒不肖，必敗吾家，憂愁思慮，成的病證。今日請你來，特將揚州奴兩口兒托付與你，照覷他這下半世。我道，李實才德俱薄，又非服制之親，當不的這個重托。那趙國器捱着病，將我來跪一跪，我只得應承了。揚州奴，當日你父親着你正點背畫的文書，上面寫着甚麼？（揚州奴云：）您孩兒不曾看見，敢是死活的文書麼？（正末云：）孩兒也，不是死活的文書。你對着這衆親眷，將這一張文書，你則與我高高的讀者。（揚州奴云：）理會的。這文書是俺父親親筆寫的，那正點背畫的字也是俺畫的。父親阿，如今文書便有，那寫文書的人，在那裏也阿！（做悲科）（正末云：）你且不要哭，只讀的這文書者。（揚州奴云：）是。（做讀文書科，云：）『今有揚州東關裏牌樓巷住人趙國器。』——這是我父親的名字。——『因爲病重不起，有男揚州奴不肖，暗寄課銀五百錠在老友李茂卿處，與男揚州奴困窮日使用。』——莫不是我眼花麼？等我再讀。（再讀文書科，云：）老叔，把來還我。（正末云：）把甚麼來？（揚州奴云：）把甚麼來？白紙上寫着黑字兒哩！（正末云：）你父親寫便這等寫，其實沒有甚麼銀子。（揚州奴云：）叔叔，您孩兒也不敢望五百錠，只把一兩錠拏出來，等我摸一摸，我依舊還了你。（正末云：）揚州奴，你又來也！想你父親死後，你將那田業屋產，待賣與別人，我怎肯着別人買去？我暗暗的着人轉買了，總則是你這五百錠大銀子裏面，幾年月日節次不等，共使過多少。你那油房、磨房、解典庫，你待賣與別人，我也着人暗暗的轉買了，可也是那五百錠大銀子裏面，幾年月日節次不等，使了多少。你那驢馬孳畜，和大小奴婢，也有走了的，也有死了的，當初你待賣與別人，我也暗暗的着人轉買了，也是這五百錠大銀子裏面。我存下這一本帳目，是你那房廊屋舍，條凳椅卓，琴棋書畫，應用物件，盡行在上。我如今一一交割，如有欠缺，老夫盡行賠還你。揚州奴聽者！（詩云：）你父親暗寄雪花銀，展轉那移十數春。今日却將原物出，世間難得俺這志誠人。（云：）揚州奴！（唱：）

【鴈兒落】豈不聞遠親呵不似我近隣，我怎敢做的個有口偏無信。今日便一樁樁待送還，你可也一件件都收盡。

（揚州奴做拜跪科，云：）多謝了叔叔嬸子！我怎麼得知有這今日也！（正末唱：）

【水仙子】你看宅前院後不沾塵，（揚州奴云：）這前堂後閣，比在前越越修整的全別了也。（正末唱：）畫閣蘭堂一劃新。（揚州奴云：）叔叔，這倉厫中不知是空虛的，可是有米糧？（正末唱：）倉厫中米麥成房囤。（揚州奴云：）嗨！這解典庫還依舊得開放麼？（正末唱：）解庫中有金共銀。（揚州奴云：）叔叔，城外那幾所莊兒可還有哩？（正末唱：）莊兒頭孳畜成羣，銅斗兒家門一所，綿片也似莊田百頃。（帶云：）揚州奴，翠哥，（唱：）你從今後再休得典賣與他人。

（云：）小大哥，擡過卓來，着揚州奴兩口兒把盞，管待衆街坊親眷每。（揚州奴云：）多謝叔叔嬸子重恩！若不是叔叔嬸嬸贖了呵，恁孩兒只在瓦窰裏住一世哩！大嫂，將酒過來，待我先奉了叔叔嬸子。請滿飲這一杯。（衆街坊云：）趙小哥，你兩口兒莫說把這盞酒，便殺身也報不的這等大恩哩。（正末云：）孩兒，我吃，我吃！（揚州奴又奉酒科，云：）請衆親眷每，大家滿飲一杯。（衆云：）難得，難得！我們都吃！（揚州奴云：）我再奉叔叔嬸子一杯。您孩兒今生無處報答大恩，來生來世，當做狗做馬賠還叔叔嬸子哩。（正末唱：）

【喬牌兒】我見他意慇懃捧玉樽，只待要來世裏報咱恩。這的是你爹爹暗寄下家緣分，與我李家財元不損。

（柳隆卿、胡子傳上，云：）聞得趙小哥依然的富貴了也，俺尋他去來。（做見科）（柳隆卿云：）趙小哥，你就不認得俺了，俺和你吃酒去來。（揚州奴云：）哥也，我如今回了心，再不敢惹你了，你別去尋個人罷。（柳隆卿云：）你說甚麼話？你也回心，俺們也回心，如今帮你做人家哩。（正末云：）哇！下次小的每，與我撚這兩個光棍出去！（柳隆卿云：）趙小哥，你也勸一勸波。（揚州奴云：）你快出去，別處利市。（正末唱：）

【川撥棹】衆親隣，正歡娛語笑頻。我則見兩個喬人，引定個紅裙，驀入堂門，諕得俺那三魂掉了二魂。哎！兒也，便做道你不慌呵我最緊。

【殿前歡】俺孩兒甫能勾得成人，你又待教他一年春盡一年春。他去那麗春園㊃納了那顆爭鋒印，你休鬧波完體將軍㊄！你便說天花信口歕，他如今有時運，怎肯不惺惺，再打入迷魂陣。我勸你兩個風流子弟，可也別尋一個合死的郎君。

（云：）揚州奴，你聽者。（斷云：）銅斗兒家緣家計，戀花柳盡行消費；我勸你全然不採，則信他兩個至契。我受付托轉買到家，待回頭交還本利。這的是西隣友生不肖兒男，結末了東堂老勸破家子弟。

題目　西隣友立托孤文書
正名　東堂老勸破家子弟

〔一〕賤降——對自己的生日的謙稱。
〔二〕花白——搶白，責備。
〔三〕裸袖揎拳——裸或作攞。捲袖子，揎拳頭，準備打架的動作。
〔四〕麗春園——泛指妓院。
〔五〕完體將軍——指三國時魏國的大將夏侯惇。他的左眼被射瞎了，軍隊裏稱他爲『盲』；後來三國演義裏禰衡譏稱他是『完體將軍』。現在揚州諺語，說人下作，沒出息，作事不漂亮，通稱爲『夏侯惇』。

據明刻本元曲選影印

包待制智賺生金閣雜劇

元　武漢臣（一）撰

楔子

（冲末扮孛老，同卜兒、旦兒、正末郭成上）（孛老詩云：）急急光陰似水流，等閒白了少年頭；月過十五光陰少，人到中年萬事休。老漢是郭二，蒲州河中府人氏。嫡親的四口兒家屬：婆婆王氏，孩兒郭成，媳婦兒李幼奴。我孩兒幼習經史，學成滿腹文章，我可爲甚麼不着他應舉去？只因我家祖代不曾做官，恐沒的這福分；不如只守着農莊世業，倒也無榮無辱。不意孩兒偶然得了一箇惡夢，去尋那賣卦先生，叫做『開口靈』，整整要一分一卦。他道：『此卦有一百日血光之災，只除千里之外，可以躲避。』因此，連日面帶憂容，怎生是好！（卜兒云：）孩兒，常言道：『陰陽不可信，信了一肚悶。』你信他做什麼？（正末云：）父親母親，他叫做『開口靈』，占的無有不驗，無有不准。您孩兒想來，要帶了媳婦，同到京城去。

一來進取功名，二來躲災避難。只望父親容許。（孛兒云：）孩兒，既然你要去，我與你一件寶物。若是得了官便罷，若不得官呵，有我這祖傳三輩留下的一箇生金閣兒，你將的去，則憑着這生金閣上，也博換得一官半職回來也。（正末云：）父親，與您孩兒試看咱。（孛兒云：）婆婆將來。（卜兒拏砌末科，云：）老的，兀的不是？（孛老做接科，云：）孩兒，這箇便是生金閣兒。（正末云：）父親，這生金閣兒，有甚麼好處？（孛老云：）孩兒，你不知道，把這生金閣兒放在那有風處，仙音嘹喨；若無風呵，將扇子搧動他，也一般的聲響，豈不是件寶貝？（正末云：）父親，恁孩兒不信，須做與孩兒看咱。（孛老云：）孩兒，你既不信，我把扇子搧動你聽。（做搧動響科）（正末云：）是好寶物也。大嫂，收了者。則今日好日辰，辭別了父親母親，便索長行也。（做拜辭科）（卜兒云：）孩兒，一路上小心在意者。（正末唱：）

【仙呂賞花時】一來我應舉京師赴選場，二來我爲遠去他鄉趓禍殃。（卜兒云：）孩兒也，俺子母每今日別去，不知何日相見？到得京師，你則着志者。（正末唱：）就拜辭了老爹娘，非是您孩兒自誇得這自獎，我若是不富貴，可兀的不還鄉。

（正末同旦下）（孛老云：）孩兒去了也。俺老兩口兒無甚事，只是關着門過日子便了。（詩云：）離別苦難禁，平安望寄音；雖無千丈線，萬里繫人心。（同下）

〔一〕武漢臣——生金閣劇，錄鬼簿武漢臣名下，未著錄。息機子本元人雜劇選作『無名氏撰』，是。元曲選作『武漢臣撰』，未知何據。

第一折

（淨扮龎衙內領隨從上，詩云：）花花太歲爲第一，浪子喪門世無對；聞着名兒腦也疼，只我有權有勢龎衙內。小官姓龎，名勣，官封衙內〔二〕之職。我是權豪勢要之家，累代簪纓〔三〕之子。我嫌官小不做，馬瘦不騎；打死人不償命，若打死一箇人，如同揑殺箇蒼蠅相似。平生一世，我兩箇眼裏再見不得這窮秀才；我若是在那街市上擺着頭踏〔三〕，有人衝撞我的馬頭，一頓就打死了。若到人家裏，見了那好古玩，好器皿，琴棊書畫，他家裏倒有，我家裏倒無，敎那伴當每借將來，我則看三日，第四日便還他，我也不壞了他的。但若同僚官的好馬，他倒有，我倒無，着那伴當借將來，則騎三日，第四日便還他，我也不壞了他的。人家有好宅舍，我見了他家裏倒有，我家裏倒無，搬進去，則住三日，第四日就搬了，我也不曾壞了他的。便好道：未見其人，先觀使數。我這兩箇小的是我心腹人，一箇叫做張龍，一箇叫做趙虎。我心間的事，不曾說出來，他先知道了，這兩箇小的好生的聰明。只是我做着衙內，偏生一世裏不曾得箇十分滿意的好夫人。今日紛紛揚揚，下着這一天瑞雪，坐在家裏吃酒，可也悶倦；直至郊野外，一來打獵，二來就賞雪。下次小的每，安排些紅乾臘肉，春盛擔子(四)，馘兒小鷂，粘竿彈弓，花腿閒漢，多鞁幾匹從馬，郊外打獵走一遭去。（下）（丑扮店小二上，詩云：）曲律竿頭懸草稕，綠楊影裏撥琵琶；高陽公子休空過，不比尋常賣酒家。自家是箇賣酒的。今日風又大，雪又緊，少不的也有要買酒盪(五)寒的，我開開這酒舖，燒的這鏇鍋兒熱，看有什麼人來。（正末同旦兒上）（正末云：）小生郭成，自離了父母，與渾家進取功名，來到這半途中，染了一場凍天行的病證。方纔較可，天那，怎又紛紛揚揚下着這大雪。那裏是國家祥瑞？偏生是我上路的對頭！大嫂，你且打起精神，行動些。（旦兒云：）好大雪也。（正末唱：）

【仙呂點絳唇】則我這口內嗟吁，腹中憂慮；離家去，可又早一月多餘，則我這白髮添無數。

（旦兒云：）秀才，想古來也有未遇的人這般受苦麼？（正末唱：）

【混江龍】想前賢不遇，我便似阮嗣宗〔六〕慟哭在窮途。早知道這般的擔驚受恐，我可也圖甚麼衣紫拖朱。每日慵將書去習，逐朝常把藥的那來服。我這剛移足趾，強整身軀，滑七擦〔七〕爭些跌倒，戰篤速直恁艱虞。天也，我如今整三十，可着我半路裏學那步！（旦兒云：）秀才，你掙閩些着！（正末唱：）但只見黑漫漫同雲黯淡，白茫茫瑞雪模糊。

（旦兒云：）秀才，似這般大雪，我和你尋箇村房道店，買些酒食盪寒也好那。（正末云：）大嫂說的是。只此處沒有村店，且到前途去再看來。（唱：）

【油葫蘆】亂紛紛扯絮撏綿空內舞，疎刺刺風亂鼓，寒凜凜望長天一色粉粧鋪，遠迢迢遇不着箇窮親故，急煎煎覓不見箇荒村務。我身上衣又單，腹中食又無，可甚麼『書中自有千鍾粟〔八〕。』（旦兒云：）秀才，似這般身上單寒，肚中饑餒，如之奈何？（正末唱：）沒來由下這死工夫。

（旦兒云）：秀才，你到的帝都闕下，博得一官半職，改換家門，也不枉了受這場苦楚。（正末唱：）

【天下樂】想刺股懸頭〔九〕去讀書，則我這當也波初，自窨付，怕不的滿胸中藏他萬卷餘；又不會上春官〔一〇〕顯姓名，又不會向皇家請俸祿，哎！也乾着了忍三冬受盡苦。

（旦兒云：）秀才，遇着這等風雪，那裏避一避咱。（正末云：）大嫂，喒到這裏，人生面不熟，投奔誰的是！遠遠望見一箇酒務兒，且到那裏避一避風雪，慢慢的入城去來。（做問科，云：）小二哥，有酒麼？（店小二云：）官人，請裏面坐，有酒。（正末同旦兒入店科）（正末云：）打二百長錢酒來。（店小二云：）理會的。官人，酒在此。（正末云：）大嫂，俺慢慢的飲一杯酒。（旦兒云：）這一會兒風雪較小了些兒也。（正末飲酒科，云：）大嫂，這一會纔覺的有些兒暖和哩。（旦兒云：）秀才，我和你離了家鄉，在這裏吃酒，不知父母家中怎生想念我和你也？（衙內領隨從上，云：）小官龐衙內，來到這郊野外，是好眼界也呵。這雪越下的大了，遠遠的那雪影兒裏一箇小酒店兒，就避一避雪。小的，喚那賣酒的來。（隨從云：）賣酒的，衙內喚你哩。（店小二云：）有有有。（見科，云：）孩兒是賣酒的。（衙內云：）兀那廝，你認的我麼？（店小二云：）孩兒每不認的。（衙內云：）則我便是權豪勢要的龐衙內。（店小二云：）孩兒每知道了。（隨從云：）你這廝，不早來迎接，討打吃。（衙內云：）小的每休打，着他收拾下乾淨閣子兒，等我喝幾杯酒去。（店小二云：）理會的。（店小二向正末科，云：）秀才，你且趓在一壁，這箇爺不比別的，他是箇衙內，打死人不償命。我打掃的這所在乾乾淨淨了。（見科，云：）爺，打掃的閣子乾淨了也。（衙內云：）我兒，你也有福，我一脚驀過你家來，你家裏九祖都生天哩。我不吃你那酒，小的每，釃我的酒來與他吃。（隨從云：）有酒。（店小二吃酒科）（衙內云：）我這酒比你的酒如何？（店小二做嘴臉科，云：）這酒比我家的越酸了。（隨從云：）咄！（衙內云：）你釃那酒來我吃。（店小二云：）理會的。酒到。（做飲酒科）（正末云：）大嫂，你看這人是好受用也呵。（唱：）

【金盞兒】我則見他人馬鬧喧呼，這人物不尋俗；一羣價飛鷹走犬相隨逐，都是些貂裘暖帽錦衣服。雖不見門排十二戟，戶列八椒圖（一）；你覷那金牌上懸銅虎，玉帶上掛銀魚。

（云：）大嫂，我想那壁是箇大人的動靜，我將這寶物獻與他咱，愁甚麼不得官做。（旦兒云：）秀才，他不知是什麼人，則怕不中麼？（正末云：）不妨事，我問那小二哥咱。小二哥，那壁是箇甚麼人？（店小二云：）你這箇秀才，低說些。你還不知道哩，他是權豪勢要的龐衙內，打死人不償命，你問他怎的？（正末云：）則他是龐衙內，我央及你咱。（店小二云：）你有甚麼話說？（正末云：）你說去，這裏一箇秀才，有件稀奇寶貝，獻與大人。（店小二云：）則怕不中麼？（正末云：）不妨事。（店小二見衙內跪科，云：）爺，那壁有箇秀才，要將着件寶貝來獻與爺。（衙內云：）這厮敢不是我這裏人麼？他不知道我的性兒？我這眼裏見不的這窮秀才，他見我趓也趓不迭哩。他要來見我，着他過來。（店小二向正末云：）秀才，爺着你過去哩。（正末做見科）（衙內云：）兀那秀才，你那裏人氏？姓甚名誰？（正末云：）小生姓郭，名成。（衙內云：）你可家住在那裏？（正末唱：）

【醉扶歸】小生呵家住在河中府。（衙內云：）曾學什麼武藝來？（正末唱：）幼年間讀幾行聖賢書。（衙內云：）這等，你可怎麼不做官？（正末唱：）則爲我運拙時乖天不與。（衙內云：）可知則是一箇窮秀才。（正末唱：）甘分守窮活路。（衙內云：）你家裏有甚麼人？（正末唱：）拜辭了年高的父母。（衙內云：）你如今往那裏去？（正末云：）我一徑的取應往梁園去。

（衙內云：）這厮要應舉去的。你要來見我，有甚麼勾當？（正末云：）大人，小生有一件寶貝，獻與大人。（衙內云：）你有甚稀奇寶物？（正末云：）是箇生金閣兒。（衙內云：）哦，則是箇生金閣兒。兀那秀才，你不知道我那庫裏的好玩器，有粧花八寶瓶，赤色珊瑚樹，東海鰕鬚簾，荆山無瑕玉，瞻天照星斗，沒價夜明珠，光燦燦玻瓈盞，明丢丢水晶盤，那一件寶物是無有的？休說你這生金閣兒，便是純金葢一間大房子也有哩。你那件兒有甚麼奇異處，叫做寶貝？（正末云：）大人，這生金閣兒不打緊，若放在有風處吹動，仙音嘹亮；若在無風處將扇子搧動，也一般的聲響，豈不是箇寶貝？（衙內云：）我不信，你將的來，我試看咱。（正末云：）大嫂，將那生金閣兒來。（旦兒云：）秀才，則怕不中麼？（正末云：）不妨事。（旦兒云：）這等，你將的去。（正末獻砌末科，云：）大人，則這箇便是生金閣兒。（衙內云：）拏一把扇子來搧動者。（正末做搧，細樂響科）（衙內云：）是好一件寶貝也。（正末云：）大人，小生豈敢說謊。（唱：）

【金盞兒】聽小生說從初，（衙內云：）可也端的少有。（正末唱：）這寶貝世間無，（衙內云：）你可那裏得來！（正末唱：）俺家裏祖傳三輩牢收取。（衙內云：）你可要多少錢鈔？（正末唱：）我也不求厚賂，但遂意，便沽諸。（衙內云：）我與你些綾雜段疋換的麼？（正末唱：）也不要綾羅和段疋，（衙內云：）與你些寶貝金珠可好？（正末唱：）也不要寶貝共金珠；（衙內云：）你都不要，可要些甚麼？（正末唱：）小生只博箇小前程來帝里，便也好將名分入鄉閭。

（衙內云：）料着這廝的文章也不濟事，則憑着那件寶貝要做箇官。兀那秀才，你則要做官，這箇也不打緊，我與今場貢主（三）說了，大大的與你箇官做。小的每，便寫箇帖兒，寄與今場貢主去，說是我說來，就稍一箇官兒與他做。（正末云：）多謝了大人。小生有一箇醜渾家，着他拜謝大人。（衙內云：）你的渾家要來見我，敢不中麼？既是這等，看你的面皮，着他過來。（正末做向旦兒科，云：）大嫂，我將那寶貝獻了，大人許我一箇官也。你過去，把體面〔三〕拜謝大人者。（旦兒云：）既然這等，我和你謝去來。（相見科，云：）大人，受取妾身幾拜咱。（做拜科）（衙內云：）免禮免禮。這渾家十分標致，便好道：『巧妻常伴拙夫眠。』兀那秀才，你有下處麼？（正末云：）小生無下處，則纔到的這酒務兒裏避雪哩。（衙內云：）小的每，將兩匹馬來，與他騎着，跟着我私宅裏去來。（正末云：）既然衙內帶挈，俺一同去來。（同下）（店小二云：）整整打攪了我一日，酒也賣不的，你看我這等造化！（詩云：）今日買賣十分苦，可可〔四〕撞見大官府；一箇錢兒賺不的，不如關門學擂鼓。（下）

（衙內同隨從再上，云：）小的每，打掃前後廳堂，把那名人書畫掛將起來，擺上那玩好器皿，着金壺裏釃着熱酒，鋪開那錦裀繡褥，將好臺盞來；請過那秀才來者。（小厮云：）理會的。（做喚科，云：）秀才，爺請。（正末同旦兒上，云：）大嫂，衙內有請，俺同過去見大人來。（做見科）（衙內云：）兀那秀才，我是箇小人家兒，你休笑話。（正末云：）量小生有何德能，着衙內如此般張筵管待。（唱：）

【後庭花】我則見錦裀在床上鋪，（衙內云：）小的每，放下那氈簾來。（正末唱：）兀那氈簾向門外簌。（衙內云：）炭火上燒着羊肉者。（正末唱：）我見他獸炭上燒羊肉，（衙內云：）把酒醲熱著。（正末唱：）金杯中泛醁醑。（衙內云：）我見你是箇讀書的人，因此上敬你。（正末唱：）小生則是一寒儒，（衙內云：）我和你做箇親屬。（正末唱：）怎敢與衙內認爲親屬？量小生有甚福，感衙內相盼顧！（衙內云：）我說的話，你可依的我麼？（正末唱：）但道的都應付。（衙內云：）你可不要推阻。（正末唱：）並不敢推共阻。（衙內云：）你的渾家，與我做箇夫人；我替你另娶一箇，你意下如何？（正末唱：）他他他從頭兒說事故，就就就諕的我麻又酥；道道道別求箇女豔姝，待待待打換我這醜媳婦。我我我這面不搽，頭不梳，那那那有甚的中意處？

（衙內云：）好共歹，我務要換了你的。（正末唱：）

【青哥兒】哎！你怎生的喬爲喬爲胡做，可不道敗壞風俗？（衙內云：）我要你渾家與我做箇夫人，打甚麼不緊？這等推三阻四的。（正末唱：）你元來好模樣，倒有這般心歹處；便待要拆散妻夫，鳳隻鸞孤。（衙內扯正末科，云：）你這廝不肯，我更待乾罷那？（正末唱：）他將我這衣領揪捽，（衙內云：）你若不與我，我着你目下就死！（正末唱：）就着我目下身殂。我則索禱告天乎，可憐我無辜，放聲啼哭。（衙內云：）好歹將這媳婦與我做箇夫人罷。

（正末唱：）哎！不爭將並頭蓮嗲可可的帶根除，着誰人養活俺那生身父！

（衙內云：）這廝好生無禮。小的每，拏大鐵鎖鎖在馬房裏，扶着他那渾家後堂中去。（隨從做拏科，云：）理會的。郭成，你休言語，枉送了你性命。（正末哭科）（唱：）

【賺煞】罷罷罷，怎干休，難分訴，世做的〔一五〕馮河暴虎〔一六〕。赤緊的先要了我這希奇無價物，又生出百計虧圖。哎！你箇潑無徒，膽大心麤！俺夫妻每負屈銜冤誰做主？你強奪了花枝媳婦，又將咱性命屠毒。（帶云：）哎！早知今日，我不帶的渾家出來也罷。（唱：）方知道美女累其夫。（下）

（隨從云：）爺，那郭成拏的去鎖在後槽亭柱上哩。（衙內云：）我那裏恒郭成的渾家這等生的風流，長的可喜，正好與我做箇夫人。他來的路兒可也遠了，多把些肥皂與他洗了臉，再搽些胭粉，換些錦繡衣服，在後堂中安排酒餚，慶賀新得的夫人。天呵，也是我一點好心，與我這條兒糖吃。（詩云：）此生無分得嬌容，一床錦被半條空；今朝奪取良人婦，後堂慶喜吃三鍾。（隨從云：）還要分付後槽，將這廝收的好者，不要等他溜了。（同下）

〔一〕衙內——本是掌理禁衛的官職，唐代藩鎮相沿以親子弟管領這種職務，宋元時代於是稱官家子弟爲『衙內』，猶如稱王孫、公子一樣。元劇裏用『衙內』，是影射當時蒙古官員的。

〔二〕簪纓——簪，簪子，古人結髮用的；纓，冠系，繫帽子用的：表示貴族身分的一種打扮，因作爲貴族的代稱。

〔三〕頭踏——或作頭搭、頭答。古代，官員出行時，走在前面的儀仗隊。

〔四〕春盛擔子——到野外踏青遊春時所携帶的盛着肴饌果品的擔子。

〔五〕盪——這裏同搪，擋。

〔六〕阮嗣宗——阮籍，字嗣宗，三國時魏國人。他常駕車隨意出遊，走到路的盡處，就慟哭而返。後來多用這個故事表示讀書人的窮困。

〔七〕滑七擦——形容在泥水裏走動的情狀和聲響。

〔八〕書中自有千鍾粟——意思是說：讀了書就可以作官發財。

〔九〕刺股懸頭——古代兩個發憤求學的故事：戰國時，蘇秦讀書感到疲倦，就用錐子在身上刺一下，不讓自己睡着。漢代孫敬讀書困倦時，就用繩子一頭繫住頭髻，一頭繫在梁上。

〔一〇〕春官——指禮部。古代考試進士，多由禮部主持。

〔一一〕椒圖——神話中的一種動物名。是龍生的，形似螺蚌，性好閉；古代官署的門上常畫牠的圖形作爲裝飾。

〔一二〕貢主——指主考官。

〔一三〕把體面——體面，禮貌，規矩。把體面，猶如說：拿出禮貌，按照規矩。

〔一四〕可可——或僅作可。恰恰。

〔一五〕世做的——已經做成。
〔一六〕馮（ㄆㄧㄥ）河暴虎——馮河，不用船就過河；暴虎，空着手打老虎：比喻有勇無謀，莽闖。

第二折

（衙內領隨從上，云：）某龎衙內，歡歡喜喜拾得一箇郭成的渾家，待要做了夫人，誰想他不着趣，百般的不肯就。我看我這嘴臉，儘也看的過；你道我臉上搽粉，你又不搽粉那？我家中有箇嬷嬷，是我父親手裏的人，他可也看生見長我的，如今着他去勸化，不怕不聽。小的每，與我喚將嬷嬷來者。（隨從做喚科，云：）嬷嬷，爺喚哩。（正旦扮嬷嬷同倈兒上，云：）老身是龎衙內家的嬷嬷。衙內呼喚，須索走一遭去。這箇是老身的孩兒，喚做福童，他父親不幸早年亡過。福童，你要學裏去，我與你這把鑰匙。你若尋我時，到花園裏來尋我便是。（倈兒云：）我孩兒。你道將着這把鑰匙，揣在袖兒裏，要尋你時，只在後花園裏。如今我學裏去也。（下）（正旦云：）老身自幼在龎府看生見長這箇衙內，非是一日也呵。（唱：）

【越調鬭鵪鶉】則他這兎走烏飛，寒來暑往，春日花開，可又早秋天月朗。斷送了光陰，消磨了世況。我如今年紀老，髩髮蒼，我做不的重難的生活，只管幾件輕省的勾當。

【紫花兒序】早辰間放開倉庫，晌午裏綽掃了花園，未傍晚我又索執料廚房。小丫鬟忙來呼喚，道衙內共我商量，豈敢行唐(一)，大走向庭前去問當。（正旦做見衙內科）（唱：）哥哥，你有何明降？對老身至尾從頭，說短論長。

（云：）哥哥呼喚老身來，有何事幹？（衙內云：）嬤嬤，喚你來別無甚事。我大茶小禮，三媒六證，親自娶了箇夫人，他百般的不肯隨順我，你勸他一勸。勸的他回心轉意，我自有重重的賞你。（正旦云：）哥哥，你放心者，老身到那裏，不消三言兩句，管敎他隨順哥哥便了。（衙內云：）我這夫人有些憋拗，嬤嬤，你須放出那蒯徹(三)般舌來纔好。（正旦唱：）

【小桃紅】老身非敢自誇强，我不比那蒯徹無名望。（衙內云：）我禮拜磕頭，央及你波。（衙內做拜科）（正旦唱：）呀呀呀，何須的禮拜磕頭把咱央。（衙內云：）好奶奶，沒奈何，好生勸他一勸。（正旦唱：）直恁般痛着忙，就待要安排共宿芙蓉帳。憑着我甜話兒厮搪，更將些美情兒相向，哥哥也，你穩情取金殿鎖鴛鴦。（同下）

(旦兒上，詩云：) 天下人煩惱，盡在我心頭；渾如秋夜雨，一點一聲愁。妾身是郭成的渾家李幼奴。有龐衙內強要了我生金閣兒，又逼我爲妻，將俺男兒郭成鎖在馬房裏。天那，好煩惱殺我也！(正旦上，云：) 此間是他臥房門首。(做入見旦兒科，云：) 姐姐，萬福。(旦兒云：) 嬷嬷，萬福。(正旦云：) 姐姐，我問你咱：俺衙內大財大禮，娶將你來，指望百年偕老；你只是不肯隨順，可是爲何？(旦兒云：) 嬷嬷，你那裏知道我心中的寃枉也！(正旦云：) 姐姐，你差了也。(唱：)

【凭欄人】則這女聘男婚禮正當，你兩下和諧可着人讚揚。哎，你箇女艷粧，你心中可怎不思想？

(旦兒云：) 嬷嬷，你怎知道，我那裏是大財大禮娶的；我本是郭成的渾家，有龐衙內強要了我生金閣兒，又逼我爲妻，將俺丈夫鎖在馬房裏。嬷嬷，你可知道我這等寃枉也！(正旦云：) 你若不說，我怎生得知，難道有這等事！(唱：)

【鬼三台】聽的他言分朗，諕的我魂飄蕩。姐姐也，你怎生則撞入天羅地網！俺那廝驢狗兒一片家狠心腸，着誰人好來阻當？(旦兒云：) 嬷嬷，我今日不曾看見丈夫，多敢殺壞了，兀的不痛殺我也！（正旦唱：）你道他昨來箇那塌兒（三）裏殺壞了范杞梁，今日箇這塌兒裏沒亂殺你女孟姜。（旦兒云：）嬷嬷，我待要尋一箇大大的衙門，告他去哩。（正旦唱：）你待要叫屈聲寃，姐姐也，誰敢便收詞接狀？

（衙內同隨從打聽科）（旦兒做哭科，云：）哎喲，天也！（正旦唱：）

【寨兒令】我見他痛感傷，淚汪汪，（旦兒云：）當初只爲我生的風流，長的可喜，將我男兒陷害了性命；摑了我這面皮罷。（正旦云：）哎喲，可惜了也！（唱：）水晶般指甲兒摑破面上。（衙內同隨從做聽科）（正旦唱：）俺那廝少不的落馬身跐，不久淪亡，他可便遭賊盜，値重喪。

【么篇】多不到半月時光，餐刀刃親赴雲陽，高杆首吊脊梁，木驢上碎分張，渾身的害麽娘椀大血疔瘡。

（衙內做咳嗽科）（正旦唱：）

【金蕉葉】是誰人村聲潑嗓，他壁聽在門兒外廂。（旦兒做驚科，云：）嬷嬷，窻兒外有人咳嗽。（正旦唱：）姐姐也，你且休慌，心勞意攘（四），我可便自把那言詞說上。

（衙內做見正旦科，云：）哇！我養着你箇家生狗，倒向着裏吠，直被你罵的我好也。（正旦唱：）

【調笑令】息怒波宰相，聽老身說行藏。（衙內云：）你還說甚的？可敢再罵我麼？（正旦云：）哥哥，我不曾說甚來。（唱：）我道是楚襄王寄語巫山窈窕娘，也不須遮遮掩掩粧模樣，早共晚准備下雨席雲床。（衙內云：）你道不罵我，恰纔我都聽的了也。（正旦唱：）我道恁哥哥也，在城中第一家財帛廣，還有那鴉飛不過的田地池塘。

（衙內云：）小的每，這老賤才罵了我許多，還待賴哩。拏繩子來綑了，丟在八角瑠璃井裏去。（隨從云：）理會的。（隨從做腰裏取繩子綑科，云：）嬤嬤，你也不要怨我，自家討死吃。（旦兒云：）嬤嬤，兀的不痛殺我也！（正旦云：）姐姐，等我那孩兒來時，着他與我報讐。天也！誰來搭救我咱！（唱：）

【收尾】罷罷罷，我倒做了耕牛爲主遭鞭杖，啞婦傾杯反受殃。有一日包待制到朝堂，哥哥也，我則怕泄漏了天機，白破你那謊。（同旦兒下）

（隨從做丟科，云：）撲鏨，丟下去了。再搬下井欄石，往下壓着，省的那屍首浮起來。嬤嬤，你倒好了也，落的一箇水葬哩。（做回話科，云：）爺，小的每把嬤嬤着繩子綑了，丟在八角瑠璃井裏死了也。（衙內云：）這嬤嬤便死了，還有郭成哩，一發拿來，就在他渾家跟前，着銅鍘切了頭者。（隨從云：）理會的。郭成，你的渾家送了我衙內便罷了，你百忙裏不肯，如今着我來鍘了你頭哩。趙虎，你揪着頭髮，我提起這銅鍘來，磕叉〔五〕！（做跌倒科，云：）哎喲，諕殺我也！（郭成做倒地復起來跑下）（隨後做驚科，見衙內，云：）爺，恠事，恠事！只見日月交食，不曾見轆軸退皮〔六〕。爺着小廝每把郭成拿在那馬房裏，對着他渾家面前，他便按着頭，我便提起銅鍘來，可叉一下，刀過頭落，那郭成提着墻跳過頭去了。（衙內云：）嗯！怎麼提着墻倒跳過頭去了？（小廝云：）呸！是提着頭跳過墻去了。（衙內云：）强魂强魂，休要大驚小恠的，不妨事。明日是正月十五日，賞元宵，多着些伴當每，拿着些棍棒，跟着我賞元宵去來。（同下）

〔一〕行唐——有言行不謹，隨便，不經意，怠慢，遲緩等義。

〔二〕蒯徹——楚漢時的辯士，長於計謀。他本名徹，因避漢武帝劉徹的諱，史家改『徹』爲『通』，又稱爲『蒯通』。

〔三〕那堝（ㄨㄛ）兒——那塊兒，那邊。

〔四〕心勞意攘——心忙意亂。

〔五〕磕叉——或作可叉、磕槎、搕叉，義均同。形容斫東西的聲音。

〔六〕轆（ㄌㄨ）軸退皮——比喻不會有的事，非常奇怪的事。

第三折

（社火〔一〕鼓樂擺開科）（外扮老人里正同上，云：）老漢王老人，這箇是劉老人。時遇元宵節令，預賞豐年，城裏城外，不論官家民戶，都要點放花燈，與民同樂。老的，咱每做火兒看燈走一遭去來。（做看燈科）（衙內領隨從上，云：）今日是元宵節令，小的每，隨俺看燈耍子去。（魂子提頭冲上打科）（衙內做慌云：）那裏這箇鬼魂打將來？好怕人也！走走走！（下）（魂子追趕老人里正，社火鼓樂同衆慌下）（衙內再上，云：）小的每，這鬼魂好狠哩，我們這等跑，他倒越追上來，走走走！（魂子再上，趕科）（衙內云：）這鬼魂又赶將來了，諕殺我也！小的每，扶着我回去罷，這燈也看不成了。（下）（店小二上，詩云：）買賣歸來汗未消，上床猶自想來朝；爲甚當家頭先白，曉夜思量計萬條。自家是箇賣酒的，在此處開着箇酒店。但是那南來北往做買做賣，推車打擔，都來我這店裏買酒吃。今日早把這鏇鍋兒燒的熱些，等那買酒的人來，好盪與他吃。（老人里正慌上，云：）走走走，如今那沒頭鬼不來了。老的，我們有了這些年紀，眼裏並不曾見這恠異，險些兒被他嚇死。我們且到這酒店裏喫幾杯酒，定一定膽。店小二，我們要買酒吃的，打二百長錢酒來。（店小二云：）有有有。新篘的美酒，老的，請裏面坐。（老人云：）恰纔漸漸喘息定了，慢慢的吃幾杯兒。（正末扮包拯便衣領張千上，云：）老夫姓包，名拯，字希仁，乃廬州金斗郡四望鄉老兒村人氏；官封龍圖閣待制，正授南衙開封府尹之職。奉聖人的命，着老夫西延邊賞軍回來。時遇上元節令，紛紛揚揚，下着國家祥瑞。張千，分付頭踏，遠遠的在前面自去，等我在後慢慢行者。（唱：）

【南呂一枝花】我可便上西延，離汴京，押衣襖，臨京兆，我也不辭年紀老，豈憚路途遙。想着宰相官僚，請受了這千鍾祿，難虛耗，怎不的秉忠心佐聖朝。今日在鵷鷺仙班，到後來圖寫上麒麟畫閣㈡。

【梁州第七】則爲這家國恨應纏在我這肺腑，都則爲這廟堂愁蹙損我這眉稍。急回身又遇着新春到，我只見寒梅晚謝，凍雪初消；傍幾家兒村鷄啞啞，隔半程兒野犬哰哰㈢；粧點來則恁的景物蕭條，可不道有丹青也便巧筆難描。我我我，看了些青滲滲峻嶺層巒，是是是，行了些黃穰穰沙堤得這古道，呀呀呀，兀良，早過了些碧澄澄野水橫橋。歸來路杳，裊絲鞭美殺投林鳥。薄暮也，在荒郊；怎當這疲馬西風雪正飄，說不盡寂寥。

（張千云：）相公，風又大，雪又緊，遠遠的有箇酒務兒，略避一避風雪，就買些酒吃，可不好也？（正末云：）張千，你說的是，兀的不是箇酒務兒？（唱：）

【牧羊關】草刷兒向牆頭挑，醉八仙壁上描，葢造的瀟灑淸標，寫着道：『酒勝西湖，店欺東閣。』（帶云：）看你這村野去處，有什麼整齊的？（唱：）止不過瓦鉢內斟村釀，那裏有金盞內泛羊羔。你待寫着大樣兒留人醉，我道不飲呵，可便從他來酒價高。

（云：）張千，接了馬者。（張千云：）牢墜鐙。（正末見店小二科）（張千做打小二科，云：）賣酒的，快打掃乾淨閣子兒，釃熱酒來，把馬牽到後頭，與我細切草，爛煮料，把馬喂着，不要塌了膘。你若着人偸了鞍子，剪了馬尾去，我兒也，你眼扎毛我都撏（四）掉了你的。（店小二云：）你看這廝，他也是箇驢前馬後（五）的人，怎麼不由分說，便將我飛拳走踢，只是打我？且忍着，敎他着我的道兒。（張千云：）店小二，將酒來，我與相公遞一杯酒。（做跪送科，云：）相公一路上風寒，孩兒每孝順的心，請滿飲一杯。（正末云：）孩兒也，大風大雪，你兩隻脚伴着我這四隻馬蹄子走，你先吃這鐘兒酒者。（張千云：）相公不吃，與孩兒每吃，孩兒就吃。（做按科）（正末云：）孩兒也，你吃下這鐘酒去，可如何？（張千云：）您孩兒吃下這鍾酒去，便是旋添綿。(正末云：)怎麼是旋添綿？(張千云：)孩兒吃下這杯酒去，添了件綿團襖一般。(吃科)(做打店小二科，云：)我把你這箇弟子孩兒！你見我打了你幾下，拏這麼冰也似的冷酒與我吃，把我牙都冰了，吃下去，肚裏都似割得疼的。你還立着哩，快釃熱酒來！(店小二云：)我知道。(做背科，云：)我如今可釃滾熱的酒與他吃，我盪這弟子孩兒。(張千云：)快將熱酒來。(店小二云：)酒熱酒熱。(張千云：)相公，天道寒冷，熱熱的酒兒，請滿飲一杯。(正末云：)孩兒也，你一路上還辛苦似我，這鍾酒也是你吃。(張千云：)這鍾酒又着孩兒每吃，謝了相公。(做叩頭吃酒科，云：)哎喲！好熱酒，盪了喉也！(正末云：)孩兒，吃下這杯酒去，又與你添了一件綿搭䙁(六)麼？(做打店小二科，云：)我打你箇促搯(七)的弟子孩兒！釃這麼滾湯般熱酒來盪我，把我的嘴唇都盪起料漿泡來。我兒也，你討分曉，我筋都打斷了你的。再釃酒來。(店小二做背科，云：)這纔出了我的氣。我如今可釃些不冷不熱，兀兀禿禿(八)的酒與他吃。(張千云：)將酒來。相公，孩兒每酒勾了，相公請飲一杯兒。(正末云：)張千，可不道：『三杯和萬事，一醉解千愁。』孩兒，我且不吃，一發等你吃了這鍾，湊箇三杯，可不好那？(張千云：)相公又不吃，又與孩兒每吃，孩兒只得吃了，湊箇三杯。(做戰科)(正末云：)孩兒也，你吃了這幾鍾酒，怎麼打起戰來？(張千云：)您孩兒多衣多寒。(正末云：)孩兒，你連吃這幾鍾，身上可溫和了？老夫一路上鞍馬勞倦，我有些腿疼，過來與我搥一搥背。（張千云：）理會的。（做搥背科）（店小二云：）你箇弟子孩兒，吃了兩鐘酒，佯風詐冒，手之舞之的打我，你敢再來打我麽？（張千云：）我兒也，你還强嘴哩，你休往城裏來，我若前街上撞見你，一無話說；我若後巷裏撞見你，一隻手揪住衣領，舉起我這五指濶無縫的拳頭，則一拳。（做打正末科）（正末云：）張千，怎的？（張千慌科，云：）恰纔相公賞了孩兒每幾鐘酒，店小二這廝無禮，他則道我醉了，他欺負我。他見我與相公搥背，他看着我揎拳攞袖，舒着拳頭要打我。我說你要打我，可是我沒有手的？我也少不的還你一拳。不想失錯了，可可打了相公背上。（正末云：）假似你手裏拏着把刀子，可怎了？（張千云：）您孩兒須認的爹哩。（正末云：）張千，看馬去。（張千云：）理會的。（店小二云：）我着這弟子孩兒打殺我也，我且後面執料去咱。（下）（正末云：）隔壁閣子裏有人吃酒，我試聽咱。（老人云：）老的，今日是上元節令，家家翫賞，好便好，則多了這沒頭鬼。老的，你滿飮一杯。（里正云：）老的，先請。（老人云：）也罷，我先飮。嗨，老弟子孩兒，可忘了澆奠。（做澆奠科，云：）頭一鐘酒，願天下太平；第二鐘酒，願黎民樂業，做官的皆如卓魯，令史每盡壓蕭曹〔九〕，輕徭薄稅，免受塗炭者。（正末云：）你聽那廝倒也說的好。（唱：）

【賀新郎】他那裏擎杯舉酒對天澆，現如今五穀豐登，萬民安樂，賣弄他田蠶十倍收成了，說不盡莊家莊家這好，還待要薄稅輕徭。他道官長每如卓魯，令史每壓蕭曹，高眠莫被閒愁攪。似這等人心無厭足，則怕天也填不的許多凹。

（正末做掚老人科，云：）唱喏。（老人慌科，云：）哎喲！沒頭鬼又來了！（做見正末科，云：）呸！我道是沒頭鬼，原來是這箇老弟子孩兒！則被你諕殺我也。（張千云：）喂！休胡說！是包包包……（正末云：）包什麼？（張千云：）衆老兒，我要買一包絲綿，可有麼？（正末云：）張千靠後。（老人云：）兀那老子，你要替我唱喏，你也叫一聲『老人家，我唱喏哩。』我們便知道了。可怎麼不做聲，不做氣，猛可裏從背後掚將我過來，唱上箇喏？且是你這臉生的俊，把我們嚇這一跳，我把你箇無分曉的老無知！（張千云：）喂！是龍龍龍……（正末云：）什麼龍？（張千云：）我說，你那兩箇敢有些耳聾？（正末云：）這厮靠後。（老人云：）我把你箇老不死的老賊！（張千云：）喂！是圖圖圖……（正末云：）什麼圖？（云：）我問你，老人家，你却纔說有什麼沒頭鬼？（老人云：）你不知，聽我說與你。俺每都是在城的老人里正，今日是上元節令，俺往城裏看燈去來，撞見箇沒頭鬼，手裏提着頭，趕着衆人打，俺們害慌，權躲在這酒務兒裏吃杯酒。你恰纔不做聲不做氣，掚將我過來，唱上箇喏，我則道沒頭鬼又來了，故此說着這沒頭鬼。（正末云：）老夫不知，休怪休怪。（老人云：）你去你去，不怪你。

我們也不吃酒了，各回家去也。（同里正下）（正末云：）自從我離朝，誰想有這等蹺蹊事也？

（唱：）

【牧羊關】他那裏纔言罷，諕的我魂暗消。離城中則半載其高〔一〇〕，可怎麼白日神嚎，到黃昏鬼鬧？我半生多正直，怎見這蹊蹺。只今的離村疃猶然早，（云：）張千，將馬來。（張千云：）理會的。（正末唱：）我和你到皇都赴晚朝。

（行科）（魂子上做轉科）（正末云：）呸！好大風也！別人不見，老夫便見。我馬頭前這箇鬼魂，想就是老人們所說沒頭的鬼了。兀那鬼魂，你有甚麼負屈銜冤的事，你且回城隍廟中去，到晚間我與你做主，速退。（魂子趓下）（正末云：）張千，休回私宅，跟的我徑往開封府裏去來。（行科）（張千云：）喏！在衙人馬平安，抬書案。（正末云：）張千孩兒，與你十日假限，到我私宅中取的鋪蓋來，就問誰該當直？（張千云：）今日誰該當直？（婁青上，云：）小人婁青便是。哥，你回來了也，改日與你洗塵，恕罪恕罪。（張千云：）兄弟，我如今下班去也。（下）（婁青做見正末科，云：）喏，該是孩兒每婁青當直。（正末云：）婁青，該你當直，你敢勾人去麼？（婁青做笑科，云：）爺不問，您孩兒也不敢說，您孩兒怎麼不敢勾人？有箇混名兒喚做『催動坑』哩。（正末云：）怎生喚做『催動坑』？（婁青云：）當初一日，爺着您孩兒勾人去，聽的說您孩兒到，都逃竄的一箇也沒了。我回頭一看，則有一箇土坑，我將那勾頭文書放在那土坑上，喝了一聲：『兀那土坑，你跟的我開封府裏回話去來！』我在前面走，那土坑在後面速碌碌(二)速碌碌跟將您孩兒來了，因此上喚做『催動坑』。（正末云：）好兒，我如今着你勾人去。（婁青云：）您孩兒就去。（做忙走科）（正末云：）婁青，你轉來，你勾誰去？（婁青云：）知他勾誰？（正末云：）你與我勾將那沒頭鬼來。（婁青做慌跪科，云：）人便好勾，沒頭鬼怎生勾的他？（正末云：）你可不道是『催動坑』哩？（婁青云：）爺，這一會兒催不動了也。（正末唱：）

【哭皇天】則你那『催動坑』剛纔道，可怎生這公事便粧么？則你那口是禍之苗，（婁青做打臉科，云：）你怎麼多嘴？（正末唱：）舌是斬身刀。（帶云：）婁青，（唱：）你與我去城隍根前祝禱。（婁青云：）爺着孩兒祝禱甚的？（正末唱：）你說與那銜冤的業鬼，屈死的寃魂，你着他今宵插狀，此夜呈詞；你道這包龍圖專在南衙裏南衙裏等待着。（婁青云：）您孩兒知道了，便勾去。（正末云：）婁青，你轉來，天色還早哩。（婁青云：）這等，多早晚去？（正末唱：）直等的金烏向山墜，銀蟾出海角。

（婁青云：）您孩兒便依着爺的言語，對城隍神道祝禱了；他兩箇耳朵是泥塑的，怕不聽見。

（正末云：）婁青，我與你一道牒文去。（唱：）

【烏夜啼】你與我速赴城隍廟，將牒文火內焚燒，早將那沒頭的業鬼提來到。（婁青做怕科，云：）哎喲，這城隍廟是鬼窩兒裏，三更半夜，只是婁青一箇自去，怕人設設（二三）的，怎好？（正末唱：）諕的他怯怯喬喬，絮絮叨叨，諕的他戰欽欽的把不定腿脡搖，可撲撲的按不住心頭跳；你這廝若違拗，（帶云：）你看我這劍者。（唱：）我着劍分了你肢體，鍘切了你脂膏。

（云：）婁青。（婁青云：）有。（正末云：）婁青，今夜晚間，將着這道牒文，直至城隍廟中，燒了這道牒文。你將那銜寃負屈的鬼魂，都着他開封府裏來，老夫親自問這一樁公事。（婁青云：）爺，這箇正叫做『沒頭公事』，便要問時，怕也難應心麼？（正末唱：）

【黃鐘尾】我若是不應心，今夜便辭了宣詔；（婁青云：）爺應的口麼？（正末唱：）我若是不應口，今番不姓包。（婁青云：）您孩兒多早晚時候去？（正末云：）天色早哩。（唱：）直等的初更殘二鼓交，把寃魂攝來到，審箇眞實，問箇下落。殺人賊便拿捉赴雲陽向市曹，將那廝高杆上挑，把脊筋來吊。我着那橫亡人便得生天，衆百姓把咱來可兀的稱讚到

老。（下）

（婁青云：）我婁青領着包待制這一道牒文，到城隍廟勾那沒頭鬼去。你道活人好見鬼的，可不是死？我待不去來，他又要切了我的頭，也是箇死。我想這鍘鍘一鍘鍘將下來，這脖子上好不疼哩，頭又切斷了，不如被鬼諕死，倒不疼，又落得箇完全屍首。只得捱到今夜晚間三更時分，將着牒文，到城隍廟裏勾鬼去，常捹着箇死罷。（暫下）（拿燈籠再上，云：）這早晚是三更也，我提了燈籠，怎麼這一會兒越怕將起來！你聽那房上的瓦，各刺刺各刺刺，墻上的土，速碌碌速碌碌。有鬼也！有鬼也！（做拿燈照科，云：）嗨！原來是風吹的這箬葉兒響。我白日裏就與那道官說來，教他把廟門則半掩着。來到門外，果然還不曾上拴哩。（做推廟門入廟科，云：）待我推開這門來。（驚科：）早是一箇冷風陣，從裏面吹將出來。哎喲，燈也滅了！敢這沒頭鬼預先在那裏等我？（做進門科，云：）呸！百忙裏腿轉筋，這箇是二門，這箇是兩廊，這箇是正殿。（做放下燈籠跪科，云：）城隍爺爺，包待制大人的言語，教我勾沒頭鬼來。爺爺可憐見，我有這牒文在此。可可的我的燈籠剛到門就滅了，那裏討火燒他？呸！這琉璃裏不是燈？待我踏着櫈點這燈下來。（做上櫈倒科，云：）呸！百忙裏又踹虛了，教我吃着一驚。待我先點在燈籠裏了，便有風來，也不怕他。（做取燈籠罩兒點上燈燒紙科，云：）爺爺，可憐見。（內響科）（做怕科，云：）有鬼！有鬼！（做倒科）（魂子做提頭上，扶起婁青科）（婁青云：）這扶我的是誰？（魂子云：）我是沒頭鬼。（婁青看科，云：）好怕人，當眞是沒頭鬼。（魂子做應科，云：）是。（婁青云：）你這沒頭鬼，包待制勾你哩，你跟我去來。（魂子應科，同下）

〔一〕社火——節日，里社迎神賽會時所拿的燈火和扮演的雜戲、雜耍的總稱。

〔二〕麒麟閣——閣名，漢代所建。漢宣帝時，把十一個功臣的畫像供在裏面。

〔三〕咩（ㄌㄠ）咩——形容狗叫聲。

〔四〕撏（ㄒㄧㄢ）——拔毛叫做『撏』。

〔五〕驢前馬後——指僕役。

〔六〕搭護——襖子。

〔七〕促掐——暗中損害人，猶如說缺德。

〔八〕兀兀禿禿——兀禿，溫暾的音轉，就是溫熱。重疊講起來即爲『兀兀禿禿』。

〔九〕卓魯、蕭曹——卓，卓茂；魯，魯恭：兩人都是東漢時代有名的好縣官。蕭，蕭何；曹，曹參：兩人都是西漢時的相國；在年青的時候，蕭何作過秦朝的沛縣主吏掾，曹參作過沛縣的獄掾。

〔一〇〕其高——估計數量之詞；猶如說有餘，還多。

〔一一〕速碌碌——形容土塊撒在地上的聲音。

〔二〕 設設——形容害怕的樣子。

第四折

（正末領祇候張千排衙上）（張千么喝科，云：）左右，伺候大人坐堂，要問事哩。（正末云：）今夜燈燭熒煌，如同白日，正好問這樁公事也呵。（唱：）

【雙調新水令】透襟懷一陣冷風吹，則他這閉長空暮雲都退，顯出那碧澄澄天氣爽，明皎皎月光輝，廝和着燈焰相窺，照耀的似白日。

（云：）婁青好不幹事，可怎生這早晚不見來也？（婁青上，云：）來到衙門首了，不知他有也是無？待我叫他一聲：沒頭鬼！（魂子隨上做應科，云：）哎。（婁青云：）你則在這裏，我報復去。（魂子云：）我知道。（婁青見正末做跪科，云：）孩兒每婁青來了也。（正末云：）婁青，曾見什麼人來？（婁青云：）沒，我則見鬼來。（正末云：）你勾的鬼如何？（婁青云：）有有有，被我劈頭毛揪將來了。（正末云：）與我拿將過來。（婁青云：）理會的。我出的這門來，我喚他一聲：沒頭鬼！（魂子云：）哎。（婁青云：）大人喚你哩，你過去，有甚麼寃枉事，你自說波。（婁青見正末科，云：）當面。（正末云：）婁青，你着他說那詞因。（婁青云：）大人分付，着你說那詞因。（婁青做聽，扯祗候科，云：）你聽見麼？（祗候云：）我不聽見。（婁青云：）我也不聽見。（正末云：）可怎生他不言語？將婁青搶出去。（張千做叉婁青科，云：）出去。（婁青做跌出門科，云：）悔氣，這沒頭鬼在門外叫聲應聲，怎麼緊要去處，倒不做聲！莫不是他去了麼？待我再叫他一聲：沒頭鬼！（魂子應科，云：）哎。（婁青云：）你在那裏來？（魂子云：）我害饑也，買個蒸餅喫哩。（婁青云：）這廝還要打諢，你要去吃蒸餅，兀的你手裏現拿着箇饅頭哩。你快過去。（做見正末科，云：）沒頭鬼，你說。（正末云：）他怎生又不言語？搶出去。（張千做叉出門科，婁青云：）元來他不曾過去，待我再叫他一聲：沒頭鬼！（魂子應云：）哎。（婁青云：）你怎麼又不過去？（魂子云：）我過去不得。（婁青云：）你為甚麼過去不得？（魂子云：）被那門神戶尉當住，我因此上過不去。（婁青見正末科，云：）大人可憐見，這箇沒頭鬼，被門神戶尉當住，因此上不敢過來。（正末云：）是阿，大家小家，各有箇門神戶尉。（詩云：）老夫心下自裁劃，你將銀錢金紙快安排；邪魔外道當攔住，只把屈死冤魂放入來。（唱：）

【沉醉東風】則我那開封府門神戶尉，你與我快傳示，莫得延遲；你教他放過那屈死的魂，銜冤的鬼；只當住邪魔惡祟。（婁青云：）燒了這紙錢，你看好冷風也。（正末唱：）我則見黯黯的愁雲慘霧迷，晦，可早變的來天昏也那地黑。

（魂子見正末，跪科）（正末云：）別人不見，老夫便見；燈燭直下跪着一箇鬼魂，好是可憐人也！（唱：）

【慶東原】紙錢向身邊掛，人頭向手內提，向前來緊靠着燈前跪。我這裏叮嚀的問你：你家住在那裏？（魂子云：）孩兒每河中府人氏。（正末唱：）姓甚名誰？（魂子云：）姓郭，名成。（正末唱：）你可也做財主，做經商，爲黎庶，爲官吏？

（魂子云：）孩兒是箇秀才。（正末云：）兀那鬼魂，你將那屈死的詞因，備細訴來，老夫與你做主。（魂子云：）孩兒每姓郭，名成，本貫河中府人氏。嫡親的四口兒家屬，有一雙父母年高，渾家李氏。我因做了一箇惡夢，去市上算卜，道我有一百日血光之災，千里之外，可以躲避。小生來到家中，辭別了父母，一來躲避災難，二來進取功名。行至中途，時遇冬天，風又大，雪又緊，在一箇小酒務兒裏飲酒。正撞着權豪勢要的龐衙內，强奪了我生金閣兒，又要我渾家爲妻。見小生不從，將我銅鍘下一命身亡。我一靈兒眞性不散，投至的見爺爺呵，可憐我這等寃枉，天來高，地來厚，海來深，道來長。（詞云：）因此一點寃魂終不散，日夜飄颻枉死城；只等報得寃來消得恨，纔好脫離陰司再托生。即今上元節令初更候，正遇龐姓無徒出看燈；被我繞着街頭追索命，炒的遊人大小盡擔驚。也是千難萬難得見南衙包待制，你本上天一座殺人星；除了日間剖斷陽間事，到得晚間還要斷陰靈。只願老爺懷中高揣軒轅鏡，照察我這悲悲痛痛，酸酸楚楚，說無休，訴不盡的含寃負屈情。（正末云：）兀那鬼魂，到明日我與你做主，你且退者。（魂子云：）婁青哥哥，你還送我一送兒去，我有些怕鬼。（婁青云：）哇！（魂子下）（正末云：）天已明了也，張千，擡出放告牌去。（張千云：）理會的。（旦兒領俫兒上，云：）寃枉也！（正末云：）張千，是甚麼人聲寃？着他過來。（張千云：）兀那婦人，你過去當面。（旦兒同俫兒見正末跪科）（正末云：）兀那婦人，你爲何聲寃？說你那詞因來。（旦兒云：）小婦人是河東人，喚做李幼奴。大人可憐見，我告着龐衙內，强要了我生金閣兒，又逼我爲妻，將俺男兒郭成殺壞了。這箇是嬷嬷的孩兒福童，將他母親推在八角琉璃井裏死了。望青天老爺與小婦人做主咱。（正末唱：）

【鴈兒落】昨宵箇牒城隍將怨鬼提，到今日放南衙果有寃詞遞。元來是龐衙內使盡他狼虎威，生折散你這鴛鴦對。

【得勝令】呀！他敢將蕭何律做成衣，將罪犯滿身披。誰許他謀了財，又要謀人命；誰許他奪人妻逼做妻；直恁的無知！那嬤嬤擔何罪，死的箇堪悲。我與你勾他來問到底。

（云：）兀那婦人，你兩箇且在司房裏住者。（旦見同倈兒下）（正末云：）婁青，你與我買羊去。（婁青云：）理會的。買了羊也。（正末云：）婁青，你與我掛畫者。（婁青云：）畫也掛好了。（正末云：）與我請人去。（婁青做應便走科）（正末云：）婁青，你轉來，你請誰去？（婁青云：）知他請誰去？（正末云：）與我請將龐衙內來。（婁青云：）老子也，怎麼要請他？他是箇不好惹的。官差吏差，來人不差，大着膽請他去。此間是龐府門首。（做咳嗽科）（龐衙內上，云：）是什麼人在門首？（婁青做見跪科，云：）孩兒每是衙門中的婁青，有包待制差我來請大人哩。（衙內云：）包待制他請我怎的？他意思則是怕我，你說去，道我便來也。（婁青云：）理會的。（見正末科，云：）小人請的衙內來了。（正末云：）道有請。（婁青云：）爺有請。（衙內做見科，云：）老宰輔，量小官有何德能，敢勞置酒相請？（正末云：）老夫西延邊賞軍纔回，專意請衙內飲一杯。衙內請坐，老夫年紀高大，多有不是處，衙內寬恕咱。從今已後，咱和衙內則一家一計。（衙內云：）老宰輔說的是，和咱做一家一計。（正末云：）衙內，老夫西延邊賞軍回來，得了一件稀奇的寶物，着衙內看咱。（衙內云：）是何物？（正末云：）是一箇生金塔兒。塔兒不稀罕，放在那桌兒上，有那虔心的人，拜三五拜，塔尖上有五色毫光眞佛出現。（衙內云：）這箇不打緊，我有箇生金閣兒，放在有風處，仙音嘹亮；無風處，用扇子搧着，也一般的響動。（正末云：）老夫不信。（衙內云：）小的每，快去家中取來。（小廝云：）生金閣兒取來了也。（衙內云：）放在桌兒上，着扇子搧動咱。（婁青做搧，細樂響科）（正末云：）是一件好東西，眞是無價之寶。（婁青云：）那裏是生金閣響？死了我丈人回靈哩。（正末云：）衙內，老夫難的見此寶物，怎生借與我老妻一看，可不好那？（衙內云：）老宰輔將的看去，喒則是一家一計。（正末唱：）

【沽美酒】略使些小見識，智賺出殺人賊，這場事天教還報你，我可便有言語致題，並不要你還席。

（衙內云：）老宰輔不要我還席，好快活也。喒則一家一計，吃箇盡興方歸。（正末唱：）

【太平令】捹了箇醄醄沉醉，直吃的盡興方歸。（衙內云：）從今後一家一計。（正末唱：）寵衙內有權有勢，更和俺包龍圖一家一計。你若是這裏等的也不消半刻，我可便剮的你身軀粉碎。

（云：）筵前無樂，不成歡樂。婁青，與我喚將箇歌者來。（旦兒領倈兒上跪科，云：）寃屈也！（正末云：）兀那婦人，你告誰？（旦兒云：）我告龐衙內。（正末云：）衙內，他告你哩。（衙內云：）喒則一家一計。（正末云：）衙內，那婦人說你强要了他生金閣兒，是也不是？（衙內云：）恰纔那箇閣兒便是。（正末云：）說你强要他爲妻，又將他男兒郭成殺壞了，是也不是？（衙內云：）是我門他要來。（正末云：）又將嬷嬷推在井中身死，是也不是？（衙內云：）也是也是。（正末云：）婁青，將紙墨筆硯來，着衙內畫箇字者。（婁青云：）理會的。爺，依着畫箇字，左右一家一計。（衙內云：）是我來，是我來，我左右和老包是一家一計。（正末做努嘴科，云：）婁青，與我拿下去。（婁青做拿科，云：）爺，請出席來，左右一家一計。（衙內云：）老兒，你敢怎麽？（正末云：）婁青，將枷來，將龐衙內下在死囚牢裏去。（婁青做拿枷套衙內科，云：）衙內，請上枷。（衙內云：）老兒，這箇須不是一家一計！（正末云：）一行人聽我下斷：龐衙內倚勢挾權，混賴生金閣兒，强逼良人婦李氏爲妻，擅殺秀才郭成，又推嬷嬷井中身死，有傷風化，押赴市曹斬首示衆。嬷嬷孩兒福童，年雖幼小，能爲母親報讐，到大量才擢用。將龐衙內家私量給福童一分，爲養贍之資。郭成妻身遭淩辱，不改貞心，可稱節婦，封為賢德夫人。仍給龐衙內家私一分，護送還鄉，侍奉公婆。郭成特賜進士出身，亦被榮名，使光幽壤。（旦兒倈兒同拜謝科）（正末詞云：）則為這龐衙內倚勢多狂狡，擾良民全不依公道。窮秀才獻寶到京師，遇賊徒見利心生惡。反將他一命喪黃泉，恣姦淫强把佳人要。老嬤嬤生推落井中，比虎狼更覺還兇暴。論王法斬首不為辜，將家緣分給諸原告。李幼奴賢德可褒稱，那福童待長加官爵。若不是包待制能將智量施，是誰人賺得出這箇生金閣？

題目　李幼奴撾傷似玉顏

正名　包待制智賺生金閣

據明刻本元曲選影印

風雨像生貨郎旦雜劇

元　撰

第一折

（外旦扮張玉娥上，云：）妾身長安京兆府人氏，喚做張玉娥，是箇上廳行首(一)。如今我這在城有箇員外李彥和，與我作伴，他要娶我；怎奈我身邊又有一箇魏邦彥，我要嫁他。聽知的他近日差使出去，我已央人尋他去了，這早晚敢待來也。（淨扮魏邦彥上，詩云：）四肢八節剛是俏，五臟六腑却無才；村在骨中挑不出，俏從胎裏帶將來。自家魏邦彥的便是。這在城有箇上廳行首張玉娥，我和他作伴多時，他常要嫁我。今日他使人來尋我，不知有甚事，須索見他去來。（做見科，云：）大姐，你喚我做甚麼？（外旦云：）魏邦彥，我和你說：聽知的你出去打差，如今有這李彥和要娶我；我和你說的明白，一箇月以裏我便嫁你，一箇月以外我便嫁別人，你可休怪我。（淨云：）你也說的是。我今日去，准准一箇月我便趕回來也。

我出的這門來。（外旦云：）呀，可早一箇月也。（淨回云：）你這說謊的弟子。（下）（外旦云：）魏邦彥去了也，怎生不見李彥和來？（冲末扮李彥和上，詩云：）耕牛無宿草，倉鼠有餘糧；萬事分已定，浮生空自忙。自家長安人氏，姓李，名英，字彥和。在城開着座解典舖，嫡親的三口兒家屬：渾家劉氏，孩兒春郎，年纔七歲。有妳母張三姑，他是潭州人。在城有箇上廳行首張玉娥，我和他作伴；他一心要嫁我，我一心待娶他，爭奈我渾家不容。我今日到他家中走走去。（做見科，云：）大姐，這幾日不曾來，休怪。（外旦云：）有你這樣人：我倒要嫁你，你倒不來娶我！（李彥和云：）也等我揀箇吉日良辰，好來娶你。（外旦云：）子丑寅卯，今日正好，只今日過了門罷。（李彥和云：）大姐，待我回去和大嫂說的停當，纔來娶你。我如今且回我那家中去也。（下）（外旦云：）我要嫁他，他倒不肯；只今日我收拾一房一臥，嫁李彥和走一遭去。（下）（正旦扮劉氏領俫兒上，云：）妾身姓劉，夫主是李彥和，孩兒春郎，年纔七歲；開着座解典庫。俺夫主守着箇匪妓張玉娥，每日不來家，我到門首望着，看他來說些甚麼？（李彥和上，云：）我李彥和這幾日不曾回家，有這婦人屢屢要嫁我，爭奈不曾與我渾家商量，我過去見我渾家去。（做見科，云：）大嫂，我來家也。（正旦云：）李彥和，你每日只是貪花戀酒，不想着家私過活，幾時是了也呵？（唱：）

【仙呂點絳唇】你把解庫存活，草堂工課都躭閣，終日波波(三)，白日休空過。

【混江龍】到晚來早些來箇，直至那玉壺傳點二更過。（李彥和云：）大嫂，你可憐見，我實不相瞞，這婦人他一心待要嫁我哩。（正旦唱：）你教我可憐見，你待敢是無奈之何。你比着東晉謝安〔三〕才藝淺，比着江州司馬淚痕多〔四〕。也只爲婚姻事成拋趓，勸不醒癡迷楚子，直要娶薄倖巫娥〔五〕。

（李彥和云：）我好也要娶他，歹也要娶他。（正旦云：）你眞箇要娶他？兀的不氣殺我也！（唱：）

【油葫蘆】氣的我粉臉兒三閭投汨羅〔六〕。只他那情越多，把雲期雨約枉爭奪。你望着巫山廟，滿斗兒燒香火，怎知高陽臺，一路上排鍬钁？休這般枕上說，都是他栽下的科〔七〕。他是箇萬人欺千人貨，你只待娶做小家婆。

【天下樂】你正是引的狼來屋裏窩，娶到家也不和，我怎肯和他輪車兒伴宿爭競多：你不來我行呵，我房兒中作念着；你來我行呵，他空窻外呪駡我。（帶云：）喒兩箇合口〔八〕唱叫，（唱：）你中間裏圖甚麽？

（李彥和云：）大嫂，他須不是這等人，我也不是這等人。（正旦唱：）

【那吒令】休信那黑心腸的玉娥，他每便喬趨搶取撮；休犯着黃蘗肚小麼，數量着噥過。緊忙裏做作，似蝎子的老婆；你便有洛陽田，平陽渠，鈔廣銀多。

【鵲踏枝】有時節典了莊科，准了綾羅，銅斗兒家私，恰做了落葉辭柯。那其間便是你鄭孔目〔九〕風流結果，只落得酷寒亭剛留下一箇蕭娥。

（李彥和云：）大嫂，那婦人生得十分大有顏色，怎教我不愛他？（正旦唱：）

【寄生草】你愛他眼弄秋波色，眉分青黛蛾；怎知道誤功名是那額點芙蓉朶，陷家緣唇注櫻桃顆，啜人魂舌吐丁香唾。只怕你飛花兒支散養家錢，旋風兒推轉團圓磨。

（李彥和云：）那裏有這等說話？我如今務要娶他哩。（正旦云：）你既要娶他，你娶你娶。

（外旦上，云：）妾身張玉娥，收拾了一房一臥，嫁李彥和去。來到門首，沒人在這裏，不免喚他一聲。李彥和，李彥和。（李彥和云：）有人喚門，待我看去。（出見科，云：）大姐，你眞箇來了也。（外旦云：）你耳朶裏塞着甚麼？不聽得我喚門來。我如今過去拜你那老婆，頭一拜受禮，第二拜欠身，第三第四拜還禮，他依便依，不依呵，我便家去也。（李彥和云：）你不要性急，等我過去和他說，你且在這裏。（入云：）大嫂，張玉娥來了也。他說來拜你，頭一拜受禮，第二拜欠身，第三第四拜要還禮。你若不還他禮，他要唱叫起來，就不像體面了。（正旦云：）我還他禮便罷。（外旦見科，云：）姐姐請坐，受你妹子禮。李彥和，頭一拜也。（李彥和云：）我知道。（外旦云：）這是第二拜也。（李彥和云：）是，大嫂欠身哩。（外旦做連拜怒科，云：）什麼勾當！釘子定着他哩，怎麼不還禮？（李彥和云：）嗨，婦女家不學三從四德，我男子漢說了話，你也該依着我。（正旦唱：）

【後庭花】你躂踏〔一〇〕的我忒太過，這妮子欺負的我沒奈何。支使的大媳婦都隨順，偏不着小渾家先拜我。他那裏鬧鑊鐸〔一一〕，我去那窗兒前瞧破：那賤人俏聲兒訴一和，俺這廝側身兒摟抱着，將衫兒腮上抹，指尖兒彈淚顆。

【柳葉兒】你道他爲甚來眉峰暗鎖，則要我慶新親茶飯張羅。（云：）李彥和，他那夥親眷我都認的。（李彥和云：）可是那幾箇？（正旦唱：）都是些胡姑姑、假姨姨，廳堂上坐。待着我供玉饌，飲金波，可不道誰扶侍你姐姐哥哥？

（李彥和云：）你也忒心多，大人家婦女，怎不學些好處。（正旦唱：）

【金盞兒】俺這廝偏意信調唆，這弟子業口沒遭磨，有情人惹起無明火。他那裏精神一撥顯僂儸(一二)，他那裏尖着舌語刺刺，我這裏掩着面笑呵呵。（外旦云）：你休嘲撥着俺這花奶奶(一三)。（正旦唱：）你道我嘲撥着你箇花奶奶，（外旦云：）我就和你廝打來。（正旦唱：）我也不是箇善婆婆。

（打科）（外旦做惱科，云：）李彥和，你來。搭殺不成團(一四)，我和你說：你若是愛他，便休了我；若是愛我，便休了他。你若不依着呵，俺家去也。（李彥和云：）二嫂，他是我兒女夫妻，你着我怎麼下的！（外旦云：）你不依我，還向他哩。（李彥和云：）二嫂，他是我兒女夫妻，你着我怎麼下的！（外旦云：）這等，你放我家去罷。（李彥和云：）住住住，你着我怎麼開口說？（見正旦科，云：）大嫂，二嫂說來：『若是我愛你，便休了他；若是愛他，只得休了你。』（正旦云：）兀的不氣殺我也！（作氣死）（李彥和救科，云：）大嫂，精細着。（正旦醒科，唱：）

【賺煞】氣勃勃堵住我喉嚨，骨嚕嚕潮上痰涎沫，氣的我死沒騰(一五)軟癱做一垜。掬不定精神衣怎脫，四肢沉，寸步難那。若非是小孤撮(一六)叫我一聲娘呵，兀的不怨恨冲天氣殺我。你沒事把我救活，可也合自知其過。你守着業屍骸，學莊子鼓盆歌(一七)。

（死科，下）

（李彥和悲科，云：）我那大嫂也！（外旦云：）李彥和，你張着口號甚的？有便置，沒便棄。（李彥和云：）這是甚麼說話！大嫂亡逝已過，便須高原選地，破木造棺，埋殯他入土。大嫂，只被你痛殺我也！（下）（外旦云：）這也是我脚跡兒好處，一入門，先妨殺了他大老婆，何等自在，何等快活。那李彥和雖然娶了我，不知我心下只不喜他。想那魏邦彥這些時也來家了，我如今暗地裏央着人去與他說知，這早晚敢待來也。（淨上，云：）自家魏邦彥的便是。前月打差便去，㕸耐張玉娥無禮，投到我來家，早嫁了別人。如今又使人來尋我，不知有甚麼事？我見他去。此間就是。家裏有人麼？（外旦出見淨科，云：）你來家裏來？（淨云：）敢不中麼？（外旦云：）不妨事。（淨云：）你嫁了人，喚我怎的？（外旦云：）我和你有說的話。（淨云：）有甚麼說話。（外旦取砌末付淨科，云：）我雖是嫁了他，心中只是想着你。我如今收拾些金銀財寶，悄地交付了你，可便先到洛河邊尋下一隻小船等着。我在家點起一把火，燒了他房子，俺同他躲到洛河邊，你便假做稍公，載俺上船。到的河中間，你將李彥和推在河裏，把三姑和那小廝也都勒死了，喒兩箇長遠做夫妻，可不好那？（淨云：）你那是我老婆，就是我的娘哩。我先去在洛河邊等你，明日早些兒來。（下）（外旦云：）魏邦彥去了也。我如今不免點火去，在這房後邊，放起火來。（詩云：）那怕他物盛財豐，頃刻間早已成空。這一把無情毒火，豈非是沒毛大蟲？（下）

〔一〕上廳行首——上廳，或作上亭；官廳。行首，宋代臨安府檢點所所管的酒庫，開沽時，排列社隊鼓樂，往教場點呈。官私妓女，分爲三等，都須參加。上等的穿紅大衣，帶皂時髻，叫做『行首』。後來作爲名妓的泛稱。

〔二〕波波——奔波。

〔三〕謝安——東晉的宰相，好音樂，善文詞。

〔四〕江州司馬淚痕多——唐代詩人白居易被貶謫做江州的司馬。一天晚上，聽見船上一個婦女彈琵琶，他很傷感，作了一首琵琶行，結尾說：『座中泣下誰最多，江州司馬青衫濕。』

〔五〕楚子、巫娥——指楚懷王和巫山神女。相傳：楚懷王在高唐夢見和巫山神女相會。一般都誤作楚襄王。

〔六〕三閭投汨羅——屈原，戰國時楚國的大詩人，曾作過三閭大夫；後來被讒害，放逐到湘沅一帶，投汨羅江而死。

〔七〕栽下的科——種下的禍根，安排下的計謀的意思。

〔八〕合口——鬥口，吵嘴。

〔九〕鄭孔目二句——這是當時流行的一個故事：鄭州孔目鄭嵩，因熱戀妓女蕭娥，弄得家破人亡，自己犯罪。元人曾把這故事編爲雜劇。

〔一〇〕蹅（ㄔㄚˇ）踏（ㄊㄚˋ）——踐踏，蹭踏。

〔一一〕鑊（ㄏㄨㄛˋ）鐸——忙亂，喧鬧。

〔一二〕僂儸——或作嘍囉。聰明，才幹，奸詐的意思。後來作爲綠林中小卒的稱呼。

〔一三〕花奶奶——對從良的妓女的稱呼。
〔一四〕搭殺不成團——『老米飯揑殺不成團』，當時的口語；就是說：合不來的東西，不可勉强揑在一塊，用力揑也是揑不成團的。
〔一五〕死沒騰——呆呆地，愣掙，奄奄無生氣。
〔一六〕孤撮——或作活撮。指孤兒。
〔一七〕莊子鼓盆歌——莊周，戰國時人。他的妻子死了，他不哭泣，反而敲着瓦盆唱歌。

第二折

（李彥和同外旦慌上，云：）好大火也！二嫂，怎生是好？房廊屋舍，金銀錢鈔，都燒的無有了。（看介，云：）呀，又早延着官房了也，不知妳母張三姑與春郎孩兒在那裏？（叫介，云：）三姑，三姑。（副旦扮張三姑背倈兒慌上，云：）走走走。早是我遭喪失火，更那堪背井離鄉，穿林過澗，雨驟風狂，頭直上打的淋淋漉漉渾身濕，脚底下踹着滑滑擦擦濫泥漿。綠水青山望渺茫，道傍衰柳半含黃；晚來更作廉纖雨，不許愁人不斷腸。（唱：）

【雙調新水令】我只見片雲寒雨暫時休，（帶云：）苦也！苦也！（唱：）却怎生直淋到上燈時候。這風一陣一短歎，這雨一點一聲愁，都在我這心頭。心上事，自僝僽。

（李彥和云：）三姑，你行動些。（外旦云：）我平生是快活的人，幾曾受這般苦楚來！（副旦唱：）

【步步嬌】送的我背井離鄉遭災勾，這賤才敢道辭生受。斷不得哄漢子的口，都是些即世(一)求食鬼狐猶(二)。（外旦云：）我幾曾在黑地行走，教我受這般的苦也。（副旦云：）你道你不曾黑地裏行呵。（唱：）喒如今顧不得你臉兒羞。（云：）你也曾懸着名姓，靠着房門；你也曾賣嘴料舌，推天搶地；你也曾挾着氈被，挑着燈毬。（唱：）可也曾半夜裏當祗候。

（外旦怒科）你怎麼嘴兒舌兒的罵我？（李彥和云）三姑，你也饒他一句兒，那裏便罵殺了他。（副旦唱：）

【鴈兒落】只管裏絮叨叨沒了收，氣撲撲尋敵鬥，有多少家喬斷案，只是罵賊禽獸。

（外旦云：）難道你不聽得？任憑這老乞婆臭歪剌罵我哩。（李彥和云：）三姑，罷麼。（副旦唱：）

【得勝令】你還待要鬧啾啾，越激的我可也怒齁齁。我比你遲到蚰蜒地，你比我多登些花粉樓。寃讐，今日箇落在他人彀；憂愁，只是我燒香不到頭。

（李彥和云：）二嫂，我走了這一夜也，略歇一歇咱。（外旦云：）也說的是。李彥和，你着三姑把我這褐袖㈢來曬一曬。（李彥和喚副旦科，云：）三姑，將這褐袖來曬一曬。（副旦云：）不須曬，胡亂穿罷。（三喚科）（李彥和云：）三姑，我着你曬一曬，眞當不肯？（外旦怒云：）你箇潑弟子，我敎你與我曬一曬，怎麼不肯！（副旦唱：）

【沽美酒】遲末浪不即留㈣，只管裏賣風流。看他這天淡雲閒雨乍收，可便去尋一箇宿頭，覓一碗漿水飯潤咱喉。

【太平令】住了雨也，曬甚娘褐袖？只願的下雹子打你娘驢頭。（外旦罵介，云：）這潑婦，我打不的你那！（打介）（副旦唱：）只見他百忙裏眉稍一皺，公然的指尖兒把頰腮剜透，似這般左瞧右瞧，只不如罷手，俺也須是那爺娘皮肉。

（李彥和云：）來到這洛河岸邊，又不知水淺水深，怎生過去？（外旦推李科）這裏敢水淺？

（李彥和驚云：）險些兒推我一交，不弔下河裏去！（副旦叫云：）救人！救人！（唱：）

【川撥棹】慌走到岸邊頭，倉卒間怎措手。風雨颼颼，地上澆油，扭頸回眸，那裏尋箇稍公搭救？我將他衣領揪，他忙將我腰胯搊。

（外旦又推李）（副旦扶住科）（李彥和云：）三姑，我好好的走，你倒扯着我？（副旦云：）你不是我呵，（唱：）

【殿前歡】這一片水悠悠，急忙裏覓不出釣魚舟，虛飄飄恩愛難成就，怕不的錦鴛鴦立化做輕鷗。他他他，趁西風卒未休，把你來推落在水中浮。（外旦云：）他自吃醉了，這等脚高步低，立也立不住，干我甚麼事，說我推他？要你來嚼舌！（副旦唱：）抵多少酒淹濕春衫袖。（李彥和云：）這裏水淺，咱過去了罷。（副旦唱：）現滲的眼黃眼黑，你尙兀自東見東流。

（淨扮稍公上，云：）官人娘子，我這裏是擺渡的船，你每快上來。（外旦和淨打手勢科）（副旦云：）哥哥，你休上船去。這婆娘眼腦不好，敢是他約着的漢子哩！（做扯李科）（李彥和云：）你放手，不妨事，我上的這船來，自有分曉。（淨推李下河）（副旦扯住淨）（淨勒殺副旦科）（丑扮稍公上，救喊云：）拿住這殺人賊！（副旦揪住丑，云：）有殺人賊！（淨同外旦走科）（丑云：）苦也！娘子，不干我事。勒殺你的是那箇稍公，他走了也。我是來救你的，你休認差了也。（副旦唱：）

【水仙子】我不見了烟花潑賤，猛撞頭錯摑打了別人怎罷休？春郎兒怎扯住喒襟袖？頭髮揪了三四綹。（丑云：）是我救娘子來。（副旦唱：）聽的鄉談語音滑熟，打叠了心頭恨，撲散了眼下愁。哥哥也，你可是行在灘州。

（冲末扮孤上，云：）林下曬衣嫌日淡，池中濯足恨波渾；花根本豔公卿子，虎體鴛班將相孫[五]。老夫完顏，女直人氏，拈各千戶的便是。俺因公幹來到這洛河岸上，一簇人爲甚麼炒鬧？兀的不是撐船的稍公，你怎麼大驚小怪的？（丑云：）大人不知，恰纔一箇人，把這箇婦人恰待要勒死他，恰好撞着小人，救活他性命。這箇小的敢是他兒子。（孤云：）他肯賣那小的麼？他若肯賣呵，我買了這小的。你問他去。（丑問副旦，云：）兀那娘子，那邊有箇過路的官人，問你肯賣這小的？他要買。（副旦做沉吟科，云：）我如今進退無路，領這春郎兒去，少不得餓死；不如賣與他罷。稍公，我情願賣這小的。（孤云：）兀那婦人，你那裏人氏？姓甚名誰？將這生時年月說與我聽。（副旦云：）長安人氏，省衙西住坐。這孩兒父親是李彥和，我是妳母張三姑。這孩兒小名喚做春郎，年方七歲，胸前一點硃砂記。（孤云：）你要多少銀兩？（副旦云：）隨大人與多少。（孤云：）將一箇銀子來與他。（祗從取砌末與副旦接科，云：）謝了大人，怎生得箇立文書的人來，可也好那。（淨扮孛老上，云：）老漢姓張，是張撇古，憑說唱貨郎兒爲生。來到這洛河岸上，只見一簇人，不知爲何？我試看咱。（丑見孛老兒問科，云：）老人家，你識字麼？這裏有箇婦人，要賣這箇小的，無一箇寫文書的人。你若識字，這文書要你寫一寫。（孛老云：）我識字，我與他寫。（見科，孤云：）兀那老的，你識字，替他寫一紙文書波。（孛老喚副旦云：）娘子，是你賣這小的？你說將來。（副旦云：）長安人氏，省衙西住坐。父親李彥和，妳母張三姑。孩兒春郎，年方七歲，胸前一點硃砂記。情願賣與拈各千戶爲兒，恐後無憑，立此文書爲照。（孛老云：）我曉得了，依着你寫。立文書人張三姑，寫文書人張撇古。（遞與孤科）（孤云：）文書寫的明白了也，你都畫了字。兀那婦人，你孩兒賣與我了，你却往那廂去？（副旦云：）我無處去。（孛老云：）既然你無處去，我又無兒無女，你肯與我做箇義女兒，我養活你，你意下如何？（副旦云：）我情願跟隨老的去。（孤云：）跟他去也好。（副旦囑倈兒科，云：）春郎兒，我囑付你者。（唱：）

【鴛鴦尾煞】乞與你不痛親父母行施恩厚，我扶侍義養兒使長(六)多生受。你途路上驅馳，我村疃裏淹留。暢道你父親此地身亡，你是必牢記着這日頭，大廝八(七)做箇週年，分甚麼前和後。那時節遙望着西樓，與你爺燒一陌兒紙，看一卷兒經，奠一杯兒酒。

（同孛老下）（孤云：）那老兒領着婦人去了，老夫也引着這孩兒，抱上馬，還我私宅中去來。（下）（丑哭科，云：）好苦惱子也！只一箇婦人，領着箇小的，幾乎被人勒殺，恰好撞見我，我救了他性命。他又把這箇小的賣與那箇官人，那箇官人又將他那箇小的領着去了。這等孤孤凄凄，怎教我不要傷感？（做跌倒起科，云：）呸！可干我甚麼事？（詩云：）隨他自賣男，隨他自認女；我只去做稍公，不管風和雨。（下）

〔一〕即世——或作七世。現世，現眼；猶如說現世報。有時也可以解釋作狡猾，虛僞。

〔二〕鬼狐猶——或作鬼胡由，鬼狐由，鬼狐纏，義同。狐猶，飄忽不定，不可捉摸。鬼狐猶，好像『鬼』一樣的飄忽難捉摸。

〔三〕裼袖——用裼作成的衫子。

〔四〕末浪、即留——末浪，猛浪，鹵莽。即留，精細，機靈。

〔五〕花恨本艷公卿子，虎體鴛班將相孫——恨，應作根。花根本艷，花朵的香艷是從花根裏來的意思。鴛班，大官的行列。這兩句是說：自己是公卿將相的子孫。

〔六〕使長——或作侍長。元代奴僕對主人的稱呼。

〔七〕大厮八——或作大厮家。大模大樣，有勢派，很像樣兒。

第三折

（孤抱病同春郎上，云：）自家拈各千戶的便是。自從我在那洛河邊買的這春郎孩兒，過日月好疾也，今經可早十三年光景。孩兒生的甚是聰明智慧，他騎的劣馬，拽的硬弓，承襲了我這千戶官職。我如今年老，就着疾病，不能痊可，眼見的無那活的人也。我把這一樁事，趁我精細(一)，對孩兒說了罷。我若不與他說知呵，那生那世，又折罰的我無男無女也。（喚小末科，云：）春郎孩兒，你近前來，我有句話與你說。（小末云：）阿媽(二)，有甚話對你孩兒說呵，怕做甚麼？（孤云：）你本不是我這女直人，你的那父親是長安人，姓李，名彥和。你的妳母叫做張三姑，將來賣與我爲兒，你那其間方纔七歲。兒也，我如今擡舉的你成人長大，頂天立地，噙齒戴髮，承襲了我的官職；孩兒也，你久已後不可忘了我的恩念。（小末悲科）阿媽不說，你孩兒怎生知道？（孤云：）孩兒，我一發着你明白。這箇是過房你的文書，你將的去。我死後，你去催攢窩脫銀(三)，就跟尋你那父親去咱。（小末云：）理會的。（孤云：）我這一會兒昏沉上來，扶我到後堂中去咱。（小末扶科，云：）阿媽，精細者。（孤詩云：）衣絕祿盡是前緣，知命須當不怨天；從今父子分離去，再會人間甚歲年？孩兒，我顧不得你了也。（做死科）（下）（小末悲科，云：）阿媽亡逝已過，高原選地，破木造棺，埋殯了阿媽。不敢久停久住，催趲窩脫銀走一遭去。父親也，只被你痛殺我也！（下）（李彥和上，云：）不聽好人言，果有恓惶事。自家李彥和便是。自從那姦夫姦婦推我在洛河裏，誰想那上流頭流下一塊板來，我抱住那板，得渡過岸上，救了這性命，如今可早十三年光景也。春郎孩兒和張三姑，不知下落。家緣家計，都被火燒的光光了，無計可生，與這大戶人家放牛，討碗飯吃。我在這官道傍放牛。（做喝科，云：）且把這牛來趕在一壁，我在這柳陰直下坐一坐，看有甚麼人來？（副旦背骨殖(四)，手拿旛兒上，云：）好是煩惱人也！自從在洛河邊，姦夫姦婦把哥哥推在河裏，把我險些勒死，把春郎孩兒與了那拈各千戶，可早十三年光景也。不知孩兒生死如何？我跟着唱貨郎兒張撇古老的，謝那老的教我唱貨郎兒度日，把我鄉談都改了。如今這老的亡化已過，臨死時曾囑付我：『你不忘我這恩念，把我這骨殖送的洛陽河南府去。』我今背着老的骨殖，行了幾日，知他幾日得到也呵？（唱：）

【正宮端正好】口角頭餓成瘡，脚心裏喳成趼，行一步似火燎油煎。記的那洛河岸，一似亡家犬，拿住俺將麻繩纏。

【滾繡毬】見一箇旋風兒在這榆柳園，古道邊，足律律往來打轉，刮的些紙錢灰飛到跟前。是神祇，是聖賢〔五〕，你也好隨時遈變，居廟堂索受香煙。可知道今世裏令史每都撾鈔，和這古廟裏泥神也愛錢，怎能勾達道昇仙。

【倘秀才】沿路上身輕體健，這搭兒劬乏力軟，到廟兒外不曾撒紙錢。爺爺，你厮餘閏〔六〕，厮哀憐，我這老婦人呪願。

（云：）三條道兒，不知望那條道兒上去？我試問人咱。（見李做問科，云：）敢問哥哥，這箇是那河南府的大路麼？（李彥和云：）正是。（副旦云：）三條道兒該往那條道兒上去？（李彥和云：）你往那中間那條路上去便是。（副旦云：）生受哥哥。（李彥和做認，驚叫科，云：）張三姑！（副旦回科，云：）誰叫我來？（三喚科）（李彥和云：）三姑，是我喚你來。（副旦云：）你是誰？（李彥和云：）三姑，則我是李彥和。（副旦驚科，云：）有鬼也！（唱：）

【上小樓】諕的我身心恍然，負急處難生機變，我只索念會呪語，數會家親，誦會眞言。這幾年便着把哥哥追薦，作念的箇死魂靈眼前活現。

（李彥和云：）我不是鬼，我是人。（副旦唱：）

【么篇】對着你呪願，休將我顧戀。有一日拿住姦夫，攝到三姑，替你通傳。非是我不意專，不意堅，搜尋不見；是早起店兒裏吃羹湯，不曾澆奠。

（李彥和云：）三姑，我不曾死，我是人。（副旦云：）你是人呵，我叫你，你應的一聲高似一聲；是鬼呵，一聲低似一聲。（叫科：）李彥和哥哥！（李彥和做應科）（三喚）（做低應科）（副旦云：）有鬼也！（李彥和云：）我鬥你耍來。（做打悲認科）（李彥和云：）三姑，我的孩兒春郎那裏去了也？（副旦云：）沒的飯食養活他，是我賣了也。（李彥和做悲科，云：）元來是你賣了，知他如今死的活的？可不痛殺我也！你如今做甚麼活計？穿的衣服這等新鮮，全然不像箇沒飯喫的，你可對我說。（副旦云：）我唱貨郎兒爲生。（李彥和做怒科，云：）兀的不氣殺我也！我是甚麼人家？我是有名的財主，誰不知道李彥和名兒？你如今唱貨郎兒，可不辱沒殺我也！（做跌倒）（副旦扶起科，云：）休煩惱，我便辱沒殺你。哥哥，你如今做甚麼買賣？（李彥和云：）我與人家看牛哩，不比你這唱貨郎的生涯，這等下賤。（副旦唱：）

【十二月】你道我生涯下賤，活計蕭然，這須是衣食所逼，名利相牽。你道我唱貨郎兒辱沒殺你祖先，怎比的你做財主官員？

【堯民歌】與人家耕種洛陽田，早難道笙歌引入畫堂前？趂一村桑梓一村田，早難道玉樓人醉杏花天？牽也波牽，牽牛執着鞭杖，敲落桃花片。

（云:）哥哥，你肯跟我回河南府去，憑着我說唱貨郎兒，我也養的你到老，何如？（李彥和云:）罷罷罷，我情願丢了這般好生意，跟的你去。（副旦云:）你可辭了你那主人家去。（李彥和向古門云:）主人家，我認着了一箇親眷，我如今回家去也。牛羊都交還與你，並不曾少了一隻。（副旦云:）跟的我去來波。（唱:）

【隨尾】祆廟火，宿世緣，牽牛織女長生願。多管爲殘花幾片，悞劉晨迷入武陵源。

（同下）

（一）精細——這裏是清醒的意思。

（二）阿媽——或作阿馬。女眞語呼父親爲『阿媽』。

（三）窩脫銀——窩脫，或作斡脫。元代統治階級對人民進行高利貸剝削所放出的銀子叫做『窩脫銀』。專管這項事的機關叫做『斡脫所』。

（四）骨殖——死人骨頭。

（五）聖賢——指佛或菩薩。

（六）餘閏——閏，也是餘的意思。餘閏，額外賜恩，包涵保佑。

第四折

（淨扮館驛子上，詩云：）驛宰官銜也自榮，單被承差打滅我威風；如今不貪這等衙門坐，不如依還着我做差公。自家是箇館驛子，一應官員人等打差的，都到我這驛裏安下。我在這館驛門首等候，看有什麼人來？（小末扮春郎冠帶上，引祗從，云：）小官李春郎的便是。自從阿媽亡逝以後，埋殯了也；小官隨處催攢窩脫銀兩，早來到這河南府地面。左右，接了馬者。館驛子，有甚麼乾淨的房子，我歇宿一夜。（驛子云：）有有有。頭一間打掃的潔潔淨淨，請大人安歇。（小末云：）你這裏有甚麼樂人耍笑的，喚幾箇來伏侍我，我多有賞賜與他。（驛子云：）我這裏無樂人，只有子妹(二)兩箇，會說唱貨郎兒，喚將來伏侍大人。（小末云：）便是唱貨郎兒的也罷，與我喚將來。（驛子云：）理會的。我出的這門來，則這裏便是。唱貨郎兒的在家麼？（副旦同李彥和上，云：）哥哥，你叫我做甚麼？（驛子云：）有箇大人在館驛裏，喚你去說唱，多有賞錢與你哩。（李彥和云：）三姑，喒和你走一遭去來。（副旦唱：）

【南呂一枝花】雖則是打牌兒出野村，不比那吊名兒臨搊肆(三)。與別人無夥伴，單看俺當家兒。哥哥，你索尋思，錦片也排着節使，都只待奏新聲，舞柘枝㈢；揮霍的是一錠錠響鈔精銀，擺列的是一行行朱唇倈皓齒。

【梁州第七】正遇着美遨遊融和的天氣，更兼着沒煩惱豐稔的年時，有誰人不想快平生志；都只待高張繡幙，都只待爛醉金卮。我本是窮鄉寡婦，沒甚的艷色嬌姿；又不會賣風流弄粉調脂，又不會按宮商品竹彈絲。無過是趕幾處沸騰騰熱鬧場兒，搖幾下桑琅琅㈣蛇皮鼓兒，唱幾句韻悠悠信口腔兒。一詩一詞都是些人間新近希奇事，紐捏㈤來無詮次；倒也會動的人心諧的耳，都一般喜笑孜孜。

（驛子報云：）稟大人，說唱的來了也。（小末云：）着他過來。（驛子云：）快過去。（做見科）（小末云：）你兩箇敢是子妹麼？且在門首等着，喚着你便過來。（副旦云：）理會的。（出科）（小末云：）驛子，有甚麼茶飯，看些來我食用咱。（驛子云：）有有有。（做托肉上科，云：）大人，一簽燒肉，請大人食用。（小末做割肉科，云：）我割着這肉吃，怕不在這裏快活受用；想起我那父親和妳母張三姑來，不由我心中不煩惱，我怎麼吃的下！（李彥和做打噎科，云：）那箇說我？（小末云：）兀那驛子，你喚將那子妹兩箇來。（喚科）（小末云：）兀那兩箇，將這一簽兒肉出去，你兩箇吃了時，可來伏侍我。（副旦接科）謝了相公。（李彥和云：）

妹子也，咱不要吃，包到家裏去吃。（小末云：）嗨，展汚了我這手也。（做拿紙揩手科，云：）兀那說唱的，將這油紙拿出去丟了者。（李彥和做拾紙科，云：）理會的。我出的這門來。這張紙上怎麼寫的有字？妹子，咱試看咱。（念科，云：）『長安人氏，省衙西住坐。父親李彥和，妳母張三姑。孩兒春郎，年七歲，胸前一點硃砂記。情願過房與拈各千戶爲兒，恐後無憑，立此文書爲照。立文書妳母張三姑，寫文書人張㦤古。』妹子也，這文書說着俺一家兒，敢是你賣孩兒的文書麼？（副旦云：）正是。（李彥和做悲科，云：）妹子也，你見這官人麼？他那模樣動靜，好似俺孩兒春郎；爭奈俺不敢去認他，可怎了也！（副旦云：）哥哥，你放心。張㦤古那老的，爲俺這一家兒這一樁事，編成二十四回說唱。他若果是春郎孩兒呵，他聽了必然認我。（李彥和云：）這箇也好。（小末喚科，云：）兀那兩箇，你來說唱與我聽者。（副旦做排場敲醒睡（介）科，詩云：）烈火西燒魏帝時，周郎戰鬥苦相持；交兵不用揮長劍，一掃英雄百萬師。這話單題着諸葛亮長江舉火，燒曹軍八十三萬，片甲不回。我如今的說唱，是單題着河南府一椿奇事。（唱：）

【轉調貨郎兒】也不唱韓元帥偷營劫寨，也不唱漢司馬陳言獻策，也不唱巫娥雲雨楚陽臺，也不唱梁山伯，也不唱祝英臺，（小末云：）你可唱甚麼那？（副旦唱：）只唱那娶小婦的長安李秀才。

（云：）怎見的好長安？（詩云：）水秀山明景色幽，地靈人傑出公侯；華夷圖上分明看，絕勝寰中四百州。（小末云：）這也好，你慢慢的唱來。（副旦唱：）

【二轉】我只見密臻臻的朱樓高廈，碧聳聳青簷細瓦。四季裏常開不斷花，銅駝陌(七)紛紛鬥奢華。那王孫士女乘車馬，一望繡簾高掛，都則是公侯宰相家。

（云：）話說長安有一秀才，姓李，名英，字彥和。嫡親的三口兒家屬：渾家劉氏，孩兒春郎。妳母張三姑。那李彥和共一娼妓，叫做張玉娥作伴情熟，次後娶結成親。（歎介，云：）嗨！他怎知才子有心聯翡翠，佳人無意結婚姻。（小末云：）是唱的好，你慢慢的唱咱。（副旦唱：）

【三轉】那李秀才不離了花街柳陌，占場兒貪杯好色，看上那柳眉星眼杏花腮，對面兒相挑泛(八)，背地裏暗差排。拋着他渾家不睬，只教那媒人往來，閒家擘劃。諸般綽開，花紅布擺，早將一箇潑賤的煙花娶過來。

（云：）那婆娘娶到家時，未經三五日，唱叫九千場。（小末云：）他娶了這小婦，怎生和他唱叫？你慢慢的唱者，我試聽咱。（副旦唱：）

【四轉】那婆娘舌刺刺挑茶斡刺〔九〕，百枝枝花兒葉子，望空裏揣與他箇罪名兒。尋這等閒公事，他正是節外生枝，調三斡四〔一〇〕，只教你大渾家吐不的嚥不的這一箇心頭刺。減了神思，瘦了容姿，病懨懨睡損了裙兒袿〔一一〕；難扶策，怎動止。忽的呵，冷了四肢，將一箇賢會的渾家生氣死。

（云：）三寸氣在千般用，一旦無常萬事休。當日無常埋葬了畢，果然道：福無雙至日，禍有併來時。只見這正堂上火起，刮刮匝匝，燒的好怕人也。怎見的好大火？（小末云：）他將大渾家氣死了，這正堂上的火，從何而起？這火可也還救的麼？兀那婦人，你慢慢的唱來，我試聽咱。（副旦唱：）

【五轉】火逼的好人家，人離物散，更那堪更深夜闌。是誰將火焰山，移向到長安；燒地戶，燎天關，單則把凌煙閣留他世上看。恰便似九轉飛芒老君煉丹，恰便似介子推〔一二〕在綿山，恰便似子房燒了連雲棧，恰便似赤壁下曹兵塗炭，恰便似佈牛陣舉火田單，恰便似火龍鏖戰錦斑斕。將那房簷扯，脊梁扳，急救呵，可又早連累了官房五六間。

（云：）早是焚燒了家緣家計，都也罷了；怎當的連累官房，可不要去抵罪。正在愴惶之際，那婦人言道：『咱與你他府他縣，隱姓埋名，逃難去來。』四口兒出的城門，望着東南上慌忙而走。早是意急心慌情冗冗，又值天昏地暗雨漣漣。（小末云：）火燒了房廊屋舍，家緣家計都燒的無有了，這四口兒可往那裏去？你再細細的說唱者，我多有賞錢與你。（副旦唱：）

【六轉】我只見黑黯黯天涯雲布，更那堪濕淋淋傾盆驟雨。早是那窄窄狹狹、溝溝塹塹路崎嶇，知奔向何方所。猶喜的消消灑灑、斷斷續續、出出律律、忽忽嚕嚕、陰雲開處，我只見霍霍閃閃電光星炷。怎禁那颾颾颼颼風，點點滴滴雨，送的來高高下下、凹凹凸凸、一搭模糊？早做了撲撲簌簌、濕濕渌渌、疎林人物。倒與他粧就了一幅昏昏慘慘、瀟湘水墨圖（三）。

（云：）須臾之間，雲開雨住。只見那晴光萬里雲西去，洛河一派水東流。行至洛河岸側，又無擺渡船隻，四口兒愁做一團，苦做一塊。果然道：『天無絕人之路。』只見那東北上，搖下一隻船來。豈知這船不是收命的船，倒是納命的船。原來正是姦夫與那淫婦相約，一壁附耳低言：『你若算了我的男兒，我便跟隨你去。』（小末云：）那四口兒來到洛河岸邊，既是有了渡船，這命就該活了；怎麼又是淫婦姦夫預先約下，要算計這箇人來？（副旦唱：）

【七轉】河岸上和誰講話，向前去親身問他。只說道姦夫是船家，猛將咱家長喉嚨掐，磕搭地揪住頭髮。我是箇婆娘，怎生救拔；也是他合亡化，撲騣的命掩黃泉下，將李春郎的父親，只向那翻滾滾波心水淹殺。

（云：）李彥和河內身亡，張三姑爭忍不過，比時向前，將賊漢扯住絲縧，連叫道：『地方，有殺人賊！殺人賊！』倒被那姦夫把咱勒死。不想岸上閃過一隊人馬來。爲頭的官人怎麼打扮？（小末云：）那姦夫把李彥和推在河裏，那三姑和那小的，可怎麼了也？（副旦唱：）

【八轉】據一表儀容非俗，打扮的諸餘裏俏簇（一四），繡雲胸背鴈銜蘆。他繫一條兎鶻兎鶻海斜皮，偏宜襯連珠，都是那無瑕的荆山玉。整身軀也麼哥，繒髭鬚也麼哥，打着鬢鬍。走犬飛鷹，架着鵰鶻；恰圍場過去，過去，折跑盤旋，驟着龍駒，端的箇疾似流星度。那風流也麼哥，恰渾如也麼哥，恰渾如和番的昭君出塞圖。

（云：）比時小孩兒高叫道：『救人咱！』那官人是箇行軍千戶，他下馬詢問所以，我三姑訴說前事。那官人說：『既然他父母亡化了，留下這小的，不如賣與我做箇義子，恩養的長立成人，與他父母報恨雪冤。』他隨身有文房四寶，我便寫與他年月日時。（小末云：）那官人救活了你的性命，你怎麼就將孩兒賣與那官人去了？你可慢慢的說者。（副旦唱：）

【九轉】便寫與生時年紀，不曾道差了半米。未落筆花箋上淚珠垂，長吁氣呵軟了毛錐，恓惶淚滴滿了端溪(一五)。（小末云：）他去了多少時也？（副旦唱：）十三年不知箇信息。（小末云：）那時這小的幾歲了？（副旦唱：）相別時恰纔七歲。（小末云：）如今該多少年紀也？（副旦唱：）他如今剛二十。（小末云：）你可曉的他在那裏？（副旦唱：）恰便似大海內沉石。（小末云：）你記的在那裏與他分別來？（副旦唱：）俺在那洛河岸上兩分離，知他在江南也塞北？（小末云：）你那小的有甚麼記認處？（副旦唱：）俺孩兒福相貌，雙耳過肩墜。（小末云：）再有甚麼記認？（副旦云：）有有有，（唱：）胸前一點硃砂記。（小末云：）他祖居在何處？（副旦唱：）他祖居在長安解庫省衙西。（小末云：）他小名喚做甚麼？（副旦唱：）那孩兒小名喚做春郎身姓李。

（小末云：）住住住，你莫非是妳母張三姑麼？（副旦云：）則我便是張三姑，官人怎麼認的老身？（小末云：）你不認的我了，則我便是李春郎。（副旦云：）官人莫作笑，休門老身耍。（小末云：）三姑，我非作笑，我乃李彥和之子李春郎是也。（做解胸前與看科）（副旦云：）果然是春郎了也！則這箇便是你父親李彥和！（李彥和做打悲認科，云：）孩兒，則被你想殺我也！不知你在那裏得這發達崢嶸來？（小末云：）父親，孩兒這官就是承襲拈各千戶的，誰知有此一端異事？如今拚的棄了官職，普天下尋去，定要拿的那姦夫淫婦，報了冤讐，方稱你孩兒心願。（祗從拿淨、外旦上科，云：）稟爺，這兩箇名下，欺侵窩脫銀一百多兩，帶累小的們比較〔一六〕，不知替他打了多少。如今拿他來見爺，依律處治，也與小的們銷了一件未完。（小末云：）律上，凡欺侵官銀五十兩以上者，即行處斬；這罪是決不待時〔一七〕的。（李彥和做認科，云：）兀的不是洛河邊假粧船家推我在水裏的？（副旦云：）這不是張玉娥潑婦那？（淨做畫符科，云：）有鬼有鬼，太上老君急急如律令，敕。（祗從喝科）（外旦云：）敢是拿我們到東岳廟裏來，一劃是鬼那。（小末云：）元來正是那姦夫淫婦，今日都拿着了。左右，快將他綁起來，待我親自斬他，也與我亡過母親出這口怨氣。（副旦唱：）

【煞尾】我只道他州他府潛逃匿，今世今生沒見期；又誰知冤家偏撞着冤家對！（淨云：）元來這就是李春郎，這就是張三姑，當日勸他不死，就該有今日的悔氣了。（做叩頭科，云：）大人可憐見，饒了我老頭兒罷。這都是我少年間不曉事，做這等勾當。如今老了，一口長齋，只是念佛。不要說殺人，便是蒼蠅也不敢拍殺一箇。況是你一家老小現在，我當眞謀殺了那一箇來；可憐見放赦了老頭兒罷。（外旦云：）你這叫化頭，討饒怎的？我和你開着眼做，合着眼受，不如早早死了，生則同衾，死則共穴，在黃泉底下做一對永遠夫妻，有甚麼不快活？（副旦唱：）你也再沒的怨誰，我也斷沒的饒伊。（小末斬淨、外旦科，下）（副旦唱：）要與那亡過的娘親現報在我眼兒裏。

（李彥和云：）今日箇天賜俺父子重完，合當殺羊造酒，做箇慶喜的筵席。孩兒，你聽者。

（詞云：）這都是我少年間誤作差爲，娶匪妓當局者迷。一碗飯二匙難並，氣死我兒女夫妻。

潑烟花盜財放火，與姦夫背地偷期；扮船家陰圖害命，整十載財散人離。又誰知蒼天有眼，

偏爭他來早來遲。到今日寃寃相報，解愁眉頓作歡眉。喜骨肉團圓聚會，理當做慶賀筵席。

題目　拋家失業李彥和

正名　風雨像生貨郎旦

〔一〕子妹——姊妹二字之誤；這裏指兄妹。

〔二〕拘肆——勾欄。

〔三〕柘枝——舞曲名。

〔四〕桑琅琅——形容搖鼓的聲音。

〔五〕紐揑——同扭揑。引申爲編湊的意思。

〔六〕醒睡——即醒木，說書人用的長方木頭；用它拍案作聲，令人注意。

〔七〕銅駝陌——古時洛陽有銅駝街。陌，道路，街道。銅駝陌，指最繁華的街道。

〔八〕挑泛——或作調泛，調犯，調販。調唆，撩撥。

〔九〕挑茶斡（ㄨㄛ）剌——找岔，挑毛病。

〔一〇〕調三斡四——搬弄口舌，挑撥是非。

〔一一〕袟（ㄓ）——衣服上的摺痕。

〔一二〕介子推——春秋時晉文公（重耳）的功臣，後隱居綿山不出，重耳派人幽燒綿山，他被燒死了。

〔一三〕水墨圖——只用水和墨，不另設色的一種圖畫。比喻下大雨時到處昏暗的樣子。

〔一四〕俏簇——十分俏皮。

〔一五〕端溪——廣東端溪出產的硯池最好，稱爲『端溪硯』，或『端硯』。

〔一六〕比較——古代，官庭向老百姓徵收錢糧時，遇有拖欠，就派遣差役催繳；立有一定的期限，按期與已收到的數目相比較，如過期還沒收足，差役就該受處罰。這種情況，叫做『比較』。這裏指的是催繳窩脫銀。

〔一七〕決不待時——封建時代，多在秋後處決死囚。決不待時，因案情重大，立即執行的意思。

據明刻本元曲選影印

包待制陳州糶米雜劇

元　撰

楔子

（冲末扮范學士領祗候上，詩云：）博覽羣書貫九經，鳳凰池上顯崢嶸；殿前曾獻昇平策，獨占鰲頭第一名。老夫姓范，名仲淹，字希文，祖貫汾州人氏。自幼習儒，精通經史，一舉進士及第。隨朝數十載，謝聖恩可憐，官拜戶部尙書，加授天章閣大學士之職。今有陳州官員申上文書來，說陳州亢旱三年，六料不收，黎民苦楚，幾至相食。是老夫入朝奏過，奉聖人的命，着老夫到中書省召集公卿商議，差兩員淸廉的官，直至陳州，開倉糶米，欽定五兩白銀一石細米。老夫早間已曾遣人將衆公卿都請過了。令人，你在門外覷者，看有那一位老爺下馬，便來報咱知道。（祗候云：）理會的。（外扮韓魏公上，云：）老夫姓韓名琦，字稚圭，乃相州人也。自嘉祐中，某方二十一歲，舉進士及第，當有太史官奏曰：『日下五色雲現。』是以朝廷將老夫重任，官拜平章政事，加封魏國公。今日早朝而回，正在私宅中少坐，有范學士令人來請，不知有甚事？須索走一遭去。可早來到了。令人，報復去，道有韓魏公在于門首。（祗候做報科，云：）報的相公得知，有韓魏公來了也。（范學士云：）道有請。（見科）（范學士云：）老丞相請坐。（韓魏公云：）學士請老夫來，有何公事？（范學士云：）老丞相，等衆大人來了時，有事商量。令人，門首再覷者。（祗候云：）理會的。（外扮呂夷簡上，云：）老夫姓呂名夷簡，自登甲第以來，累蒙遷用，謝聖恩可憐，官拜中書同平章事之職。今早有范天章學士令人來請，不知有甚事？須索走一遭去。可早來到也。令人，報復去，道有呂夷簡下馬也。（祗候報科，云：）報的相公得知，有呂平章來了也。（范學士云：）道有請。（見科）（呂夷簡云：）呀，老丞相先在此了。學士，今日請小官來，有何事商議？（范學士云：）老丞相請坐，待衆大人來全了呵，有事計議。（淨扮劉衙內上，詩云：）花花太歲爲第一，浪子喪門世無對；聞着名兒腦也疼，則我是有權有勢劉衙內。小官劉衙內是也。我是那權豪勢要之家，累代簪纓之子，打死人不要償命，如同房簷上揭一箇瓦。我正在私宅中閒坐，有范天章學士令人來請，不知有甚事？須索走一遭去。說話中間，可早來到也。令人，報復去，說小官來了也。（祗候報科，云：）報的相公得知，有劉衙內在于門首。（范學士云：）道有請。（見科）（劉衙內云：）衆老丞相都在此，學士喚俺衆官人每來，有何事商議？（范學士云：）衙內請坐。小官請衆位大人，別無甚事，今有陳州官員申將文書來，說陳州亢旱不收，黎民苦楚。老夫入朝奏過，奉聖人的命，着差兩員淸廉的官，直至陳州，開倉糶米，欽定五兩白銀一石細米。老夫請衆大人來商議，可着誰人去陳州爲倉官糶米者？（韓魏公云：）學士，此乃國家緊急濟民之事，須選那淸忠廉幹之人，方纔去的。（呂夷簡云：）老丞相道的極是。（范學士云：）衙內，你可如何主意？（劉衙內云：）衆大人在上，據小官舉兩箇最是淸忠廉幹的人，就是小官家中兩個孩兒，一個是女婿楊金吾，一個是小衙內劉得中。着他兩個去，並無疎失，大人意下如何？（范學士云：）老丞相，衙內保舉他兩個孩兒，一個是小衙內，一個是女婿楊金吾，到陳州糶米去。老夫不曾見衙內那兩個孩兒，就煩你喚將那兩個來，老夫試看咱。（劉衙內云：）令人，與我喚將兩個孩兒來者。（祗候云：）理會的。兩個舍人安在？（淨扮小衙內，丑扮楊金吾上）（小衙內詩云：）湛湛青天則俺識，三十六丈零七尺；踏着梯子打一看，原來是塊青白石。俺是劉衙內的孩兒，叫做劉得中；這個是我妹夫楊金吾。俺兩個全仗俺父親的虎威，拿粗挾細，揣歪捏怪，幫閑鑽懶，放刁撒潑，那一個不知我的名兒！見了人家的好玩器，好古董，不論金銀寶貝，但是値錢的，我和俺父親的性兒一般，就白拿白要，白搶白奪。若不與我呵，就踢就打就撏毛，一交別番倒，剁上幾脚。揀着好東西揣着就跑，隨他在那衙門內興詞告狀，我若怕他，我就是癩蝦蟆養的。今有父親呼喚，不知有甚事？須索走一遭去。（楊金吾云：）哥哥，今日父親呼喚，要着俺兩個那裏辦事去，管請(一)就做下了。可早來到也。令人，報復去，道有我劉大公子同妹夫楊金吾下馬也。（祗候報科，云：）報的相公得知，有二位舍人來了也。（范學士云：）着他過來。（祗候云：）着過去。（小衙內同楊金吾做見科，云：）父親喚我二人來有何事？（劉衙內云：）您兩個來了也，把體面見衆大人去咱。（范學士云：）衙內，這兩個便是你的孩兒？老夫看了這兩個模樣動靜，敢不中去麼？（劉衙內云：）衆大人和學士聽我說，難道我的孩兒我不知道？小官保舉的這兩個孩兒，清忠廉幹，可以糶米去的。（韓魏公云：）學士，這兩個定去不的。（劉衙內云：）老丞相，豈不聞『知子莫若父』，他兩個去的。（呂夷簡云：）此事只憑天章學士主張。（劉衙內云：）學士，小官就立下一紙保狀，保我這兩個孩兒糶米去；若有差遲，連着小官坐罪便了。（范學士云：）既然衙內保舉，您二人望闕跪者，聽聖人的命。因爲陳州亢旱不收，黎民苦楚，差您二人去陳州開倉糶米，欽定五兩白銀一石細米，則要你奉公守法，束杖(二)理民。今日是吉日良辰，便索長行，望闕謝了天恩者。（小衙內同楊金吾做拜科，云：）多謝了衆位大老爺擡舉！我這一去，氷清玉潔，幹事回還，管着你們喝采也。（做出門科）（劉衙內背云：）孩兒也，您近前來。論咱的官位，可也勾了；止有家財略略少些。如今你兩個到陳州去，因公幹私，將那學士定下的官價五兩白銀一石細米，私下改做十兩銀子一石米，裏面再插上些泥土糠粃，則還他個數兒罷。斗是八升的斗，秤是加三的秤。隨他有什麼議論到學士根前，現放着我哩，你兩個放心的去。（小衙內云：）父親，我兩個知道，你何須說；我還比你乖哩。則一件，假似那陳州百姓每不伏我呵，我可怎麼整治他？（劉衙內云：）孩兒，你也說的是，我再和學士說去。（做見學士科，云：）學士，則一件，兩個孩兒陳州糶米去，那裏百姓刁頑，假若不伏我這兩個孩兒，却怎生整治他？（范學士云：）衙內，投至你說時，老夫先在聖人根前奏過了也。若陳州百姓刁頑呵，有勑賜紫金鎚，打死勿論。令人，快捧過來。衙內，兀的便是紫金鎚，你將去交付那個孩兒，着他小心在意者。（小衙內云：）則今日領着大人的言語，便往陳州開倉跑一遭去來。（詩云：）議定五兩糶一石，改做十兩落他些；父親保舉無差謬，則我兩人原是惡贓皮。（同楊金吾下）（劉衙內云：）學士，兩個孩兒去了也。（范學士云：）劉衙內，你兩個孩兒去了也。（唱：）

【仙呂賞花時】只爲那連歲災荒料不收，致使的一郡蒼生强半流，因此上糶米去陳州。
你將着孩兒保奏，不知他可也分得帝王憂？

（云：）令人，將馬來，老夫回聖人的話去也。（同劉下）（韓魏公云：）老丞相，看這兩個到的陳州，那裏是濟民，必然害民去也。異日若本州具奏將來，老夫另有個主意。（呂夷簡云：）

全仗老丞相爲國救民。（韓魏公云：）范學士已入朝回聖人的話去了，喒和你且歸私宅中去來。（詩云：）賑濟饑荒事不輕，須憑廉幹救蒼生。（呂夷簡詩云：）他時若有風聞入，我和你一一還當奏聖明。（同下）

〔一〕管請——管保，一定。
〔二〕束杖——杖，指刑具；束杖，不用刑具，不使刑罰的意思。

第一折

（小衙內同楊金吾引左右捧紫金鎚上，詩云：）我做衙內真個俏，不依公道則愛鈔；有朝事發丟下頭，拚着帖箇大膏藥。小官劉衙內的孩兒小衙內，同着這妹夫楊金吾兩個來到這陳州，開倉糶米。父親的言語，着俺二人糶米，本是五兩銀子一石，改做十兩銀子一石；斗裏插上泥土糠粃，則還他個數兒；斗是八升小斗，秤是加三大秤。如若百姓們不服，可也不怕，放着有那欽賜的紫金鎚哩。左右，與我喚將斗子〔一〕來者。（左右云：）本處斗子安在？

（二丑斗子上，詩云：）我做斗子十多羅〔二〕，覓些倉米養老婆；也非成擔偷將去，只在斛裏打雞窩〔三〕。俺兩個是本處倉裏的斗子，上司見我們本分老實，一顆米也不愛，所以積年只用俺兩個。如今新除將兩個倉官來，說道十分利害，不知叫我們做甚麼？須索見他走一遭去。（做見科，云：）相公，喚小人有何事？（小衙內云：）你是斗子，我分付你：現有欽定價是十兩銀子一石米，這箇數內，我們再尅落〔四〕一毫不得的；只除非把那斗秤私下換過了，斗是八升的小斗，秤是加三的大秤。我若得多的，你也得少的，我和你四六家分。（大斗子云：）理會的。正是這等，大人也總成〔五〕俺兩個斗子，圖一個小富貴。如今開了這倉，看有甚麼人來？（雜扮糴米百姓三人同上，云：）我每是這陳州的百姓，因為我這裏亢旱了三年，六料不收，俺這百姓每好生的艱難。幸的天恩，特地差兩員官來這裏開倉賣米。聽的上司說道，欽定米價是五兩白銀糶一石細米；如今又改做了十兩一石，米裏又插上泥土糠粃；出的是八升的小斗，入的又是加三的大秤：我們明知這個買賣難和他做，只是除了倉米，又沒處糴米，教我們怎生餓得過！沒奈何，只得各家湊了些銀子，且買些米去救命。可早來到了也。（大斗子云：）你是那裏的百姓？（百姓云：）我每是這陳州百姓，特來買米的。（小衙內云：）你兩個仔細看銀子，別樣假的也還好看，單要防那『四堵墻』〔六〕，休要着他哄了。（二斗子云：）兀那百姓，你湊了多少銀子來糴米？（百姓云：）我衆人則湊得二十兩銀子。（大斗子云：）拿來上天平彈着。少少少，你這銀子則十四兩。（百姓云：）我這銀子還重着五錢哩。（小衙內云：）這百姓每刁潑，拏那金鎚來打他娘。（百姓云：）老爺不要打，我每再添上些便了。（大斗子云：）你趂早兒添上，我要和官四六家分哩。（百姓做添銀科，云：）又添上這六兩。（二斗子云：）這也還少些兒，將就他罷。（小衙內云：）既然銀子足了，打與他米去。（二斗子云：）一斛，兩斛，三斛，四斛。（小衙內云：）休要量滿了，把斛放趄(七)着，打些雞窩兒與他。（大斗子云：）小人知道，手裏趯着哩。（百姓云：）這米則有一石六斗，內中又有泥土糠皮，舂將來則勾一石多米。罷罷罷，也是俺這百姓的命該受這般磨滅(八)！正是：『醫的眼前瘡，剜却心頭肉！』（同下）（正末扮張㦬古同孩兒小㦬古上，詩云：）窮民百補破衣裳，污吏春衫拂地長；稼穡不知誰壞却，可教風雨損農桑。老漢陳州人氏，姓張，人見我性兒不好，都喚我做張㦬古。我有個孩兒張仁。爲因這陳州缺少米糧，近日差的兩個倉官來。傳聞欽定的價是五兩白銀一石細米，着賑濟俺一郡百姓；如今兩個倉官改做十兩銀子一石細米，又使八升小斗，加三大秤。莊院裏攢零合整，收拾的這幾兩銀子，糶米走一遭去來。（小㦬古云：）父親，則一件，你平日間是個性兒古㦬的人，倘若到的那買米處，你休言語則便了也。（正末云：）這是朝廷救民的德意，他假公濟私，我怎肯和他干罷了也呵。

（唱：）

【仙呂點絳唇】則這官吏知情，外合裏應，將窮民併。點紙連名，我可便直告到中書省。

（小𢃇古云：）父親，喒遇着這等官府也，說些甚麼！（正末唱：）

【混江龍】做的個上粱不正〔九〕，只待要損人利己惹人憎。他若是將喒刁蹬〔一〇〕，休道我不敢掀騰〔一一〕。柔軟莫過溪澗水，到了不平地上也高聲。他也故違了皇宣命，都是些吃倉廒的鼠耗，咂膿血的蒼蠅。

（云：）可早來到也。（做見斗子科）（大斗子云：）兀那老子，你來糶米，將銀子來我秤。（正末做遞銀子科，云：）兀的不是銀子？（大斗子做秤銀子科，云：）兀那老的，你這銀子則八兩。（正末云：）十二兩銀子，則秤的八兩，怎麼少偌多？（小𢃇古云：）哥，我這銀子是十二兩來，怎麼則秤八兩？你也放些心平着。（二斗子云：）這廝放屁！秤上現秤八兩，我吃了你一塊兒那？（正末云：）嗨！本是十二兩銀子，怎生秤做八兩？（唱：）

【油葫蘆】則這攢典〔一二〕哥哥休强挺，你可敢教我親自秤？（大斗子云：）這老的好無分曉，你的銀子本少，我怎好多秤了你的？只頭上有天哩。（正末唱：）今世人那個不聰明，我這裏轉一轉，如上思鄉嶺；我這裏步一步，似入琉璃井。（大斗子云：）則這般秤，八兩也還低哩。（正末唱：）秤銀子秤得高，（做量米科）（二斗子云：）我量與你米，打個雞窩，再撡了些。（小懺古云：）父親，他那邊又撡了些米去了。（正末唱：）哎！量米又量的不平。元來是八升椵〔一三〕小斗兒加三秤，只俺這銀子短二兩，怎不和他爭？

（大斗子云：）我這兩個開倉的官，清耿耿不受民財，乾剝剝〔一四〕則要生鈔，與民做主哩。（正末云：）你這官人是甚麼官人？（二斗子云：）你不認的，那兩個便是倉官。（正末唱：）

【天下樂】你比那開封府包龍圖少四星〔一五〕。（大斗子云：）兀那老子，休要胡說，他兩個是權豪勢要的人，休要惹他。（正末唱：）賣弄你那官清法正行，多要些也不到的擔罪名。（二斗子云：）這米還尖，再撡了些者。（小懺古云：）父親，他又撡了些去了。（正末唱：）這壁廂去了半斗，那壁廂撡了幾升，做的一個輕人來還自輕。

（二斗子云：）你掙着口袋，我量與你麼。（正末云：）你怎麼量米哩？俺不是私自來糶米的。

（大斗子云：）你不是私自來糶米，我也是奉官差，不是私自來糶米的。（正末唱：）

【金盞兒】你道你奉官行，我道你奉私行。俺看承的一合米，關着八九個人的命，又不比山麋野鹿衆人爭。你正是餓狼口裏奪脆骨，乞兒碗底覓殘羹。我能可〔一六〕折升不折斗，你怎也圖利不圖名？

（大斗子云：）這老子也無分曉，你怎麼罵倉官？我告訴他去來。（大斗子做稟科）（小衙內云：）你兩箇斗子有甚麼話說？（大斗子云：）告的相公得知，一個老子來糶米，他的銀子又少，他倒罵相公哩。（小衙內云：）拏過那老子來。（正末做見科）（小衙內云：）你這個虎剌孩〔一七〕作死也。你的銀子又少，怎敢罵我？（正末云：）你這兩個害民的賊！於民有損，爲國無益。（大斗子云：）相公，你看小人不說謊，他是罵你來麼？（小衙內云：）這老匹夫無禮，將紫金鎚來打那老匹夫。（做打正末科）（小撇古做拴頭科，云：）父親，精細者。我說甚麼來？我着你休言語；你吃了這一金鎚，父親，眼見的無那活的人也。（楊金吾云：）打的還輕；依着我性，則一下打出腦漿來，且着他包不成網兒。（正末做漸醒科）（唱：）

【村裏迓鼓】只見他金鎚落處，恰便似轟雷着頂，打的來滿身血迸，教我呵怎生扎掙。也不知打着的是脊梁，是腦袋，是肩井；但覺的刺牙般酸，剜心般痛，剔骨般疼。哎喲，天那！兀的不送了我也這條老命！

（云：）我來買米，如何打我？（小衙內云：）把你那性命則當根草，打甚麼不緊！是我打你來，隨你那裏告我去。（小憋古云：）父親也，似此怎了？（正末唱：）

【元和令】則俺個糶米的有甚罪名，和你這糶米的也不乾淨。（小衙內云：）是我打你來，沒事沒事，由你在那裏告我。（正末唱：）現放着徒流笞杖，做下嚴刑，却不道家家門外千丈坑，則他這得塡平處且塡平，你可也被人推更不輕。

（楊金吾云：）俺兩個清似水，白如麪，在朝文武，誰不稱讚我的？（正末唱：）

【上馬嬌】哎，你個蘿蔔精，頭上青〔一八〕。（小衙內云：）看起來我是野菜，你怎麼罵我做蘿蔔精？（正末唱：）坐着個愛鈔的壽官廳〔一九〕，麪糊盆裏專磨鏡〔二〇〕。（楊金吾云：）俺兩個至一清廉有名的。（正末唱：）哎，還道你清，清賽玉壺氷。

（小衙內云：）怕不是皆因我二人至清，滿朝中臣宰舉保將我來的。（正末唱：）

【勝葫蘆】都只待遙指空中鴈做羹，那個肯爲朝廷？（楊金吾云：）你那老匹夫，把朝廷來壓我哩。我不怕，我不怕。（正末唱：）有一日受法餐刀正典刑，恁時節、錢財使罄，人亡家破，方悔道不廉能。

（小衙內云：）我見了那窮漢似眼中疔〔二〕，肉中刺，我要害他，只當捏爛柹一般：値個甚的？（正末云：）噤聲！（唱：）

【後庭花】你道窮民是眼內疔，佳人是頦下癭〔三〕。（帶云：）難道你家沒王法的？（唱：）便容你酒肉攤場吃，誰許你金銀上秤秤？（云：）孩兒，你也與我告去。（小衙古云：）父親，你看他這般權勢，只怕告他不得麼。（正末唱：）兒也，你快去告，不須驚。（小懺古云：）父親，要告他，指誰做証見？（正末唱：）只指着紫金鎚，專爲照證。（小懺古云：）父親，証見便有了，却往那裏告他去？（正末唱：）投詞院直至省，將寃屈叫幾聲，訴出咱這實情。怕沒有公與卿？必然的要准行。（小懺古云：）若是不准，再往那裏告他？（正末唱：）任從他賊醜生，百般家着智能，遍衙門告不成，也還要上登聞〔三〕將怨鼓鳴。

【靑哥兒】雖然是輸贏輸贏無定；也須知報應報應分明。難道紫金鎚就好活打殺人性命？我便死在幽冥，决不忘情，待告神靈，拏到堦庭，取下招承，償俺殘生，苦恨纔平。若不沙，則我這雙兒鶻鴒〔四〕也似眼中睛應不瞑。

(云：) 孩兒，眼見得我死了也，你與我告去。(小憋古云：) 您孩兒知道。(正末云：) 這兩個害民的賊，請了官家大俸大祿，不曾與天子分憂，倒來苦害俺這裏百姓，天那！(唱：)

【賺煞尾】做官的要了錢便糊突，不要錢方淸正，多似你這貪汚的，枉把皇家祿請。(帶云：) 你這害民的賊，也想一想，差你開倉糶米是爲着何來？(唱：) 兀的賑濟饑荒，你也該自省，怎倒將我一鎚兒打壞天靈？(小憋古云：) 父親，我幾時告去？(正末唱：) 則今日便登程，直到王京。常言道：『廝殺無如父子兵』；揀一個淸耿耿明朗朗官人每告整，和那害民的賊徒折證。(小憋古云：) 父親，可是那一位大衙門告他去？(正末嘆云：) 若要與我陳州百姓除了這害呵，(唱：) 則除是包龍圖那個鐵面沒人情。(下)

(小憋古哭科，云：) 父親亡逝已過，更待干罷！我料着陳州近不的他，我如今直至京師，揀那大大的衙門裏告他去。(詩云：) 盡說開倉爲救荒，反敎老父一身亡；此生不是空桑出〔二五〕，不報寃讐不姓張。(下) (小衙內云：) 斗子，那老子要告俺去，我算着就告到京師，放着我老子在哩。況那范學士是我老子的好朋友，休說打死一個，就打死十個，也則當五雙。俺兩個別無甚事，都去狗腿灣王粉頭家裏喝酒去來。一了〔二六〕說倉廒府庫，抹着便富；王粉頭家，不悞主顧。(下)

〔一〕斗子——管官倉的差役。
〔二〕多羅——梵語的音譯，就是眼睛。引申爲精明的意思。
〔三〕打雞窩——量米時，使斛裏有空隙，少盛米，叫做打雞窩。這是當時差役尅扣老百姓的一種貪污手段。
〔四〕尅落——尅扣。
〔五〕總成——作成；幫助人成功，使其達到目的。
〔六〕四堵墻——一種假銀：四周圍是銀子，裏邊包着鉛胎。
〔七〕趄（ㄑㄧㄝ）——傾斜。
〔八〕磨滅——磨折。
〔九〕上梁不正——『上梁不正下梁歪』的省語。比喻上面的人不正派，底下的人也跟着作壞事。
〔一〇〕刁蹬——蹬，或作鐙。刁難，故意爲難。
〔一一〕掀騰——張揚。
〔一二〕攢典——管理糧倉的吏，這裏是對差役的尊稱。
〔一三〕嘏（ㄧㄚ）——同呀。
〔一四〕乾剝剝——乾巴巴，乾乾脆脆。
〔一五〕四星——元曲中用這兩字有兩義：一，秤的尾端釘有四星；引申爲下梢，下場，前程等義。二，北斗七星，遮去斗柄，只剩四星；引申爲零落，凄涼的意思。這裏是用前一義。

〔一六〕能可——寧可。

〔一七〕虎刺孩——或作忽刺孩，忽刺海。蒙古語稱强盜爲『虎刺孩』。

〔一八〕蘿蔔精，頭上青——用『青』諧『淸』。諷刺官吏們口頭上的『淸』，好像蘿蔔上半截的『青』一樣，並非澈頭澈尾的青（淸）。

〔一九〕壽官廳——壽，或作受，授。壽官廳，衙門裏的廳堂。

〔二〇〕麵糊盆裏專磨鏡——越磨越糊塗。

〔二一〕眼中疔——或作眼內釘。比喻十分憎恨的東西。

〔二二〕頦下癭（ㄧㄥ）——下巴頦上長的瘤子。比喻憎恨的東西。

〔二三〕登聞——古代，在朝堂外面，設有登聞鼓；人民如有寃屈或諫議的事，可以擊鼓上達。

〔二四〕鶻（ㄏㄨ）鴒（ㄌㄧㄥ）——或作鶻伶，胡伶，兀伶。就是隼；牠的眼睛非常銳利、靈活；後來引申當作靈活的意思。

〔二五〕空桑出——從空桑樹裏生長出來的意思。古代傳說：有一採桑女子，在空桑樹裏拾得一個嬰兒，後來長大了就是商代的政治家伊尹。

〔二六〕一了——一向，向來。

第二折

（范學士領祗候上，云：）老夫范仲淹。自從劉衙內保舉他兩個孩兒去陳州開倉糶米，誰想那兩個到的陳州，貪贓壞法，飲酒非爲。奉聖人的命，着老夫再差一員正直的去陳州，結斷此一樁公事，就勅賜勢劍金牌，先斬後聞。今日在此議事堂中與衆公卿聚議，怎麼這早晚還不見來？令人，門首覷着，若來時，報復我知道。（祗候云：）理會的。（韓魏公上，云：）老夫韓魏公。今有范天章學士，在於議事堂，令人來請，不知有甚事？須索去走一遭。可早來到這門首也。（祗候報云：）韓魏公到。（范學士云：）道有請。（韓魏公做見科）（范學士云：）老丞相來了也，請坐。（呂夷簡上，云：）老夫呂夷簡，正在私宅閒坐，有范學士在于議事堂，令人來請，須索去走一遭。不覺早來到了也。（祗候報云：）呂平章到。（范學士云：）道有請。（呂夷簡見科，云：）老丞相在此，學士今日請老夫來有何事？（范學士云：）二位老丞相：則因爲前者陳州糶米一事，劉衙內舉保他那兩個孩兒做倉官去，如今在那裏貪贓壞法，飲酒非爲。奉聖人的命，教老夫在此聚會衆多臣宰，舉一個正直的官員，前去陳州結斷此事。只等衆大人來全了時，同舉一位咱。（韓魏公云：）想學士必已得人，某等便當舉薦。（小㦖古上，云：）自家小㦖古。俺和父親同去糶米，不想被兩個倉官將俺父親打死了。俺父親臨死之時，着我告包待制去。見說是個白髭鬚的老兒，我來到這大街上等着，看有甚麼人來？（劉衙內上，云：）小官劉衙內。自從兩個孩兒去陳州糶米，至今音信皆無。早間有范學士着人來請我，不知又是甚麼事？須索走一遭去者。（小㦖古云：）這個白髭鬚的老兒，敢是包待制？我試迎着告咱。（做跪科）（劉衙內云：）兀那小的，你有甚麼寃枉的事？我與你做主。（小㦬古云：）我是陳州人氏，俺爺兒兩個，將着十二兩銀子糴米去，被那倉官將俺父親則一金鎚打死了。那裏無人敢近他，爺爺敢是包待制麼？與小的每做主咱。（劉衙內云：）兀那小的，則我便是包待制，你休去別處告，我與你做主，你且一壁有者。（小㦬古起科，云：）理會的。（劉衙內背云：）嗨！我那兩個小醜生敢做下來也！令人，報復去，道有劉衙內在於門首。（祗候云：）劉衙內到。（劉衙內做見科）（范學士云：）衙內，你保舉的兩個好清官也。（劉衙內云：）學士，我那兩個孩兒果然是好清官，實不敢欺。（范學士云：）衙內，老夫打聽的你兩個孩兒到的陳州，則是飲酒非爲，不理正事，貪贓壞法，苦害百姓，你知麼？（衙內云：）老丞相，休聽人的言語，我保舉的人，並無這等勾當。（范學士云：）二位老丞相，他還不信哩。（小㦬古問祗候云：）哥哥，恰纔那進去的，敢是包待制爺爺麼？（祗候云：）則他是劉衙內，你要問包待制，還不曾來哩。（小㦬古云：）天那！我要告這劉衙內，誰想正投在老虎口裏，可不我死也！（正末扮包待制領張千上，云：）老夫姓包名拯，字希文，本貫金斗郡四望鄉老兒村人氏，官拜龍圖閣待制，正授南衙開封府尹之職。奉聖人的命，上五南採訪已回，須索到議事堂中見衆公卿走一遭去來。（張千云：）想老相公爲官，多早晚陞廳？多早晚退衙？老相公試說一遍，與您孩兒聽咱。（正末唱：）

【正宮端正好】自從那雲滾滾卯時初，直至日淹淹的申牌後，剛則是無倒斷㈠簿領埋頭。更被那紫襴袍拘束的我難擡手，我把那爲官事都參透。

【滾繡毬】待不要錢呵，怕違了衆情；待要錢呵，又不是咱本謀。只這月俸錢做咱每人情不彀。（張千云：）老相公平日是箇不避權豪勢要之人也。（正末唱：）我和那權豪每結下些山海也似寃讐：曾把個魯齋郎㈡斬市曹，曾把個葛監軍㈢下獄囚，賸吃了些衆人每毒咒。（張千云：）老相公如今雖然年老，志氣還在哩。（正末唱：）到今日一筆都勾。從今後，不干己事休開口；我則索會盡人間只點頭，倒大來優游。

（云：）可早來到議事堂門首也。張千，接下馬者。（小㦬古云：）我問人來，說這個便是包待制。（做跪叫科，云：）寃屈也！爺爺與孩兒每做主咱！（正末云：）兀那小的，你那裏人氏？有甚麼寃枉事？你實說來，老夫與你做主。（小㦬古云：）孩兒每陳州人氏；嫡親的父子二人。父親是張㦬古。今有兩個官人，在陳州開倉糶米，欽定五兩銀子一石，他改做十兩一石。俺一家兒苦湊得十二兩銀子買米，他則秤的八兩；俺父親向前分辨去，他着那紫金鎚一鎚打死。孩兒要去聲寃告狀，盡道他是權豪勢要之家，人都近不的他。俺父親臨死之時曾說道：『孩兒，等我命終，你直至京師，尋着包待制爺爺那裏告去。』我投至的見了爺爺，就是撥雲見日，昏鏡重磨，須與孩兒每做主咱。（詩云：）本待將衷情細數，奈哽咽吞聲莫吐；紫金鎚打死親爺，委實是含冤受苦。（正末云：）你且一壁有者。（小撇古扯正末科，云：）爺爺不與孩兒做主，誰做主咱？（正末云：）我知道了也。（三科了(四)）（正末云：）令人，報復去，道有包待制在於門首。（祗候報云：）有包待制來了也。（范學士云：）好好，包龍圖來了，快有請。（正末做見科）（韓魏公云：）待制五南採訪初回，鞍馬上勞神也。（正末云：）二位老丞相和學士治事不易。（劉衙內云：）老府尹遠路風塵。（正末云：）衙內恕罪。（衙內背云：）這老子怎麼瞅我那一眼，敢是見那個告狀的人來？我則做不知道。（正末云：）老夫上五南採訪回來，昨日見了聖人，今日特特的拜見二位老丞相和學士來。（范學士云：）不知待制多大年紀爲官，如今可多大年紀？請慢慢的說一遍，某等敬聽。（正末云：）學士問老夫多大年紀爲官，如今有多大年紀，學士不嫌絮煩，聽老夫慢慢的說來。（唱：）

【倘秀才】我從那及第時三十五六，我如今做官到七十也那八九。豈不聞人到中年萬事休；我也曾觀唐漢，看春秋，都是俺爲官的上手。

（范學士云：）待制做許多年官也，歷事多矣。（呂夷簡云：）待制爲官盡忠報國，激濁揚清，如今朝裏朝外，權豪勢要之家，聞待制大名，誰不驚懼，誠哉，所謂古之直臣也。（正末云：）

量老夫何足掛齒；想前朝有幾個賢臣，都皆屈死，似老夫這等粗直，終非保身之道。（范學士云：）請待制試說一遍咱。（正末唱：）

【滾繡毬】有一個楚屈原〔五〕在江上死，有一個關龍逄刀下休，有一個紂比干曾將心剖，有一個未央宮屈斬了韓侯。（呂夷簡云：）待制，我想張良坐籌帷幄之中，決勝千里之外，輔佐高祖定了天下，見韓信遭誅，彭越被醢，遂辭去侯爵，願從赤松子遊，眞有先見之明也。（正末云：）那張良呵若不是疾歸去，（韓魏公云：）那越國范蠡扁舟五湖，却也不弱。（正末唱：）那范蠡呵若不是暗奔走，這兩個都落不的完全屍首。我是個漏網魚，怎再敢吞鈎？不如及早歸山去，我則怕爲官不到頭，枉了也干求。

（云：）二位老丞相和學士，老夫年邁不能爲官，到來日見了聖人，就告致仕閒居也。（范學士云：）待制，你差了也。如今朝中似待制這等淸正的，能有幾人；況年紀尚未衰邁，正好爲官，因何便告致仕那？（正末云：）學士，老夫自有說的事。（劉衙內云：）老府尹說的是，年紀老了，如今棄了官告致仕閒居，倒快活也。（范學士云：）老相公有甚麼事要說？老夫聽咱。（正末唱：）

【呆骨朵】老夫有件事向君王陳奏，只說那權豪每是俺敵頭。（范學士云：）那權豪的，老相公待要怎麼？（正末唱：）他便似打家的强賊，俺便似看家的惡狗。他待要些錢和物，怎當的這狗兒緊追逐。只願俺今日死，明日亡，慣的他千自在，百自由。

（范學士云：）待制，你且回私宅中去者。老夫在此，別有商議。（正末做辭科，云：）二位老丞相和學士恕罪，老夫告回也。（做出門科）（小憋古在門首跪叫科，云：）爺爺與孩兒做主咱。（正末云：）我險些兒忘了這一件事。兀那小的，你先回去，我隨後便來也。（小憋古謝科，云：）既然今日見了包待制，必然與我做主。他教我先回去，則今日不敢久停久住，便索先上陳州等他去來。（詩云：）我今日得見龍圖，告父親屈死無辜；轉陳州等他來到，也把紫金鎚打那囚徒。（下）（正末做回身再入科）（范學士云：）待制去了，爲何又回來也？（正末云：）老夫欲要回去，聽的陳州一郡濫官污吏，甚是害民。不知老相公曾差甚麼能事官員陳州去也不曾？（韓魏公云：）學士先曾委了兩員官去了。（正末云：）可是那兩員官去來？（范學士云：）待制不知，自你上五南採訪去了，朝中一時乏人，差着劉衙內的兒子劉得中、女婿楊金吾到陳州糶米去，好久不見來回話哩。（正末云：）見說陳州一郡官吏貪污，黎民頑魯，須再差一員去陳州考察官吏，安撫黎民，可不好也。（韓魏公云：）待制不知，今日聚集俺多官，正爲此事。（范學士云：）奉聖人的命，着老夫再差一員淸正的官去陳州，一來糶米，二來就勘斷這樁事。老夫想別人去可也幹不的事，就煩待制一行，意下如何？（正末云：）老夫去不的。（呂夷簡云：）待制去不的，可着誰去？（范學士云：）待制堅意不肯去，劉衙內，你讓待制這一遭。他若不去，你便去。（衙內云：）小官理會的。老府尹到陳州走一遭去，打甚麼不緊？（正末云：）既然衙內着老夫去，我看衙內的面皮。張千，准備馬，便往陳州走一遭去來。（劉衙內做驚科，背云：）哎喲！若是這老子去呵，那兩個小的怎了也？（正末唱：）

【脫布衫】我從來不劣方頭（六），恰便似火上澆油，我偏和那有勢力的官人每卯酉，謝大人向朝中保奏。

（劉衙內云：）我並不曾保奏你哩。（正末唱：）

【小梁州】我一點心懷社稷愁，（云：）張千，將馬來。（張千云：）理會的。（正末唱：）則今日便上陳州，既然心去意難留。他每都穿連透，我則怕關節兒枉生受。

（云：）二位老丞相和學士聽者：老夫去則去，倘有權豪勢要之徒，難以處治，着老夫怎麼？（范學士云：）待制再也不必過慮，聖人的命，勅賜與你勢劍金牌，先斬後聞。請待制受了勢劍金牌，便往陳州去。（正末唱：）

【幺篇】謝聖人肯把黎民救。這劍也，到陳州怎肯干休，敢着你吃一會家生人肉。哎！看那個無知禽獸，我只待先斬了逆臣頭。

（劉衙內云：）老府尹若到陳州，那兩個倉官可是我家裏小的，看我分上看覷咱。（正末做看劍云：）我知道，我這上頭看覷他。（做三科）（衙內云：）老府尹好沒面情，我兩次三番與你陪話，你看着這勢劍，說這上頭看覷他。你敢殺了我兩個小的！論官職我也不怕你，論家財我也受用似你！（正末云：）我老夫怎比得你來？（唱：）

【耍孩兒】你積攢的金銀過北斗，你指望待天長地久；看你那於家爲國下場頭，出言語不識娘羞。我須是筆尖上掙闥來的千鍾祿，你可甚劍鋒頭博換來的萬戶侯？（衙內云：）老府尹，我也不怕你。（正末唱：）你那裏休誇口，你雖是一人爲害，我與那陳州百姓每分憂。

（劉衙內云：）老府尹，你不知這倉官也不好做。（正末云：）倉官的弊病，老夫盡知。（衙內云：）你知道時，你說倉官的弊病咱。（正末唱：）

【煞尾】河涯邊趲運下些糧，倉廒中囤塌下些籌；只要肥了你私囊，也不管民間瘦。

（帶云：）我如今到那裏呵，（唱：）敢着他收了蒲藍罷了斗。（同張千下）

（劉衙內云：）列位老相公，這樁事不好了。這老子到那裏時，將俺這兩個小的肯干罷了也。

（韓魏公云：）衙內，不妨事，你只與學士計較，老夫和呂丞相先回去也。（詩云：）衙內心中莫要慌，天章學士慢商量。（呂夷簡詩云：）鳳凰飛上梧桐樹，自有傍人道短長。（同下）（范學士云：）劉衙內，你放心。老夫就到聖人根前說過，着你親身爲使命，告一紙文書，則赦活的，不赦死的，包你沒事便了。（衙內云：）既如此，多謝了學士。（范學士云：）你跟着老夫見聖人走一遭去來。（詩云：）莫愁包待制，先請赦書來。（劉衙內詩云：）全憑半張紙，救我一家災。（同下）

〔一〕倒斷——間斷，休止，了結。

〔二〕魯齋郎——是元雜劇包待制智斬魯齋郎中的主角。他仗着權勢，爲非作歹，奪人妻女，後被包待制（拯）用計殺掉。

〔三〕葛監軍——元明戲劇中的一個豪霸。

〔四〕三科了——元雜劇中，表示重複動作的簡稱。這裏是表示『小懒古扯正末』的動作作了三次的意思。

〔五〕屈原、關龍逢、比干、韓侯、張良、范蠡——前四個都是古代的忠臣、功臣遭受貶謫、殺害的例子；後兩個是功成身退，因而未遭禍害的例子。

〔六〕不劣方頭——或作方頭不劣，方頭不律。作事不圓通的人叫做方頭或楞頭。不劣方頭，就是倔强不馴，楞頭楞腦的意思。

第三折

（小衙內同楊金吾上）（小衙內詩云：）日間不做虧心事，半夜敲門不吃驚。自家劉衙內孩兒。俺二人自從到陳州開倉糶米，依着父親改了價錢，插上糠土，尅落了許多錢鈔，到家怎用得了？這幾日只是吃酒耍子。聽知聖人差包待制來了，兄弟，這老兒不好惹，動不動先斬後聞。這一來，則怕我們露出馬脚來了。我們如今去十里長亭接老包走一遭去。（詩云：）老包姓兒仯〔一〕，蒭他活的少；若是不容咱，我每則一跑。（同下）（張千背劍上）（正末騎馬做聽科）（張千云：）自家張千的便是。我跟着這包待制大人，上五南路採訪回來，如今又與了勢劍金牌，往陳州糶米去。他在這後面，我可在前面，離的較遠。你不知這個大人清廉正直，不愛民財。雖然錢物不要，你可吃些東西也好；他但是到的府州縣道，下馬陞廳，那官人里老安排的東西，他看也不看。一日三頓，則吃那落解粥㈢。你便老了吃不得，我是個後生家。我兩隻脚伴着四個馬蹄子走，馬走五十里，我也跟着走五十里；馬走一百里，我也走一百里。我這一頓落解粥，走不到五里地面，早肚裏饑了。我如今先在前面，到的那人家裏，我則說：『我是跟包待制大人的，如今往陳州糶米去，我背着的是勢劍金牌，先斬後聞，你快些安排下馬飯我吃。』肥草雞兒，茶渾酒兒；我吃了那酒，吃了那肉，飽飽兒的了，休說五十里，我咬着牙直走二百里則有多哩。嗨！我也是個傻弟子孩兒！又不曾吃個，怎麼兩片口裏劈溜撲剌的；猛可裏包待制大人後面聽見，可怎了也！（正末云：）張千，你說甚麼哩？（張千做怕科，云：）孩兒每不曾說甚麼。（正末云：）是甚麼『肥草雞兒』？（張千云：）爺，孩兒每不曾說甚麼「肥草雞兒」。我纔則走哩，遇着個人，我問他：『陳州有多少路？』他說道：『還早哩。』幾曾說甚麼『肥草雞兒』？（正末云：）是甚麼『茶渾酒兒』？（張千云：）爺，孩兒每不曾說甚麼『茶渾酒兒』。我走着哩，見一個人，問他：『陳州那裏去？』他說道：『線也似一條直路，你則故㈢走。』孩兒每不曾說甚麼『茶渾酒兒』。（正末云：）張千，是我老了，都差聽了也。我老人家也吃不的茶飯，則吃些稀粥湯兒。如今在前頭有的儘你吃，儘你用，我與你那一件㕘飫㈣的東西。（張千云）爺，可是甚麼㕘飫的東西？（正末云：）你試猜咱。（張千云：）爺說道：『前頭有的儘你吃，儘你用。』又與我一件兒厭飫的東西，敢是苦茶兒？（正末云：）不是。（張千云：）蘿蔔簡子兒？（正末云：）不是。（張千云：）哦！敢是落解粥兒？（正末云：）也不是。（張千云：）爺，都不是，可是甚麼？（正末云：）你脊梁上背着的是甚麼？（張千云：）背着的是劍。（正末云：）我着你吃那一口劍。（張千怕科，云：）爺，孩兒則吃些落解粥兒倒好。（正末云：）張千，如今那普天下有司官吏，軍民百姓，聽的老夫私行，也有那歡喜的，也有那煩惱的。（張千云：）爺不問，孩兒也不敢說；如今百姓每聽的包待制大人到陳州糶米去，那個不頂禮〔五〕，都說：『俺有做主的來了！』這般歡喜可是爲何？（正末云：）張千也，你那裏知道，聽我說與你咱。（唱：）

【南呂一枝花】如今那當差的民戶喜，也有那乾請俸的官人每怨。急切裏稱不了，包某的心，百般的納不下帝王宣；我如今暮景衰年，鞍馬上實勞倦。如今那普天下人盡言道：『一個包龍圖暗暗的私行，諕得些官吏每兢兢打戰。』

【梁州第七】請俸祿五六的這萬貫，殺人到三二十年，隨京隨府隨州縣。自從俺仁君治世，老漢當權，經了這幾番刷卷，備細的究出根原。都只是莊農每爭競桑田，弟兄每分另家緣。俺俺俺，宋朝中大小官員；他他他，賸與你財主每追徵了些利錢；您您您，怎知道窮百姓苦懨懨叫屈聲寃！如今的離陳州不遠，便有人將咱相凌賤，你也則詐眼兒不看見；騎着馬，揣着牌，自向前，休得要攞袖揎拳。

（云：）張千，離陳州近也，你騎着馬，揣着牌，先進城去，不要作踐人家。（張千云：）理會的。爺，我騎着馬去也。（正末云：）張千，你轉來，我再分付你。我在後面，如有人欺負我打我，你也不要來勸，緊記者。（張千云：）理會的。（張千做去科）（正末云：）張千，你轉來。（張千云：）爺，有的說，就馬上說了罷。（正末云：）我分付的緊記者。（張千云：）爺，我先進城去也。（下）（搽旦王粉蓮趕驢上，云：）自家王粉蓮的便是。在這南關裏狗腿灣兒住，不會別的營生買賣，全憑着賣笑求食。俺這此處有上司差兩個開倉糶米官人來，一個是楊金吾，一個是劉小衙內。他兩個在俺家裏使錢，我要一奉十，好生撒鏝（六）。他是權豪勢要，一應閑雜人等，再也不敢上門來。俺家儘意的奉承他，他的金銀錢鈔可也都使盡俺家裏。數日前，將一箇紫金鎚當在俺家，若是他沒錢取贖，等我打些釵兒戒指兒，可不受用。恰纔幾個姊妹請我吃了幾杯酒，他兩個差人擀着個驢子來取我。三不知（七）我騎上那驢子，忽然的叫了一聲，丟了箇撅子，把我直跌下來，傷了我這楊柳細（八），好不疼哩。又沒個人扶我，自家掙得起來，驢子又走了。我趕不上，怎麽得人來替我拏一拏住也好那？（正末云：）

這個婦人，不像個良人家的婦女；我如今且替他籠住那頭口兒，問他個詳細，看是怎麼？（旦兒做見正末科，云：）兀那個老兒，你與我拏住那驢兒者。（正末做拏住驢子科）（旦兒做謝科，云：）多生受你老人家也。（正末云：）姐姐，你是那裏人家？（旦兒云：）正是個莊家老兒，他還不認的我哩。我在狗腿灣兒裏住。（正末云：）你家裏做甚麼買賣？（旦兒云：）老兒，你試猜咱。（正末云：）我是猜咱。（旦兒云：）你猜。（正末云：）莫不是油磨房？（旦兒云：）不是。（正末云：）解典庫？（旦兒云：）不是。（正末云：）賣布絹段疋？（旦兒云：）也不是。（正末云：）都不是，可是甚麼買賣？（旦兒云：）俺家裏賣皮鵪鶉兒（九）。老兒，你在那裏住？（正末云：）姐姐，老漢只有一個婆婆，早已亡過，孩兒又沒，隨處討些飯兒吃。（旦兒云：）老兒，你跟我去，我也用的你着。你只在我家裏，有的好酒好肉，儘你吃哩。（正末云：）好波，好波！我跟將姐姐去，那裏使喚老漢？（旦兒云：）好老兒，你跟我家去，我打扮你起來：與你做一領硬掙掙的上蓋（一〇），再與你做一頂新帽兒，一條茶褐絛兒，一對乾淨涼皮靴兒。一張櫈兒，你坐着在門首，與我家照管門戶，好不自在哩。（正末云：）姐姐，如今你根前可有什麼人走動？姐姐，你是說與老漢聽咱。（旦兒云：）老兒，別的郎君子弟，經商客旅，都不打緊。我有兩個人，都是倉官，又有權勢，又有錢鈔，他老子在京師現做着大大的官。他在這裏糶米，是十兩一石的好價錢，斗又是八升的小斗，秤是加三大秤，儘有東西，我並不曾要他的。（正末云：）姐姐不曾要他錢，也曾要他些東西麼？（旦兒云：）老兒，他不曾與我甚麼錢，他則與了我個紫金鎚，你若見了就謊殺你。（正末云：）老漢活偌大年紀，幾曾看見什麼紫金鎚。姐姐，若與我見一見兒，消災滅罪，可也好麼？（旦兒云：）老兒，你若見了，好消災滅罪，你跟我家去來，我與你看。（正末云：）我跟姐姐去。（旦兒云：）老兒，你吃飯也不曾？（正末云：）我不曾吃飯哩。（旦兒云：）老兒，你跟將我去來，只在那前面，他兩個安排酒席等我哩。到的那裏，酒肉儘你吃。扶我上驢兒去。（正末做扶旦兒上驢子科）（正末背云：）普天下誰不知個包待制正授南衙開封府尹之職；今日到這陳州，倒與這婦人籠驢，也可笑哩。（唱：）

【牧羊關】當日離豹尾班〔二〕多時分；今日在狗腿灣行近遠，避甚的馬後驢前？我則怕按察司迎着，御史臺撞見。本是個顯要龍圖職，怎伴着烟月鬼狐纏；可不先犯了個風流罪，落的價葫蘆提罷俸錢。

（旦兒云：）老兒，你跟將我去來，我把那紫金鎚與你看者。（正末云：）好好，我跟將姐姐去，則與老漢紫金鎚看一看，消災滅罪咱。（唱：）

【隔尾】聽說罷，氣的我心頭顫，好着我半晌家氣堵住口內言。直將那倉庫裏皇糧痛作

踐，他便也不憐，我須爲百姓每可憐。似肥漢相博，我着他只落的一聲兒喘。（同旦兒下）

（小衙內、楊金吾領斗子上）（小衙內詩云：）兩眼梭梭跳，必定悔氣到；若有清官來，一准屋梁吊。俺兩個在此接待老包，不知怎麼，則是眼跳。纔則喝了幾碗投腦酒（二），壓一壓膽，慢慢的等他。（正末同旦兒上，正末云：）姐姐，兀的不是接官廳？我這裏等着姐姐。（旦兒云：）來到這接官廳，老兒，你扶下我這驢兒來。你則在這裏等着我，我如今到了裏面，我將些酒肉來與你吃；你則與我帶着這驢兒者。（做見小衙內、楊金吾科）（小衙內笑科，云：）姐姐，你來了也。（楊金吾云：）我的乖，你偌遠的到這裏來。（旦兒云：）該殺的短命！你怎麼不來接我？一路上把我掉下驢來，險不跌殺了我。那驢子又走了，早是撞見個老兒，與我籠着驢子。嗨！我爭些兒可忘了那老兒；他還不曾吃飯，先與他些酒肉吃咱。（楊金吾云：）兀那斗子，與我拏些酒肉與那牽驢的老兒吃。（大斗子做拏酒肉與正末科，云：）兀那牽驢的老兒，你來，與你些酒肉吃。（正末云：）說與你那倉官去，這酒肉我不吃，都與這驢子吃了。（大斗子做怒科，云：）哏！這個村老子好無禮！（做見小衙內科，云：）官人，恰纔拏將酒肉，賞那牽驢的老兒，那老兒一些不吃，都請了這驢兒也。（小衙內云：）斗子，你與我將那老兒吊在那槐樹上，等我接了老包，慢慢的打他。（大斗子云：）理會的。（做吊起正末科）

（正末唱：）

【哭皇天】那劉衙內把孩兒薦，范學士怎也就將勅命宣？只今個賊倉官享富貴，全不管窮百姓受熬煎，一剗的在青樓纏戀。那厮每不依欽定，私自加添，盜糶了倉米，乾沒了官錢，都送與潑烟花〔一三〕、潑烟花王粉蓮。早被俺親身兒撞見，可使肯將他來輕輕的放免。

【烏夜啼】爲頭兒先吃俺開荒劍，則他那性命不在皇天。劉衙內也，可怎生着我行方便？這公事體察完全，不是流傳；那怕你天章學士有夤緣〔一四〕，就待乞天恩走上金鑾殿；只我個包龍圖元鐵面，也少不得着您名登紫禁，身喪黃泉。

（張千云：）受人之托，必當終人之事。大人的分付，着我先進城去，尋那楊金吾劉衙內。直到倉裏尋他，尋不着一個。如今大人也不知在那裏？我且到這接官廳試看咱。（做看見小衙內、楊金吾科，云：）我正要尋他兩個，原來都在這裏吃酒。我過去諕他一諕，吃他幾鍾酒，討些草鞋錢兒。（見科，云：）好也！你還在這裏吃酒哩！如今包待制爺要來拏你兩個，有的話都在我肚裏。（小衙內云：）哥，你怎生方便，救我一救，我打酒請你。（張千云：）你兩個眞傻厮，豈不曉得求竈頭不如求竈尾〔一五〕？（小衙內云：）哥說的是。（張千云：）你家的事，我滿耳朵兒都打聽着，你則放心，我與你周旋便了。包待制是坐的包待制，我是立的包待制；都在我身上。（正末云：）你好個『立的包待制』，張千也！（唱：）

【牧羊關】這廝馬頭前無多說，今日在驛亭中誇大言。信人生不可無權！哎！則你個祇候王喬(二六)詐仙也那得仙？（張千奠酒科，云：）我若不救你兩個呵，這酒就是我的命。（做見正末怕科，云：）兀的不諕殺我也！（正末唱：）諕的來面色如金紙，手脚似風顛。老鼠終無膽，獼猴怎坐禪。

（張千云：）您兩個傻廝，到陳州來糶米，本是欽定的五兩官價，怎麼改做十兩？那張憋古道了幾句，怎麼就將他打死了？又要買酒請張千吃，又擅吊了牽驢子的老兒。如今包待制私行，從東門進城也，你還不去迎接哩。（小衙內云：）怎了，怎了！既是包待制進了城，喒兩個便迎接去來。（同楊金吾、斗子下）（張千做解正末科）（旦兒云：）他兩個都走了也，我也家去。兀那老兒，你將我那驢兒來。（張千罵旦兒科，云：）賊弟子，你死也！還要老爺替你牽驢兒哩。（正末云：）嗯！休言語。姐姐，我扶上你驢兒去。（正末做扶旦兒上驢科）（旦兒云：）老兒，生受你。你若忙便罷，你若得那閒時，到我家來看紫金鎚咱。（下）（正末云：）這害民賊好大膽也呵。（唱：）

【黃鍾煞尾】不憂君怨和民怨，只愛花錢共酒錢。今日個家破人亡立時見，我將你這害民的賊鷹鸇，一個個拏到前，勢劍上性命捐。莫怪咱不矜憐，你只問王家的那潑賤，也不該着我籠驢兒步行了偌地遠。（同張千下）

〔一〕仯——同㥮。性情固執，剛愎，或兇狠。

〔二〕落解（ㄒㄧㄝ）粥——落解，稀疏，稀薄的意思；落解粥，稀粥。

〔三〕則故——只顧，只管。

〔四〕厭飫（ㄩ）——即饜（ㄧㄢ）飫。飽食。

〔五〕頂禮——佛教最尊敬的一種禮節。一般當作敬禮，致敬的意思。

〔六〕撒鏝——鏝，錢的背面，因泛指錢。撒鏝，揮霍無度，像撒錢一樣。

〔七〕三不知——突然，不料。

〔八〕楊柳細——『楊柳細腰』的歇後語。指女子的腰。

〔九〕賣皮鵪鶉兒——賣淫的隱語。

〔一〇〕上蓋——上身的外衣。

〔一一〕豹尾班——皇帝的屬車中有豹尾車，車上載朱漆竿，竿首綴豹尾。豹尾班，就是說官職很大，可以跟在皇帝後面的行列裏的意思。

〔一二〕投腦酒——古時的一種泡酒。

〔一三〕潑烟花——猶如說：賤娼婦。

〔一四〕夤緣——本是草藤依附山嶽上長的意思。用以比喻攀附權貴，以求得本身地位的提昇。這裏是和權貴有關係的意思。

〔一五〕求竈頭不如求竈尾——竈頭只有火，竈尾上才有東西可喫；比喻向官求情，不如向他手下人求情有效。

〔一六〕王喬——古代傳說中的一個神仙。

第四折

（淨扮州官同外郎上）（州官詩云：）我做個州官不歹，斷事處搖搖擺擺；只好吃兩件東西：酒煮的團魚螃蟹。小官姓蓼名花，叨任陳州知州之職。今日包待制大人陞廳坐衙，外郎，你與我將各項文卷打點停當，等僉押者。（外郎云：）你與我這文卷，敎我打點停當，我又不識字，我那裏曉的？（州官云：）好，打這廝！你不識字可怎麼做外郎那？（外郎云：）你不知道，我是僱將來的頂缸〔一〕外郎。（州官云：）哇！快把公案打掃的乾淨，大人敢待來也。（張千排衙上，云：）喏！在衙人馬平安。（正末上，云：）老夫包拯，因為陳州一郡濫官汚吏，損害黎民，奉聖人的命，着老夫考察官吏，安撫黎民，非輕易也呵。（唱：）

【雙調新水令】叩金鑾親奉帝王差，到陳州與民除害。威名連地震，殺氣和霜來。手執着勢劍金牌，哎，你個劉衙內且休怪。

（云：）張千，將那劉得中一行人，都與我拏將過來。（張千云：）理會的。（做拏劉衙內、楊金吾幷二斗子跪見科，云：）當面。（正末云：）您知罪麼？（小衙內云：）俺不知罪。（正末云：）兀那厮，欽定的米價是多少銀子糶一石來？（小衙內云：）父親說道：『欽定的價是十兩一石。』（正末云：）欽定的價元是五兩一石，你私自改做十兩；又使八升小斗，加三大秤。你怎做的不知罪那！（唱：）

【駐馬聽】你只要錢財，全不顧百姓每貧窮，一味的刻。今遭杻械，也是你五行福謝做了半生災。只見他向前呵，如上嚇魂臺；往後呵，似入東洋海。投至的分屍在市街，我着你一靈兒先飛在青霄外。

（云：）張千，南衙去拏將那王粉蓮，就連着紫金鎚一齊解來。（張千云：）理會的。（做拏王粉蓮跪科，云：）王粉蓮當面。（正末云：）兀那王粉蓮，你認的我麼？（王粉蓮云：）我不認的你。（正末唱：）

【雁兒落】難道你王粉頭直恁駭，偏不知包待制多謀策；你道是接倉官有大錢，怎麼的見府尹無嬌態？

（云：）兀那王粉蓮，這金鎚是誰與你來？（王粉蓮云：）是楊金吾與我來。（正末云：）張千，選大棒子將王粉蓮去褪決打三十者。（打科）（正末云：）打了搶出去。（搶出科）（王粉蓮下）（正末云：）張千，將楊金吾採上前來。（做採楊金吾上科）（正末云：）這金鎚上有御書圖號，你怎生與了王粉蓮？（楊金吾云：）大人可憐見，我不曾與他，我則當的幾個燒餅兒吃哩。（正末云：）張千，先拏出楊金吾去，在市曹中梟首報來。（張千云：）理會的。（正末唱：）

【得勝令】呀，你只待錢眼裏狠差排，今日個刀口上送屍骸。你犯了蕭何律，難寬縱；便自有蒯通謀，怎救解。你死也休捱，則俺那勢劍如風快；你死也應該，誰着你金鎚當酒來。

（張千拏楊金吾殺科）（正末云：）張千，拏過那小憋古來。（張千云：）小憋古當面。（做拏小憋古跪科）（正末云：）兀那廝，你父親被那個打死了？（小憋古云：）是這小衙內把紫金鎚打死我父親來。（正末云：）張千，拏過劉得中來，就着小憋古也將那金鎚將這廝打死者。（張千云：）理會的。（正末唱：）

【沽美酒】小衙內做事歹，小憋古且寧奈；也是他自結下冤讐怎得開；非咱忒煞，須償還你這親爺債。

【太平令】從來個人命事關連天大，怎容他殺生靈似虎如豺。紫金鎚依然還在，也將來敲他腦袋，登時間肉拆血灑，受這般罪責，呀，纔平定陳州一帶。

（小憋古做打衙內科）（正末云：）張千，打死了麼？（張千云：）打死了也。（正末云：）張千，與我拏下小憋古者。（張千云：）理會的。（張千做拏小憋古科）（外扮劉衙內齎赦書慌上，詩云：）心忙來路遠，事急出家門。小官劉衙內是也。我聖人根前說過，告了一紙赦書，則赦活的，不赦死的。星夜到陳州，救我兩個孩兒。左右，留人者，有赦書在此，則赦活的，不赦死的。（正末云：）張千，死了的是誰？（張千云：）死了的是楊金吾，小衙內。（正末云：）活的是誰？（張千云：）是小憋古。（劉衙內云：）呸！恰好赦別人也！（正末云：）張千，放了小憋古者。（唱：）

【殿前歡】猛聽的叫赦書來，不由我不臨風回首笑哈哈。想他父子每倚勢挾權大，到今日也運蹇時衰。他指望着赦來時有處裁，怎知道赦未來，先殺壞。這一番顚倒把別人貸，也非是他人謀不善，總見的個天理明白。

（云：）張千，將劉衙內拏下者，聽老夫下斷。（詞云：）爲陳州亢旱不收，窮百姓四散飄流。劉衙內原非令器〔二〕，楊金吾更是油頭。奉勑旨陳州糶米，改官價擅自徵收；紫金鎚屈打良善，聲寃處地慘天愁。范學士豈容奸蠹，奏君王不赦亡囚。今日個從公勘問，遣小㺃手報親讎。方纔見無私王法，留傳與萬古千秋。

題目　范天章政府差官

正名　包待制陳州糶米

〔一〕頂缸——有頂替，頂缺，代人受過等義。

〔二〕令器——美材，好人才。

國家圖書館出版品預行編目資料

元人雜劇注 ／（元）關漢卿等撰.
--一版.--臺北市：
世界, 2019. 07 印刷
面；公分（中國文化經典, 文學叢書）

ISBN：978-957-06-0578-5（平裝）

853.55　　108010948

〈中國文化經典　文學叢書〉

元人雜劇注

714-
1365

著者／元關漢卿等撰
發行人／閻初
發行者／世界書局股份有限公司
登記證／行政院新聞局局版臺業字第〇九三一號
地址／臺北市重慶南路一段九十九號
電話／（〇二）二三三一一一三八三四
傳真／（〇二）二三三一一七九六三
網址／www.worldbook.com.tw
劃撥帳號／〇〇〇五八四三七　世界書局
出版日期／二〇一九年七月一版十八刷
定價／台幣六八〇元